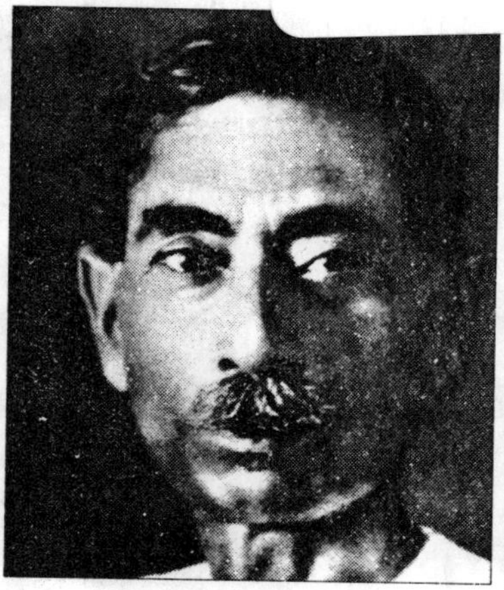

प्रेमचंद

हिन्दी साहित्य में प्रेमचंद का अपना एक विशिष्ट स्थान है। वह बीसवीं सदी के उन लेखकों में से थे जिन्होंने अपनी रचनाओं में यथार्थ की जीती-जागती तस्वीर पाठकों के सामने रखी। उनकी अधिकांश रचनाएं ग्रामीण भारत की पृष्ठभूमि में लिखी गई हैं।

31 जुलाई, 1880 को बनारस के पास स्थित छोटे-से गांव लमही में प्रेमचंद का जन्म हुआ था। उनका पूरा नाम था धनपत राय श्रीवास्तव। बचपन से ही उन्हें पुस्तकों से बहुत लगाव था। सबसे पहले उन्होंने 'नवाबराय' उपनाम से अपनी रचनाएं लिखीं। बाद में उन्होंने 'प्रेमचंद' उपनाम अपनाया। उनकी अन्य प्रसिद्ध पुस्तकें हैं–*गबन, गोदान, सेवासदन* और *रंगभूमि*। उपन्यास के अतिरिक्त प्रेमचंद ने सैकड़ों कहानियां भी लिखीं।

8 अक्टूबर, 1936 को 56 वर्ष की उम्र में उनकी मृत्यु हो गई।

शतरंज के खिलाड़ी
और
अन्य कहानियाँ

प्रेमचंद

चयन व सम्पादन

सुरेश सलिल

शिक्षा भारती

₹ 250
ISBN : 9788174831606
पहला संस्करण : 2015, छठा संस्करण : 2025

SHATRANJ KE KHILADI AUR ANYA KAHANIYAN (Stories)
by Premchand
मुद्रक : जी.एस. ऑफसेट दिल्ली

शिक्षा भारती

1590, मदरसा रोड, कश्मीरी गेट, दिल्ली-110006

आत्मकथ्य

मेरी पहली रचना

उस वक्त मेरी उम्र कोई 13 साल की रही होगी। हिन्दी बिलकुल नहीं जानता था। उर्दू के उपन्यास पढ़ने-लिखने का उन्माद था। मौलाना शरर, पंडित रतननाथ सरशार, मिर्ज़ा रुसवा, मौलवी मुहम्मद अली हरदोई निवासी, उस वक्त के सर्वप्रिय उपन्यासकार थे। इनकी रचनाएँ जहाँ मिल जाती थीं, स्कूल की याद भूल जाती थी और पुस्तक समाप्त करके ही दम लेता था। उस ज़माने में रेनॉल्ड के उपन्यासों की धूम थी। उर्दू में उनके अनुवाद धड़ाधड़ निकल रहे थे और हाथों-हाथ बिकते थे। मैं भी उनका आशिक था। स्व. हज़रत रियाज़ ने, जो उर्दू के प्रसिद्ध कवि थे और जिनका हाल में देहान्त हुआ है, रेनॉल्ड की एक रचना का अनुवाद *हरम सरा* के नाम से किया था। उसी ज़माने में लखनऊ के साप्ताहिक *अवध पंच* के सम्पादक स्व. मौलाना सज्जाद हुसैन ने, जो हास्य रस के अमर कलाकार हैं, रेनॉल्ड के दूसरे उपन्यास का *धोखा* या *तिलस्मी फानूस* के नाम से अनुवाद किया था। ये सारी पुस्तकें मैंने उसी ज़माने में पढ़ीं और पं. रतननाथ सरशार से तो मुझे तृप्ति ही न होती थी। उनकी सारी रचनाएँ मैंने पढ़ डालीं। उन दिनों मेरे पिता गोरखपुर में रहते थे और मैं भी गोरखपुर ही के मिशन स्कूल में आठवीं में पढ़ रहा था, जो तीसरा दरजा कहलाता था। रेती पर बुद्धिलाल नाम का एक बुकसेलर रहता था। मैं उसकी दूकान पर जा बैठता था और उसके स्टॉक से उपन्यास ले-ले कर पढ़ता था; मगर दूकान पर सारे दिन तो बैठ न सकता था, इसलिए मैं उसकी दूकान से अंग्रेज़ी पुस्तकों की कुंजियाँ और नोट्स ले कर अपने स्कूल के लड़कों के हाथ बेचा करता था और इसके मुआवज़े से दूकान से उपन्यास घर ला कर पढ़ता था। दो-तीन वर्षों में मैंने सैकड़ों ही उपन्यास पढ़ डाले होंगे। जब उपन्यासों का स्टॉक समाप्त हो गया, तो मैंने नवलकिशोर प्रेस से निकले हुए पुराणों के उर्दू अनुवाद भी पढ़े और *तिलस्मी होशरुबा* के कई भाग भी पढ़े। इस वृहद् तिलस्मी ग्रन्थ के 17 भाग उस वक़्त निकल चुके थे और एक-एक

भाग बड़े सुपर रॉयल के आकार के दो-दो हज़ार पृष्ठों से कम न होगा। और इन 17 भागों के उपरान्त उसी पुस्तक के अलग-अलग प्रसंगों पर पचीसों भाग छप चुके थे। इनमें से भी मैंने पढ़े। जिसने इतने बड़े ग्रन्थ की रचना की, उसकी कल्पना-शक्ति कितनी प्रबल होगी, इसका केवल अनुमान किया जा सकता है। कहते हैं, ये कथाएँ मौलाना फ़ैज़ी ने अकबर के विनोदार्थ फ़ारसी में लिखी थीं। इसमें कितना सत्य है, कह नहीं सकता; लेकिन इतनी वृहद् कथा शायद ही संसार की किसी भाषा में हो। पूरी एनसाइक्लोपीडिया समझ लीजिए। एक आदमी तो अपने 60 वर्ष के जीवन में उनकी नकल भी करना चाहे, तो नहीं कर सकता। रचना तो दूसरी बात है।

उसी ज़माने में मेरे एक नाते के मामू कभी-कभी हमारे यहाँ आया करते थे। अधेड़ हो गए थे; लेकिन अभी तक बिन-ब्याहे थे। पास में थोड़ी-सी ज़मीन थी, मकान था, लेकिन घरनी के बिना सब कुछ सूना था। इसलिए घर पर जी नहीं लगता था। नातेदारियों में घूमा करते थे, और सबसे यही आशा रखते थे, कि कोई उनका ब्याह करा दे। इसके लिए सौ-दो सौ खर्च करने को भी तैयार थे। क्यों उनका ब्याह नहीं हुआ, यह आश्चर्य था। अच्छे-खासे हृष्ट-पुष्ट आदमी थे, बड़ी-बड़ी मूँछें, औसत कद, साँवला रंग। गाँजा पीते थे, इससे आँखें लाल रहती थीं। अपने ढंग के धर्मनिष्ठ भी थे। शिवजी को रोजाना जल चढ़ाते थे और माँस-मछली नहीं खाते थे।

आख़िर एक बार उन्होंने भी वही किया, जो बिन-ब्याहे लोग अक्सर किया करते हैं। एक चमारिन के नयन-बाणों से घायल हो गए। वह उनके यहाँ गोबर पाथने, बैलों को सानी-पानी देने और इसी तरह के दूसरे फुटकर कामों के लिए नौकर थी। जवान थी, छबीली थी और अपने वर्ग की अन्य रमणियों की भाँति प्रसन्नमुख और विनोदनी थी। 'एक समय सखि सुअरि सुन्दरि'—वाली बात थी। मामू साहब का तृषित हृदय मीठे जल की धारा देखते ही फिसल पड़ा। बातों-बातों में उससे छेड़छाड़ करने लगे। वह इनके मन का भाव ताड़ गई। ऐसी अल्हड़ न थी। और नखरे करने लगी। केशों में तेल भी पड़ने लगा, चाहे सरसों का ही क्यों न हो। आँखों में काजल भी चमका, ओठों पर मिस्सी भी आई, और काम में ढिलाई भी शुरू हुई। कभी दोपहर को आई और झलक दिखा कर चली गई, कभी साँझ को आई और एक तीर चला कर चली गई। बैलों को सानी-पानी मामू साहब खुद दे देते, गोबर दूसरे उठा ले जाते, युवती से बिगड़ते क्योंकर? वहाँ तो अब प्रेम उदय हो गया था। होली में उसे प्रथानुसार एक साड़ी दी; मगर अबकी गजी की साड़ी न थी, खूबसूरत-सी सवा दो रुपये की चुँदरी थी। होली की त्योहारी भी मामूल से चौगुनी दी। और यह सिलसिला यहाँ तक बढ़ा कि वह चमारिन ही घर की मालकिन हो गई।

एक दिन संध्या-समय चमारों ने आपस में पंचायत की। बड़े आदमी हैं तो हुआ करें, क्या किसी की इज़्ज़त लेंगे। एक इन लाला के बाप थे कि कभी किसी

मेहरिया की ओर आँख उठा कर न देखा, (हालाँकि यह सरासर ग़लत था) और एक यह है कि नीच जाति की बहू-बेटियों पर भी डोरे डालते हैं। समझाने-बुझाने का मौका न था। समझाने से लाला मानेंगे तो नहीं, उलटे और कोई मामला खड़ा कर देंगे। इनके क़लम घुमाने की तो देर है। इसलिए निश्चय हुआ कि लाला साहब को ऐसा सबक देना चाहिए कि हमेशा के लिए याद हो जाए। इज़्ज़त का बदला खून ही चुकाता है, लेकिन मरम्मत से भी कुछ उसकी पुरौती हो सकती है।

दूसरे दिन शाम को जब चम्पा मामू साहब के घर में आई तो उन्होंने अन्दर का द्वार बन्द कर दिया। महीनों के असमंजस और हिचक और धार्मिक संघर्ष के बाद आज मामू साहब ने अपने प्रेम को व्यावहारिक रूप देने का निश्चय किया था। चाहे कुछ हो जाए, कुल-मरजाद रहे या जाए, बाप-दादा का नाम डूबे या उतराय!

उधर चमारों का जत्था ताक में था ही। इधर किवाड़ बन्द हुए, उधर उन्होंने द्वार खटखटाना शुरू किया। पहले तो मामू साहब ने समझा, कोई आसामी मिलने आया होगा, किवाड़ बन्द पा कर लौट जाएगा; लेकिन जब आदमियों का शोरगुल सुना तो घबराये। जा कर किवाड़ों की दराज से झाँका। कोई बीस-पचीस चमार लाठियाँ, लिए, द्वार रोके खड़े किवाड़ों को तोड़ने की चेष्टा कर रहे थे। अब करें तो क्या करें? भागने का कहीं रास्ता नहीं, चम्पा को कहीं छिपा नहीं सकते। समझ गए कि शामत आ गई। आशिकी इतनी जल्दी गुल खिलायेगी यह क्या जानते थे, नहीं इस चमारिन पर दिल को आने ही क्यों देते। उधर चम्पा इन्हीं को कोस रही थी—तुम्हारा क्या बिगड़ेगा, मेरी तो इज़्ज़त लुट गई। घरवाले मूड़ ही काट कर छोड़ेंगे, कहती थी, कभी किवाड़ बन्द न करो, हाथ-पाँव जोड़ती थी, मगर तुम्हारे सिर पर तो भूत सवार था। लगी मुँह में कालिख कि नहीं?

मामू साहब बेचारे इस कूचे में कभी न आए थे। कोई पक्का खिलाड़ी होता तो सौ उपाय निकाल लेता; लेकिन मामू साहब की तो जैसे सिट्टी-पिट्टी भूल गई। बरौठे में थर-थर काँपते 'हनुमान चालीसा' का पाठ करते हुए खड़े थे। कुछ न सूझता था।

और उधर द्वार पर कोलाहल बढ़ता जा रहा था, यहाँ तक कि सारा गाँव जमा हो गया। बाम्हन, ठाकुर, कायस्थ सभी तमाशा देखने और हाथ की खुजली मिटाने के लिए आ पहुँचे। इससे ज़्यादा मनोरंजक और स्फूर्तिवर्द्धक तमाशा और क्या होगा कि एक मर्द एक औरत के साथ घर में बन्द पाया जाए! फिर वह चाहे कितना ही प्रतिष्ठित और विनम्र क्यों न हो, जनता उसे किसी तरह क्षमा नहीं कर सकती। बढ़ई बुलाया गया, किवाड़ फाड़े गए और मामू साहब भूसे की कोठरी में छिपे हुए मिले। चम्पा आँगन में खड़ी रो रही थी। द्वार खुलते ही भागी। कोई उससे नहीं बोला। मामू साहब भाग कर कहाँ जाते? वह जानते थे, उनके लिए भागने का रास्ता

नहीं है। मार खाने के लिए तैयार बैठे थे। मार पड़ने लगी और बेभाव की पड़ने लगी। जिसके हाथ जो कुछ लगा—जूता, छड़ी, छाता, लात, घूँसा सभी अस्त्र चले। यहाँ तक कि मामू साहब बेहोश हो गए और लोगों ने उन्हें मुर्दा समझ कर छोड़ दिया। अब इतनी दुर्गति के बाद वह बच भी गए, तो गाँव में नहीं रह सकते और उनकी ज़मीन पट्टीदारों के हाथ आएगी।

इस दुर्घटना की खबर उड़ते-उड़ते हमारे यहाँ भी पहुँची। मैंने भी उसका खूब आनन्द उठाया। पिटते समय उनकी रूप-रेखा कैसी रही होगी, इसकी कल्पना करके मुझे खूब हँसी आई।

एक महीने तक तो वह हल्दी और गुड़ पीते रहे। ज्योंही चलने-फिरने लायक हुए, हमारे यहाँ आए। यहाँ अपने गाँव वालों पर डाके का इस्तग़ासा दायर करना चाहते थे।

अगर उन्होंने कुछ दीनता दिखाई होती, तो शायद मुझे हमदर्दी हो जाती; लेकिन उनका वही दम-खम था। मुझे खेलते या उपन्यास पढ़ते देख कर बिगड़ना और रोब जमाना और पिताजी से शिकायत करने की धमकी देना, यह अब मैं क्यों सहने लगा था! अब तो मेरे पास उन्हें नीचा दिखाने के लिए काफी मसाला था!

आखिर एक दिन मैंने यह सारी दुर्घटना एक नाटक के रूप में लिख डाली और अपने मित्रों को सुनाई। सब-के-सब खूब हँसे। मेरा साहस बढ़ा। मैंने उसे साफ-साफ लिख कर वह कॉपी मामू साहब के सिरहाने रख दी और स्कूल चला गया। दिल में कुछ डरता भी था, कुछ खुश भी था और कुछ घबराया हुआ भी था। सबसे बड़ा कुतूहल यह था कि ड्रामा पढ़ कर मामू साहब क्या कहते हैं। स्कूल में जी न लगता था। दिल उधर ही टँगा हुआ था। छुट्टी होते ही घर चला गया। मगर द्वार के समीप आ कर पाँव रुक गए। भय हुआ, कहीं मामू साहब मुझे मार न बैठें; लेकिन इतना जानता था कि वह एकाध थप्पड़ से ज़्यादा मुझे मार न सकेंगे, क्योंकि मैं मार खाने वाले लड़कों में न था।

मगर यह मामला क्या है! मामू साहब चारपाई पर नहीं हैं, जहाँ वह नित्य लेटे हुए मिलते थे। क्या घर चले गए? आ कर कमरा देखा वहाँ भी सन्नाटा। मामू साहब के जूते, कपड़े, गठरी सब लापता। अन्दर जा कर पूछा। मालूम हुआ, मामू साहब किसी ज़रूरी काम से घर चले गए। भोजन तक नहीं किया।

मैंने बाहर आ कर सारा कमरा छान मारा मगर मेरा ड्रामा—मेरी वह पहली रचना—कहीं न मिली। मालूम नहीं, मामू साहब ने उसे चिरागअली के सुपुर्द कर दिया या अपने साथ स्वर्ग ले गए?

—प्रेमचन्द

क्रम

शतरंज के खिलाड़ी

वाजिदअली शाह का समय था। लखनऊ विलासिता के रंग में डूबा हुआ था। छोटे-बड़े, गरीब-अमीर—सभी विलासिता में डूबे हुए थे। कोई नृत्य और गान की मज़लिस सजाता था, तो कोई अफीम की पीनक ही में मज़े लेता था। जीवन के प्रत्येक विभाग में आमोद-प्रमोद का प्राधान्य था। शासन-विभाग में, साहित्य-क्षेत्र में, सामाजिक अवस्था में, कला-कौशल में, उद्योग-धंधों में, आहार-व्यवहार में—सर्वत्र विलासिता व्याप्त हो रही थी। राजकर्मचारी विषय-वासना में, कविगण प्रेम और विरह के वर्णन में, कारीगर कलाबत्तू और चिकन बनाने में, व्यवसायी सुरमे, इत्र, मिस्सी और उबटन का रोज़गार करने में लिप्त थे। सभी की आँखों में विलासिता का मद छाया हुआ था। संसार में क्या हो रहा है, इसकी किसी को खबर न थी। बटेर लड़ रहे हैं। तीतरों की लड़ाई के लिए पाली बदी जा रही है। कहीं चौसर बिछी हुई है; पौ-बारह का शोर मचा हुआ है। कहीं शतरंज का घोर संग्राम छिड़ा हुआ है। राजा से ले कर रंक तक इसी धुन में मस्त थे। यहाँ तक कि फकीरों को पैसे मिलते तो वे रोटियाँ न ले कर अफीम खाते या मदक पीते। शतरंज, ताश, गंजीफ़ा खेलने से बुद्धि तीव्र होती है, विचार-शक्ति का विकास होता है, पेचीदा मसलों को सुलझाने की आदत पड़ती है—ये दलीलें ज़ोरों के साथ पेश की जाती थीं (इस सम्प्रदाय के लोगों से दुनिया अब भी खाली नहीं है)। इसलिए अगर मिरज़ा सज्जादअली और मीर रौशनअली अपना अधिकांश समय बुद्धि तीव्र करने में व्यतीत करते थे, तो किसी विचारशील पुरुष को क्या आपत्ति हो सकती थी ? दोनों के पास मौरूसी जागीरें थीं; जीविका की कोई चिंता न थी; घर में बैठे चखौतियाँ करते थे। आखिर और करते ही क्या?

प्रातःकाल दोनों मित्र नाश्ता करके बिसात बिछा कर बैठ जाते, मुहरे सज जाते,

कब तीसरा पहर, कब शाम ! घर के भीतर से बार-बार बुलावा आता कि खाना तैयार है। यहाँ से जवाब मिलता—चलो, आते हैं, दस्तरख्वान बिछाओ। यहाँ तक कि बावरची विवश हो कर कमरे ही में खाना रख जाता था, और दोनों मित्र दोनों काम साथ-साथ करते थे।

मिरज़ा सज्जादअली के घर में कोई बड़ा-बूढ़ा न था, इसलिए उन्हीं के दीवानखाने में बाज़ियाँ होती थीं। मगर यह बात न थी मिरज़ा के घर के और लोग उनके इस व्यवहार से खुश हों। घरवालों का तो कहना ही क्या, मुहल्ले वाले, घर के नौकर-चाकर तक नित्य द्वेषपूर्ण टिप्पणियाँ किया करते थे—बड़ा मनहूस खेल है। घर को तबाह कर देता है। खुदा न करे, किसी को इसकी चाट पड़े। आदमी दीन-दुनिया किसी के काम का नहीं रहता। न घर का, न घाट का। बुरा रोग है। यहाँ तक कि मिरज़ा की बेगम साहबा को इससे इतना द्वेष था कि अवसर खोज-खोजकर पति को लताड़ती थीं। पर उन्हें इसका अवसर मुश्किल से मिलता था। वह सोती रहती थीं, तब तक उधर बाज़ी बिछ जाती थी। और रात को जब सो जाती थीं, तब कहीं मिरज़ाजी घर में आते थे। हाँ, नौकरों पर वह अपना गुस्सा उतारती रहती थीं—क्या पान माँगे हैं ? कह दो, आ कर ले जाएँ। खाने की फुरसत नहीं है ? ले जा कर खाना सिर पर पटक दो, खाएँ चाहे कुत्ते को खिलाएँ। पर रू-ब-रू वह भी कुछ न कह सकती थीं। उनको अपने पति से उतना मलाल न था, जितना मीर साहब से। उन्होंने उनका, नाम 'मीर बिगाड़ू' रख छोड़ा था। शायद मिरज़ाजी अपनी सफाई देने के लिए सारा इलज़ाम मीर साहब ही के सिर थोप देते थे।

एक दिन बेगम साहबा के सिर में दर्द होने लगा। उन्होंने लौंडी से कहा—जा कर मिरज़ा साहब को बुला लो। किसी हकीम के यहाँ से दवा लाएँ। दौड़, जल्दी कर। लौंडी गई तो मिरज़ाजी ने कहा—चल, अभी आते हैं।

बेगम साहबा का मिज़ाज गरम था। इतनी ताब कहाँ कि उनके सिर में दर्द हो और पति शतरंज खेलता रहे। चेहरा सुर्ख हो गया। लौंडी से कहा—जा कर कह, अभी चलिए, नहीं तो वह आप ही हकीम के यहाँ चली जाएँगी।

मिरज़ाजी बड़ी दिलचस्प बाज़ी खेल रहे थे, दो ही किस्तों में मीर साहब की मात हुई जाती थी। झुंझला कर बोले—क्या ऐसा दम लबों पर है ? ज़रा सब्र नहीं होता ?

मीर—अरे, तो जा कर सुन ही आइए न। औरतें नाज़ुक-मिज़ाज होती ही हैं।

मिरज़ा—जी हाँ, चला क्यों न जाऊँ ! दो किस्तों में आपकी मात होती है।

मीर—जनाब, इस भरोसे न रहिएगा। वह चाल सोची है कि आपके मुहरे धरे रहें और मात हो जाए। पर जाइए, सुन आइए। क्यों खामख्वाह उनका दिल दुखाइएगा ?

मिरज़ा—इसी बात पर मात ही करके जाऊँगा।

मीर—मैं खेलूँगा ही नहीं। आप जा कर सुन आइए।

मिरज़ा—अरे यार, जाना पड़ेगा हकीम के यहाँ। सिर-दर्द खाक नहीं है, मुझे परेशान करने का बहाना है।

मीर—कुछ भी हो, उनकी खातिर तो करनी ही पड़ेगी।

मिरज़ा—अच्छा, एक चाल और चल लूँ।

मीर—हरगिज़ नहीं, जब तक आप सुन न आएँगे, मैं मुहरे में हाथ ही न लगाऊँगा।

मिरज़ा साहब मजबूर हो कर अंदर गए तो बेगम साहबा ने त्योरियाँ बदल कर, लेकिन कराहते हुए कहा—तुम्हें निगोड़ी शतरंज इतनी प्यारी है! चाहे कोई मर ही जाए, पर उठने का नाम नहीं लेते ! नौज, कोई तुम-जैसा आदमी हो !

मिरज़ा—क्या कहूँ, मीर साहब मानते ही न थे। बड़ी मुश्किल से पीछा छुड़ा कर आया हूँ।

बेगम—क्या जैसे वह खुद निखट्टू हैं, वैसे ही सबको समझते हैं। उनके भी तो बाल-बच्चे हैं या सबका सफाया कर डाला ?

मिरज़ा—बड़ा लती आदमी है। जब आ जाता है, तब मजबूर हो कर मुझे भी खेलना पड़ता है।

बेगम—दुत्कार क्यों नहीं देते ?

मिरज़ा—बराबर के आदमी हैं; उम्र में, दर्जे में मुझसे दो अंगुल ऊँचे। मुलाहिज़ा करना ही पड़ता है।

बेगम—तो मैं ही दुत्कारे देती हूँ। नाराज़ हो जाएँगे, हो जाएँ। कौन किसी की रोटियाँ चला देता है? रानी रूठेंगी, अपना सुहाग लेंगी। हिरिया; जा बाहर से शतरंज उठा ला। मीर साहब से कहना, मियाँ अब न खेलेंगे; आप तशरीफ ले जाइए।

मिरज़ा—हाँ-हाँ, कहीं ऐसा गजब भी न करना ! ज़लील करना चाहती हो क्या ? ठहर हिरिया, कहाँ जाती है?

बेगम—जाने क्यों नहीं देते ? मेरा ही खून पिये, जो उसे रोके। अच्छा, उसे रोका, मुझे रोको, तो जानूँ ?

यह कह कर बेगम साहबा झल्लाई हुई दीवानखाने की तरफ चलीं। मिरज़ा बेचारे का रंग उड़ गया। बीबी की मिन्नतें करने लगे—खुदा के लिए, तुम्हें हजरत हुसैन की कसम है। मेरी ही मैयत देखे, जो उधर जाए। लेकिन बेगम ने एक न मानी। दीवानखाने के द्वार तक गईं, पर एकाएक पर-पुरुष के सामने जाते हुए पाँव बँध-से गए। भीतर झाँका, संयोग से कमरा खाली था। मीर साहब ने दो-एक मुहरे इधर-उधर कर दिए थे, और अपनी सफाई जताने के लिए बाहर टहल रहे थे। फिर क्या था, बेगम ने अंदर पहुँच कर बाज़ी उलट दी, मुहरे कुछ तख्त के नीचे फेंक

दिए, कुछ बाहर और किवाड़ अंदर से बंद करके कुंडी लगा दी। मीर साहब दरवाज़े पर तो थे ही, मुहरे बाहर फेंके जाते देखे, चूड़ियों की झनक भी कान में पड़ी। फिर दरवाज़ा बंद हुआ, तो समझ गए, बेगम साहबा बिगड़ गईं। चुपके-से घर की राह ली।

मिरज़ा ने कहा—तुमने गज़ब किया।

बेगम—अब मीर साहब इधर आए, तो खड़े-खड़े निकलवा दूँगी। इतनी लौ खुदा से लगाते, तो वली हो जाते ! आप तो शतरंज खेलें, और मैं यहाँ चूल्हे-चक्की की फिक्र में सिर खपाऊँ ! जाते हो हकीम साहब के यहाँ कि अब भी ताम्मुल है?

मिरज़ा घर से निकले, तो हकीम के घर जाने के बदले मीर साहब के घर पहुँचे और सारा वृत्तांत कहा। मीर साहब बोले—मैंने तो जब मुहरे बाहर आते देखे, तभी ताड़ गया। फौरन भागा। बड़ी गुस्सेवर मालूम होती हैं। मगर आपने उन्हें यों सिर चढ़ा रखा है, यह मुनासिब नहीं। उन्हें इससे क्या मतलब कि आप बाहर क्या करते हैं? घर का इंतज़ाम करना उनका काम है; दूसरी बातों से उन्हें क्या सरोकार ?

मिरज़ा—खैर, यह तो बताइए, अब कहाँ जमाव होगा ?

मीर—इसका क्या गम है? इतना बड़ा घर पड़ा हुआ है। बस यहीं जमें।

मिरज़ा—लेकिन बेगम साहबा को कैसे मनाऊँगा ? घर पर बैठा रहता था, तब तो वह इतना बिगड़ती थीं; यहाँ बैठक होगी, तो शायद ज़िंदा न छोड़ेंगी।

मीर—अजी बकने भी दीजिए, दो-चार रोज़ में आप ही ठीक हो जाएँगी। हाँ, आप इतना कीजिए कि आज से ज़रा तन जाइए।

मीर साहब की बेगम किसी अज्ञात कारण से मीर साहब का घर से दूर रहना ही उपयुक्त समझती थीं। इसलिए वह उनके शतरंज-प्रेम की कभी आलोचना न करती थीं; बल्कि कभी-कभी मीर साहब को देर हो जाती, तो याद दिला देती थीं। इन कारणों से मीर साहब को भ्रम हो गया था कि मेरी स्त्री अत्यन्त विनयशील और गंभीर है। लेकिन जब दीवानखाने में बिसात बिछने लगी, और मीर साहब दिन-भर घर में रहने लगे, तो बेगम साहबा को बड़ा कष्ट होने लगा। उनकी स्वाधीनता में बाधा पड़ गई। दिन-भर दरवाज़े पर झाँकने को तरस जातीं।

उधर नौकरों में भी कानाफूसी होने लगी। अब तक दिन-भर पड़े-पड़े मक्खियाँ मारा करते थे। घर में कोई आए, कोई जाए, उनसे कुछ मतलब न था। अब आठों पहर की धौंस हो गई। कभी पान लाने का हुक्म होता, कभी मिठाई का। और हुक्का तो किसी प्रेमी के हृदय की भाँति नित्य जलता ही रहता था। वे बेगम साहबा से जा-जा कर कहते—हुजूर, मियाँ की शतरंज तो हमारे जी का जंजाल हो गई। दिन-भर

दौड़ते-दौड़ते पैरों में छाले पड़ गए। यह भी कोई खेल है कि सुबह को बैठे तो शाम कर दी? घड़ी-आध घड़ी दिल-बहलाव के लिए खेल खेलना बहुत है। खैर, हमें तो कोई शिकायत नहीं; हुजूर के गुलाम हैं, जो हुक्म होगा, बजा ही लाएँगे; मगर यह खेल मनहूस है। इसका खेलने वाला कभी पनपता नहीं; घर पर कोई-न-कोई आफत ज़रूर आती है। यहाँ तक कि एक के पीछे मुहल्ले-के-मुहल्ले तबाह होते देखे गए हैं! सारे मुहल्ले में यही चरचा रहती है। हुजूर का नमक खाते हैं, अपने आक़ा की बुराई सुन-सुन कर रंज होता है ? मगर क्या करें ? इस पर बेगम साहबा कहती हैं—मैं तो खुद इसको पसंद नहीं करती। पर वह किसी की सुनते ही नहीं, क्या किया जाए?

मुहल्ले में भी जो दो-चार पुराने ज़माने के लोग थे, आपस में भाँति-भाँति की अमंगल कल्पनाएँ करने लगे—अब खैरियत नहीं। जब हमारे रईसों का यह हाल है, तो मुल्क का खुदा ही हाफ़िज़ है। यह बादशाहत शतरंज के हाथों तबाह होगी। आसार बुरे हैं।

राज्य में हाहाकार मचा हुआ था। प्रजा दिन-दहाड़े लूटी जाती थी। कोई फरियाद सुनने वाला न था। देहातों की सारी दौलत लखनऊ में खिंची आती थी और वह वेश्याओं में, भाँडों में और विलासिता के अन्य अंगों की पूर्ति में उड़ जाती थी। अंग्रेज़ कम्पनी का ऋण दिन-दिन बढ़ता जाता था। कमली दिन-दिन भीग कर भारी होती जाती थी। देश में सुव्यवस्था न होने के कारण वार्षिक कर भी वसूल न होता था। रेज़ीडेंट बार-बार चेतावनी देता था, पर यहाँ तो लोग विलासिता के नशे में चूर थे, किसी के कानों पर जूँ न रेंगती थी।

खैर, मीर साहब के दीवानखाने में शतरंज होते कई महीने गुज़र गए। नए-नए नक्शे हल किए जाते; नये-नये किले बनाए जाते; नित्य नयी व्यूह-रचना होती; कभी-कभी खेलते-खेलते झौड़ हो जाती; तू-तू मैं-मैं तक की नौबत आ जाती; पर शीघ्र ही दोनों मित्रों में मेल हो जाता। कभी-कभी ऐसा भी होता कि बाज़ी उठा दी जाती; मिरज़ाजी रूठ कर अपने घर चले जाते। मीर साहब अपने घर में जा बैठते। पर रात भर की निद्रा के साथ सारा मनोमालिन्य शांत हो जाता था। प्रातःकाल दोनों मित्र दीवानखाने में आ पहुँचते थे।

एक दिन दोनों मित्र बैठे हुए शतरंज की दलदल में गोते खा रहे थे कि इतने में घोड़े पर सवार एक बादशाही फौज का अफसर मीर साहब का नाम पूछता हुआ आ पहुँचा। मीर साहब के होश उड़ गए। यह क्या बला सिर पर आई ! यह तलबी किस लिए हुई है ? अब खैरियत नहीं नज़र आती। घर के दरवाज़े बंद कर लिए। नौकरों से बोले—कह दो, घर में नहीं हैं।

सवार—घर में नहीं, तो कहाँ हैं ?

नौकर—यह मैं नहीं जानता। क्या काम है ?

सवार—काम तुझे क्या बताऊँगा ? हुजूर में तलबी है। शायद फौज के लिए कुछ सिपाही माँगे गए हैं। जागीरदार हैं कि दिल्लगी ! मोरचे पर जाना पड़ेगा, तो आटे-दाल का भाव मालूम हो जाएगा !

नौकर—अच्छा, तो जाइए। कह दिया जाएगा।

सवार—कहने की बात नहीं है। मैं कल खुद आऊँगा, साथ ले जाने का हुक्म हुआ है।

सवार चला गया। मीर साहब की आत्मा काँप उठी। मिरज़ाजी से बोले—कहिए जनाब, अब क्या होगा ?

मिरज़ा—बड़ी मुसीबत है। कहीं मेरी तलबी भी न हो।

मीर—कम्बख्त कल फिर आने को कह गया है।

मिरज़ा—आफत है, और क्या? कहीं मोरचे पर जाना पड़ा तो बेमौत मरे।

मीर—बस, यही एक तदबीर है कि घर पर मिलो ही नहीं। कल से गोमती पर कहीं वीराने में नक्शा जमे। वहाँ किसे खबर होगी? हज़रत आ कर आप लौट जाएँगे।

मिरज़ा—वल्लाह, आपको खूब सूझी ! इसके सिवाय और कोई तदबीर ही नहीं है।

इधर मीर साहब की बेगम उस सवार से कह रही थी—तुमने खूब धता बताया।

उसने जवाब दिया—ऐसे गावदियों को तो चुटकियों पर नचाता हूँ। इनकी सारी अक्ल और हिम्मत तो शतरंज ने चर ली। अब भूल कर भी घर पर न रहेंगे।

दूसरे दिन से दोनों मित्र मुँह अँधेरे घर से निकल खड़े होते। बगल में एक छोटी-सी दरी दबाए, डिब्बे में गिलौरियाँ भरे, गोमती पार की एक पुरानी वीरान मस्जिद में चले जाते, जिसे शायद नवाब आसफ़उद्दौला ने बनवाया था। रास्ते में तम्बाकू, चिलम और मदरिया ले लेते, और मस्जिद में पहुँच, दरी बिछा, हुक्का भर कर शतरंज खेलने बैठ जाते थे। फिर उन्हें दीन-दुनिया की फिक्र न रहती थी। किश्त, शह आदि दो-एक शब्दों के सिवा उनके मुँह से और कोई वाक्य नहीं निकलता था। कोई योगी भी समाधि में इतना एकाग्र न होता होगा। दोपहर को जब भूख मालूम होती तो दोनों मित्र किसी नानबाई की दूकान पर जा कर खाना खाते, और एक चिलम हुक्का पी कर फिर संग्राम-क्षेत्र में डट जाते। कभी-कभी तो उन्हें भोजन का भी खयाल न रहता था।

इधर देश की राजनीतिक दशा भयंकर होती जा रही थी। कम्पनी की फौजें

लखनऊ की तरफ बढ़ी चली आती थीं। शहर में हलचल मची हुई थी। लोग बाल-बच्चों को ले कर देहातों में भाग रहे थे पर हमारे दोनों खिलाड़ियों को इनकी ज़रा भी फ़िक्र न थी। वे घर से आते तो गलियों में हो कर। डर था कि कहीं किसी बादशाही मुलाज़िम की निगाह न पड़ जाए, जो बेकार में पकड़े जाएँ। हज़ारों रुपये सालाना की जागीर मुफ्त ही हज़म करना चाहते थे।

एक दिन दोनों मित्र मस्जिद के खंडहर में बैठे हुए शतरंज खेल रहे थे। मिरज़ा की बाजी कुछ कमज़ोर थी। मीर साहब उन्हें किश्त-पर-किश्त दे रहे थे। इतने में कम्पनी के सैनिक आते हुए दिखाई दिए। वह गोरों की फ़ौज थी, जो लखनऊ पर अधिकार जमाने के लिए आ रही थी।

मीर साहब बोले—अंग्रेज़ी फ़ौज आ रही है; खुदा खैर करे।

मिरज़ा—आने दीजिए, किश्त बचाइए। यह किश्त।

मीर—ज़रा देखना चाहिए, यहीं आड़ में खड़े हो जाएँ !

मिरज़ा—देख लीजिएगा, जल्दी क्या है, फिर किश्त !

मीर—तोपखाना भी है। कोई पाँच हज़ार आदमी होंगे। कैसे-कैसे जवान हैं? लाल बन्दरों के-से मुँह। सूरत देख कर खौफ मालूम होता है।

मिरज़ा—जनाब, हीले न कीजिए। ये चकमे किसी और को दीजिएगा। यह किश्त !

मीर—आप भी अजीब आदमी हैं। यहाँ तो शहर पर आफत आई हुई है और आपको किश्त की सूझी है ! कुछ इसकी भी खबर है कि शहर घिर गया, तो घर कैसे चलेंगे ?

मिरज़ा—जब घर चलने का वक्त आएगा, तो देखा जाएगा—यह किश्त ! बस, अबकी शह में मात है।

फौज निकल गई। दस बजे का समय था। फिर बाजी बिछ गई।

मिरज़ा—आज खाने की कैसे ठहरेगी ?

मीर—अजी, आज तो रोज़ा है। क्या आपको ज़्यादा भूख मालूम होती है ?

मिरज़ा—जी नहीं। शहर में न जाने क्या हो रहा है !

मीर—शहर में कुछ न हो रहा होगा। लोग खाना खा-खाकर आराम से सो रहे होंगे। हुज़ूर नवाब साहब भी ऐशगाह में होंगे।

दोनों सज्जन फिर जो खेलने बैठे, तो तीन बज गए। अबकी मिरज़ा जी की बाजी कमज़ोर थी। चार का गजर बज ही रहा था कि फ़ौज की वापसी की आहट मिली। नवाब वाजिदअली पकड़ लिए गए थे, और सेना उन्हें किसी अज्ञात स्थान को लिए जा रही थी। शहर में न कोई हलचल थी, न मार-काट। एक बूँद भी खून नहीं गिरा था। आज तक किसी स्वाधीन देश के राजा की पराजय इतनी शांति से,

नहीं गिरा था। आज तक किसी स्वाधीन देश के राजा की पराजय इतनी शांति से, इस तरह खून बहे बिना न हुई होगी। यह वह अहिंसा न थी, जिस पर देवगण प्रसन्न होते हैं। यह वह कायरपन था, जिस पर बड़े-बड़े कायर भी आँसू बहाते हैं। अवध के विशाल देश का नवाब बन्दी चला जाता था, और लखनऊ ऐश की नींद में मस्त था। यह राजनीतिक अधःपतन की चरम सीमा थी।

मिरज़ा ने कहा—हुजूर नवाब साहब को ज़ालिमों ने कैद कर लिया है।

मीर—होगा, यह लीजिए शह।

मिरज़ा—जनाब, ज़रा ठहरिए। इस वक्त इधर तबीयत नहीं लगती। बेचारे नवाब साहब इस वक्त खून के आँसू रो रहे होंगे।

मीर—रोया ही चाहें। यह ऐश वहाँ कहाँ नसीब होगा? यह किश्त !

मिरज़ा—किसी के दिन बराबर नहीं जाते। कितनी दर्दनाक हालत है।

मीर—हाँ, सो तो है ही—यह लो, फिर किश्त ! बस, अबकी किश्त में मात है, बच नहीं सकते।

मिरज़ा—ख़ुदा की कसम, आप बड़े बेदर्द हैं। इतना बड़ा हादसा देख कर भी आपको दुःख नहीं होता? हाय, गरीब वाजिदअली शाह !

मीर—पहले अपने बादशाह को तो बचाइए फिर नवाब साहब का मातम कीजिएगा। यह किश्त और यह मात ! लाना हाथ !

बादशाह को लिए हुए सेना सामने से निकल गई। उनके जाते ही मिरज़ा ने फिर बाजी बिछा दी। हार की चोट बुरी होती है। मीर ने कहा—आइए, नवाब साहब के मातम में एक मरसिया कह डालें। लेकिन मिरज़ा की राजभक्ति अपनी हार के साथ लुप्त हो चुकी थी। वह हार का बदला चुकाने के लिए अधीर हो रहे थे।

शाम हो गई। खंडहर में चमगादड़ों ने चीखना शुरू किया। अबाबीलें आ-आ कर अपने-अपने घोसलों में चिमटीं, पर दोनों खिलाड़ी डटे हुए थे, मानो दो खून के प्यासे सूरमा आपस में लड़ रहे हों। मिरज़ाजी तीन बाज़ियाँ लगातार हार चुके थे; इस चौथी बाज़ी का रंग भी अच्छा न था। वह बार-बार जीतने का दृढ़ निश्चय करके सँभल कर खेलते थे लेकिन एक-न-एक चाल ऐसी बेढब आ पड़ती थी, जिससे बाज़ी खराब हो जाती थी। हर बार हार के साथ प्रतिकार की भावना और भी उग्र होती थी। उधर मीर साहब मारे उमंग के गज़लें गाते थे, चुटकियाँ लेते थे, मानो कोई गुप्त धन पा गए हों। मिरज़ाजी सुन-सुन कर झुँझलाते और हार की झेंप को मिटाने के लिए उनकी दाद देते थे। पर ज्यों-ज्यों बाज़ी कमज़ोर पड़ती थी, धैर्य हाथ से निकला जाता था। यहाँ तक कि वह बात-बात पर झुँझलाने लगे—जनाब, आप चाल बदला

न कीजिए। यह क्या कि एक चाल चले, और फिर उसे बदल दिया। जो कुछ चलना हो एक बार चल दीजिए; यह आप मुहरे पर हाथ क्यों रखते हैं ? मुहरे को छोड़ दीजिए। जब तक आपको चाल न सूझे, मुहरा छुइए ही नहीं। आप एक-एक चाल आध घंटे में चलते हैं। इसकी सनद नहीं। जिसे एक चाल चलने में पाँच मिनट से ज़्यादा लगे, उसकी मात समझी जाए। फिर आपने चाल बदली ! चुपके से मुहरा वहीं रख दीजिए।

मीर साहब का फरजी पिटता था। बोले—मैंने चाल चली ही कब थी ?

मिरज़ा—आप चाल चल चुके हैं। मुहरा वहीं रख दीजिए—उसी घर में !

मीर—उस घर में क्यों रखूँ ? मैंने हाथ से मुहरा छोड़ा ही कब था ?

मिरज़ा—मुहरा आप कयामत तक न छोड़ें, तो क्या चाल ही न होगी ? फरजी पिटते देखा तो धाँधली करने लगे।

मीर—धाँधली आप करते हैं। हार-जीत तकदीर से होती है, धाँधली करने से कोई नहीं जीतता।

मिरज़ा—तो इस बाज़ी में तो आपकी मात हो गई।

मीर—मुझे क्यों मात होने लगी ?

मिरज़ा—तो आप मुहरा उसी घर में रख दीजिए, जहाँ पहले रक्खा था।

मीर—वहाँ क्यों रखूँ ? नहीं रखता।

मिरज़ा—क्यों न रखिएगा ? आपको रखना होगा।

तकरार बढ़ने लगी। दोनों अपनी-अपनी टेक पर अड़े थे। न यह दबता था न वह। अप्रासंगिक बातें होने लगीं। मिरज़ा बोले—किसी ने खानदान में शतरंज खेली होती, तब तो इसके कायदे जानते। वे तो हमेशा घास छीला किए, आप शतरंज क्या खेलिएगा? रियासत और ही चीज़ है। जागीर मिल जाने से ही कोई रईस नहीं हो जाता।

मीर—क्या ? घास आपके अब्बाजान छीलते होंगे। यहाँ तो पीढ़ियों से शतरंज खेलते चले आ रहे हैं।

मिरज़ा—अजी जाइए भी, गाजीउद्दीन हैदर के यहाँ बावरची का काम करते-करते उम्र गुज़र गई, आज रईस बनने चले हैं। रईस बनना कुछ दिल्लगी नहीं है।

मीर—क्यों अपने बुजुर्गों के मुँह में कालिख लगाते हो—वे ही बावरची का काम करते होंगे। यहाँ तो हमेशा बादशाह के दस्तरख्वान पर खाना खाते चले आए हैं।

मिरज़ा—अरे चल चरकटे, बहुत बढ़-बढ़कर बातें न कर।

मीर—ज़बान सँभालिए, वरना बुरा होगा। मैं ऐसी बातें सुनने का आदी नहीं हूँ। यहाँ तो किसी ने आँखें दिखाईं कि उसकी आँखें निकालीं। है हौसला ?

मिरज़ा—आप मेरा हौसला देखना चाहते हैं, तो फिर आइए। आज दो-दो हाथ

हो जाएँ, इधर या उधर।

मीर—तो यहाँ तुमसे दबने वाला कौन ?

दोनों दोस्तों ने कमर से तलवारें निकाल लीं। नवाबी ज़माना था। सभी तलवार, पेशकब्ज़, कटार वग़ैरह बाँधते थे। दोनों विलासी थे, पर कायर न थे। उनमें राजनीतिक भावों का अधःपतन हो गया था—बादशाह के लिए, बादशाहत के लिए क्यों मरें; पर व्यक्तिगत वीरता का अभाव न था। दोनों ज़ख्म खा कर गिरे, और दोनों ने वहीं तड़प-तड़पकर जानें दे दीं। अपने बादशाह के लिए जिनकी आँखों से एक बूँद आँसू न निकला, उन्हीं दोनों प्राणियों ने शतरंज के वज़ीर की रक्षा में प्राण दे दिए।

अँधेरा हो चला था। बाज़ी बिछी हुई थी। दोनों बादशाह अपने-अपने सिंहासनों पर बैठे हुए मानो इन दोनों वीरों की मृत्यु पर रो रहे थे !

चारों तरफ सन्नाटा छाया हुआ था। खंडहर की टूटी हुई मेहराबें, गिरी हुई दीवारें और धूल-धूसरित मीनारें इन लाशों को देखतीं और सिर धुनती थीं।

परीक्षा

जब रियासत देवगढ़ के दीवान सरदार सुजानसिंह बूढ़े हुए तो परमात्मा की याद आई। जा कर महाराज से विनय की कि दीनबंधु ! दास ने श्रीमान् की सेवा चालीस साल तक की, अब मेरी अवस्था भी ढल गई, राज-काज सँभालने की शक्ति नहीं रही। कहीं भूल-चूक हो जाए तो बुढ़ापे में दाग लगे। सारी जिंदगी की नेकनामी मिट्टी में मिल जाए।

राजा साहब अपने अनुभवशील नीतिकुशल दीवान का बड़ा आदर करते थे। बहुत समझाया, लेकिन जब दीवान साहब ने न माना, तो हार कर उनकी प्रार्थना स्वीकार कर ली; पर शर्त यह लगा दी कि रियासत के लिए नया दीवान आप ही को खोजना पड़ेगा।

दूसरे दिन देश के प्रसिद्ध पत्रों में यह विज्ञापन निकला कि देवगढ़ के लिए एक सुयोग्य दीवान की जरूरत है। जो सज्जन अपने को इस पद के योग्य समझें वे वर्तमान सरकार सुजानसिंह की सेवा में उपस्थित हों। यह जरूरी नहीं है कि वे ग्रेजुएट हों, मगर हृष्ट-पुष्ट होना आवश्यक है, मंदाग्नि के मरीज को यहाँ तक कष्ट उठाने की कोई जरूरत नहीं। एक महीने तक उम्मीदवारों के रहन-सहन, आचार-विचार की देखभाल की जाएगी। विद्या का कम, परन्तु कर्तव्य का अधिक विचार किया जाएगा। जो महाशय इस परीक्षा में पूरे उतरेंगे, वे इस उच्च पद पर सुशोभित होंगे।

इस विज्ञापन ने सारे मुल्क में तहलका मचा दिया। ऐसा ऊँचा पद और किसी प्रकार की कैद नहीं ? केवल नसीब का खेल है। सैकड़ों आदमी अपना-अपना भाग्य परखने

के लिए चल खड़े हुए। देवगढ़ में नये-नये और रंग-बिरंगे मनुष्य दिखायी देने लगे। प्रत्येक रेलगाड़ी से उम्मीदवारों का एक मेला-सा उतरता। कोई पंजाब से चला आता था, कोई मद्रास से, कोई नई फैशन का प्रेमी, कोई पुरानी सादगी पर मिटा हुआ। पंडितों और मौलवियों को भी अपने-अपने भाग्य की परीक्षा करने का अवसर मिला। बेचारे सनद के नाम रोया करते थे, यहाँ उसकी कोई जरूरत नहीं थी। रंगीन एमामे, चोगे और नाना प्रकार के अंगरखे और कंटोप देवगढ़ में अपनी सज-धज दिखाने लगे। लेकिन सबसे विशेष संख्या ग्रेजुएटों की थी, क्योंकि सनद की कैद न होने पर भी सनद से परदा तो ढँका रहता है।

सरदार सुजानसिंह ने इन महानुभावों के आदर-सत्कार का बड़ा अच्छा प्रबंध कर दिया था। लोग अपने-अपने कमरों में बैठे हुए रोजेदार मुसलमानों की तरह महीने के दिन गिना करते थे। हर एक मनुष्य अपने जीवन को अपनी बुद्धि के अनुसार अच्छे रूप में दिखाने की कोशिश करता था। मिस्टर अ नौ बजे दिन तक सोया करते थे, आजकल वे बगीचे में टहलते हुए ऊषा का दर्शन करते थे। मि. ब को हुक्का पीने की लत थी, आजकल बहुत रात गए किवाड़ बन्द करके अँधेरे में सिगार पीते थे। मि. द, स और ज से उनके घरों पर नौकरों की नाक में दम था, लेकिन ये सज्जन आजकल 'आप' और 'जनाब' के बगैर नौकरों से बातचीत नहीं करते थे। महाशय क नास्तिक थे, हक्सले के उपासक, मगर आजकल उनकी धर्मनिष्ठा देख कर मन्दिर के पुजारी को पदच्युत हो जाने की शंका लगी रहती थी ! मि. ल को किताब से घृणा थी, परन्तु आजकल वे बड़े-बड़े ग्रन्थ देखने-पढ़ने में डूबे रहते थे। जिससे बात कीजिए, वह नम्रता और सदाचार का देवता बना मालूम देता था। शर्मा जी घड़ी रात से ही वेद-मंत्र पढ़ने में लगते थे और मौलवी साहब को नमाज और तलावत के सिवा और कोई काम न था। लोग समझते थे कि एक महीने का झंझट है, किसी तरह काट लें, कहीं कार्य सिद्ध हो गया तो कौन पूछता है।

लेकिन मनुष्यों का वह बूढ़ा जौहरी आड़ में बैठा हुआ देख रहा था कि इन बगुलों में हंस कहाँ छिपा हुआ है।

एक दिन नये फैशनवालों को सूझी कि आपस में हाकी का खेल हो जाय। यह प्रस्ताव हाकी के मँजे हुए खिलाड़ियों ने पेश किया। यह भी तो आखिर एक विद्या है। इसे क्यों छिपा रखें। संभव है, कुछ हाथों की सफाई ही काम कर जाय। चलिए तय हो गया, फील्ड बन गई, खेल शुरू हो गया और गेंद किसी दफ्तर के अप्रेंटिस की तरह ठोकरें खाने लगा।

रियासत देवगढ़ में यह खेल बिलकुल निराली बात थी। पढ़े-लिखे भलेमानुस लोग शतरंज और ताश जैसे गंभीर खेल खेलते थे। दौड़-कूद के खेल बच्चों के खेल समझे जाते थे।

खेल बड़े उत्साह से जारी था। धावे के लोग जब गेंद को ले कर तेजी से उड़ते तो ऐसा जान पड़ता था कि कोई लहर बढ़ती चली आती है। लेकिन दूसरी ओर के खिलाड़ी इस बढ़ती हुई लहर को इस तरह रोक लेते थे कि मानो लोहे की दीवार है।

संध्या तक यही धूमधाम रही। लोग पसीने से तर हो गए। खून की गर्मी आँख और चेहरे से झलक रही थी। हाँफते-हाँफते बेदम हो गए, लेकिन हार-जीत का निर्णय न हो सका।

अँधेरा हो गया था। इस मैदान से जरा दूर हट कर एक नाला था। उस पर कोई पुल न था। पथिकों को नाले में से चल कर आना पड़ता था। खेल अभी बन्द ही हुआ था और खिलाड़ी लोग बैठे दम ले रहे थे कि एक किसान अनाज से भरी हुई गाड़ी लिए हुए उस नाले में आया। लेकिन कुछ तो नाले में कीचड़ था और कुछ उसकी चढ़ाई इतनी ऊँची थी कि गाड़ी ऊपर न चढ़ सकती थी। वह कभी बैलों को ललकारता, कभी पहियों को हाथ से ढकेलता लेकिन बोझ अधिक था और बैल कमजोर। गाड़ी ऊपर को न चढ़ती और चढ़ती भी तो कुछ दूर चढ़कर फिर खिसक कर नीचे पहुँच जाती। किसान बार-बार जोर लगाता और बार-बार झुँझला कर बैलों को मारता, लेकिन गाड़ी उभरने का नाम न लेती। बेचारा इधर-उधर निराश हो कर ताकता मगर वहाँ कोई सहायक नजर न आता। गाड़ी को अकेले छोड़ कर कहीं जा भी नहीं सकता। बड़ी आपत्ति में फँसा हुआ था। इसी बीच में खिलाड़ी हाथों में डंडे लिए घूमते-घामते उधर से निकले। किसान ने उनकी तरफ सहमी हुई आँखों से देखा, परंतु किसी से मदद माँगने का साहस न हुआ। खिलाड़ियों ने भी उसको देखा मगर बन्द आँखों से, जिनमें सहानुभूति न थी। उनमें स्वार्थ था, मद था, मगर उदारता और वात्सल्य का नाम भी न था।

लेकिन उसी समूह में एक ऐसा मनुष्य था जिसके हृदय में दया थी और साहस था। आज हाकी खेलते हुए उसके पैरों में चोट लग गई थी। लँगड़ाता हुआ धीरे-धीरे चला आता था। अकस्मात् उसकी निगाह गाड़ी पर पड़ी। ठिठक गया। उसे किसान की सूरत देखते ही सब बातें ज्ञात हो गईं। डंडा एक किनारे रख दिया। कोट उतार डाला और किसान के पास जा कर बोला—मैं तुम्हारी गाड़ी निकाल दूँ ?

किसान ने देखा एक गठे हुए बदन का लम्बा आदमी सामने खड़ा है। झुक कर बोला—हुजूर, मैं आपसे कैसे कहूँ ? युवक ने कहा—मालूम होता है, तुम यहाँ बड़ी देर से फँसे हो। अच्छा, तुम गाड़ी पर जा कर बैलों को साधो, मैं पहियों को ढकेलता हूँ, अभी गाड़ी ऊपर चढ़ जाती है।

किसान गाड़ी पर जा बैठा। युवक ने पहिये को जोर लगा कर उकसाया। कीचड़ बहुत ज्यादा था। वह घुटने तक जमीन में गड़ गया, लेकिन हिम्मत न हारी। उसने फिर जोर किया, उधर किसान ने बैलों को ललकारा। बैलों को सहारा मिला, हिम्मत बँध गई, उन्होंने कंधे झुका कर एक बार जोर किया तो गाड़ी नाले के ऊपर थी।

किसान युवक के सामने हाथ जोड़ कर खड़ा हो गया। बोला—महाराज, आपने आज मुझे उबार लिया, नहीं तो सारी रात मुझे यहाँ बैठना पड़ता।

युवक ने हँस कर कहा—अब मुझे कुछ इनाम देते हो ? किसान ने गम्भीर भाव से कहा—नारायण चाहेंगे तो दीवानी आपको ही मिलेगी।

युवक ने किसान की तरफ गौर से देखा। उसके मन में एक संदेह हुआ, क्या यह सुजानसिंह तो नहीं हैं ? आवाज़ मिलती है, चेहरा-मोहरा भी वही। किसान ने भी उसकी ओर तीव्र दृष्टि से देखा। शायद उसके दिल के संदेह को भाँप गया। मुस्करा कर बोला—गहरे पानी में पैठने से ही मोती मिलता है।

निदान महीना पूरा हुआ। चुनाव का दिन आ पहुँचा। उम्मीदवार लोग प्रातःकाल ही से अपनी किस्मतों का फैसला सुनने के लिए उत्सुक थे। दिन काटना पहाड़ हो गया। प्रत्येक के चेहरे पर आशा और निराशा के रंग आते थे। नहीं मालूम, आज किसके नसीब जागेंगे ! न जाने किस पर लक्ष्मी की कृपादृष्टि होगी।

संध्या समय राजा साहब का दरबार सजाया गया। शहर के रईस और धनाढ्य लोग, राज्य के कर्मचारी और दरबारी तथा दीवानी के उम्मीदवारों का समूह, सब रंग-बिरंगी सज-धज बनाये दरबार में आ विराजे ! उम्मीदवारों के कलेजे धड़क रहे थे।

जब सरदार सुजानसिंह ने खड़े हो कर कहा—मेरे दीवानी के उम्मीदवार महाशयों ! मैंने आप लोगों को जो कष्ट दिया है, उसके लिए मुझे क्षमा कीजिए। इस पद के लिए ऐसे पुरुष की आवश्यकता थी, जिसके हृदय में दया हो और साथ-साथ आत्मबल। हृदय वह जो उदार हो, आत्मबल वह जो आपत्ति का वीरता के साथ सामना करे और इस रियासत के सौभाग्य से हमें ऐसा पुरुष मिल गया। ऐसे गुणवाले संसार में कम हैं और जो हैं, वे कीर्ति और मान के शिखर पर बैठे हुए हैं, उन

तक हमारी पहुँच नहीं। मैं रियासत के पंडित जानकीनाथ-सा दीवान पाने पर बधाई देता हूँ।

रियासत के कर्मचारियों और रईसों ने जानकीनाथ की तरफ देखा। उम्मीदवार दल की आँखें उधर उठीं, मगर उन आँखों में सत्कार था, इन आँखों में ईर्ष्या।

सरदार साहब ने फिर फरमाया, आप लोगों को यह स्वीकार करने में कोई आपत्ति न होगी कि जो पुरुष स्वयं जख्मी हो कर भी एक गरीब किसान की भरी हुई गाड़ी को दलदल से निकाल कर नाले के ऊपर चढ़ा दे उसके हृदय में साहस, आत्मबल और उदारता का वास है। ऐसा आदमी गरीबों को कभी न सतावेगा। उसका संकल्प दृढ़ है, जो उसके चित्त को स्थिर रखेगा। वह चाहे धोखा खा जाए, परन्तु दया और धर्म से कभी न हटेगा।

बड़े भाई साहब

मेरे भाई साहब मुझसे पाँच साल बड़े थे; लेकिन केवल तीन दरजे आगे। उन्होंने भी उसी उम्र में पढ़ना शुरू किया था जब मैंने शुरू किया था; लेकिन तालीम जैसे महत्त्व के मामले में वह जल्दबाज़ी से काम लेना पसन्द न करते थे। इस भावना की बुनियाद खूब मज़बूत डालना चाहते थे, जिस पर आलीशान महल बन सके। एक साल का काम दो साल में करते थे। कभी-कभी तीन साल भी लग जाते थे। बुनियाद ही पुख्ता न हो, तो मकान कैसे पायेदार बने !

मैं छोटा था, वह बड़े थे। मेरी उम्र नौ साल की थी, वह चौदह साल के थे। उन्हें मेरी तम्बीह और निगरानी का पूरा और जन्मसिद्ध अधिकार था। और मेरी शालीनता इसी में थी कि उनके हुक्म को कानून समझूँ।

वह स्वभाव से बड़े अध्ययनशील थे। हरदम किताब खोले बैठे रहते। और शायद दिमाग को आराम देने के लिए कभी कॉपी पर, कभी किताब के हाशियों पर चिड़ियों, कुत्तों, बिल्लियों की तस्वीरें बनाया करते थे। कभी-कभी एक ही नाम या शब्द या वाक्य दस-बीस बार लिख डालते। कभी एक शे'र को बार-बार सुन्दर अक्षरों में नकल करते। कभी ऐसी शब्द-रचना करते, जिसमें न कोई अर्थ होता, न कोई सामंजस्य। मसलन, एक बार उनकी कॉपी पर मैंने यह इबारत देखी—स्पेशल, अमीना, भाइयों-भाइयों, दर-असल, भाई-भाई, राधेश्याम, श्रीयुत राधेश्याम, एक घंटे तक—इसके बाद एक आदमी का चेहरा बना हुआ था। और उनसे पूछने का साहस न हुआ। वह नवीं जमात में थे, मैं पाँचवीं में। उनकी रचनाओं को समझना मेरे लिए छोटा मुँह बड़ी बात थी।

मेरा जी पढ़ने में बिलकुल न लगता था। एक घंटा भी किताब लेकर बैठना पहाड़ था। मौका पाते ही हॉस्टल से निकल मैदान में आ जाता और कभी कंकरियाँ

उछालता, कभी कागज़ की तितलियाँ उड़ाता, और कहीं कोई साथी मिल गया, तो पूछना ही क्या। कभी चारदीवारी पर चढ़कर नीचे कूद रहे हैं, कभी फाटक पर सवार, उसे आगे-पीछे चलाते हुए मोटरकार का आनन्द उठा रहे हैं, लेकिन कमरे में आते ही भाई साहब का वह रौद्र-रूप देखकर प्राण सूख जाते ! उनका पहला सवाल यह होता—'कहाँ थे ?' हमेशा यही सवाल, इसी ध्वनि में हमेशा पूछा जाता था और इसका जवाब मेरे पास केवल मौन था। न जाने मेरे मुँह से यह बात क्यों न निकलती कि ज़रा बाहर खेल रहा था। मेरा मौन कह देता था कि मुझे अपना अपराध स्वीकार है और भाई साहब के लिए इसके सिवा और कोई इलाज न था कि स्नेह और रोष से मिले हुए शब्दों में मेरा सत्कार करें।

'इस तरह अंग्रेज़ी पढ़ोगे, तो ज़िन्दगी भर पढ़ते रहोगे और हर्फ न आएगा। अंग्रेज़ी पढ़ना कोई हँसी-खेल नहीं है कि जो चाहे, पढ़ ले; नहीं ऐरा-ग़ैरा नत्थू-खैरा सभी अंग्रेज़ी के विद्वान हो जाते। यहाँ रात-दिन आँखें फोड़नी पड़ती हैं और खून जलाना पड़ता है, तब कहीं यह विद्या आती है। और आती क्या है, हाँ, कहने को आ जाती है। बड़े-बड़े विद्वान भी शुद्ध अंग्रेज़ी नहीं लिख सकते, बोलना तो दूर रहा। और मैं कहता हूँ, तुम कितने घोंघा हो कि मुझे देखकर भी सबक नहीं लेते। मैं कितनी मेहनत करता हूँ, यह तुम अपनी आँखों से देखते हो, अगर नहीं देखते, तो यह तुम्हारी आँखों का कसूर है, तुम्हारी बुद्धि का कसूर है। इतने मेले-तमाशे होते हैं, मुझे तुमने कभी देखने जाते देखा है ? रोज़ ही क्रिकेट और हॉकी-मैच होते हैं। मैं पास नहीं फटकता। हमेशा पढ़ता रहता हूँ। उस पर भी एक-एक दरजे में दो-दो, तीन-तीन साल पड़ा रहता हूँ; फिर भी तुम कैसे आशा करते हो कि तुम यों खेल-कूद में वक्त गँवाकर पास हो जाओगे ? मुझे तो दो-तीन साल ही लगते हैं, तुम उम्र-भर इसी दरजे में पड़े सड़ते रहोगे ! अगर तुम्हें इस तरह उम्र गँवानी है तो बेहतर है, घर चले जाओ और मज़े से गुल्ली-डण्डा खेलो। दादा की गाढ़ी कमाई के रुपये क्यों बरबाद करते हो ?'

मैं यह लताड़ सुनकर आँसू बहाने लगता। जवाब ही क्या था! अपराध तो मैंने किया, लताड़ कौन सहे ? भाई साहब उपदेश की कला में निपुण थे। ऐसी-ऐसी लगती बातें कहते, ऐसे-ऐसे सूक्ति-बाण चलाते, कि मेरे जिगर के टुकड़े-टुकड़े हो जाते और हिम्मत टूट जाती। इस तरह जान तोड़कर मेहनत करने की शक्ति मैं अपने में न पाता था और उस निराशा में ज़रा देर के लिए मैं सोचने लगता—क्यों न घर चला जाऊँ। जो काम मेरे बूते के बाहर है, उसमें हाथ डालकर क्यों अपनी ज़िन्दगी खराब करूँ। मुझे अपना मूर्ख रहना मंजूर था, लेकिन उतनी मेहनत ! मुझे तो चक्कर आ जाता था; लेकिन घंटे-दो घंटे के बाद निराशा के बादल छँट जाते और मैं इरादा करता कि आगे से खूब जी लगाकर पढ़ूँगा। चटपट एक टाइम-टेबिल

बना डालता। बिना पहले से नक्शा बनाए, कोई स्कीम तैयार किये बिना काम कैसे शुरू करूँ। टाइम-टेबिल में खेलकूद की मद बिलकुल उड़ जाती। प्रातःकाल उठना; छह बजे मुँह-हाथ धो, नाश्ता कर, पढ़ने बैठ जाना। छह से आठ तक अंग्रेज़ी, आठ से नौ तक हिसाब, नौ से साढ़े नौ तक इतिहास, फिर भोजन और स्कूल। साढ़े तीन बजे स्कूल से वापस होकर आध घण्टा आराम, चार से पाँच तक भूगोल, पाँच से छह तक ग्रामर; आध घंटा हॉस्टल के सामने ही टहलना, साढ़े छह से सात तक अंग्रेज़ी कम्पोज़ीशन, फिर भोजन करके आठ से नौ तक अनुवाद, नौ से दस तक हिन्दी, दस से ग्यारह तक विविध-विषय, फिर विश्राम।

मगर टाइम-टेबिल बना लेना एक बात है, उस पर अमल करना दूसरी बात। पहले ही दिन उसकी अवेहलना शुरू हो जाती। मैदान की वह सुखद हरियाली, हवा के हल्के-हल्के झोंके, फुटबाल की तरह उछलकूद, कबड्डी के वह दाँव-घात, वॉलीबाल की वह तेज़ी और फुरती, मुझे अज्ञात और अनिवार्य रूप से खींच ले जाती और वहाँ जाते ही मैं सब कुछ भूल जाता। वह जानलेवा टाइम-टेबिल, आँखफोड़ पुस्तकें किसी को याद न रहतीं और भाई साहब को नसीहत और फज़ीहत का अवसर मिल जाता। मैं उनके साये से भागता, उनकी आँखों से दूर रहने की चेष्टा करता, कमरे में इस तरह दबे पाँव आता कि उन्हें खबर न हो। उनकी नज़र मेरी ओर उठी और मेरे प्राण निकले। हमेशा सिर पर एक नंगी तलवार-सी लटकती मालूम होती। फिर भी जैसे मौत और विपत्ति के बीच भी आदमी मोह और माया के बन्धन में जकड़ा रहता है, मैं फटकार और घुड़कियाँ खाकर भी खेल-कूद का तिरस्कार नहीं कर सकता।

सालाना इम्तहान हुआ। भाई साहब फेल हो गए, मैं पास हो गया और दरजे में प्रथम आया। मेरे और उनके बीच में केवल दो साल का अन्तर रह गया। जी में आया, भाई साहब को आड़े हाथों लूँ—आपकी वह घोर तपस्या कहाँ गई? मुझे देखिए, मज़े से खेलता भी रहा और दरजे में अव्वल भी हूँ। लेकिन वह इतने दुखी और उदास थे कि मुझे उनसे दिली हमदर्दी हुई और उनके घाव पर नमक छिड़कने का विचार ही लज्जास्पद जान पड़ा। हाँ, अब मुझे अपने ऊपर कुछ अभिमान हुआ और आत्मसम्मान भी बढ़ा। भाई साहब का वह रौब मुझ पर न रहा। आज़ादी से खेलकूद में शरीक होने लगा। दिल मज़बूत था। अगर उन्होंने फिर फज़ीहत की, तो साफ कह दूँगा—आपने अपना खून जलाकर कौन-सा तीर मार लिया? मैं तो खेलते-कूदते दरजे में अव्वल आ गया। ज़बान से यह हेकड़ी जताने का साहस न होने पर भी मेरे रंग-ढंग से साफ ज़ाहिर होता था कि भाई साहब का वह आतंक मुझ पर नहीं था। भाई साहब ने इसे भाँप लिया—उनकी सहज-बुद्धि बड़ी तीव्र थी और एक दिन

जब मैं भोर का सारा समय गुल्ली-डंडे की भेंट करके ठीक भोजन के समय लौटा तो भाई साहब ने मानो तलवार खींच ली और मुझ पर टूट पड़े–देखता हूँ, इस साल पास हो गए और दरजे में अव्वल आ गए, तो तुम्हें दिमाग हो गया है; मगर भाईजान, घमंड तो बड़े-बड़े का नहीं रहा, तुम्हारी क्या हस्ती है ? इतिहास में रावण का हाल तो पढ़ा ही होगा। उसके चरित्र से तुमने कौन-सा उपदेश लिया ? या यों ही पढ़ गए ? महज इम्तहान पास कर लेना कोई चीज़ नहीं, असल चीज़ है–बुद्धि का विकास। जो कुछ पढ़ो, उसका अभिप्राय समझो। रावण भूमण्डल का स्वामी था। ऐसे राजाओं को चक्रवर्ती कहते हैं। आजकल अंग्रेज़ों के राज्य का विस्तार बहुत बढ़ा हुआ है; पर इन्हें चक्रवर्ती नहीं कह सकते। संसार में अनेकों राष्ट्र अंग्रेज़ों का आधिपत्य स्वीकार नहीं करते, बिलकुल स्वाधीन हैं। रावण चक्रवर्ती राजा था, संसार के सभी महीप उसे कर देते थे। बड़े-बड़े देवता उसकी गुलामी करते थे। आग और पानी के देवता भी उसके दास थे; मगर उसका अन्त क्या हुआ ? घमंड ने उसका नामो-निशान तक मिटा दिया, कोई उसे एक चुल्लू पानी देनेवाला भी न बचा। आदमी और जो कुकर्म चाहे करे, पर अभिमान न करे, इतराये नहीं। अभिमान किया, और दीन-दुनिया दोनों से गया। शैतान का हाल भी पढ़ा ही होगा। उसे यह अभिमान हुआ था कि ईश्वर का उससे बढ़कर सच्चा भक्त कोई है ही नहीं ! अंत में यह हुआ कि स्वर्ग से नरक में ढकेल दिया गया। शाहेरूम ने भी एक बार अहंकार किया था। भीख माँग-माँगकर मर गया। तुमने तो अभी केवल एक दरजा पास किया है, और अभी से तुम्हारा सिर फिर गया, तब तो तुम आगे पढ़ चुके। यह समझ लो कि तुम अपनी मेहनत से नहीं पास हुए, अन्धे के हाथ बटेर लग गई। मगर बटेर केवल एक बार हाथ लग सकती है, बार-बार नहीं लग सकती। कभी-कभी गुल्ली-डंडे में भी अंधा-चोट निशाना पड़ जाता है। इससे कोई सफल खिलाड़ी नहीं हो जाता। सफल खिलाड़ी वह है, जिसका कोई निशाना खाली न जाए। मेरे फेल होने पर मत जाओ। मेरे दरजे में आओगे, तो दाँतों पसीना आ जाएगा, जब अलजबरा और ज्यॉमेट्री के लोहे के चने चबाने पड़ेंगे, और इंग्लिस्तान का इतिहास पढ़ना पड़ेगा। बादशाहों के नाम याद रखना आसान नहीं। आठ-आठ हेनरी ही गुज़रे हैं। कौन-सा कांड किस हेनरी के समय में हुआ, क्या यह याद कर लेना आसान समझते हो ? हेनरी सातवें की जगह हेनरी आठवाँ लिखा और सब नम्बर गायब ! सफाचट। सिफर भी न मिलेगा, सिफर भी ! हो किस खयाल में? दरजनों तो जेम्स हुए हैं, दरजनों विलियम, कोड़ियों चार्ल्स ! दिमाग़ चक्कर खाने लगता है। आँधी रोग हो जाता है। इन अभागों को नाम भी न जुड़ते थे। एक ही नाम के पीछे दोयम, सोयम, चहारुम, पंजुम लगाते चले गए। मुझसे पूछते, तो दस लाख नाम बता देता और ज्यॉमेट्री तो बस खुदा की पनाह ! अ ब ज की जगह अ ज ब लिख दिया और सारे नम्बर कट गए।

कोई इन निर्दयी मुमतहिनों से नहीं पूछता कि आखिर अ ब ज और अ ज ब में क्या फ़र्क है, और व्यर्थ की बात के लिए क्यों छात्रों का खून करते हो? दाल-भात-रोटी या भात-दाल-रोटी खाई, इसमें क्या रखा है, मगर इन परीक्षकों को क्या परवाह! वे तो वही देखते हैं जो पुस्तक में लिखा है। चाहते हैं कि लड़के अक्षर-अक्षर रट डालें। और इसी रटन्त का नाम शिक्षा रख छोड़ा है। और आखिर इन बे-सर-पैर की बातों के पढ़ने से फायदा ? इस रेखा पर वह लम्ब गिरा दो, तो आधार लम्ब से दुगुना होगा। पूछिए, इससे प्रयोजन ? दुगुना नहीं, चौगुना हो जाए, या आधा ही रहे, मेरी बला से; लेकिन परीक्षा में पास होना है, तो यह सब खुराफात याद करनी पड़ेगी। कह दिया—'समय की पाबन्दी' पर एक निबन्ध लिखो, जो चार पन्नों से कम न हो। अब आप कॉपी सामने खोले, कलम हाथ में लिए उसके नाम को रोइए। कौन नहीं जानता कि समय की पाबन्दी बहुत अच्छी बात है, इससे आदमी के जीवन में संयम आ जाता है, दूसरों का उस पर स्नेह होने लगता है और उसके कारोबार में उन्नति होती है; लेकिन इस ज़रा-सी बात पर चार पन्ने कैसे लिखें। जो बात एक वाक्य में कही जा सके, उसे चार पन्नों में लिखने की ज़रूरत ? मैं तो इसे हिमाकत कहता हूँ। यह तो समय की किफ़ायत नहीं; बल्कि उसका दुरुपयोग है कि व्यर्थ में किसी बात को ठूँस दिया जाए। हम चाहते हैं, आदमी को जो कुछ कहना हो, चटपट कह दे, अपनी राह ले। मगर नहीं, आपको चार पन्ने रँगने पड़ेंगे; चाहे जैसे लिखिए। और पन्ने भी पूरे फुलस्केप के आकार के। यह छात्रों पर अत्याचार नहीं तो और क्या है ? अनर्थ तो यह है कि कहा जाता है, संक्षेप में लिखो। समय की पाबन्दी पर संक्षेप में एक निबन्ध लिखो, जो चार पन्नों से कम न हो। ठीक ! संक्षेप में तो चार पन्ने हुए, नहीं शायद सौ-दो सौ पन्ने लिखवाते। तेज़ भी दौड़िए और धीरे-धीरे भी। उलटी बात है या नहीं ? बालक भी इतनी-सी बात समझ सकता है; लेकिन इन अध्यापकों को इतनी तमीज़ भी नहीं। उस पर दावा है कि हम अध्यापक हैं। मेरे दरजे में आओगे लाला, तो ये सारे पापड़ बेलने पड़ेंगे और तब आटे-दाल का भाव मालूम होगा। इस दरजे में अव्वल आ गए हो, तो ज़मीन पर पाँव नहीं रखते। इसलिए मेरा कहना मानिए। लाख फेल हो गया हूँ, लेकिन तुमसे बड़ा हूँ, संसार का मुझे तुमसे कहीं ज़्यादा अनुभव है। जो कुछ कहता हूँ, उसे गिरह बाँधिए, नहीं पछताइएगा।

स्कूल का समय निकट था, नहीं ईश्वर जाने यह उपदेश-माला कब समाप्त होती। भोजन आज मुझे निःस्वाद-सा लग रहा था। जब पास होने पर यह तिरस्कार हो रहा है, तो फेल हो जाने पर शायद प्राण ही ले लिए जाएँ। भाई साहब ने अपने दरजे की पढ़ाई का जो भयंकर चित्र खींचा था; उसने मुझे भयभीत कर दिया। स्कूल छोड़कर घर नहीं भागा, यही ताज्जुब है; लेकिन इतने तिरस्कार पर भी पुस्तकों में

मेरी अरुचि ज्यों-की-त्यों बनी रही। खेल-कूद का कोई अवसर हाथ से न जाने देता। पढ़ता भी; मगर बहुत कम, बस इतना ही कि रोज़ का टास्क पूरा हो जाए और दरजे में ज़लील न होना पड़े। अपने ऊपर जो विश्वास पैदा था, वह फिर लुप्त हो गया और फिर चोरों का-सा जीवन कटने लगा।

फिर सालाना इम्तहान हुए, और कुछ ऐसा संयोग हुआ कि मैं फिर पास हुआ और भाई साहब फेल हो गए। मैंने बहुत मेहनत नहीं की; पर न जाने कैसे दरजे में अव्वल आ गया। मुझे खुद अचरज हुआ। भाई साहब ने प्राणांतक परिश्रम किया। कोर्स का एक-एक शब्द चाट गए थे; दस बजे रात तक इधर, चार बजे भोर से उधर, छह से साढ़े नौ तक स्कूल जाने के पहले। मुद्रा कांतिहीन हो गई थी; मगर बेचारे फेल हो गए। मुझे उन पर दया आती थी ! नतीजा सुनाया गया, तो वह रो पड़े और मैं भी रोने लगा। अपने पास होने की खुशी आधी हो गई ! मैं भी फेल हो गया होता, तो भाई साहब को इतना दुःख न होता, लेकिन विधि की बात कौन टाले?

मेरे और भाई साहब के बीच में अब केवल एक दरजे का अन्तर और रह गया। मेरे मन में एक कुटिल भावना उदय हुई कि कहीं भाई साहब एक साल और फेल हो जाएँ, तो मैं उनके बराबर हो जाऊँ, फिर वह किस आधार पर मेरी फज़ीहत कर सकेंगे, लेकिन मैंने इस कमीने विचार को दिल से बलपूर्वक निकाल डाला। आखिर वह मुझे मेरे हित के विचार से ही तो डाँटते हैं। मुझे इस वक़्त अप्रिय लगता है अवश्य, मगर वह शायद उनके उपदेशों का ही असर हो कि मैं दनादन पास हो जाता हूँ और इतने अच्छे नम्बरों से।

अब भाई साहब बहुत कुछ नर्म पड़ गए थे। कई बार मुझे डाँटने का अवसर पाकर भी उन्होंने धीरज से काम लिया। शायद अब वह खुद समझने लगे थे कि मुझे डाँटने का अधिकार उन्हें नहीं रहा, या रहा भी, तो बहुत कम। मेरी स्वच्छन्दता भी बढ़ी। मैं उनकी सहिष्णुता का अनुचित लाभ उठाने लगा। मुझे कुछ ऐसी धारणा हुई कि मैं पास हो ही जाऊँगा, पढ़ूँ या न पढ़ूँ, मेरी तक़दीर बलवान है; इसलिए भाई साहब के डर से जो थोड़ा-बहुत पढ़ लिया करता था, वह भी बन्द हुआ। मुझे कनकौए उड़ाने का नया शौक पैदा हो गया था और अब सारा समय पतंगबाज़ी की ही भेंट होता था; फिर भी मैं भाई साहब का अदब करता था, और उनकी नज़र बचाकर कनकौए उड़ाता था। माँझा देना, कन्ने बाँधना, पतंग टूर्नामेंट की तैयारियाँ आदि समस्याएँ सब गुप्त रूप से हल की जाती थीं। मैं भाई साहब को यह सन्देह न करने देना चाहता था कि उनका सम्मान और लिहाज मेरी नज़रों में कम हो गया है।

एक दिन संध्या समय, हॉस्टल से दूर मैं एक कनकौआ लूटने बेतहाशा दौड़ा जा रहा था। आँखें आसमान की ओर थीं और मन उस आकाशगामी पथिक की ओर, जो मन्द गति से झूमता पतन की ओर चला आ रहा था, मानो कोई आत्मा स्वर्ग से निकलकर विरक्त मन से नए संस्कार ग्रहण करने आ रही हो। बालकों की पूरी सेना लग्गे और झाड़दार बाँस लिए इसका स्वागत करने को दौड़ी आ रही थी। किसी को अपने आगे-पीछे की खबर न थी। सभी मानो उस पतंग के साथ ही आकाश में उड़ रहे थे, जहाँ सब कुछ समतल है—न मोटरकारें हैं, न ट्राम, न गाड़ियाँ।

सहसा भाई साहब से मेरी मुठभेड़ हो गई, जो शायद बाज़ार से लौट रहे थे। उन्होंने वहीं हाथ पकड़ लिया और उग्र भाव से बोले—इन बाज़ारी लौंडों के साथ धेले के कनकौए के लिए दौड़ते तुम्हें शर्म नहीं आती ? तुम्हें इसका भी कुछ लिहाज नहीं कि अब नीची जमाअत में नहीं हो; बल्कि आठवीं जमाअत में आ गए हो और मुझसे केवल एक दरजा नीचे हो। आखिर आदमी को कुछ तो अपनी पोज़ीशन का ख़याल करना चाहिए। एक ज़माना था कि लोग आठवाँ दरजा पास करके नायब तहसीलदार हो जाते थे। मैं कितने ही मिडिलचियों को जानता हूँ, जो आज अव्वल दरजे के डिप्टी मैजिस्ट्रेट या सुपरिंटेंडेंट हैं। कितने ही आठवीं जमाअतवाले हमारे लीडर और समाचारपत्रों के सम्पादक हैं। बड़े-बड़े विद्वान उनकी मातहती में काम करते हैं। और तुम उसी आठवें दरजे में आकर बाज़ारी लौंडों के साथ कनकौए के लिए दौड़ रहे हो ? मुझे तुम्हारी इस कमअक्ली पर दुःख होता है। तुम ज़हीन हो, इसमें शक नहीं, लेकिन वह ज़ेहन किस काम का, जो हमारे आत्म-गौरव की हत्या कर डाले। तुम अपने दिल में समझते होंगे, मैं भाई साहब से महज एक दरजा नीचे हूँ, और अब उन्हें मुझको कुछ कहने का हक नहीं; लेकिन यह तुम्हारी गलती है। तुमसे पाँच साल बड़ा हूँ और चाहे आज तुम मेरी ही जमाअत में आ जाओ—और परीक्षकों का यही हाल है; तो निस्सन्देह अगले साल तुम मेरे समकक्ष हो जाओगे और शायद एक साल बाद मुझसे आगे भी निकल जाओ—लेकिन मुझमें और तुममें जो पाँच साल का अन्तर है; उसे तुम क्या, खुदा भी नहीं मिटा सकता। मैं तुमसे पाँच साल बड़ा हूँ और हमेशा रहूँगा ! मुझे दुनिया का और ज़िन्दगी का जो तजरुबा है, तुम उसकी बराबरी नहीं कर सकते, चाहे तुम एम.ए. और डी.लिट्. और डी.फिल. ही क्यों न हो जाओ। समझ किताबें पढ़ने से नहीं आती, दुनिया देखने से आती है। हमारी अम्माँ ने कोई दरजा नहीं पास किया, और दादा भी शायद पाँचवीं-छठी जमाअत के आगे नहीं गए; लेकिन हम दोनों चाहे सारी दुनिया की विद्या पढ़ लें, अम्माँ और दादा को हमें समझाने और सुधारने का अधिकार हमेशा रहेगा। केवल इसलिए नहीं कि वे हमारे जन्मदाता हैं; बल्कि इसलिए कि उन्हें दुनिया का सबसे ज़्यादा तजुरबा है और रहेगा। अमेरिका में किस तरह की राज-व्यवस्था है, और आठवें

हेनरी ने कितने ब्याह किये और आकाश में कितने नक्षत्र हैं—ये बातें चाहे उन्हें न मालूम हों; लेकिन हज़ारों ऐसी बातें हैं, जिनका ज्ञान उन्हें हमसे और तुमसे ज़्यादा है। दैव न करे, आज मैं बीमार हो जाऊँ, तो तुम्हारे हाथ-पाँव फूल जाएँगे। दादा को तार देने के सिवा तुम्हें और कुछ न सूझेगा; लेकिन तुम्हारी जगह दादा हों, तो किसी को तार न दें, न घबराएँ, न बदहवास हों। पहले खुद मरज पहचान कर इलाज करेंगे, उसमें सफल न हुए, तो किसी डॉक्टर को बुलाएँगे। बीमारी तो खैर बड़ी चीज़ है। हम-तुम तो इतना भी नहीं जानते कि महीने भर का खर्च महीना भर कैसे चले? जो कुछ दादा भेजते हैं, उसे हम बीस-बाईस तक खर्च कर डालते हैं, और फिर पैसे-पैसे को मुहताज हो जाते हैं। नाश्ता बन्द हो जाता है, धोबी और नाई से मुँह चुराने लगते हैं, लेकिन जितना आज हम और तुम खर्च कर रहे हैं, उसके आधे में दादा ने अपनी उम्र का बड़ा भाग इज़्ज़त और नेकनामी के साथ निभाया है और कुटुम्ब का पालन किया है जिसमें सब मिलाकर नौ आदमी थे। अपने हेडमास्टर साहब ही को देखो। एम.ए. हैं कि नहीं; और यहाँ के एम.ए. नहीं, ऑक्सफोर्ड के। एक हज़ार रुपये पाते हैं; लेकिन उनके घर का इन्तज़ाम कौन करता है—उनकी बूढ़ी माँ। हेडमास्टर साहब की डिग्री यहाँ आकर बेकार हो गई। पहले खुद घर का इन्तज़ाम करते थे। खर्च पूरा न पड़ता था। कर्ज़दार रहते थे। जब से उनकी माताजी ने प्रबन्ध अपने हाथ में ले लिया है, जैसे घर में लक्ष्मी आ गई है। तो भाईजान, यह ग़रूर दिल से निकाल डालो कि तुम मेरे समीप आ गए हो और अब स्वतंत्र हो। मेरे देखते तुम बेराह न चलने पाओगे। अगर तुम यों न मानोगे तो मैं (थप्पड़ दिखाकर) इसका प्रयोग भी कर सकता हूँ। मैं जानता हूँ, तुम्हें मेरी बातें ज़हर लग रही हैं...

मैं उनकी इस नई युक्ति से नत-मस्तक हो गया। मुझे आज सचमुच अपनी लघुता का अनुभव हुआ और भाई साहब के प्रति मेरे मन में श्रद्धा उत्पन्न हुई। मैंने सजल आँखों से कहा—हरगिज़ नहीं। आप जो फरमा रहे हैं, वह बिलकुल सच है और आपको उसको कहने का अधिकार है।

भाई साहब ने मुझे गले से लगा लिया और बोले—मैं कनकौए उड़ाने को मना नहीं करता। मेरा भी जी ललचाता है; लेकिन करूँ क्या? खुद बेराह चलूँ, तो तुम्हारी रक्षा कैसे करूँ ? यह कर्तव्य भी तो मेरे सिर है !

संयोग से उसी वक्त एक कटा हुआ कनकौआ हमारे ऊपर से गुज़रा। उसकी डोर लटक रही थी। लड़कों का एक गोल पीछे-पीछे दौड़ रहा था। भाई साहब लम्बे हैं ही ! उछलकर उसकी डोर पकड़ ली और बेतहाशा हॉस्टल की तरफ दौड़े। मैं पीछे-पीछे दौड़ रहा था।

गुल्ली-डण्डा

हमारे अंग्रेज़ीदाँ दोस्त मानें या न मानें, मैं तो यही कहूँगा कि गुल्ली-डण्डा सब खेलों का राजा है। अब भी कभी लड़कों को गुल्ली-डण्डा खेलते देखता हूँ, तो जी लोट-पोट हो जाता है कि इनके साथ जा कर खेलने लगूँ। न लॉन की ज़रूरत, न कोर्ट की, न नेट की, न थापी की। मज़े से किसी पेड़ की एक टहनी काट ली, गुल्ली बना ली, और दो आदमी भी आ गए; तो खेल शुरू हो गया। विलायती खेलों में सबसे बड़ा ऐब है कि उनके सामान महँगे होते हैं। जब तक कम-से-कम एक सैंकड़ा न खर्च कीजिए, खिलाड़ियों में शुमार ही नहीं हो सकता। यह गुल्ली-डण्डा है कि बिना हर्र-फिटकरी के चोखा रंग देता है; पर हम अंग्रेज़ी चीज़ों के पीछे ऐसे दीवाने हो रहे हैं कि अपनी सभी चीज़ों से अरुचि हो गई है। हमारे स्कूलों में हरेक लड़के से तीन-चार रुपये सालाना केवल खेलने की फीस ली जाती है। किसी को यह नहीं सूझता कि भारतीय खेल खेलाएँ, जो बिना दाम-कौड़ी के खेले जाते हैं। अंग्रेज़ी खेल उनके लिए है, जिनके पास धन है। गरीब लड़कों के सिर क्यों यह व्यसन मढ़ते हो। ठीक है, गुल्ली से आँख फूट जाने का भय रहता है। तो क्या क्रिकेट से सिर फूट जाने, तिल्ली फट जाने, टाँग टूट जाने का भय नहीं रहता ? अगर हमारे माथे में गुल्ली का दाग आज तक बना हुआ है, तो हमारे कई दोस्त ऐसे भी हैं, जो थापी को बैसाखी से बदल बैठे। ख़ैर, यह अपनी-अपनी रुचि है। मुझे गुल्ली ही सब खेलों से अच्छी लगती है और बचपन की मीठी स्मृतियों में गुल्ली ही सबसे मीठी है। वे प्रातःकाल घर से निकल जाना, वह पेड़ पर चढ़कर टहनियाँ काटना और गुल्ली-डण्डे बनाना, वह उत्साह, वह लगन, वह खिलाड़ियों के जमघटे, वह पदना और पदाना; वह लड़ाई-झगड़े, वह सरल स्वभाव, जिसमें छूत-अछूत, अमीर-गरीब का बिलकुल भेद न रहता था, जिसमें अमीराना चोचलों की, प्रदर्शन की, अभिमान की

गुंजाइश ही न थी, यह उसी वक्त भूलेगा जब...घरवाले बिगड़ रहे हैं, पिताजी चौके पर बैठे वेग से रोटियों पर अपना क्रोध उतार रहे हैं, अम्माँ की दौड़ केवल द्वार तक है, लेकिन उनकी विचारधारा में मेरा अंधकारमय भविष्य टूटी हुई नौका की तरह डगमगा रहा है, और मैं हूँ कि पदाने में मस्त हूँ। न नहाने की सुधि है, न खाने की। गुल्ली है तो ज़रा-सी, पर उसमें दुनिया भर की मिठाइयों की मिठास और तमाशों का आनन्द भरा हुआ है।

मेरे हमजोलियों में एक लड़का गया नाम का था। मुझसे दो-तीन साल बड़ा होगा। दुबला, लम्बा, बन्दरों की-सी लम्बी-लम्बी पतली-पतली उँगलियाँ, बन्दरों की-सी ही चपलता, वही झल्लाहट। गुल्ली कैसी हो, उस पर इस तरह लपकता था; जैसे छिपकली कीड़ों पर लपकती है। मालूम नहीं उसके माँ-बाप थे या नहीं, कहाँ रहता था, क्या खाता था; पर था हमारे गुल्ली-क्लब का चैम्पियन। जिसकी तरफ वह आ जाए, उसकी जीत निश्चित थी ! हम सब उसे दूर से आते देख, उसका दौड़ कर स्वागत करते थे और उसे अपना गोइयाँ बना लेते थे।

एक दिन हम और गया–दो ही खेल रहे थे। वह पदा रहा था, मैं पद रहा था; मगर कुछ विचित्र बात है कि पदाने में हम दिन भर मस्त रह सकते हैं, पदना एक मिनट का भी अखरता है। मैंने गला छुड़ाने के लिए सब चालें चलीं, जो ऐसे अवसर पर शास्त्र-विहित न होने पर भी क्षम्य हैं, लेकिन गया अपना दाँव लिए बग़ैर मेरा पिण्ड न छोड़ता था।

अनुनय-विनय का कोई असर न हुआ। मैं घर की ओर भागा।

गया ने मुझे दौड़ कर पकड़ लिया और डण्डा तानकर बोला–मेरा दाँव देकर जाओ। पदाया तो बड़े बहादुर बनके, पदने की बेर क्यों भागे जाते हो ?

'तुम दिन भर पदाओ तो मैं दिन भर पदता रहूँ ?'

'हाँ, तुम्हें दिन भर पदना पड़ेगा।'

'न खाने जाऊँ न पीने जाऊँ ?'

'हाँ, मेरा दाँव दिये बिना कहीं नहीं जा सकते।'

'मैं तुम्हारा गुलाम हूँ ?'

'हाँ, मेरे गुलाम हो।'

'मैं घर जाता हूँ। देखूँ, मेरा क्या कर लेते हो ?'

'घर कैसे जाओगे, कोई दिल्लगी है ? दाँव दिया है, दाँव लेंगे।'

'अच्छा, कल मैंने तुम्हें अमरूद खिलाया था। वह लौटा दो।'

'वह तो पेट में चला गया।'

'निकालो पेट से। तुमने क्यों खाया मेरा अमरूद ?'

'अमरूद तुमने दिया, तब मैंने खाया। तुमसे माँगने न गया था?'

'जब तक मेरा अमरूद न दोगे, मैं दाँव न दूँगा।'

मैं समझता था, न्याय मेरी ओर है। आखिर मैंने किसी स्वार्थ से ही उसे अमरूद खिलाया होगा। कौन निःस्वार्थ किसी के साथ सलूक करता है? भिक्षा तक तो स्वार्थ के लिए ही देते हैं। जब गया ने अमरूद खाया, तो फिर उसे मुझसे दाँव लेने का क्या अधिकार है ? रिश्वत देकर तो लोग खून पचा जाते हैं। यह मेरा अमरूद यों ही हजम कर जाएगा ? अमरूद पैसे के पाँच वाले थे, जो गया के बाप को भी नसीब न होंगे। यह सरासर अन्याय था।

गया ने मुझे अपनी ओर खींचते हुए कहा—मेरा दाँव देकर जाओ, अमरूद-समरूद मैं नहीं जानता।

मुझे न्याय का बल था। वह अन्याय पर डटा हुआ था। मैं हाथ छुड़ा कर भागना चाहता था, वह मुझे जाने न देता था ! मैंने गाली दी; उसने उससे कड़ी गाली दी, और गाली नहीं, दो-एक चाँटे जमा दिए। मैंने उसे दाँत काट लिया। उसने मेरी पीठ पर डण्डा जमा दिया। मैं रोने लगा। गया मेरे इस अस्त्र का मुकाबला न कर सका। भागा। मैंने तुरन्त आँसू पोंछ डाले, डंडे की चोट भूल गया और हँसता हुआ घर में जा पहुँचा ! मैं थानेदार का लड़का एक नीच जात के लौंडे के हाथों पिट गया, यह मुझे उस समय भी अपमानजनक मालूम हुआ; लेकिन घर में किसी से शिकायत न की।

उन्हीं दिनों पिताजी का वहाँ से तबादला हो गया। नई दुनिया देखने की खुशी में ऐसा फूला कि अपने हमजोलियों से बिछुड़ जाने का बिलकुल दुःख न हुआ। पिताजी दुःखी थे। यह बड़ी आमदनी की जगह थी। अम्माँजी भी दुःखी थीं, यहाँ सब चीज़ें सस्ती थीं, और मुहल्ले की स्त्रियों से घराव-सा हो गया था, लेकिन मैं मारे खुशी के फूला न समाता था। लड़कों से जीट उड़ा रहा था, वहाँ ऐसे घर थोड़े ही होते हैं। ऐसे-ऐसे ऊँचे घर हैं कि आसमान से बातें करते हैं। वहाँ के अंग्रेज़ी स्कूल में कोई मास्टर लड़कों को पीटे, तो उसे जेल हो जाए। मेरे मित्रों की फैली हुई आँखें और चकित-मुद्रा बतला रही थीं कि मैं उनकी निगाह में कितना ऊँचा उठ गया हूँ। बच्चों में मिथ्या को सत्य बना लेने की वह शक्ति है, जिसे हम, जो सत्य को मिथ्या बना लेते हैं, क्या समझेंगे? उन बेचारों को मुझसे कितनी स्पर्द्धा हो रही थी मानो कह रहे थे—तुम भाग्यवान हो भाई, जाओ। हमें तो इस ऊजड़ ग्राम में जीना भी है और मरना भी।

बीस साल गुज़र गए। मैंने इंजीनियरी पास की और उसी जिले का दौरा करता हुआ, उसी कस्बे में पहुँचा और डाकबँगले में ठहरा। उस स्थान को देखते ही इतनी

मधुर बाल-स्मृतियाँ हृदय में जाग उठीं कि मैंने छड़ी उठाई और कस्बे की सैर करने निकला। आँखें किसी प्यासे पथिक की भाँति बचपन के उन क्रीड़ा-स्थलों को देखने के लिए व्याकुल हो रही थीं, पर उस परिचित नाम के सिवा वहाँ और कुछ परिचित न था। जहाँ खँडहर था, पक्के मकान खड़े थे। जहाँ बरगद का पुराना पेड़ था, वहाँ अब एक सुन्दर बगीचा था। स्थान का काया-पलट हो गया था। अगर उसके नाम और स्थिति का ज्ञान न होता, तो मैं इसे पहचान भी न सकता। बचपन की संचित और अमर स्मृतियाँ बाँहें खोले अपने उन पुराने मित्रों से गले मिलने को अधीर हो रही थीं; मगर वह दुनिया बदल गई थी। ऐसा जी होता था कि उस धरती से लिपटकर रोऊँ और कहूँ, तुम मुझे भूल गईं। मैं तो अब भी तुम्हारा वही रूप देखना चाहता हूँ।

सहसा एक खुली हुई जगह में मैंने दो-तीन लड़कों को गुल्ली-डण्डा खेलते देखा। एक क्षण के लिए मैं अपने को बिलकुल भूल गया। भूल गया कि मैं एक ऊँचा अफसर हूँ, साहबी ठाठ में, रौब और अधिकार के आवरण में।

जा कर एक लड़के से पूछा—क्यों बेटे, यहाँ कोई गया नाम का आदमी रहता है ?

एक लड़के ने गुल्ली-डण्डा समेटकर सहमे हुए स्वर में कहा—कौन गया ? गया चमार ?

मैंने यों ही कहा—हाँ-हाँ, वही। गया नाम का कोई आदमी है तो। शायद वही हो।

'हाँ, है तो।'

'ज़रा उसे बुला ला सकते हो ?'

लड़का दौड़ा हुआ गया और एक क्षण में एक पाँच हाथ के काले देव को साथ लिए आता दिखाई दिया। मैं दूर ही से पहचान गया। उसकी ओर लपकना चाहता था कि उसके गले लिपट जाऊँ, पर कुछ सोचकर रह गया। बोला—कहो गया, मुझे पहचानते हो ?

गया ने झुककर सलाम किया—हाँ मालिक, भला पहचानूँगा क्यों नहीं ? आप मज़े में रहे ?

'बहुत मज़े में। तुम अपनी कहो ?'

'डिप्टी साहब का साईस हूँ।'

'मतई, मोहन, दुर्गा—ये सब कहाँ हैं ? कुछ खबर है ?'

'मतई तो मर गया। दुर्गा और मोहन—दोनों डाकिये हो गए हैं, आप ?'

'मैं तो ज़िले का इंजीनियर हूँ ?'

'सरकार तो पहले ही बड़े जहीन थे।'

'अब कभी गुल्ली-डण्डा खेलते हो ?'

गया ने मेरी ओर प्रश्न की आँखों से देखा—अब गुल्ली-डण्डा क्या खेलूँगा सरकार, अब तो पेट के धंधे से छुट्टी नहीं मिलती।

आओ, आज हम तुम खेलें। तुम पदाना, हम पदेंगे। तुम्हारा एक दाँव हमारे ऊपर है। वह आज ले लो।

गया बड़ी मुश्किल से राज़ी हुआ। वह ठहरा टके का मज़दूर, मैं एक बड़ा अफ़सर! हमारा और उसका क्या जोड़ ? बेचारा झेंप रहा था; लेकिन मुझे भी कुछ कम झेंप न थी; इसलिए नहीं कि मैं गया के साथ खेलने जा रहा था, बल्कि इसलिए कि लोग इस खेल को अजूबा समझकर इसका तमाशा बना लेंगे और अच्छी-खासी भीड़ लग जाएगी। उस भीड़ में वह आनन्द कहाँ रहेगा; पर खेले बग़ैर तो रहा नहीं जाता था। आखिर निश्चय हुआ कि दोनों जने बस्ती से दूर जा कर एकान्त में खेलें। वहाँ कौन कोई देखनेवाला बैठा होगा? मज़े से खेलेंगे और बचपन की उस मिठाई को खूब रस ले-ले कर खाएँगे। मैं गया को ले कर डाकबँगले पर आया और मोटर में बैठकर दोनों मैदान की ओर चले। साथ में एक कुल्हाड़ी ले ली। मैं गंभीर भाव धारण किये हुए था, लेकिन गया इसे अभी तक मज़ाक ही समझ रहा था। फिर भी उसके मुख पर उत्सुकता या आनन्द का कोई चिह्न न था। शायद वह हम दोनों में जो अन्तर हो गया था, वह सोचने में मगन था।

मैंने पूछा—तुम्हें कभी हमारी याद आई थी गया ? सच कहना।

गया झेंपता हुआ बोला—मैं आपको क्या याद करता हुज़ूर, किस लायक हूँ? भाग में आपके साथ कुछ दिन खेलना बदा था, नहीं मेरी क्या गिनती?

मैंने कुछ उदास हो कर कहा—लेकिन मुझे तो बराबर तुम्हारी याद आती थी। तुम्हारा वह डण्डा, जो तुमने तानकर जमाया था, याद है न ?

गया ने पछताते हुए कहा—वह लड़कपन था सरकार, उसकी याद न दिलाओ।

'वाह ! वह मेरे बाल-जीवन की सबसे रसीली याद है। तुम्हारे उस डण्डे में जो रस था, वह तो अब न आदर-सम्मान में पाता हूँ, न धन में। कुछ ऐसी मिठास थी उसमें कि आज तक उससे मन मीठा होता रहता है।'

इतनी देर में हम बस्ती से कोई तीन मील निकल आए हैं। चारों तरफ सन्नाटा है। पश्चिम की ओर कोसों तक भीमताल फैला हुआ है, जहाँ आ कर हम किसी समय कमल के पुष्प तोड़ ले जाते थे और उसके झुमके बनाकर कानों में डाल लेते थे। जेठ की संध्या केसर में डूबी चली आ रही है। मैं लपककर एक पेड़ पर चढ़ गया और एक टहनी काट लाया। चटपट गुल्ली-डण्डा बन गया।

खेल शुरू हो गया। मैंने गुच्ची में गुल्ली रख कर उछाली। गुल्ली गया के सामने से निकल गई। उसने हाथ लपकाया, जैसे मछली पकड़ रहा हो। गुल्ली उसके पीछे जा कर गिरी। यह वही गया है, जिसके हाथों में गुल्ली जैसे आप-ही-आप जा कर बैठ जाती थी। वह दाएँ-बाएँ कहीं हो—गुल्ली उसकी हथेलियों में ही पहुँचती थी। जैसे गुल्लियों पर वशीकरण डाल देता हो। नई गुल्ली, पुरानी गुल्ली, छोटी गुल्ली,

बड़ी गुल्ली, नोकदार गुल्ली, सपाट गुल्ली—सभी उसे मिल जाती थी। जैसे उसके हाथों में कोई चुंबक हो, जो गुल्लियों को खींच लेता हो, लेकिन आज गुल्ली को उससे प्रेम नहीं रहा। फिर तो मैंने पदाना शुरू किया। मैं तरह-तरह की धाँधलियाँ कर रहा था। अभ्यास की कसर बेईमानी से पूरी कर रहा था। हुच जाने पर भी डण्डा खेले जाता था; हालाँकि शास्त्र के अनुसार गया की बारी आनी चाहिए थी। गुल्ली पर जब ओछी चोट पड़ती और वह ज़रा दूर पर गिर पड़ती, तो मैं झटपट उसे खुद उठा लेता और दोबारा टाँड़ लगाता। गया यह सारी-बे-कायदगियाँ देख रहा था, पर कुछ न बोलता था, जैसे उसे वह सब कायदे-कानून भूल गए। उसका निशाना कितना अचूक था। गुल्ली उसके हाथ से निकलकर टन्न-से डण्डे में आ कर लगती थी। उसके हाथ से छूटकर उसका काम था डण्डे से टकरा जाना; लेकिन आज वह गुल्ली डण्डे में लगती ही नहीं। कभी दाहिने जाती है, कभी बाएँ, कभी आगे, कभी पीछे।

आध घण्टे पदाने के बाद एक बार गुल्ली डण्डे में आ लगी। मैंने धाँधली की, गुल्ली डण्डे में नहीं लगी, बिलकुल पास से गई; लेकिन लगी नहीं।

गया ने किसी प्रकार का असन्तोष न प्रकट किया।

'न लगी होगी।'

'डण्डे में लगती तो क्या मैं बेईमानी करता ?'

'नहीं भैया, तुम भला बेईमानी करोगे !'

बचपन में मजाल था कि मैं ऐसा घपला करके जीता बचता? यही गया गरदन पर चढ़ बैठता; लेकिन आज मैं उसे कितनी आसानी से धोखा दिये चला जाता था। गधा है ! सारी बातें भूल गया।

सहसा गुल्ली फिर डण्डे में लगी, और इतने ज़ोर से लगी जैसे बन्दूक छुटी हो। इस प्रमाण के सामने अब किसी तरह की धाँधली करने का साहस मुझे इस वक़्त भी न हो सका; लेकिन क्यों न एक बार सच को झूठ बनाने की चेष्टा करूँ ? मेरा हरज ही क्या है? मान गया, तो वाह-वाह, नहीं तो दो-चार हाथ पदना ही तो पड़ेगा। अँधेरे का बहाना करके ज़ल्दी से गला छुड़ा लूँगा। फिर कौन दाँव देने आता है?

गया ने विजय के उल्लास में कहा—लग गई, लग गई ! टन्न-से बोली।

मैंने अनजान बनने की चेष्टा करके कहा—तुमने लगते देखा ? मैंने तो नहीं देखा।

'टन्न-से बोली है सरकार !'

'और जो किसी ईंट में लग गई हो ?'

मेरे मुख से यह वाक्य उस समय कैसे निकला, इसका मुझे खुद आश्चर्य है। इस सत्य को झुठलाना वैसे ही था जैसे दिन को रात बताना। हम दोनों ने गुल्ली को डण्डे में ज़ोर से लगते देखा था; लेकिन गया ने मेरा कथन स्वीकार कर लिया।

'हाँ, किसी ईंट में ही लगी होगी। डण्डे में लगती, तो इतनी आवाज़ न आती।'

मैंने फिर पदाना शुरू कर दिया; लेकिन इतनी प्रत्यक्ष धाँधली कर लेने के बाद, गया की सरलता पर मुझे दया आने लगी, इसलिए जब तीसरी बार गुल्ली डण्डे में लगी, तो मैंने बड़ी उदारता से दाँव देना तय कर दिया।

गया ने कहा—अब तो अँधेरा हो गया, भैया। कल पर रखो।

मैंने सोचा, कल बहुत-सा समय होगा। यह न जाने कितनी देर पदाए, इसलिए इसी वक़्त मुआमला साफ कर लेना अच्छा होगा।

'नहीं, नहीं। अभी बहुत उजाला है। तुम अपना दाँव ले लो।'

'गुल्ली सूझेगी नहीं।'

'कुछ परवाह नहीं।'

गया ने पदाना शुरू किया, पर उसे अब बिलकुल अभ्यास न था। उसने दो बार टाँड़ लगाने का इरादा किया; पर दोनों ही बार हुच गया। एक मिनट से कम में वह दाँव पूरा कर चुका। बेचारा घण्टा भर पदा; पर एक मिनट ही में अपना दाँव खो बैठा। मैंने अपने हृदय की विशालता का परिचय दिया।

'एक दाँव और खेल लो। तुम पहले ही हाथ में हुच गए।'

'नहीं भैया, अब अँधेरा हो गया।'

'तुम्हारा अभ्यास छूट गया। क्या कभी खेलते नहीं ?'

'खेलने का समय कहाँ मिलता है भैया?'

हम दोनों मोटर में जा बैठे और चिराग जलते-जलते पड़ाव पर पहुँच गए। गया चलते-चलते बोला—कल यहाँ गुल्ली-डण्डा होगा। सभी पुराने खिलाड़ी खेलेंगे। आप भी आओगे ? जब आपको फुरसत हो, तभी खिलाड़ियों को बुलाऊँ।

मैंने शाम का समय दिया और दूसरे दिन मैच देखने आया। कोई दस-दस आदमियों की मण्डली थी। कई मेरे लड़कपन के साथी निकले। अधिकांश युवक थे जिन्हें मैं पहचान न सका। खेल शुरू हुआ। मैं मोटर पर बैठा-बैठा तमाशा देखने लगा। आज गया का खेल, उसका वह नैपुण्य देख कर मैं चकित हो गया। टाँड़ लगाता, तो गुल्ली आसमान से बातें करती। कल की-सी वह झिझक, वह हिचकिचाहट, वह बेदिली आज न थी। लड़कपन में जो बात थी, आज उसने प्रौढ़ता प्राप्त कर ली थी। कहीं कल इसने मुझे इस तरह पदाया होता, तो मैं ज़रूर रोने लगता। उसके डण्डे की चोट खाकर गुल्ली दो सौ गज की खबर लाती थी।

पदनेवालों में एक युवक ने धाँधली की। उसने अपने विचार में गुल्ली लोक ली थी। गया का कहना था—गुल्ली ज़मीन में लगकर उछली थी। इस पर दोनों में ताल ठोंकने की नौबत आई। युवक दब गया। गया का तमतमाया हुआ चेहरा देख कर डर गया। अगर वह दब न जाता, तो ज़रूर मारपीट हो जाती। मैं खेल में न

था; पर दूसरों के इस खेल में मुझे वही लड़कपन का आनन्द आ रहा था, जब हम सब कुछ भूलकर खेल में मस्त हो जाते थे। अब मुझे मालूम हुआ कि कल गया ने मेरे साथ खेला नहीं, केवल खेलने का बहाना किया। उसने मुझे दया का पात्र समझा। मैंने धाँधली की, बेईमानियाँ कीं; पर उसे ज़रा भी क्रोध न आया। इसलिए कि वह खेल न रहा था, मुझे खेला रहा था, मेरा मान रख रहा था। वह मुझे पदाकर मेरा कचूमर नहीं निकालना चाहता था। मैं अब अफसर हूँ। यह अफसरी मेरे और उसके बीच में दीवार बन गई है। अब मैं उसका लिहाज पा सकता हूँ, अदब पा सकता हूँ—साहचर्य नहीं पा सकता। लड़कपन था, तब मैं उसका समकक्ष था। हममें कोई भेद न था। यह पद पा कर अब मैं केवल उसकी दया के योग्य हूँ। वह मुझे अपना जोड़ नहीं समझता। वह बड़ा हो गया है, मैं छोटा हो गया हूँ।

रामलीला

इधर एक मुद्दत से रामलीला देखने नहीं गया। बंदरों के भद्दे चेहरे लगाए, आधी टाँगों का पाजामा और काले रंग का ऊँचा कुरता पहने आदमियों को दौड़ते, हू-हू करते देख कर अब हँसी आती है; मज़ा नहीं आता। काशी की लीला जगद्विख्यात है। सुना है, लोग दूर-दूर से देखने आते हैं। मैं भी बड़े शौक से गया, पर मुझे तो वहाँ की लीला और किसी वज्र देहात की लीला में कोई अंतर न दिखाई दिया। हाँ, रामनगर की लीला में कुछ साज़-सामान अच्छे हैं। राक्षसों और बंदरों के चेहरे पीतल के हैं, गदाएँ भी पीतल की हैं; कदाचित् वनवासी भ्राताओं के मुकुट सच्चे काम के हैं; लेकिन साज़-सामान के सिवा वहाँ भी वही हू-हू के सिवा और कुछ नहीं। फिर भी लाखों आदमियों की भीड़ लगी रहती।

लेकिन एक ज़माना वह था, जब मुझे भी रामलीला में आनन्द आता था। 'आनन्द' तो बहुत हलका-सा शब्द है। वह आनन्द उन्माद से कम न था। संयोगवश उन दिनों मेरे घर से बहुत थोड़ी दूर पर रामलीला का मैदान था; और जिस घर में लीला-पात्रों का रूप-रंग भरा जाता था, वह तो मेरे घर से बिलकुल मिला हुआ था। दो बजे दिन से पात्रों की सजावट होने लगती थी। मैं दोपहर ही से वहाँ जा बैठता, और जिस उत्साह से दौड़-दौड़ कर छोटे-मोटे काम करता, उस उत्साह से तो आज अपनी पेंशन लेने भी नहीं जाता। एक कोठरी में राजकुमारी का श्रृंगार होता था। उनकी देह में रामरज पीस कर पोती जाती; मुँह पर पाउडर लगाया जाता और पाउडर के ऊपर लाल, हरे, नीले रंग की बुँदकियाँ लगाई जाती थीं। सारा माथा, भौंहें, गाल, ठोड़ी बुँदकियों से रच उठती थी। एक ही आदमी इस काम में कुशल था। वही बारी-बारी से तीनों पात्रों का श्रृंगार करता था। रंग की प्यालियों में पानी लाना, रामरज पीसना, पंखा झलना मेरा काम था। जब इन तैयारियों के बाद विमान

निकलता, तो उस पर रामचन्द्र जी के पीछे बैठ कर मुझे जो उल्लास, जो गर्व, जो रोमांच होता था वह अब लाट साहब के दरबार में कुरसी पर बैठ कर भी नहीं होता। एक बार जब होम-मेम्बर साहब ने व्यवस्थापक-सभा में मेरे एक प्रस्ताव का अनुमोदन किया था, उस वक्त मुझे कुछ उसी तरह का उल्लास, गर्व और रोमांच हुआ था। हाँ, एक बार जब मेरा ज्येष्ठ पुत्र नायब-तहसीलदारी में नामजद हुआ, तब भी ऐसी ही तरंगें मन में उठी थीं; पर इनमें और उस बाल-विह्वलता में बड़ा अंतर है। तब ऐसा मालूम होता था कि मैं स्वर्ग में बैठा हूँ।

निषाद-नौका-लीला का दिन था। मैं दो-चार लड़कों के बहकाने में आ कर गुल्ली-डंडा खेलने लगा था। आज श्रृंगार देखने न गया। विमान भी निकला; पर मैंने खेलना न छोड़ा। मुझे अपना दाँव लेना था। अपना दाँव छोड़ने के लिए उससे कहीं बढ़कर आत्मत्याग की ज़रूरत थी, जितना मैं कर सकता था। अगर दाँव देना होता तो मैं कब का भाग खड़ा होता; लेकिन पदाने में कुछ और ही बात होती है। खैर, दाँव पूरा हुआ। अगर मैं चाहता, तो धाँधली करके दस-पाँच मिनट और पदा सकता था, इसकी काफी गुंजाइश थी, लेकिन अब इसका मौका न था। मैं सीधे नाले की तरफ दौड़ा। विमान जलतट पर पहुँच चुका था। मैंने दूर से देखा—मल्लाह किश्ती लिए आ रहा है। दौड़ा, लेकिन आदमियों की भीड़ में दौड़ना कठिन था। आखिर जब मैं भीड़ हटाता, प्राण-पण से आगे बढ़ता घाट पर पहुँचा, तो निषाद अपनी नौका खोल चुका था। रामचन्द्र पर मेरी कितनी श्रद्धा थी ! अपने पाठ की चिंता न करके उन्हें पढ़ा दिया करता था, जिसमें वह फेल न हो जाएँ। मुझसे उम्र ज़्यादा होने पर भी वह नीची कक्षा में पढ़ते थे। लेकिन वही रामचन्द्र नौका पर बैठे इस तरह मुँह फेरे चले जाते थे, मानो मुझसे जान-पहचान ही नहीं। नकल में भी असल की कुछ न कुछ बू आ ही जाती है। भक्तों पर जिनकी निगाह सदा ही तीखी रही है, वह मुझे क्यों उबारते ? मैं विकल हो कर उस बछड़े की भाँति कूदने लगा, जिसकी गरदन पर पहली बार जुआ रखा गया हो। कभी लपक कर नाले की ओर जाता, कभी किसी सहायक की खोज में पीछे की तरफ दौड़ता, पर सब के सब अपनी धुन में मस्त थे; मेरी चीख-पुकार किसी के कानों तक न पहुँची। तब से बड़ी-बड़ी विपत्तियाँ झेलीं, पर उस समय जितना दुःख हुआ, उतना फिर कभी म हुआ।

मैंने निश्चय किया था कि अब रामचन्द्र से न कभी बोलूँगा, न कभी खाने की कोई चीज़ ही दूँगा; लेकिन ज्यों ही नाले को पार करके वह पुल की ओर लौटे; मैं दौड़ कर विमान पर चढ़ गया, और ऐसा खुश हुआ, मानो कोई बात ही न हुई थी।

रामलीला समाप्त हो गई थी। राजगद्दी होनेवाली थी; पर न जाने क्यों देर हो रही

थी। शायद चन्दा कम वसूल हुआ था। रामचन्द्र की इन दिनों कोई बात भी न पूछता था। न घर ही जाने की छुट्टी मिलती थी, न भोजन का ही प्रबंध होता था। बाकी सारे दिन कोई पानी को नहीं पूछता। लेकिन मेरी श्रद्धा अभी तक ज्यों की त्यों थी। मेरी दृष्टि में अब भी रामचन्द्र ही थे। घर पर मुझे खाने को कोई चीज़ मिलती, वह ले कर रामचन्द्र को दे आता। उन्हें खिलाने में मुझे जितना आनन्द मिलता था, उतना आप खा जाने में कभी न मिलता। कोई मिठाई या फल पाते ही मैं बेतहाशा चौपाल की ओर दौड़ता। अगर रामचन्द्र वहाँ न मिलते तो उन्हें चारों ओर तलाश करता, और जब तक वह चीज उन्हें न खिला लेता, मुझे चैन न आता था।

खैर, राजगद्दी का दिन आया। रामलीला के मैदान में एक बड़ा-सा शामियाना ताना गया। उसकी खूब सजावट की गई। वेश्याओं के दल भी आ पहुँचे। शाम को रामचन्द्र की सवारी निकली, और प्रत्येक द्वार पर उनकी आरती उतारी गई। श्रद्धानुसार किसी ने रुपये दिये, किसी ने पैसे। मेरे पिता पुलिस के आदमी थे; इसलिए उन्होंने बिना कुछ दिये ही आरती उतारी। उस वक्त मुझे जितनी लज्जा आई, उसे बयान नहीं कर सकता। मेरे पास उस वक्त संयोग से एक रुपया था। मेरे मामा जी दशहरे के पहले आए थे और मुझे एक रुपया दे गए थे। उस रुपये को मैंने रख छोड़ा था। दशहरे के दिन भी उसे खर्च न कर सका। मैंने तुरंत वह रुपया ला कर आरती की थाली में डाल दिया। पिता जी मेरी ओर कुपित नेत्रों से देख कर रह गए। उन्होंने कुछ कहा तो नहीं; लेकिन मुँह ऐसा बना लिया, जिससे प्रकट होता था कि मेरी इस धृष्टता से उनके रौब में बट्टा लग गया। रात के दस बजते-बजते यह परिक्रमा पूरी हुई। आरती की थाली रुपयों और पैसों से भरी हुई थी। ठीक तो नहीं कह सकता; मगर अब ऐसा अनुमान होता है कि चार-पाँच सौ रुपयों से कम न थे। चौधरी साहब इनसे कुछ ज़्यादा ही खर्च कर चुके थे। उन्हें इसकी बड़ी फिक्र हुई कि किसी तरह कम से कम दो सौ रुपये और वसूल हो जाएँ और इसकी सबसे अच्छी तरकीब उन्हें यही मालूम हुई कि वेश्याओं द्वारा महफिल में वसूली हो। जब लोग आ कर बैठ जाएँ, और महफिल का रंग जम जाए, तो आबादीजान रसिकजनों की कलाइयाँ पकड़-पकड़ कर ऐसे हाव-भाव दिखायें कि लोग शरमाते-शरमाते भी कुछ न कुछ दे ही मरें। आबादीजान और चौधरी साहब में सलाह होने लगी। मैं संयोग से उन दोनों प्राणियों की बातें सुन रहा था। चौधरी साहब ने समझा होगा यह लौंडा क्या मतलब समझेगा। पर यहाँ ईश्वर की दया से अक्ल के पुतले थे। सारी दास्तान समझ में आती जाती थी।

चौधरी—सुनो आबादीजान, यह तुम्हारी ज़्यादती है। हमारा और तुम्हारा कोई पहला साबिका तो है नहीं। ईश्वर ने चाहा, तो यहाँ हमेशा तुम्हारा आना-जाना लगा रहेगा। अब की चन्दा बहुत कम आया, नहीं तो मैं तुमसे इतना इसरार न करता।

आबादीजान—आप मुझसे भी ज़मींदारी चालें चलते हैं, क्यों? मगर यहाँ हुजूर की दाल न गलेगी। वाह ! रुपये तो मैं वसूल करूँ, और मूँछों पर ताव आप दें। कमाई का अच्छा ढंग निकाला है। इस कमाई से तो वाकई आप थोड़े दिनों में राजा हो जाएँगे। उसके सामने ज़मींदारी झक मारेगी ! बस, कल ही से एक चकला खोल दीजिए ! खुदा की कसम, मालामाल हो जाइएगा।

चौधरी—तुम दिल्लगी करती हो, और यहाँ काफिया तंग हो रहा है।

आबादीजान—तो आप भी तो मुझी से उस्तादी करते हैं। यहाँ आप-जैसे काँइयों को रोज उँगलियों पर नचाती हूँ।

चौधरी—आखिर तुम्हारी मंशा क्या है ?

आबादीजान—जो कुछ वसूल करूँ, उसमें आधा मेरा, आधा आपका। लाइए, हाथ मारिए।

चौधरी—यही सही।

आबादीजान—अच्छा, तो पहले मेरे सौ रुपये गिन दीजिए। पीछे से आप अलसेट करने लगेंगे।

चौधरी—वाह ! वह भी लोगी और यह भी।

आबादीजान—अच्छा ! तो क्या आप समझते थे कि अपनी उज़रत छोड़ दूँगी ? वाह री आपकी समझ ! खूब; क्यों न हो। दीवाना बकारे दरवेश हुशियार !

चौधरी—तो क्या तुमने दोहरी फीस लेने की ठानी है ?

आबादीजान—अगर आपको सौ दफे गरज हो, तो। वरना मेरे सौ रुपये तो कहीं गए ही नहीं। मुझे क्या कुत्ते ने काटा है, जो लोगों की जेब में हाथ डालती फिरूँ ?

चौधरी की एक न चली। आबादीजान के सामने दबना पड़ा। नाच शुरू हुआ। आबादीजान बला की शोख औरत थी। एक तो कमसिन, उस पर हसीन। और उसकी अदाएँ तो इस गज़ब की थीं कि मेरी तबीयत भी मस्त हुई जाती थी। आदमियों के पहचानने का गुण भी उसमें कुछ कम न था। जिसके सामने बैठ गई, उससे कुछ न कुछ ले ही लिया। पाँच रुपये से कम तो शायद ही किसी ने दिये हों। पिता जी के सामने भी वह बैठी। मैं मारे शर्म के गड़ गया। जब उसने उनकी कलाई पकड़ी, तब तो मैं सहम उठा। मुझे यकीन था कि पिता जी उसका हाथ झटक देंगे और शायद दुत्कार भी दें, किंतु यह क्या हो रहा है ! ईश्वर ! मेरी आँखें धोखा तो नहीं खा रही हैं ! पिता जी मूँछों में हँस रहे हैं। ऐसी मृदु हँसी उनके चेहरे पर मैंने कभी नहीं देखी थी। उनकी आँखों से अनुराग टपका पड़ता था। उनका एक-एक रोम पुलकित हो रहा था; मगर ईश्वर ने मेरी लाज रख ली। वह देखो, उन्होंने धीरे से आबादी के कोमल हाथों से अपनी कलाई छुड़ा ली। अरे ! यह फिर क्या हुआ ?

आबादी तो उनके गले में बाहें डाले देती है। अब पिता जी उसे ज़रूर पीटेंगे। चुड़ैल को ज़रा भी शर्म नहीं।

एक महाशय ने मुस्करा कर कहा--यहाँ तुम्हारी दाल न गलेगी, आबादीजान ! और दरवाज़ा देखो।

बात तो इन महाशय ने मेरे मन की कही, और बहुत ही उचित कही; लेकिन न जाने क्यों पिता जी ने उसकी ओर कुपित नेत्रों से देखा, और मूँछों पर ताव दिया। मुँह से तो वह कुछ न बोले; पर उनके मुख की आकृति चिल्ला कर सरोष शब्दों में कह रही थी--तू बनिया, मुझे समझता क्या है ? यहाँ ऐसे अवसर पर जान तक निसार करने को तैयार हैं। रुपये की हकीकत ही क्या ! तेरा जी चाहे, आजमा ले। तुझसे दूनी रकम न दे डालूँ, तो मुँह न दिखाऊँ ! महान् आश्चर्य ! घोर अनर्थ ! अरे, ज़मीन तू फट क्यों नहीं जाती ? आकाश, तू फट क्यों नहीं पड़ता ? अरे, मुझे मौत क्यों नहीं आ जाती ! पिता जी जेब में हाथ डाल रहे हैं। वह कोई चीज़ निकाली, और सेठ जी को दिखा कर आबादीजान को दे डाली। आह ! यह तो अशर्फी है। चारों ओर तालियाँ बजने लगीं। सेठ जी उल्लू बन गए या पिता जी ने मुँह की खाई, इसका निश्चय मैं नहीं कर सकता। मैंने केवल इतना देखा कि पिता जी ने एक अशर्फी निकाल कर आबादीजान को दी। उनकी आँखों में इस समय इतना गर्वयुक्त उल्लास था मानो उन्होंने हातिम की कब्र पर लात मारी हो। यही पिता जी हैं, जिन्होंने मुझे आरती में एक रुपया डालते देख कर मेरी ओर इस तरह से देखा था, मानो मुझे फाड़ ही खाएँगे। मेरे उस परमोचित व्यवहार से उनके रोब में फ़र्क आता था, और इस समय इस घृणित, कुत्सित और निंदित व्यापार पर गर्व और आनन्द से फूले न समाते थे।

आबादीजान ने एक मनोहर मुस्कान के साथ पिता जी को सलाम किया और आगे बढ़ी; मगर मुझसे वहाँ न बैठा गया। मारे शर्म के मेरा मस्तक झुका जाता था; अगर मेरी आँखों-देखी बात न होती, तो मुझे इस पर कभी ऐतबार न होता। मैं बाहर जो कुछ देखता-सुनता था, उसकी रिपोर्ट अम्माँ से ज़रूर करता था। पर इस मामले को मैंने उनसे छिपा रखा। मैं जानता था, उन्हें यह बात सुन कर बड़ा दुःख होगा।

रात भर गाना होता रहा। तबले की धमक मेरे कानों में आ रही थी। जी चाहता था, चल कर देखूँ; पर साहस न होता था। मैं किसी को मुँह कैसे दिखाऊँगा ? कहीं किसी ने पिता जी का ज़िक्र छेड़ दिया, तो मैं क्या करूँगा ?

प्रातःकाल रामचन्द्र की बिदाई होने वाली थी। मैं चारपाई से उठते ही आँखें मलता हुआ चौपाल की ओर भागा। डर रहा था कि कहीं रामचन्द्र चले न गए हों। पहुँचा, तो देखा--तवायफों की सवारियाँ जाने को तैयार हैं। बीसों आदमी हसरतनाक

मुँह बनाए उन्हें घेरे खड़े हैं। मैंने उनकी ओर आँख तक न उठाई। सीधा रामचन्द्र के पास पहुँचा। लक्ष्मण और सीता बैठे रो रहे थे; और रामचन्द्र खड़े काँधे पर लुटिया-डोर डाले उन्हें समझा रहे थे। मेरे सिवा वहाँ और कोई न था। मैंने कुंठित स्वर से रामचन्द्र से पूछा—क्या तुम्हारी बिदाई हो गई ?

रामचन्द्र—हाँ, हो तो गई। हमारी बिदाई ही क्या ? चौधरी साहब ने कह दिया—जाओ, चले जाते हैं।

'क्या रुपया और कपड़े नहीं मिले ?'

'अभी नहीं मिले। चौधरी साहब कहते हैं—इस वक्त बचत में रुपये नहीं हैं। फिर आ कर ले जाना।'

'कुछ नहीं मिला ?'

'एक पैसा भी नहीं। कहते हैं, कुछ बचत नहीं हुई। मैंने सोचा था, कुछ रुपये मिल जाएँगे तो पढ़ने की किताबें ले लूँगा ! सो कुछ न मिला। राह-खर्च भी नहीं दिया। कहते हैं—कौन दूर है, पैदल चले जाओ !'

मुझे ऐसा क्रोध आया कि चल कर चौधरी को खूब आड़े हाथों लूँ। वेश्याओं के लिए रुपये, सवारियाँ सब कुछ; पर बेचारे रामचन्द्र और उनके साथियों के लिए कुछ भी नहीं ! जिन लोगों ने रात को आबादीजान पर दस-दस, बीस-बीस रुपये न्यौछावर किये थे, उनके पास क्या इनके लिए दो-दो, चार-चार आने पैसे भी नहीं। पिता जी ने भी तो आबादीजान को एक अशर्फी दी थी। देखूँ, इनके नाम पर क्या देते हैं ! मैं दौड़ा हुआ पिता जी के पास गया। वह कहीं तफतीश पर जाने को तैयार खड़े थे। मुझे देख कर बोले—कहाँ घूम रहे हो ? पढ़ने के वक्त तुम्हें घूमने की सूझती है ?

मैंने कहा—गया था चौपाल। रामचन्द्र बिदा हो रहे थे। उन्हें चौधरी साहब ने कुछ नहीं दिया।

'तो तुम्हें इसकी क्या फिक्र पड़ी है ?'

'वह जाएँगे कैसे ? पास राह-खर्च भी तो नहीं है।'

'क्या कुछ खर्च भी नहीं दिया ? यह चौधरी साहब की बेइंसाफी है।'

'आप अगर दो रुपया दे दें, तो मैं उन्हें दे आऊँ। इतने में शायद वह घर पहुँच जाएँ।'

पिता जी ने तीव्र दृष्टि से देख कर कहा—जाओ, अपनी किताब देखो। मेरे पास रुपये नहीं हैं।

यह कह कर वह घोड़े पर सवार हो गए। उसी दिन से पिता जी पर से मेरी श्रद्धा उठ गई। मैंने फिर कभी उनकी डाँट-डपट की परवाह नहीं की। मेरा दिल कहता—आपको मुझको उपदेश देने का कोई अधिकार नहीं है। मुझे उनकी सूरत

से चिढ़ हो गई। वह जो कहते, मैं ठीक उसका उल्टा करता। यद्यपि इसमें मेरी हानि हुई; लेकिन मेरा अंतःकरण उस समय विप्लवकारी विचारों से भरा हुआ था।

मेरे पास दो आने पैसे पड़े हुए थे। मैंने पैसे उठा लिए और जा कर शरमाते-शरमाते रामचन्द्र को दे दिये। उन पैसों को देख कर रामचन्द्र को जितना हर्ष हुआ, वह मेरे लिए आशातीत था। टूट पड़े, मानो प्यासे को पानी मिल गया।

यही दो आने पैसे ले कर तीनों मूर्तियाँ बिदा हुईं ! केवल मैं ही उनके साथ कस्बे के बाहर तक पहुँचाने आया।

उन्हें विदा करके लौटा, तो मेरी आँखें सजल थीं; पर हृदय आनन्द से उमड़ा हुआ था।

ईदगाह

रमज़ान के पूरे तीस रोज़ों के बाद आज ईद आई है। कितना मनोहर, कितना सुहावना प्रभात है। वृक्षों पर कुछ अजीब हरियाली है, खेतों में कुछ अजीब रौनक है, आसमान पर कुछ अजीब लालिमा है। आज का सूर्य देखो, कितना प्यारा, कितना शीतल है, मानो संसार को ईद की बधाई दे रहा है। गाँव में कितनी हलचल है। ईदगाह जाने की तैयारियाँ हो रही हैं। किसी के कुरते में बटन नहीं है। पड़ोस के घर से सुई-धागा लेने दौड़ा जा रहा है। किसी के जूते कड़े हो गए हैं। उनमें तेल डालने के लिए तेली के घर भागा जाता है। जल्दी-जल्दी बैलों को सानी-पानी दे दें। ईदगाह से लौटते-लौटते दोपहर हो जाएगी। तीन कोस का पैदल रास्ता, फिर सैकड़ों आदमियों से मिलना-भेंटना। दोपहर के पहले लौटना असंभव है। लड़के सबसे ज़्यादा प्रसन्न हैं। किसी ने एक रोज़ा रखा है, वह भी दोपहर तक, किसी ने वह भी नहीं; लेकिन ईदगाह जाने की खुशी उनके हिस्से की चीज़ है। रोज़े बड़े-बूढ़ों के लिए होंगे। उनके लिए तो ईद है। रोज़ ईद का नाम रटते थे। आज वह आ गई। अब जल्दी पड़ी है कि लोग ईदगाह क्यों नहीं चलते। इन्हें गृहस्थी की चिंताओं से क्या प्रयोजन ! सेवैयों के लिए दूध और शक्कर घर में है या नहीं, इनकी बला से, ये तो सेवैयाँ खाएँगे। वह क्या जाने कि अब्बाजान क्यों बदहवास चौधरी कायमअली के घर दौड़े जा रहे हैं। उन्हें क्या ख़बर कि चौधरी आज आँखें बदल लें, तो यह सारी ईद मुहर्रम हो जाए। उनकी अपनी जेबों में तो कुबेर का धन भरा हुआ है। बार-बार जेब से अपना खज़ाना निकाल कर गिनते हैं और खुश हो कर फिर रख लेते हैं। महमूद गिनता है—एक-दो, दस-बारह। उसके पास बारह पैसे हैं। मोहसिन के पास एक, दो, तीन, आठ, नौ, पन्द्रह पैसे हैं। इन्हीं अनगिनती पैसों में अनगिनती चीज़ें लाएँगे—खिलौने, मिठाइयाँ, बिगुल, गेंद और न जाने क्या-क्या। और सबसे ज़्यादा प्रसन्न है हामिद। वह चार-पाँच साल का गरीब-सूरत, दुबला-पतला लड़का, जिसका

बाप गत वर्ष हैजे की भेंट हो गया और माँ न जाने क्यों पीली होती-होती एक दिन मर गई। किसी को पता न चला, क्या बीमारी है। कहती भी तो कौन सुनने वाला था? दिल पर जो कुछ बीतती थी, वह दिल में ही सहती थी और जब न सहा गया तो संसार से विदा हो गई। अब हामिद अपनी बूढ़ी दादी अमीना की गोद में सोता है और उतना ही प्रसन्न है। उसके अब्बाजान रुपये कमाने गए हैं। बहुत-सी थैलियाँ ले कर आएँगे। अम्मीजान अल्लाह मियाँ के घर से उसके लिए बड़ी अच्छी-अच्छी चीज़ें लाने गई हैं; इसलिए हामिद प्रसन्न है। आशा तो बड़ी चीज़ है, और फिर बच्चों की आशा ! उनकी कल्पना तो राई का पर्वत बना लेती है। हामिद के पाँव में जूते नहीं हैं, सिर पर एक पुरानी-धुरानी टोपी है, जिसका गोट काला पड़ गया है, फिर भी वह प्रसन्न है। जब उसके अब्बाजान थैलियाँ और अम्मीजान नियामतें ले कर आएँगी, तो वह दिल के अरमान निकाल लेगा। तब देखेगा महमूद, मोहसिन, नूरे और सम्मी कहाँ से उतने पैसे निकालेंगे। अभागिन अमीना अपनी कोठरी में बैठी रो रही है। आज ईद का दिन और उसके घर में दाना नहीं ! आज आबिद होता तो क्या इसी तरह ईद आती और चली जाती। इस अंधकार और निराशा में वह डूबी जा रही थी। किसने बुलाया था इस निगोड़ी ईद को? इस घर में उसका काम नहीं है, लेकिन हामिद ! उसे किसी के मरने-जीने से क्या मतलब ? उसके अन्दर प्रकाश है, बाहर आशा। विपत्ति अपना सारा दल-बल ले कर आए, हामिद की आनन्द-भरी चितवन उसका विध्वंस कर देगी।

हामिद भीतर जा कर दादी से कहता है—तुम डरना नहीं अम्माँ, मैं सबसे पहले आऊँगा। बिलकुल न डरना !

अमीना का दिल कचोट रहा है। गाँव के बच्चे अपने-अपने बाप के साथ जा रहे हैं। हामिद के बाप अमीना के सिवा और कौन है ? उसे कैसे अकेले मेले जाने दे। उस भीड़-भाड़ में बच्चा कहीं खो जाए तो क्या हो। नहीं; अमीना उसे यों न जाने देगी। नन्ही-सी जान ! तीन कोस चलेगा कैसे ! पैर में छाले पड़ जाएँगे। जूते भी तो नहीं हैं। वह थोड़ी-थोड़ी दूर पर उसे गोद ले लेगी; लेकिन यहाँ सेवैयाँ कौन पकाएगा ? पैसे होते तो लौटते-लौटते सब सामग्री जमा करके चटपट बना लेती। यहाँ तो घण्टों चीज़ें जमा करते लगेंगे। माँगे ही का तो भरोसा ठहरा! उस दिन फहीमन के कपड़े सिए थे। आठ आने पैसे मिले थे। उस अठन्नी को ईमान की तरह बचाती चली आती थी इसी ईद के लिए, लेकिन कल ग्वालन सिर पर सवार हो गई तो क्या करती? हामिद के लिए कुछ नहीं है, तो दो पैसे का दूध तो चाहिए ही। अब तो कुल दो आने पैसे बच रहे हैं। तीन पैसे हामिद की जेब में, पाँच अमीना के बटवे में। यही तो बिसात है और ईद का त्यौहार ! अल्लाह ही बेड़ा पार लगावे। धोबन और नाइन और मेहतरानी और चूड़िहारिन—सभी तो आएँगी। सभी को सेवैयाँ चाहिए और थोड़ा किसी की आँखों नहीं लगता। किस-किस से मुँह चुरायेगी? और

मुँह क्या चुराये ? साल भर का त्यौहार है। ज़िन्दगी ख़ैरियत से रहे, उनकी तकदीर भी तो उसी के साथ है। बच्चे को ख़ुदा सलामत रखे, ये दिन भी कट जाएँगे।

गाँव से मेला चला। और बच्चों के साथ हामिद भी जा रहा था। कभी सब-के-सब दौड़ कर आगे निकल जाते। फिर किसी पेड़ के नीचे खड़े हो कर साथ वालों का इन्तज़ार करते। ये लोग क्यों इतना धीरे-धीरे चल रहे हैं? हामिद के पैरों में तो जैसे पर लग गए हैं। वह कभी थक सकता है? शहर का दामन आ गया। सड़क के दोनों ओर अमीरों के बग़ीचे हैं। पक्की चारदीवारी बनी हुई है। पेड़ों में आम और लीचियाँ लगी हुई हैं। कभी-कभी कोई लड़का कँकड़ी उठा कर आम पर निशाना लगता है। माली अन्दर से गाली देता हुआ निकलता है। लड़के वहाँ से एक फर्लांग पर हैं। खूब हँस रहे हैं। माली को कैसे उल्लू बनाया है।

बड़ी-बड़ी इमारतें आने लगीं; यह अदालत है, यह कॉलेज है, यह क्लब-घर है। इतने बड़े कॉलेज में कितने लड़के पढ़ते होंगे ? सब लड़के नहीं हैं जी ! बड़े-बड़े आदमी हैं, सच उनकी बड़ी-बड़ी मूँछे हैं। इतने बड़े हो गए, अभी तक पढ़ने जाते हैं? न जाने कब तक पढ़ेंगे और क्या करेंगे इतना पढ़ कर? हामिद के मदरसे में दो-तीन बड़े-बड़े लड़के हैं, बिलकुल दो कौड़ी के, रोज़ मार खाते हैं, काम से जी चुराने वाले। इस जगह भी उसी तरह के लोग होंगे और क्या? क्लब-घर में जादू होता है। सुना है, यहाँ मुरदे की खोपड़ियाँ दौड़ती हैं। और बड़े-बड़े तमाशे होते हैं, पर किसी को अन्दर नहीं जाने देते। और यहाँ शाम को साहब लोग खेलते हैं। बड़े-बड़े आदमी खेलते हैं, मूँछों-दाढ़ी वाले और मेमें खेलती हैं, सच ! हमारी अम्माँ को वह दे दो, क्या नाम है, बैट, तो उसे पकड़ ही न सकें। घुमाते ही लुढ़क न जाएँ।

महमूद ने कहा—हमारी अम्मीजान का तो हाथ काँपने लगे, अल्ला कसम।

मोहसिन बोला—अम्मी मनों आटा पीस डालती हैं। ज़रा-सा बैट पकड़ लेंगी, तो हाथ काँपने लगे। सैकड़ों घड़े पानी रोज़ निकालती हैं। पाँच घड़े तो मेरी भैंस पी जाती है। किसी मेम को एक घड़ा पानी भरना पड़े तो आँखों तले अँधेरा आ जाए।

महमूद—लेकिन दौड़तीं तो नहीं, उछल-कूद तो नहीं सकतीं।

मोहसिन—हाँ, उछल-कूद नहीं सकतीं; लेकिन उस दिन मेरी गाय खुल गई थी और चौधरी के खेत में जा पड़ी थी, तो अम्माँ इतनी तेज़ दौड़ीं कि मैं उन्हें न पा सका, सच ?

आगे चले। हलवाइयों की दुकानें शुरू हुईं। आज खूब सजी हुई थीं। इतनी मिठाइयाँ कौन खाता है? देखो न, एक-एक दुकान पर मनों होंगी। सुना है, रात को जिन्नात आ कर खरीद ले जाते हैं। अब्बा कहते थे कि आधी रात को एक आदमी हर दुकान पर जाता है और जितना माल बचा होता है, वह तुलवा लेता है और सचमुच के रुपये देता है, बिलकुल ऐसे ही रुपये।

हामिद को यकीन न आया—ऐसे रुपये जिन्नात को कहाँ से मिल जाएँगे ?

मोहसिन ने कहा—जिन्नात को रुपये की क्या कमी ? जिस खज़ाने में चाहें, चले जाएँ। लोहे के दरवाज़े तक उन्हें नहीं रोक सकते जनाब, आप हैं किस फेर में? हीरे-जवाहरात तक उनके पास रहते हैं। जिससे खुश हो गए, उसे टोकरों जवाहरात दे दिए। अभी यहीं बैठे हैं, पाँच मिनट में कहो कलकत्ता पहुँच जाएँ।

हामिद ने फिर पूछा—जिन्नात बहुत बड़े-बड़े होते होंगे ?

मोहसिन—एक-एक आसमान के बराबर होता है जी। ज़मीन पर खड़ा हो जाए तो उसका सिर आसमान से जा लगे, मगर चाहें तो एक लोटे में घुस जाएँ।

हामिद—लोग उन्हें खुश करते होंगे ? कोई मुझे वह मन्तर बता दे, तो एक जिन्न को खुश कर लूँ।

मोहसिन—अब यह तो मैं नहीं जानता, लेकिन चौधरी साहब के काबू में बहुत से जिन्नात हैं। कोई चीज़ चोरी चली जाए, चौधरी साहब उसका पता लगा देंगे और चोर का नाम भी बता देंगे। जुमराती का बछवा उस दिन खो गया था। तीस दिन हैरान हुए, कहीं न मिला। तब झख मार कर चौधरी के पास गए। चौधरी ने तुरन्त बता दिया कि मवेशीखाने में है, और वहीं मिला। जिन्नात आ कर उन्हें सारे जहान की खबरें दे जाते हैं।

अब उसकी समझ में आ गया कि चौधरी के पास क्यों इतना धन है, और क्यों उनका इतना सम्मान है।

आगे चले। यह पुलिस लाइन है। यहीं सब कानिसटिबल कवायद करते हैं। रैटन ! फाय फो ! रात को बेचारे घूम-घूमकर पहरा देते हैं, नहीं चोरियाँ हो जाएँ। मोहसिन ने प्रतिवाद किया—यह कानिसटिबल पहरा देते हैं ? तभी तुम बहुत जानते हो। अजी हज़रत, यही चोरी कराते हैं। शहर के जितने चोर- डाकू हैं, सब इनसे मिले रहते हैं। रात को ये लोग चोरों से तो कहते हैं, चोरी करो और आप दूसरे मुहल्ले में जा कर 'जागते रहो ! जागते रहो !' पुकारते हैं। जभी इन लोगों के पास इतने रुपये आते हैं। मेरे मामूँ एक थाने में कानिसटिबल हैं। बीस रुपया महीना पाते हैं; लेकिन पचास रुपये घर भेजते हैं। अल्ला कसम ! मैंने एक बार पूछा था कि मामूँ, आप इतने रुपये कहाँ से पाते हैं ? हँस कर कहने लगे—बेटा, अल्लाह देता है। फिर आप ही बोले—लोग चाहें तो एक दिन में लाखों मार लाएँ। हम तो इतना ही लेते हैं, जिसमें अपनी बदनामी न हो और नौकरी न चली जाए।

हामिद ने पूछा—यह लोग चोरी करवाते हैं तो कोई इन्हें पकड़ता नहीं ?

मोहसिन उसकी नादानी पर दया दिखा कर बोला—अरे पागल, इन्हें कौन पकड़ेगा? पकड़ने वाले तो यह खुद हैं; लेकिन अल्लाह इन्हें सज़ा भी खूब देता है। हराम का माल हराम में जाता है। थोड़े ही दिन हुए, मामूँ के घर में आग लग गई। सारी लेई-पूँजी जल गई। एक बरतन तक न बचा। कई दिन पेड़ के नीचे सोये,

अल्ला कसम, पेड़ के नीचे। फिर न जाने कहाँ से एक सौ क़र्ज़ लाए तो बरतन-भांडे आए।

हामिद–एक सौ तो पचास से ज़्यादा होते हैं ?

'कहाँ पचास कहाँ एक सौ? पचास एक थैली-भर होता है। सौ तो दो थैलियों में भी न आवे।'

अब बस्ती घनी होने लगी थी। ईदगाह जाने वालों की टोलियाँ नज़र आने लगीं। एक-से-एक भड़कीले वस्त्र पहने हुए। कोई इक्के-ताँगे पर सवार, कोई मोटर पर, सभी इत्र में बसे; सभी के दिलों में उमंग। ग्रामीणों का यह छोटा-सा दल अपनी विपन्नता से बेखबर, सन्तोष और धैर्य में मगन चला जा रहा था। बच्चों के लिए नगर की सभी चीज़ें अनोखी थीं। जिस चीज़ की ओर ताकते, ताकते ही रह जाते। और पीछे से बार-बार हॉर्न की आवाज़ होने पर भी न चेतते। हामिद तो मोटर के नीचे आते-आते बचा।

सहसा ईदगाह नज़र आया। ऊपर इमली के घने वृक्षों की छाया। नीचे पक्का फर्श है, जिस पर जाजिम बिछा हुआ है। और रोज़ेदारों की पंक्तियाँ एक के पीछे एक न जाने कहाँ तक चली गई हैं, पक्के जगत के नीचे तक, जहाँ जाजिम भी नहीं है। नए आने वाले आ कर पीछे की कतार में खड़े हो जाते हैं। आगे जगह नहीं है। यहाँ कोई धन और पद नहीं देखता। इस्लाम की निगाह में सब बराबर हैं। इन ग्रामीणों ने भी वजू किया और पिछली पंक्ति में खड़े हो गए। कितना सुन्दर संचालन है, कितनी सुन्दर व्यवस्था ! लाखों सिर एक साथ सिजदे में झुक जाते हैं, फिर सब-के-सब एक साथ खड़े हो जाते हैं, एक साथ झुकते हैं और एक साथ घुटनों के बल बैठ जाते हैं। कई बार यही क्रिया होती है, जैसे बिजली की लाखों बत्तियाँ एक साथ प्रदीप्त हों और एक साथ बुझ जाएँ, और यही क्रम चलता रहा। कितना अपूर्व दृश्य था, जिसकी सामूहिक क्रियाएँ, विस्तार और अनन्तता हृदय को श्रद्धा, गर्व और आत्मानन्द से भर देती थीं, मानो भ्रातृत्व का एक सूत्र इन समस्त आत्माओं को एक लड़ी में पिरोये हुए है।

नमाज़ खत्म हो गई है। लोग आपस में गले मिल रहे हैं। तब मिठाई और खिलौने की दुकानों पर धावा होता है। ग्रामीणों का यह दल इस विषय में बालकों से कम उत्साही नहीं है। यह देखो, हिंडोला है। एक पैसा दे कर चढ़ जाओ। कभी आसमान पर जाते हुए मालूम होंगे, कभी ज़मीन पर गिरते हुए। यह चर्खी है, लकड़ी के हाथी, घोड़े, ऊँट छड़ों से लटके हुए हैं। एक पैसा दे कर बैठ जाओ और पच्चीस चक्करों का मज़ा लो। महमूद और मोहसिन और नूरे और सम्मी इन घोड़ों और ऊँटों पर बैठते हैं। हामिद दूर खड़ा है। तीन ही पैसे तो उसके पास हैं। अपने कोष का तिहाई ज़रा-सा चक्कर खाने के लिए नहीं दे सकता।

सब चर्खियों से उतरते हैं। अब खिलौने लेंगे। इधर दुकानों की कतार लगी हुई है। तरह-तरह के खिलौने हैं—सिपाही और गुजरिया, राजा और वकील, भिश्ती और धोबिन और साधू। वाह ! कितने सुन्दर खिलौने हैं। अब बोला ही चाहते हैं। महमूद सिपाही लेता है, खाकी वर्दी और लाल पगड़ी वाला, कन्धे पर बन्दूक रखे हुए। मालूम होता है, अभी कवायद किये चला आ रहा है। मोहसिन को भिश्ती पसन्द आया। कमर झुकी है, ऊपर मशक रखे हुए है। मशक का मुँह एक हाथ से पकड़े हुए है। कितना प्रसन्न है। शायद कोई गीत गा रहा है। बस, मशक से पानी उँडेला ही चाहता है। नूरे को वकील से प्रेम है। कैसी विद्वत्ता है उसके मुख पर ! काला चोगा, नीचे सफेद अचकन, अचकन के सामने की जेब में घड़ी, सुनहरी ज़ंजीर, एक हाथ में कानून का पोथा लिए हुए। मालूम होता है, अभी किसी अदालत से जिरह या बहस किए चला आ रहा है। यह सब दो-दो पैसे के खिलौने हैं। हामिद के पास कुल तीन पैसे हैं; इतने महँगे खिलौने वह कैसे ले ? खिलौना कहीं हाथ से छूट पड़े, तो चूर-चूर हो जाए। ज़रा पानी पड़े तो सारा रंग धुल जाए। ऐसे खिलौने ले कर वह क्या करेगा; किस काम के !

मोहसिन—मेरा भिश्ती रोज़ पानी दे जाएगा; साँझ-सबेरे।

महमूद—और मेरा सिपाही घर का पहरा देगा। कोई चोर आवेगा, तो फौरन बन्दूक से फैर कर देगा !

नूरे—और मेरा वकील खूब मुकदमा लड़ेगा।

सम्मी—और मेरी धोबिन रोज़ कपड़े धोयेगी।

हामिद खिलौनों की निन्दा करता है—मिट्टी ही के तो हैं, गिरें तो चकनाचूर हो जाएँ, लेकिन ललचाई हुई आँखों से खिलौनों को देख रहा है और चाहता है कि ज़रा देर के लिए उन्हें हाथ में ले सकता। उसके हाथ अनायास ही लपकते हैं : लेकिन लड़के इतने त्यागी नहीं होते, विशेषकर जब अभी नया शौक है। हामिद ललचता रह जाता है।

खिलौने के बाद मिठाइयाँ आती हैं। किसी ने रेवड़ियाँ ली हैं, किसी ने गुलाबजामुन, किसी ने सोहनहलुआ। मज़े से खा रहे हैं। हामिद उनकी बिरादरी से पृथक है। अभागे के पास तीन पैसे हैं। क्यों नहीं कुछ ले कर खाता ? ललचायी आँखों से सबकी ओर देखता है।

मोहसिन कहता है—हामिद, रेवड़ी ले जा, कितनी खुशबूदार है।

हामिद को सन्देह हुआ, यह केवल क्रूर विनोद है, मोहसिन इतना उदार नहीं है; लेकिन यह जान कर भी वह उसके पास जाता है। मोहसिन दोने से एक रेवड़ी निकाल कर हामिद की ओर बढ़ाता है। हामिद हाथ फैलाता है। मोहसिन रेवड़ी अपने मुँह में रख लेता है। महमूद, नूरे और सम्मी खूब तालियाँ बजा-बजा कर हँसते हैं। हामिद खिसिया जाता है।

मोहसिन—अच्छा, अबकी ज़रूर देंगे हामिद, अल्ला कसम, ले जाव।

हामिद—रखे रहो। क्या मेरे पास पैसे नहीं हैं ?

सम्मी—तीन ही पैसे तो हैं। तीन पैसे में क्या-क्या लोगे ?

महमूद—हमसे गुलाबजामुन ले जाव हामिद। मोहसिन बदमाश है।

हामिद—मिठाई कौन बड़ी नेमत है? किताब में इसकी कितनी बुराइयाँ लिखी हैं?

मोहसिन—लेकिन दिल में कह रहे होंगे कि मिले तो खा लें। अपने पैसे क्यों नहीं निकालते ?

महमूद—हम समझते हैं इसकी चालाकी। जब हमारे सारे पैसे खर्च हो जाएँगे, तो हमें ललचा-ललचाकर खाएगा।

मिठाइयों के बाद कुछ दुकानें लोहे की चीज़ों की हैं। कुछ गिलट और कुछ नकली गहनों की। लड़कों के लिए यहाँ कोई आकर्षण न था। वह सब आगे बढ़ जाते हैं। हामिद लोहे की दुकान पर रुक जाता है। कई चिमटे रखे हुए थे। उसे खयाल आया, दादी के पास चिमटा नहीं है। तवे से रोटियाँ उतारती है, तो हाथ जल जाता है; अगर वह चिमटा ले जा कर दादी को दे दे, तो वह कितनी प्रसन्न होंगी ? फिर उनकी उंगलियाँ कभी न जलेंगी। घर में एक काम की चीज़ हो जाएगी। खिलौने से क्या फायदा? व्यर्थ में पैसे खराब होते हैं। ज़रा देर ही तो खुशी होती है। फिर तो खिलौनों को कोई आँख उठा कर नहीं देखता। या तो घर पहुँचते-पहुँचते टूट-फूट बराबर हो जाएँगे, या छोटे बच्चे जो मेले में नहीं आए हैं, ज़िद करके ले लेंगे और तोड़ डालेंगे। चिमटा कितने काम की चीज़ है। रोटियाँ तवे से उतार लो, चूल्हे में सेंक लो। कोई आग माँगने आवे तो चटपट चूल्हे से आग निकाल कर उसे दे दो। अम्माँ बेचारी को कहाँ फुर्सत है कि बाज़ार आएँ, और इतने पैसे ही कहाँ मिलते हैं? रोज़ हाथ जला लेती हैं। हामिद के साथी आगे बढ़ गए हैं। सबील पर सब-के-सब शर्बत पी रहे हैं। देखो, सब कितने लालची हैं। इतनी मिठाइयाँ लीं, मुझे किसी ने एक भी न दी। उस पर कहते हैं, मेरे साथ खेलो। मेरा यह काम करो। अब अगर किसी ने कोई काम करने को कहा, तो पूछूँगा। खाएँ मिठाइयाँ, आप मुँह सड़ेगा, फोड़े-फुन्सियाँ निकलेंगी, आप ही ज़बान चटोरी हो जाएगी। तब घर के पैसे चुराएँगे और मार खाएँगे। किताब में झूठी बातें थोड़े ही लिखी हैं। मेरी ज़बान क्यों खराब होगी ? अम्मा चिमटा देखते ही दौड़ कर मेरे हाथ से ले लेंगी और कहेंगी—मेरा बच्चा अम्माँ के लिए चिमटा लाया है ! हज़ारों दुआएँ देंगी। फिर पड़ोस की औरतों को दिखाएँगी। सारे गाँव में चरचा होने लगेगी, हामिद चिमटा लाया है। कितना अच्छा लड़का है। इन लोगों के खिलौनों पर कौन इन्हें दुआएँ देगा? बड़ों की दुआएँ सीधे अल्लाह के दरबार में पहुँचती हैं, और तुरन्त सुनी जाती हैं। मेरे पास पैसे नहीं हैं। तभी तो मोहसिन और महमूद यों मिज़ाज दिखाते हैं। मैं भी इनसे

मिज़ाज दिखाऊँगा। खेलें खिलौने और खाएँ मिठाइयाँ। मैं नहीं खेलता खिलौने, किसी का मिज़ाज क्यों सहूँ। मैं गरीब सही, किसी से कुछ माँगने तो नहीं जाता। आखिर अब्बाजान कभी-न-कभी आएँगे। अम्माँ भी आएँगी ही। फिर इन लोगों से पूछूँगा कितने खिलौने लोगे ? एक-एक को टोकरियों खिलौने दूँ और दिखा दूँ कि दोस्तों के साथ इस तरह सलूक किया जाता है। यह नहीं कि एक पैसे की रेवड़ियाँ लीं तो चिढ़ा-चिढ़ा कर खाने लगे। सब-के-सब खूब हँसेंगे कि हामिद ने चिमटा लिया है। हँसें। मेरी बला से। उसने दुकानदार से पूछा—यह चिमटा कितने का है ?

दुकानदार ने उसकी ओर देखा और कोई आदमी साथ न देख कर कहा—यह तुम्हारे काम का नहीं है जी।

'बिकाऊ क्यों नहीं है? और यहाँ क्यों लाद लाये हैं ?'

'बिकाऊ है, क्यों नहीं ?'

'तो बताते क्यों नहीं, कै पैसे का है ?'

'छै पैसे लगेंगे।'

हामिद का दिल बैठ गया।

'ठीक-ठीक पाँच पैसे लगेंगे, लेना हो लो, नहीं चलते बनो।'

हामिद ने कलेजा मज़बूत करके कहा—तीन पैसे लोगे ?

यह कहता हुआ वह आगे बढ़ गया कि दुकानदार की घुड़कियाँ न सुने। लेकिन दुकानदार ने घुड़कियाँ नहीं दीं। बुला कर चिमटा दे दिया। हामिद ने उसे इस तरह कन्धे पर रखा, मानो बन्दूक है और शान से अकड़ता हुआ संगियों के पास आया। ज़रा सुनें, सब-के-सब क्या-क्या आलोचनाएँ करते हैं।

मोहसिन ने हँस कर कहा—यह चिमटा क्यों लाया पगले; इसका क्या करेगा ? हामिद ने चिमटे को ज़मीन पर पटक कर कहा—ज़रा अपना भिश्ती ज़मीन पर गिरा दो। सारी पसलियाँ चूर-चूर हो जाएँ बच्चू की।

महमूद बोला—तो यह चिमटा कोई खिलौना है ?

हामिद—खिलौना क्यों नहीं ? अभी कन्धे पर रखा, बन्दूक हो गई। हाथ में लिया, फकीरों का चिमटा हो गया। चाहूँ तो इससे मजीरे का काम ले सकता हूँ। एक चिमटा जमा दूँ तो तुम लोगों के सारे खिलौनों की जान निकल जाए। तुम्हारे खिलौने कितना ही ज़ोर लगावें, वे मेरे चिमटे का बाल भी बाँका नहीं कर सकते। मेरा बहादुर शेर है—चिमटा।

सम्मी ने खँजरी ली थी। प्रभावित हो कर बोला—मेरी खँजरी से बदलोगे ? दो आने की है।

हामिद ने खँजरी की ओर उपेक्षा से देखा—मेरा चिमटा चाहे तो तुम्हारी खँजरी का पेट फाड़ डाले। बस, एक चमड़े की झिल्ली लगा दी, ढब-ढब बोलने लगी। ज़रा-सा पानी लग जाए तो खत्म हो जाए। मेरा बहादुर चिमटा आग में, पानी में, तूफान

में बराबर डटा खड़ा रहेगा।

चिमटे ने सभी को मोहित कर लिया; लेकिन अब पैसे किसके पास धरे हैं ! फिर मेले से दूर निकल आए हैं, नौ कब के बज गए, धूप तेज़ हो रही है। घर पहुँचने की जल्दी हो रही है। बाप से ज़िद भी करें, तो चिमटा नहीं मिल सकता है। हामिद है बड़ा चालाक। इसीलिए बदमाश ने अपने पैसे बचा रखे थे !

अब बालकों के दो दल हो गए हैं। मोहसिन, महमूद, सम्मी और नूरे एक तरफ हैं, हामिद अकेला दूसरी तरफ। शास्त्रार्थ हो रहा है। सम्मी तो विधर्मी हो गया। दूसरे पक्ष से जा मिला; लेकिन मोहसिन, महमूद और नूरे भी, हामिद से एक-एक, दो-दो साल बड़े होने पर भी हामिद के आघातों से आतंकित हो उठे हैं। उसके पास न्याय का बल है और नीति की शक्ति। एक ओर मिट्टी है, दूसरी ओर लोहा, जो इस वक्त अपने को फौलाद कह रहा है। वह अजेय है, घातक है। अगर कोई शेर आ जाए, तो मियाँ भिश्ती के छक्के छूट जाएँ, मियाँ सिपाही मिट्टी की बन्दूक छोड़ कर भागें, वकील साहब की नानी मर जाए, चोगे में मुँह छिपा कर ज़मीन पर लेट जाएँ। मगर यह चिमटा, यह बहादुर, यह रुस्तमे-हिन्द लपक कर शेर की गरदन पर सवार हो जाएगा और उसकी आँखें निकाल लेगा।

मोहसिन ने एड़ी-चोटी का ज़ोर लगा कर कहा—अच्छा, पानी तो नहीं भर सकता।

हामिद ने चिमटे को सीधा खड़ा करके कहा—भिश्ती को एक डाँट बताएगा, तो दौड़ा हुआ पानी ला कर उसके द्वार पर छिड़कने लगेगा।

मोहसिन परास्त हो गया; पर महमूद ने कुमक पहुँचाई—अगर बच्चा पकड़ा जाए तो अदालत में बँधे-बँधे फिरेंगे। तब तो वकील साहब के ही पैरों पड़ेंगे।

हामिद इस प्रबल तर्क का जवाब न दे सका। उसने पूछा—हमें पकड़ने कौन आएगा ?

नूरे ने अकड़ कर कहा—यह सिपाही बन्दूक वाला।

हामिद ने मुँह चिढ़ा कर कहा—यह बेचारे हम बहादुर रुस्तमे-हिन्द को पकड़ेंगे ! अच्छा लाओ, अभी ज़रा कुश्ती हो जाए। इसकी सूरत देख कर दूर से भागेंगे। पकड़ेंगे क्या बेचारे !

मोहसिन को एक नयी चोट सूझ गई—तुम्हारे चिमटे का मुँह रोज़ आग में जलेगा।

उसने समझा था कि हामिद लाजवाब हो जाएगा; लेकिन यह बात न हुई। हामिद ने तुरन्त जवाब दिया—आग में बहादुर ही कूदते हैं जनाब। तुम्हारे यह वकील, सिपाही और भिश्ती लौंडियों की तरह घर में घुस जाएँगे। आग में कूदना वह काम है, जो रुस्तमे-हिन्द ही कर सकता है।

महमूद ने एक ज़ोर लगाया—वकील साहब कुर्सी-मेज़ पर बैठेंगे, तुम्हारा चिमटा तो बावरचीखाने में ज़मीन पर पड़ा रहेगा।

इस तर्क ने सम्मी और नूरे को भी सजीव कर दिया। कितने ठिकाने की बात कही है पट्ठे ने। चिमटा बावरचीखाने में पड़े रहने के सिवा और क्या कर सकता है ?

हामिद को कोई फड़कता हुआ जवाब न सूझा तो उसने धाँधली शुरू की—मेरा चिमटा बावरचीखाने में नहीं रहेगा। वकील साहब कुरसी पर बैठेंगे तो जा कर उन्हें ज़मीन पर पटक देगा और उनका कानून उनके पेट में डाल देगा।

बात कुछ बनी नहीं। खासी गाली-गलौच थी; कानून को पेट में डालने वाली बात छा गई। ऐसी छा गई थी कि तीनों सूरमा मुँह ताकते रह गए, मानो कोई धेलचा कनकौआ किसी गण्डे वाले कनकौए को काट गया हो। कानून मुँह से बाहर निकलने वाली चीज़ है। उसको पेट के अन्दर डाल दिया जाए, बेतुकी-सी बात होने पर भी कुछ नयापन रखती है। हामिद ने मैदान मार लिया। उसका चिमटा रुस्तमे-हिन्द है। अब इसमें मोहसिन, महमूद, नूरे, सम्मी—किसी को भी आपत्ति नहीं हो सकती।

विजेता को हारने वालों से जो सत्कार मिलना स्वाभाविक है, वह हामिद को भी मिला। औरों ने तीन-तीन, चार-चार आने पैसे खर्च किये; पर कोई काम की चीज़ न ले सके। हामिद ने तीन पैसे में रंग जमा लिया। सच ही तो है, खिलौनों का क्या भरोसा ? टूट-फूट जाएँगे। हामिद का चिमटा बना रहेगा बरसों !

सन्धि की शर्त तय होने लगी। मोहसिन ने कहा—ज़रा अपना चिमटा दो, हम भी देखें, तुम हमारा भिश्ती ले कर देखो।

महमूद और नूरे ने भी अपने-अपने खिलौने पेश किये।

हामिद की इन शर्तों के मानने में कोई आपत्ति न थी। चिमटा बारी-बारी से सबके हाथ में गया; और उनके खिलौने बारी-बारी से हामिद के हाथ में आए। कितने खूबसूरत खिलौने हैं !

हामिद ने हारने वाले के आँसू पोंछे—मैं तुम्हें चिढ़ा रहा था, सच। यह लोहे का चिमटा भला इन खिलौनों की क्या बराबरी करेगा? मालूम होता है, अब बोले, अब बोले।

लेकिन मोहसिन की पार्टी को इस दिलासे से संतोष नहीं होता। चिमटे का सिक्का खूब बैठ गया है। चिपका हुआ टिकट अब पानी से नहीं छूट रहा है।

मोहसिन—लेकिन इन खिलौनों के लिए कोई हमें दुआ तो न देगा?

महमूद—दुआ को लिए फिरते हो? उलटे मार न पड़े। अम्माँ ज़रूर कहेंगी कि मेले में मिट्टी के खिलौने ही तुम्हें मिले ?

हामिद को स्वीकार करना पड़ा कि खिलौनों को देख कर किसी की माँ इतनी खुश न होंगी, जितनी दादी चिमटे को देख कर होंगी। तीन पैसों ही में तो उसे सब कुछ करना था, और उन पैसों के इस उपयोग पर पछतावे की बिलकुल ज़रूरत न थी। फिर अब तो चिमटा रुस्तमे-हिन्द है और सभी खिलौनों का बादशाह।

रास्ते में महमूद को भूख लगी। उसके बाप ने केले खाने को दिए। महमूद ने केवल हामिद को साझी बनाया। उसके अन्य मित्र मुँह ताकते रह गए। यह उस चिमटे का प्रसाद था।

ग्यारह बजे सारे गाँव में हलचल मच गई। मेले वाले आ गए। मोहसिन की छोटी बहन ने दौड़ कर भिश्ती उसके हाथ से छीन लिया और मारे खुशी के जो उछली, तो मियाँ भिश्ती नीचे आ रहे और सुरलोक सिधारे। इस पर भाई-बहन में मार-पीट हुई। दोनों खूब रोये। उनकी अम्माँ यह शोर सुन कर बिगड़ीं और दोनों को ऊपर से दो-दो चाँटे और लगाए।

मियाँ नूरे के वकील का अन्त उसकी प्रतिष्ठानुकूल इससे ज़्यादा गौरवमय हुआ। वकील ज़मीन पर या ताक पर तो नहीं बैठ सकता। उसकी मर्यादा का विचार तो रखना ही होगा। दीवार में दो खूटियाँ गाढ़ी गईं। उन पर लकड़ी का एक पटरा रखा गया। पटरे पर काग़ज़ का कालीन बिछाया गया। वकील साहब राजा भोज की भाँति सिंहासन पर विराजे। नूरे ने उन्हें पंखा झलना शुरू किया। अदालतों में खस की टट्टियाँ और बिजली के पंखे रहते हैं। क्या यहाँ मामूली पंखा भी न हो? कानून की गर्मी दिमाग़ पर चढ़ जाएगी कि नहीं? बाँस का पंखा आया और नूरे हवा करने लगे। मालूम नहीं, पंखे की हवा से या पंखे की चोट से वकील साहब स्वर्गलोक से मृत्युलोक में आ रहे और उनका माटी का चोला माटी में मिल गया। फिर बड़े ज़ोर-शोर से मातम हुआ और वकील साहब की अस्थि घूरे पर डाल दी गई।

अब रहा महमूद का सिपाही। उसे चटपट गाँव का पहरा देने का चार्ज मिल गया; लेकिन पुलिस का सिपाही कोई साधारण व्यक्ति तो था नहीं; जो अपने पैरों चले। वह पालकी पर चलेगा। एक टोकरी आई, उसमें कुछ लाल रंग के फटे-पुराने चिथड़े बिछाये गए, जिसमें सिपाही साहब आराम से लेटे। नूरे ने यह टोकरी उठायी और अपने द्वार का चक्कर लगाने लगे। उनके दोनों छोटे भाई सिपाही की तरफ से 'छोनेवाले, जागते लहो' पुकारते चलते हैं। मगर रात तो अँधेरी ही होनी चाहिए। नूरे को ठोकर लग जाती है। टोकरी उसके हाथ से छूट कर गिर पड़ती है और मियाँ सिपाही अपनी बन्दूक लिए ज़मीन पर आ जाते हैं और उनकी एक टाँग में विकार आ जाता है। महमूद को आज ज्ञात हुआ कि वह अच्छा डॉक्टर है। उसको ऐसा मरहम मिल गया है, जिससे वह टूटी टाँग को आनन-फानन जोड़ सकता है। केवल गूलर का दूध चाहिए। गूलर का दूध आता है। टाँग जोड़ दी जाती है; लेकिन सिपाही को ज्यों ही खड़ा किया जाता है, टाँग जवाब दे जाती है। शल्यक्रिया असफल हुई, तब उसकी दूसरी टाँग भी तोड़ दी जाती है। अब कम-से-कम एक जगह आराम से बैठ तो सकता है। एक टाँग से तो न चल सकता था न बैठ सकता था। अब

वह सिपाही संन्यासी हो गया है। अपनी जगह पर बैठा-बैठा पहरा देता है। कभी-कभी देवता भी बन जाता है। उसके सिर का झालरदार साफा खुरच दिया गया है। अब उसका जितना रूपान्तर चाहो, कर सकते हो। कभी-कभी तो उससे बाट का काम भी लिया जाता है।

अब मियाँ हामिद का हाल सुनिए। अमीना उसकी आवाज़ सुनते ही दौड़ी और उसे गोद में उठा कर प्यार करने लगी। सहसा उसके हाथ में चिमटा देख कर वह चौंकी।

'यह चिमटा कहाँ था ?'

'मैंने मोल लिया है।'

'कै पैसे में ?'

'तीन पैसे दिए।'

अमीना ने छाती पीट ली। यह कैसा बेसमझ लड़का है कि दोपहर हुआ, कुछ खाया न पिया। लाया क्या यह चिमटा ! सारे मेले में तुझे और कोई चीज़ न मिली, जो यह लोहे का चिमटा उठा लाया?

हामिद ने अपराधी भाव से कहा—तुम्हारी उँगलियाँ तवे से जल जाती थीं, इसलिए मैंने इसे ले लिया।

बुढ़िया का क्रोध तुरन्त स्नेह में बदल गया, और स्नेह भी वह नहीं, जो प्रगल्भ होता है और अपनी सारी कसक शब्दों में बिखेर देता है। यह मूक स्नेह था, खूब ठोस, रस और स्वाद से भरा हुआ। बच्चे में कितना त्याग, कितना सद्‌भाव और कितना विवेक है ! दूसरों को खिलौने लेते और मिठाई खाते देख कर उसका मन कितना ललचाया होगा। इतना ज़ब्त इससे हुआ कैसे ? वहाँ भी उसे अपनी बुढ़िया दादी की याद बनी रही। अमीना का मन गद्‌गद हो गया।

और अब एक बड़ी विचित्र बात हुई। हामिद के इस चिमटे से भी विचित्र। बच्चे हामिद ने बूढ़े हामिद का पार्ट खेला था। बुढ़िया अमीना बालिका अमीना बन गई। वह रोने लगी। दामन फैला कर हामिद को दुआएँ देती जाती थी और आँसू की बड़ी-बड़ी बूँदें गिराती जाती थी। हामिद इसका रहस्य क्या समझता !

कजाकी

मेरी बाल-स्मृतियों में 'कजाकी' एक न मिटने वाला व्यक्ति है। आज चालीस साल गुज़र गए, कजाकी की मूर्ति अभी तक आँखों के सामने नाच रही है। मैं उन दिनों अपने पिता के साथ आज़मगढ़ की एक तहसील में था। कजाकी जाति का पासी था। बड़ा ही हँसमुख, बड़ा ही साहसी, बड़ा ही ज़िंदादिल। वह रोज़ शाम को डाक का थैला ले कर आता, रात-भर रहता और सबेरे डाक ले कर चला जाता। शाम को फिर उधर से डाक ले कर आ जाता। मैं दिन भर एक उद्विग्न दशा में उसकी राह देखा करता। ज्यों ही चार बजते, व्याकुल हो कर, सड़क पर आ कर खड़ा हो जाता, और थोड़ी देर में कजाकी कंधे पर बल्लम रखे, उसकी झुंझुनी बजाता, दूर से दौड़ता हुआ आता दिखलाई देता। वह साँवले रंग का गठीला, लम्बा जवान था। शरीर साँचे में ऐसा ढला हुआ कि चतुर मूर्तिकार भी उसमें कोई दोष न निकाल सकता। उसकी छोटी-छोटी मूँछें, उसके सुडौल चेहरे पर बहुत ही अच्छी मालूम होती थीं। मुझे देख कर वह और तेज़ दौड़ने लगता, उसकी झुंझुनी और तेज़ी से बजने लगती, और मेरे ह्रदय में और ज़ोर से खुशी की धड़कन होने लगती। हर्षातिरेक में मैं भी दौड़ पड़ता और एक क्षण में कजाकी का कंधा मेरा सिंहासन बन जाता। वह स्थान मेरी अभिलाषाओं का स्वर्ग था। स्वर्ग के निवासियों को भी शायद वह आंदोलित आनन्द न मिलता होगा जो मुझे कजाकी के विशाल कंधों पर मिलता था। संसार मेरी आँखों में तुच्छ हो जाता और जब कजाकी मुझे कंधे पर लिए हुए दौड़ने लगता, तब तो ऐसा मालूम होता, मानो मैं हवा के घोड़े पर उड़ा जा रहा हूँ।

कजाकी डाकखाने में पहुँचता, तो पसीने से तर रहता; लेकिन आराम करने की आदत न थी। थैला रखते ही वह हम लोगों को ले कर किसी मैदान में निकल जाता। कभी हमारे साथ खेलता, कभी बिरहे गा कर सुनाता और कभी कहानियाँ

सुनाता। उसे चोरी और डाके, मार-पीट, भूत-प्रेत की सैकड़ों कहानियाँ याद थीं। मैं ये कहानियाँ सुन कर विस्मयपूर्ण आनन्द में मग्न हो जाता; उसकी कहानियों के चोर और डाकू सच्चे योद्धा होते थे, जो अमीरों को लूट कर दीन-दुखी प्राणियों का पालन करते थे। मुझे उन पर घृणा के बदले श्रद्धा होती थी।

एक दिन कजाकी को डाक का थैला ले कर आने में देर हो गई। सूर्यास्त हो गया और वह दिखलाई न दिया। मैं खोया हुआ-सा सड़क पर दूर तक आँखें फाड़-फाड़ कर देखता था; पर वह परिचित रेखा न दिखलाई पड़ती थी। कान लगा कर सुनता था; 'झुन-झुन' की वह अमोदमय ध्वनि न सुनाई देती थी। प्रकाश के साथ मेरी आशा भी मलिन होती जाती थी। उधर से किसी को आते देखता, तो पूछता—कजाकी आता है ? पर या तो कोई सुनता ही न था, या केवल सिर हिला देता था।

सहसा 'झुन-झुन' की आवाज़ कानों में आई। मुझे अँधेरे में चारों ओर भूत ही दिखलाई देते थे—यहाँ तक कि माता जी के कमरे में ताक पर रखी हुई मिठाई भी अँधेरा हो जाने के बाद, मेरे लिए त्याज्य हो जाती थी; लेकिन वह आवाज़ सुनते ही मैं उसकी तरफ ज़ोर से दौड़ा। हाँ, वह कजाकी ही था। उसे देखते ही मेरी विकलता क्रोध में बदल गई। मैं उसे मारने लगा, फिर रूठ कर अलग खड़ा हो गया।

कजाकी ने हँस कर कहा—मारोगे, तो मैं एक चीज़ लाया हूँ, वह न दूँगा।

मैंने साहस करके कहा—जाओ, मत देना, मैं लूँगा ही नहीं।

कजाकी—अभी दिखा दूँ, तो दौड़ कर गोद में उठा लोगे।

मैंने पिघल कर कहा—अच्छा, दिखा दो।

कजाकी—तो आ कर मेरे कंधे पर बैठ जाओ, भाग चलूँ। आज बहुत देर हो गई है। बाबू जी बिगड़ रहे होंगे।

मैंने अकड़ कर कहा—पहले दिखा।

मेरी विजय हुई। अगर कजाकी को देर का डर न होता और वह एक मिनट भी और रुक सकता, तो शायद पाँसा पलट जाता। उसने कोई चीज़ दिखलाई, जिसे वह एक हाथ से छाती से चिपटाए हुए था; लम्बा मुँह था, और दो आँखें चमक रही थीं।

मैंने उसे दौड़ कर कजाकी की गोद से ले लिया। यह हिरन का बच्चा था। आह ! मेरी उस खुशी का कौन अनुमान करेगा ? तब से कठिन परीक्षाएँ पास कीं, अच्छा पद भी पाया, रायबहादुर भी हुआ; पर वह खुशी फिर न हासिल हुई। मैं उसे गोद में लिये, उसके कोमल स्पर्श का आनन्द उठाता घर की ओर दौड़ा। कजाकी को आने में क्यों इतनी देर हुई इसका खयाल ही न रहा।

मैंने पूछा—यह कहाँ मिला, कजाकी ?

कजाकी—भैया, यहाँ से थोड़ी दूर पर एक छोटा-सा जंगल है। उसमें बहुत-से हिरन हैं। मेरा बहुत जी चाहता था कि कोई बच्चा मिल जाए, तो तुम्हें दूँ। आज यह बच्चा हिरनों के झुंड के साथ दिखलाई दिया। मैं झुंड की ओर दौड़ा, तो सब के सब भागे। यह बच्चा भी भागा; लेकिन मैंने पीछा न छोड़ा। और हिरन तो बहुत दूर निकल गए, यही पीछे रह गया। मैंने इसे पकड़ लिया। इसी से इतनी देर हुई।

यों बातें करते हम दोनों डाकखाने पहुँचे। बाबू जी ने मुझे न देखा, हिरन के बच्चे को भी न देखा, कजाकी ही पर उनकी निगाह पड़ी। बिगड़ कर बोले—आज इतनी देर कहाँ लगाई ? अब थैला ले कर आया है, उसे ले कर क्या करूँ ? डाक तो चली गई। बता, तूने इतनी देर कहाँ लगाई ?

कजाकी के मुँह से आवाज़ न निकली।

बाबू जी ने कहा—तुझे शायद अब नौकरी नहीं करनी है। नीच है न, पेट भरा तो मोटा हो गया ! जब भूखों मरने लगेगा, तो आँखें खुलेंगी।

कजाकी चुपचाप खड़ा रहा।

बाबू जी का क्रोध और बढ़ा। बोले—अच्छा, थैला रख दे और अपने घर की राह ले। सूअर, अब डाक ले के आया है। तेरा क्या बिगड़ेगा? जहाँ चाहेगा, मजूरी कर लेगा। माथे तो मेरे जाएगी, जवाब तो मुझसे तलब होगा।

कजाकी ने रुआँसे हो कर कहा—सरकार, अब कभी देर न होगी।

बाबू जी—आज क्यों देर की, इसका जवाब दे ?

कजाकी के पास इसका कोई जवाब न था। आश्चर्य तो यह था कि मेरी भी जबान बंद हो गई। बाबू जी बड़े गुस्सेवर थे। उन्हें काम करना पड़ता था, इसी से बात-बात पर झुँझला पड़ते थे। मैं तो उनके सामने कभी जाता ही न था। वह भी मुझे कभी प्यार न करते थे। घर में केवल दो बार घंटे-घंटे भर के लिए भोजन करने आते थे, बाकी सारे दिन दफ्तर में लिखा करते थे। उन्होंने बार-बार एक सहकारी के लिए अफसरों से विनय की थी; पर इसका कुछ असर न हुआ था। यहाँ तक कि तातील के दिन भी बाबू जी दफ्तर ही में रहते थे। केवल माता जी उनका क्रोध शांत करना जानती थीं; पर वह दफ्तर में कैसे आतीं? बेचारा कजाकी उसी वक्त मेरे देखते-देखते निकाल दिया गया। उसका बल्लम, चपरास और साफा छीन लिया गया और उसे डाकखाने से निकल जाने का नादिरी हुक्म सुना दिया। आह ! उस वक्त मेरा ऐसा जी चाहता था कि मेरे पास सोने की लंका होती, तो कजाकी को दे देता और बाबू जी को दिखा देता कि आपके निकाल देने से कजाकी का बाल भी बाँका नहीं हुआ। किसी योद्धा को अपनी तलवार पर जितना घमंड होता है, उतना ही घमंड कजाकी को अपनी चपरास पर था। जब वह चपरास खोलने लगा,

तो उसके हाथ काँप रहे थे और आँखों से आँसू बह रहे थे। और इस सारे उपद्रव की जड़ वह कोमल वस्तु थी, जो मेरी गोद में मुँह छिपाये ऐसे चैन से बैठी हुई थी, मानो माता की गोद में हो। जब कजाकी चला तो मैं धीरे-धीरे उसके पीछे-पीछे चला। मेरे घर के द्वार पर आ कर कजाकी ने कहा—भैया, अब घर जाओ; साँझ हो गई।

मैं चुपचाप खड़ा अपने आँसुओं के वेग को सारी शक्ति से दबा रहा था। कजाकी फिर बोला—भैया, मैं कहीं बाहर थोड़े ही चला जाऊँगा? फिर आऊँगा और तुम्हें कंधे पर बैठा कर कुदाऊँगा। बाबू जी ने नौकरी ले ली है, तो क्या इतना भी न करने देंगे ! तुमको छोड़ कर मैं कहीं न जाऊँगा, भैया ! जा कर अम्माँ से कह दो, कजाकी जाता है। उसका कहा-सुना माफ करें।

मैं दौड़ा हुआ घर गया, लेकिन अम्माँ जी को कुछ कहने के बदले बिलख-बिलख कर रोने लगा। अम्माँ जी रसोई के बाहर निकल कर पूछने लगीं—क्या हुआ बेटा ? किसने मारा ! बाबू जी ने कुछ कहा है ? अच्छा, रह तो जाओ, आज घर आते हैं, तो पूछती हूँ। जब देखो, मेरे लड़के को मारा करते हैं। चुप रहो बेटा, अब तुम उनके पास कभी मत जाना।

मैंने बड़ी मुश्किल से आवाज सँभाल कर कहा—कजाकी...

अम्माँ ने समझा, कजाकी ने मारा है; बोलीं—अच्छा, आने दो कजाकी को। देखो, खड़े-खड़े निकलवा देती हूँ। हरकारा हो कर मेरे राजा बेटा को मारे ! आज ही तो साफा, बल्लम, सब छिनवाए लेती हूँ। वाह !

मैंने जल्दी से कहा—नहीं, कजाकी ने नहीं मारा। बाबू जी ने उसे निकाल दिया है; उसका साफा, बल्लम छीन लिया—चपरास भी ले ली।

अम्माँ—यह तुम्हारे बाबू जी ने बहुत बुरा किया। वह बेचारा अपने काम में इतना चौकस रहता है। फिर उसे क्यों निकाला ?

मैंने कहा—आज उसे देर हो गई थी।

यह कह कर मैंने हिरन के बच्चे को गोद से उतार दिया। घर में उसके भाग जाने का भय न था। अब तक अम्माँ जी की निगाह भी उस पर न पड़ी थी। उसे फुदकते देख कर वह सहसा चौंक पड़ीं और लपक कर मेरा हाथ पकड़ लिया कि कहीं यह भयंकर जीव मुझे काट न खाय ! मैं कहाँ तो फूट-फूट कर रो रहा था और कहाँ अम्माँ की घबराहट देख कर खिलखिला कर हँस पड़ा।

अम्माँ—अरे, यह तो हिरन का बच्चा है ! कहाँ मिला ?

मैंने हिरन के बच्चे का सारा इतिहास और उसका भीषण परिणाम आदि से अंत तक कह सुनाया—अम्माँ, यह इतना तेज़ भागता था कि कोई दूसरा होता, तो पकड़ ही न सकता। सन्-सन्, हवा की तरह उड़ता चला जाता था। कजाकी पाँच-छह घंटे तक इसके पीछे दौड़ता रहा। तब कहीं जा कर बच्चा मिला। अम्माँ जी, कजाकी

की तरह कोई दुनिया भर में नहीं दौड़ सकता, इसी से तो देर हो गई। इसलिए बाबू जी ने बेचारे को निकाल दिया—चपरास, साफा, बल्लम—सब छीन लिया। अब बेचारा क्या करेगा ? भूखों मर जाएगा।

अम्माँ ने पूछा—कहाँ है कजाकी, जरा उसे बुला तो लाओ।

मैंने कहा—बाहर तो खड़ा है। कहता था, अम्माँ जी से मेरा कहा-सुना माफ करवा देना।

अब तक अम्माँ जी मेरे वृत्तांत को दिल्लगी समझ रही थीं। शायद वह समझती थीं कि बाबू जी ने कजाकी को डाँटा होगा; लेकिन मेरा अंतिम वाक्य सुन कर संशय हुआ कि सचमुच तो कजाकी बरखास्त नहीं कर दिया गया। बाहर आ कर 'कजाकी ! कजाकी' पुकारने लगीं, पर कजाकी का कहीं पता न था। मैंने बार-बार पुकारा; लेकिन कजाकी वहाँ न था।

खाना तो मैंने खा लिया—बच्चे शोक में खाना नहीं छोड़ते, खास कर जब रबड़ी भी सामने हो; मगर बड़ी रात तक पड़े-पड़े सोचता रहा—मेरे पास रुपये होते, तो एक लाख रुपये कजाकी को दे देता और कहता—बाबू जी से कभी मत बोलना। बेचारा भूखों मर जाएगा ! देखूँ, कल आता है कि नहीं। अब क्या करेगा आ कर ? मगर आने को तो कह गया है। मैं कल उसे अपने साथ खाना खिलाऊँगा।

यही हवाई किले बनाते-बनाते मुझे नींद आ गई।

दूसरे दिन मैं दिन भर अपने हिरन के बच्चे की सेवा-सत्कार में व्यस्त रहा। पहले उसका नामकरण संस्कार हुआ। 'मुन्नू' नाम रखा गया। फिर मैंने उसका अपने सब हमजोलियों और सहपाठियों से परिचय कराया। दिन ही भर में वह मुझसे इतना हिल गया कि मेरे पीछे-पीछे दौड़ने लगा। इतनी ही देर में मैंने उसे अपने जीवन में एक महत्त्वपूर्ण स्थान दे दिया। अपने भविष्य में बनने वाले विशाल भवन में उसके लिए अलग कमरा बनाने का भी निश्चय कर लिया; चारपाई, सैर करने की फिटन आदि का भी आयोजन कर लिया।

लेकिन संध्या होते ही मैं सब कुछ छोड़-छाड़ कर सड़क पर जा खड़ा हुआ और कजाकी की बाट जोहने लगा। जानता था कि कजाकी निकाल दिया गया है, अब उसे यहाँ आने की कोई ज़रूरत नहीं रही। फिर न जाने मुझे क्यों यह आशा हो रही थी कि वह आ रहा है। एकाएक मुझे खयाल आया कि कजाकी भूखों मर रहा होगा। मैं तुरंत घर आया। अम्माँ दिया-बत्ती कर रही थीं। मैंने चुपके से एक टोकरी में आटा निकाला; आटा हाथों में लपेटे, टोकरी से गिरते आटे की एक लकीर बनाता हुआ भागा। जा कर सड़क पर खड़ा हुआ ही था कि कजाकी सामने से आता

दिखलायी दिया। उसके पास बल्लम भी था, कमर में चपरास भी थी, सिर पर साफा भी बँधा हुआ था। बल्लम में डाक का थैला भी बँधा हुआ था। मैं दौड़ कर उसकी कमर से चिपट गया और विस्मित हो कर बोला—तुम्हें चपरास और बल्लम कहाँ से मिल गया, कजाकी ?

कजाकी ने मुझे उठा कर कंधे पर बैठालते हुए कहा—वह चपरास किस काम की थी, भैया ? वह तो गुलामी की चपरास थी, यह पुरानी खुशी की चपरास है। पहले सरकार का नौकर था, अब तुम्हारा नौकर हूँ।

यह कहते-कहते उसकी निगाह टोकरी पर पड़ी, जो वहीं रखी थी। बोला—यह आटा कैसा है, भैया ?

मैंने सकुचाते हुए कहा—तुम्हारे ही लिए तो लाया हूँ। तुम भूखे होगे, आज क्या खाया होगा ?

कजाकी की आँखें तो मैं न देख सका, उसके कंधे पर बैठा हुआ था; हाँ, उसकी आवाज से मालूम हुआ कि उसका गला भर आया है। बोला—भैया, क्या रूखी ही रोटियाँ खाऊँगा ? दाल, नमक, घी—और तो कुछ नहीं है।

मैं अपनी भूल पर बहुत लज्जित हुआ। सच तो है, बेचारा रूखी रोटियाँ कैसे खाएगा ? लेकिन नमक, दाल, घी कैसे लाऊँ ? अब तो अम्माँ चौके में होंगी। आटा ले कर तो किसी तरह भाग आया था (अभी तक मुझे न मालूम था कि मेरी चोरी पकड़ ली गई; आटे की लकीर ने सुराग दे दिया है)। अब ये तीन-तीन चीजें कैसे लाऊँगा ? अम्माँ से माँगूँगा, तो कभी न देंगी। एक-एक पैसे के लिए तो घण्टों रुलाती हैं, इतनी सारी चीज़ें क्यों देने लगीं ? एकाएक मुझे एक बात याद आई। मैंने अपनी किताबों के बस्ते में कई आने पैसे रख छोड़े थे। मुझे पैसे जमा करके रखने में बड़ा आनन्द आता था। मालूम नहीं अब वह आदत क्यों बदल गई। अब भी वही हालत होती तो शायद इतना फाकेमस्त न रहता। बाबू जी मुझे प्यार तो कभी न करते थे; पर पैसे खूब देते थे, शायद अपने काम में व्यस्त रहने के कारण, मुझसे पिंड छुड़ाने के लिए इसी नुस्खे को सबसे आसान समझते थे। इनकार करने में मेरे रोने और मचलने का भय था। इस बाधा को वह दूर ही से टाल देते थे। अम्माँ जी का स्वभाव इससे ठीक प्रतिकूल था। उन्हें मेरे रोने और मचलने से किसी काम में बाधा पड़ने का भय न था। आदमी लेटे-लेटे दिन भर रोना सुन सकता है; हिसाब लगाते हुए ज़ोर की आवाज़ से ध्यान बँट जाता है। अम्माँ मुझे प्यार तो बहुत करती थीं, पर पैसे का नाम सुनते ही उनकी त्योरियाँ बदल जाती थीं। मेरे पास किताबें न थीं। हाँ, एक बस्ता था, जिसमें डाकखाने के दो-चार फार्म तह करके पुस्तक रूप में रखे हुए थे। मैंने सोचा—दाल, नमक और घी के लिए क्या उतने पैसे काफी न होंगे ? मेरी तो मुट्ठी में नहीं आते। यह निश्चय करके मैंने कहा—अच्छा, मुझे उतार

दो, तो मैं दाल और नमक ला दूँ, मगर रोज़ आया करोगे न ?

कजाकी—भैया, खाने को दोगे, तो क्यों न आऊँगा?

मैंने कहा—मैं रोज़ खाने को दूँगा।

कजाकी बोला—तो रोज़ आऊँगा।

मैं नीचे उतरा और दौड़ कर सारी पूँजी उठा लाया। कजाकी को रोज़ बुलाने के लिए उस वक्त मेरे पास कोहनूर हीरा भी होता, तो उसको भेंट करने में मुझे पसोपेश न होता।

कजाकी ने विस्मित हो कर पूछा—ये पैसे कहाँ पाए, भैया ?

मैंने गर्व से कहा—मेरे ही तो हैं।

कजाकी—तुम्हारी अम्माँ जी तुमको मारेंगी, कहेंगी—कजाकी ने फुसला कर मँगवा लिए होंगे। भैया, इन पैसों की मिठाई ले लेना और मटके में रख देना। मैं भूखों नहीं मरता। मेरे दो हाथ हैं। मैं भला भूखों मर सकता हूँ ?

मैंने बहुत कहा कि पैसे मेरे हैं, लेकिन कजाकी ने न लिए। उसने बड़ी देर तक इधर-उधर की सैर कराई, गीत सुनाए और मुझे घर पहुँचा कर चला गया। मेरे द्वार पर आटे की टोकरी भी रख दी।

मैंने घर में कदम रखा ही था कि अम्माँ जी ने डाँट कर कहा—क्यों रे चोर, तू आटा कहाँ ले गया था ? अब चोरी करना सीखता है ? बता, किसको आटा दे आया, नहीं तो तेरी खाल उधेड़ कर रख दूँगी।

मेरी नानी मर गई। अम्माँ क्रोध में सिंहनी हो जाती थीं। सिटपिटा कर बोला—किसी को तो नहीं दिया।

अम्माँ—तूने आटा नहीं निकाला ? देख, कितना आटा सारे आँगन में बिखरा पड़ा है ?

मैं चुप खड़ा था। वह कितना ही धमकाती थीं, चुमकारती थीं, पर मेरी ज़बान न खुलती थी। आने वाली विपत्ति के भय से प्राण सूख रहे थे। यहाँ तक कि यह भी कहने की हिम्मत न पड़ती थी कि बिगड़ती क्यों हो, आटा तो द्वार पर रखा हुआ है, और न उठा कर लाते ही बनता था, मानो क्रिया-शक्ति ही लुप्त हो गई हो, मानो पैरों में हिलने की सामर्थ्य ही नहीं।

सहसा कजाकी ने पुकारा—बहू जी, आटा द्वार पर रखा हुआ है। भैया मुझे देने को ले गए थे।

यह सुनते ही अम्माँ द्वार की ओर चली गईं। कजाकी से वह परदा न करती थीं। उन्होंने कजाकी से कोई बात की या नहीं, यह तो मैं नहीं जानता; लेकिन अम्माँ जी खाली टोकरी लिए हुए घर में आईं। फिर कोठरी में जा कर संदूक से कुछ निकाला और द्वार की ओर गईं। मैंने देखा कि उनकी मुट्ठी बंद थी। अब मुझसे वहाँ खड़े

न रहा गया।

अम्माँ जी के पीछे-पीछे मैं भी गया। अम्माँ ने द्वार पर कई बार पुकारा; मगर कजाकी चला गया था।

मैंने बड़ी अधीरता से कहा—मैं जा कर खोज लाऊँ, अम्माँ जी ? अम्माँ जी ने किवाड़ें बंद करते हुए कहा—तुम अँधेरे में कहाँ जाओगे, अभी तो यहीं खड़ा था? मैंने कहा कि यहीं रहना; मैं आती हूँ। तब तक न-जाने कहाँ खिसक गया। बड़ा संकोची है ! आटा तो लेता ही न था। मैंने ज़बरदस्ती उसके अँगोछे में बाँध दिया। मुझे तो बेचारे पर बड़ी दया आती है। न जाने बेचारे के घर में कुछ खाने को है कि नहीं? रुपये लाई थी कि दे दूँगी; पर न-जाने कहाँ चला गया। अब तो मुझे भी साहस हुआ। मैंने अपनी चोरी की पूरी कथा कह डाली। बच्चों के साथ समझदार बच्चे बन कर माँ-बाप उन पर जितना असर डाल सकते हैं, जितनी शिक्षा दे सकते हैं, उतने बूढ़े बन कर नहीं।

अम्माँ जी ने कहा—तुमने मुझसे पूछ क्यों न लिया ? क्या मैं कजाकी को थोड़ा-सा आटा न देती ?

मैंने इसका उत्तर न दिया। दिल में कहा—इस वक्त तुम्हें कजाकी पर दया आ गई है, जो चाहे दे डालो; लेकिन मैं माँगता, तो मारने दौड़तीं। हाँ, यह सोच कर चित्त प्रसन्न हुआ कि अब कजाकी भूखों न मरेगा। अम्माँ जी उसे रोज़ खाने को देंगी और वह रोज़ मुझे कंधे पर बिठा कर सैर करायेगा।

दूसरे दिन मैं दिन भर मुन्नू के साथ खेलता रहा। शाम को सड़क पर जा कर खड़ा हो गया। मगर अँधेरा हो गया और कजाकी का कहीं पता नहीं। दिये जल गए, रास्ते में सन्नाटा छा गया; पर कजाकी न आया !

मैं रोता हुआ घर आया। अम्माँ जी ने पूछा—क्यों रोते हो, बेटा ? क्या कजाकी नहीं आया ?

मैं और ज़ोर से रोने लगा। अम्माँ जी ने मुझे छाती से लगा लिया। मुझे ऐसा मालूम हुआ कि उनका भी कंठ गद्गद हो गया है।

उन्होंने कहा—बेटा, चुप हो जाओ। मैं कल किसी हरकारे को भेज कर कजाकी को बुलवाऊँगी।

मैं रोते ही रोते सो गया। सबेरे ज्यों ही आँखें खुलीं, मैंने अम्माँ जी से कहा—कजाकी को बुलवा दो।

अम्माँ ने कहा—आदमी गया है, बेटा ! कजाकी आता होगा। खुश हो कर खेलने लगा। मुझे मालूम था कि अम्माँ जी जो बात कहती हैं, उसे पूरा ज़रूर करती हैं। उन्होंने सबेरे ही एक हरकारे को भेज दिया था। दस बजे जब मैं मुन्नू को लिए हुए घर आया, तो मालूम हुआ कि कजाकी अपने घर पर नहीं मिला। वह रात को

भी घर न गया था। उसकी स्त्री रो रही थी कि न-जाने कहाँ चले गए। उसे भय था कि वह कहीं भाग गया है।

बालकों का हृदय कितना कोमल होता है, इसका अनुमान दूसरा नहीं कर सकता। उनमें अपने भावों को व्यक्त करने के लिए शब्द नहीं होते। उन्हें यह भी ज्ञात नहीं होता कि कौन-सी बात उन्हें विकल कर रही है, कौन-सा काँटा उनके हृदय में खटक रहा है, क्यों बार-बार उन्हें रोना आता है, क्यों वे मन मारे बैठे रहते हैं, क्यों खेलने में जी नहीं लगता ? मेरी भी यही दशा थी। कभी घर में आता, कभी बाहर जाता, कभी सड़क पर जा पहुँचता। आँखें कजाकी को ढूँढ़ रही थीं। वह कहाँ चला गया ? कहीं भाग तो नहीं गया ?

तीसरे पहर को मैं खोया हुआ-सा सड़क पर खड़ा था। सहसा मैंने कजाकी को एक गली में देखा। हाँ, वह कजाकी ही था। मैं उसकी ओर चिल्लाता हुआ दौड़ा; पर गली में उसका पता न था, न-जाने किधर गायब हो गया। मैंने गली के इस सिरे से उस सिरे तक देखा; मगर कहीं कजाकी की गंध तक न मिली।

घर जा कर मैंने अम्माँ जी से यह बात कही। मुझे ऐसा जान पड़ा कि वह यह बात सुन कर बहुत चिंतित हो गईं।

इसके बाद दो-तीन दिन तक कजाकी न दिखलाई दिया। मैं भी अब उसे कुछ-कुछ भूलने लगा। बच्चे पहले जित्तना प्रेम करते हैं, बाद को उतने ही निष्ठुर भी हो जाते हैं। जिस खिलौने पर प्राण देते हैं, उसी को दो-चार दिन के बाद पटक कर फोड़ भी डालते हैं।

दस-बारह दिन और बीत गए। दोपहर का समय था। बाबू जी खाना खा रहे थे। मैं मुन्नू के पैरों में पीनस की पैजनियाँ बाँध रहा था। एक औरत घूँघट निकाले हुए आई और आँगन में खड़ी हो गई। उसके कपड़े फटे हुए और मैले थे, पर गोरी, सुन्दर स्त्री थी। उसने मुझसे पूछा—भैया, बहू जी कहाँ हैं ?

मैंने उसके पास जा कर उसका मुँह देखते हुए कहा—तुम कौन हो, क्या बेचती हो ?

औरत—कुछ बेचती नहीं हूँ, तुम्हारे लिए ये कमलगट्टे लायी हूँ। भैया, तुम्हें तो कमलगट्टे बहुत अच्छे लगते हैं न ?

मैंने उसके हाथों से लटकती हुई पोटली को उत्सुक नेत्रों से देख कर पूछा—कहाँ से लायी हो ? देखें।

औरत—तुम्हारे हरकारे ने भेजा है, भैया !

मैंने उछल कर पूछा—कजाकी ने ?

औरत ने सिर हिला कर 'हाँ' कहा और पोटली खोलने लगी। इतने में अम्माँ जी भी रसोई से निकल आईं। उसने अम्माँ के पैरों का स्पर्श किया। अम्माँ ने पूछा—तू

कजाकी की घरवाली है ?

औरत ने सिर झुका लिया।

अम्माँ—आजकल कजाकी क्या करता है?

औरत ने रो कर कहा—बहू जी, जिस दिन से आपके पास से आटा ले कर गए हैं, उसी दिन से बीमार पड़े हैं। बस, 'भैया-भैया' किया करते हैं। भैया ही में उनका मन बसा रहता है। चौंक-चौंक कर 'भैया ! भैया !' कहते हुए द्वार की ओर दौड़ते हैं। न जाने उन्हें क्या हो गया है, बहू जी ! एक दिन मुझसे कुछ कहा न सुना, घर से चल दिए और एक गली में छिप कर भैया को देखते रहे। जब भैया ने उन्हें देख लिया, तो भागे। तुम्हारे पास आते हुए लजाते हैं।

मैंने कहा—हाँ-हाँ, मैंने उस दिन तुमसे जो कहा था अम्माँ जी !

अम्माँ—घर में कुछ खाने-पीने को है ?

औरत—हाँ बहू जी, तुम्हारे आसिरवाद से खाने-पीने का दुःख नहीं है। आज सबेरे उठे और तालाब की ओर चले गए। बहुत कहती रही, बाहर मत जाओ, हवा लग जाएगी। मगर न माने ! मारे कमज़ोरी के पैर काँपने लगते हैं, मगर तालाब में घुस कर ये कमलगट्टे तोड़ लाए। तब मुझसे कहा—ले जा, भैया को दे आ। उन्हें कमलगट्टे बहुत अच्छे लगते हैं। कुशल-क्षेम पूछती आना।

मैंने पोटली से कमलगट्टे निकाल लिए थे और मजे से चख रहा था। अम्माँ ने बहुत आँखें दिखाईं, मगर यहाँ इतनी सब्र कहाँ !

अम्माँ ने कहा—कह देना, सब कुशल है।

मैंने कहा—यह भी कह देना कि भैया ने बुलाया है। न जाओगे तो फिर तुमसे कभी न बोलेंगे, हाँ !

बाबू जी खाना खा कर निकल आए थे। तौलिये से हाथ-मुँह पोंछते हुए बोले—और यह भी कह देना कि साहब ने तुमको बहाल कर दिया है। जल्दी जाओ, नहीं तो कोई दूसरा आदमी रख लिया जाएगा।

औरत ने अपना कपड़ा उठाया और चली गई। अम्माँ ने बहुत पुकारा, पर वह न रुकी। शायद अम्माँ जी उसे सीधा देना चाहती थीं।

अम्माँ ने पूछा—सचमुच बहाल हो गया ?

बाबू जी—और क्या झूठे ही बुला रहा हूँ? मैंने तो पाँचवें ही दिन बहाली की रिपोर्ट की थी।

अम्माँ—यह तुमने अच्छा किया।

बाबू जी—उसकी बीमारी की यही दवा है।

प्रातःकाल मैं उठा, तो क्या देखता हूँ कि कजाकी लाठी टेकता हुआ चला आ रहा है। वह बहुत दुबला हो गया था। मालूम होता था, बूढ़ा हो गया है। हरा-भरा पेड़ सूख कर ठूँठा हो गया था। मैं उसकी ओर दौड़ा और उसकी कमर से चिपट गया। कजाकी ने मेरे गाल चूमे और मुझे उठा कर कन्धे पर बैठालने की चेष्टा करने लगा; पर मैं न उठ सका। तब वह जानवरों की भाँति भूमि पर हाथों और घुटनों के बल खड़ा हो गया और मैं उसकी पीठ पर सवार हो कर डाकखाने की ओर चला। मैं उस वक्त फूला न समाता था और शायद कजाकी मुझसे भी ज़्यादा खुश था।

बाबू जी ने कहा—कजाकी, तुम बहाल हो गए। अब कभी देर न करना।

कजाकी रोता हुआ पिता जी के पैरों पर गिर पड़ा; मगर शायद मेरे भाग्य में दोनों सुख भोगना न लिखा था—मुन्नू मिला, तो कजाकी छूटा; कजाकी आया तो मुन्नू हाथ से गया और ऐसा गया कि आज तक उसके जाने का दुःख है। मुन्नू मेरी ही थाली में खाता था। जब तक मैं खाने न बैठूँ, वह भी कुछ न खाता था। उसे भात से बहुत ही रुचि थी; लेकिन जब तक खूब घी न पड़ा हो, उसे संतोष न होता था। वह मेरे ही साथ सोता था और मेरे ही साथ उठता भी था। सफाई तो उसे इतनी पसंद थी कि मल-मूत्र त्याग करने के लिए घर से बाहर मैदान में निकल जाता था। कुत्तों से उसे चिढ़ थी, कुत्तों को घर में न घुसने देता। कुत्ते को देखते ही थाली से उठ जाता और दौड़ कर उसे घर से बाहर निकाल देता था।

कजाकी को डाकखाने में छोड़ कर जब मैं खाना खाने गया, तो मुन्नू भी आ बैठा। अभी दो-चार ही कौर खाये थे कि एक बड़ा-सा झबरा कुत्ता आँगन में दिखायी दिया। मुन्नू उसे देखते ही दौड़ा। दूसरे घर में जा कर कुत्ता चूहा हो जाता है। झबरा कुत्ता उसे आते देख कर भागा। मुन्नू को अब लौट आना चाहिए था; मगर वह कुत्ता उसके लिए यमराज का दूत था। मुन्नू को उसे घर से निकाल कर भी संतोष न हुआ। वह उसे घर के बाहर मैदान में भी दौड़ाने लगा। मुन्नू को शायद खयाल न रहा कि यहाँ मेरी अमलदारी नहीं है। वह उस क्षेत्र में पहुँच गया था, जहाँ झबरे का भी उतना ही अधिकार था, जितना मुन्नू का। मुन्नू कुत्तों को भगाते-भगाते कदाचित् अपने बाहुबल पर घमंड करने लगा था। वह यह न समझता था कि घर में उसकी पीठ पर घर के स्वामी का भय काम किया करता है। झबरे ने इस मैदान में आते ही उलट कर मुन्नू की गरदन दबा दी। बेचारे मुन्नू के मुँह से आवाज तक न निकली। जब पड़ोसियों ने शोर मचाया, तो मैं दौड़ा। देखा, तो मुन्नू मरा पड़ा है और झबरे का कहीं पता नहीं।

पूस की रात

हल्कू ने आ कर स्त्री से कहा—सहना आया है, लाओ, जो रुपये रखे हैं, उसे दे दूँ, किसी तरह गला तो छूटे।

मुन्नी झाड़ू लगा रही थी। पीछे फिरकर बोली—तीन ही तो रुपये हैं; दे दोगे तो कम्मल कहाँ से आवेगा ? माघ-पूस की रात हार में कैसे कटेगी। उससे कह दो, फ़सल पर रुपये दे देंगे। अभी नहीं।

हल्कू एक क्षण अनिश्चित दशा में खड़ा रहा। पूस सिर पर आ गया, कम्मल के बिना हार में रात को वह किसी तरह नहीं जा सकता। मगर सहना मानेगा नहीं, घुड़कियाँ जमावेगा, गालियाँ देगा। बला से जाड़ों मरेंगे, बला सिर से टल जाएगी। यह सोचता हुआ वह अपना भारी-भरकम डील लिए हुए (जो उसके नाम को झूठ सिद्ध करता था) स्त्री के समीप आ गया और खुशामद करके बोला—ला दे दे, गला तो छूटे। कम्मल के लिए कोई दूसरा उपाय सोचूँगा।

मुन्नी उसके पास से दूर हट गई और आँखें तरेरती हुई बोली—कर चुके दूसरा उपाय ! ज़रा सुनूँ, कौन उपाय करोगे ? कोई खैरात दे देगा कम्मल ? न जाने कितनी बाकी है जो किसी तरह चुकने ही नहीं आती। मैं कहती हूँ, तुम क्यों नहीं खेती छोड़ देते? मर-मर काम करो, उपज हो तो बाकी दे दो, चलो छुट्टी हुई। बाकी चुकाने के लिए ही तो हमारा जनम हुआ है। पेट के लिए मजूरी करो। ऐसी खेती से बाज आए। मैं रुपये न दूँगी—न दूँगी।

हल्कू उदास हो कर बोला—तो क्या गाली खाऊँ ?

मुन्नी ने तड़प कर कहा—गाली क्यों देगा, क्या उसका राज है ?

मगर यह कहने के साथ उसकी तनी हुई भौंहें ढीली पड़ गईं। हल्कू के उस वाक्य में जो कठोर सत्य था, वह मानो एक भीषण जन्तु की भाँति उसे घूर रहा था।

उसने जा कर आले पर से रुपये निकाले और ला कर हल्कू के हाथ पर रख दिये। फिर बोली—तुम छोड़ दो अबकी से खेती। मजूरी में सुख से एक रोटी खाने को तो मिलेगी। किसी की धौंस तो न रहेगी। अच्छी खेती है ! मजूरी करके लाओ, वह उसी में झोंक दो, उस पर से धौंस।

हल्कू ने रुपये लिए और इस तरह बाहर चला, मानो अपना हृदय निकाल कर देने जा रहा हो। उसने मजूरी से एक-एक पैसा काट-कपटकर तीन रुपये कम्मल के लिए जमा किये थे। वह आज निकले जा रहे थे। एक-एक पग के साथ उसका मस्तक अपनी दीनता के भार से दबा जा रहा था।

पूस की अँधेरी रात ! आकाश पर तारे ठिठुरते हुए मालूम होते थे। हल्कू अपने खेत के किनारे ऊख के पत्तों की एक छतरी के नीचे बाँस के खटोले पर अपनी पुरानी गाढ़े की चादर ओढ़े काँप रहा था। खाट के नीचे उसका संगी कुत्ता जबरा पेट में मुँह डाले सर्दी से कूँ-कूँ कर रहा था। दो में से एक को भी नींद न आती थी।

हल्कू ने घुटनियों को गर्दन में चिपकाते हुए कहा—क्यों जबरा, जाड़ा लगता है? कहता तो था, घर में पुआल पर लेट रह, तो यहाँ क्या लेने आए थे? अब खाओ ठण्ड, मैं क्या करूँ ? जानते थे, मैं यहाँ हलुवा-पूरी खाने आ रहा हूँ, दौड़े-दौड़े आगे-आगे चले आए। अब रोओ नानी के नाम को।

जबरा ने पड़े-पड़े दुम हिलाई और अपनी कूँ-कूँ को दीर्घ बनाता हुआ एक बार जम्हाई ले कर चुप हो गया। उसकी श्वान-बुद्धि ने शायद ताड़ लिया, स्वामी को मेरी कूँ-कूँ से नींद नहीं आ रही है।

हल्कू ने हाथ निकाल कर जबरा की ठंडी पीठ सहलाते हुए कहा—कल से मत आना मेरे साथ, नहीं तो ठंडे हो जाओगे। यह राँड पछुआ न जाने कहाँ से बरफ लिए आ रही है? उठूँ, फिर एक चिलम भरूँ। किसी तरह रात तो कटे ! आठ चिलम तो पी चुका। यह खेती का मज़ा है ! और एक-एक भागवान ऐसे पड़े हैं, जिनके पास जाड़ा जाए तो गर्मी से घबरा कर भागे। मोटे-मोटे गद्दे, लिहाफ-कम्मल। मजाल है कि जाड़े का गुज़र हो जाए। तकदीर की बखूबी है ! मजूरी हम करें, मज़ा दूसरे लूटें !

हल्कू उठा और गड्ढे में से ज़रा-सी आग निकाल कर चिलम भरी। जबरा भी उठ बैठा।

हल्कू ने चिलम पीते हुए कहा—पियेगा चिलम? जाड़ा तो क्या जाता है, ज़रा मन बहल जाता है।

जबरा ने उसके मुँह की ओर प्रेम से छलकती हुई आँखों से देखा।

हल्कू—आज और जाड़ा खा ले। कल से मैं यहाँ पुआल बिछा दूँगा। उसी में

घुस कर बैठना, तब जाड़ा न लगेगा।

जबरा ने अगले पंजे उसकी घुटनियों पर रख दिए और उसके मुँह के पास अपना मुँह ले गया। हल्कू को उसकी गर्म साँस लगी।

चिलम पी कर हल्कू फिर लेटा और निश्चय करके लेटा कि चाहे कुछ हो, अबकी सो जाऊँगा, पर एक ही क्षण में उसके हृदय में कम्पन होने लगा। कभी इस करवट लेटता, कभी उस करवट; पर जाड़ा किसी पिशाच की भाँति उसकी छाती को दबाए हुए था।

जब किसी तरह न रहा गया तो उसने जबरा को धीरे-से उठाया और उसके सिर को थपथपा कर उसे अपनी गोद में सुला लिया। कुत्ते की देह से जाने कैसी दुर्गंध आ रही थी, पर वह उसे अपनी गोद से चिपटाए हुए ऐसे सुख का अनुभव कर रहा था, जो इधर महीनों से उसे न मिला था। जबरा शायद समझ रहा था कि स्वर्ग यही है; और हल्कू की पवित्र आत्मा में तो उस कुत्ते के प्रति घृणा की गन्ध तक न थी। अपने किसी अभिन्न मित्र या भाई को भी वह इतनी ही तत्परता से गले लगाता। वह अपनी दीनता से आहत न था, जिसने आज उसे इस दशा में पहुँचा दिया। नहीं, इस अनोखी मैत्री ने जैसे उसकी आत्मा के सब द्वार खोल दिए थे और उसका एक-एक अणु प्रकाश से चमक रहा था।

सहसा जबरा ने किसी जानवर की आहट पाई। इस विशेष आत्मीयता ने उसमें एक नई स्फूर्ति पैदा कर दी थी, जो हवा के ठंडे झोंकों को तुच्छ समझती थी। वह झपट कर उठा और छतरी के बाहर आ कर भूँकने लगा। हल्कू ने उसे कई बार चुमकार कर बुलाया; पर वह उसके पास न आया। हार में चारों तरफ दौड़-दौड़ कर भूँकता रहा। एक क्षण के लिए आ भी जाता तो तुरंत ही फिर दौड़ता। कर्तव्य उसके हृदय में अरमान की भाँति उछल रहा था।

एक घंटा और गुज़र गया। रात ने शीत को हवा से धधकाना शुरू किया। हल्कू उठ बैठा और दोनों घुटनों को छाती से मिला कर सिर को उसमें छिपा लिया। फिर भी ठंड कम न हुई। ऐसा जान पड़ता था, सारा रक्त जम गया है, धमनियों में रक्त की जगह हिम बह रहा है। उसने झुक कर आकाश की ओर देखा, अभी कितनी रात बाकी है। सप्तर्षि अभी आकाश में आधे भी नहीं चढ़े। ऊपर आ जाएँगे तब कहीं सबेरा होगा। अभी पहर भर से ऊपर रात है।

हल्कू के खेत से कोई एक गोली के टप्पे पर आमों का बाग था। पतझड़ शुरू हो गई थी। बाग में पत्तियों का ढेर लगा हुआ था। हल्कू ने सोचा, चल कर पत्तियाँ बटोरूँ और उन्हें जला कर खूब तापूँ। रात को कोई मुझे पत्तियाँ बटोरते देखे

तो समझे कोई भूत है। कौन जाने कोई जानवर ही छिपा बैठा हो; मगर अब तो बैठे नहीं रहा जाता।

उसने पास के अरहर के खेत में जा कर कई पौधे उखाड़ लिए और उनका एक झाड़ू बना कर हाथ में सुलगता हुआ उपला लिए बगीचे की तरफ चला। जबरा ने उसे आते देखा तो पास आया और दुम हिलाने लगा।

हल्कू ने कहा—अब तो नहीं रहा जाता जबरू! चलो, बगीचे में पत्तियाँ बटोरकर तापें। टाँठे हो जाएँगे, तो फिर आ कर सोएँगे। अभी तो रात बहुत है।

जबरा ने कूँ-कूँ करके सहमति प्रकट की और आगे-आगे बगीचे की ओर चला।

बगीचे में खूब अँधेरा छाया हुआ था और अन्धकार में निर्दय पवन पत्तियों को कुचलता हुई चली जाती थी। वृक्षों से ओस की बूँदें टप-टप नीचे टपक रही थीं।

एकाएक एक झोंका मेंहदी के फूलों की खुशबू लिए हुए आया।

हल्कू ने कहा—कैसी अच्छी महक आई जबरू ! तुम्हारी नाक में भी सुगन्ध आ रही है ?

जबरा को कहीं ज़मीन पर एक हड्डी पड़ी मिल गई थी। उसे वह चिचोड़ रहा था।

हल्कू ने आग ज़मीन पर रख दी और पत्तियाँ बटोरने लगा। ज़रा देर में पत्तियों का एक ढेर लग गया। हाथ ठिठुरे जाते थे। नंगे पाँव गले जाते थे। और वह पत्तियों का पहाड़ खड़ा कर रहा था। इसी अलाव में वह ठंड को जला कर भस्म कर देगा।

थोड़ी देर में अलाव जल उठा। उसकी लौ ऊपर वाले वृक्ष की पत्तियों को छू-छूकर भागने लगीं। उस अस्थिर प्रकाश में बगीचे के विशाल वृक्ष ऐसे मालूम होते थे, मानो उस अथाह अन्धकार को अपने सिरों पर सँभाले हुए हों। अन्धकार के उस अनन्त सागर में यह प्रकाश एक नौका के समान हिलता, मचलता हुआ जान पड़ता था।

हल्कू अलाव के सामने बैठा आग ताप रहा था। एक क्षण में उसने दोहर उतार कर बगल में दबा ली और दोनों पाँव फैला दिए, मानो ठंड को ललकार रहा हो, तेरे जी में जो आए सो कर। ठंड की असीम शक्ति पर विजय पा कर वह विजय-गर्व को हृदय में छिपा न सकता था।

उसने जबरा से कहा—क्यों जब्बर, अब ठंड नहीं लग रही है ?

जब्बर ने कूँ-कूँ करके मानो कहा—अब क्या ठंड लगती ही रहेगी?

'पहले से यह उपाय न सूझा, नहीं इतनी ठंड क्यों खाते?'

जबरा ने पूँछ हिलाई।

'अच्छा आओ, इस अलाव को कूद कर पार करें। देखें, कौन निकल जाता

है। अगर जल गए बच्चा, तो मैं दवा न करूँगा।'

जबरा ने उस अग्निराशि की ओर कातर नेत्रों से देखा।

'मुन्नी से कल कह न देना, नहीं तो लड़ाई करेगी।'

यह कहता हुआ वह उछला और अलाव के ऊपर से साफ़ निकल गया। पैरों में ज़रा लपट लगी; पर वह कोई बात न थी। जबरा आग के गिर्द घूम कर उसके पास आ खड़ा हुआ।

हल्कू ने कहा—चलो-चलो, इसकी सही नहीं। ऊपर से कूद कर आओ। वह फिर कूदा और अलाव के इस पार आ गया।

पत्तियाँ जल चुकी थीं। बगीचे में फिर अँधेरा छाया था। राख के नीचे कुछ-कुछ आग बाकी थी, जो हवा का झोंका आ जाने पर ज़रा जाग उठती थी; पर एक क्षण में फिर आँखें बन्द कर लेती थी।

हल्कू ने फिर चादर ओढ़ ली और गर्म राख के पास बैठा हुआ एक गीत गुनगुनाने लगा। उसके बदन में गर्मी आ गई थी; पर ज्यों-ज्यों शीत बढ़ती जाती थी, उसे आलस्य दबाए लेता था।

जबरा ज़ोर से भूँक कर खेत की ओर भागा। हल्कू को ऐसा मालूम हुआ कि जानवरों का एक झुण्ड उसके खेत में आया है। शायद नीलगायों का झुण्ड था। उनके कूदने-दौड़ने की आवाज़ें साफ कान में आ रही थीं। फिर ऐसा मालूम हुआ कि वह खेत में चर रही हैं। उनके चबाने की आवाज़ चर-चर सुनाई देने लगी।

उसने दिल में कहा—नहीं, जबरा के होते कोई जानवर खेत में नहीं आ सकता। नोच ही डाले। मुझे भ्रम हो रहा है। कहाँ ! अब तो कुछ नहीं सुनायी देता। मुझे भी कैसा धोखा हुआ।

उसने ज़ोर से आवाज़ लगाई—जबरा, जबरा!

जबरा भूँकता रहा। उसके पास न आया।

फिर खेत के चरे जाने की आहट मिली। अब वह अपने को धोखा न दे सका। उसे अपनी जगह से हिलना ज़हर लग रहा था। कैसा दंदाया हुआ था। इस जाड़े-पाले में खेत में जाना, जानवरों के पीछे दौड़ना असूझ जान बैठा पड़ा। वह अपनी जगह से न हिला।

उसने ज़ोर से आवाज़ लगाई—लिहो-लिहो ! लिहो !!

जबरा भूँक उठा। जानवर खेत चर रहे थे। फसल तैयार है। कैसी अच्छी खेती थी; पर ये दुष्ट जानवर उसका सर्वनाश किए डालते हैं।

हल्कू पक्का इरादा करके उठा और दो-तीन कदम चला; पर एकाएक हवा

का ऐसा ठण्डा, चुभने वाला, बिच्छू के डंक का-सा झोंका लगा कि वह फिर बुझते हुए अलाव के पास आ बैठा और राख को कुरेद कर अपनी ठण्डी देह को गर्माने लगा।

जबरा अपना गला फाड़े डालता था, नीलगायें खेत का सफाया किए डालती थीं। और हल्कू गर्म राख के पास शांत बैठा हुआ था। अकर्मण्यता ने रस्सियों की भाँति उसे चारों तरफ़ से जकड़ रखा था।

उसी राख के पास गर्म ज़मीन पर वह चादर ओढ़ कर सो गया।

सबेरे जब उसकी नींद खुली, तब चारों तरफ धूप फैल गई थी। और मुन्नी कह रही थी—क्या आज सोते ही रहोगे ? तुम यहाँ आ कर रम गए और उधर सारा खेत चौपट हो गया।

हल्कू ने उठ कर कहा—क्या तू खेत से हो कर आ रही है?

मुन्नी बोली—हाँ, सारे खेत का सत्यानाश हो गया। भला ऐसा भी कोई सोता है ! तुम्हारे मड़ैया डालने से क्या हुआ?

हल्कू ने बहाना किया—मैं मरते-मरते बचा, तुझे अपने खेत की पड़ी है? पेट में ऐसा दरद हुआ, कि मैं ही जानता हूँ।

दोनों फिर खेत की डाँड़ पर आए। देखा, सारा खेत रौंदा पड़ा हुआ है, और जबरा मड़ैया के नीचे चित लेटा है; मानो प्राण ही न हों।

दोनों खेत की दशा देख रहे थे। मुन्नी के मुख पर उदासी छाई थी। पर हल्कू प्रसन्न था।

मुन्नी ने चिंतित हो कर कहा—अब मजूरी करके मालगुज़ारी भरनी पड़ेगी।

हल्कू ने प्रसन्न-मुख से कहा—रात की ठण्ड में यहाँ सोना तो न पड़ेगा।

सुजान भगत

सीधे-सादे किसान धन हाथ आते ही धर्म और कीर्ति की ओर झुकते हैं। दिव्य समाज की भाँति वे पहले अपने भोग-विलास की ओर नहीं दौड़ते। सुजान की खेती में कई साल से कंचन बरस रहा था। मेहनत तो गाँव के सभी किसान करते थे, पर सुजान के चंद्रमा बली थे, ऊसर में भी दाना छींट आता तो कुछ न कुछ पैदा हो जाता था। तीन वर्ष लगातार ऊख लगती गई। उधर गुड़ का भाव तेज़ था। कोई दो-ढाई हज़ार हाथ में आ गए। बस, चित्त की वृत्ति धर्म की ओर झुक पड़ी। साधु-संतों का आदर-सत्कार होने लगा, द्वार पर धूनी जलने लगी, कानूनगो इलाके में आते, तो सुजान महतो के चौपाल में ठहरते। हल्के के हेड कांस्टेबल, थानेदार, शिक्षा-विभाग के अफसर—एक न एक उस चौपाल में पड़ा ही रहता। महतो मारे खुशी के फूले न समाते। धन्य भाग ! उसके द्वार पर अब इतने बड़े-बड़े हाकिम आ कर ठहरते हैं। जिन हाकिमों के सामने उसका मुँह न खुलता था, उन्हीं की अब 'महतो-महतो' करते ज़बान सूखती थी। कभी-कभी भजन-भाव हो जाता। एक महात्मा ने डौल अच्छा देखा तो गाँव में आसन जमा दिया। गाँजे और चरस की बहार उड़ने लगी। एक ढोलक आई, मजीरे मँगाये गए, सत्संग होने लगा। यह सब सुजान के दम का जलूस था। घर में सेरों दूध होता, मगर सुजान के कंठ तले एक बूँद भी जाने की कसम थी। कभी हाकिम लोग चखते, कभी महात्मा लोग। किसान को दूध-घी से क्या मतलब, उसे रोटी और साग चाहिए। सुजान की नम्रता का अब पारावार न था। सबके सामने सिर झुकाये रहता, कहीं लोग यह न कहने लगें कि धन पा कर उसे घमंड हो गया है। गाँव में कुल तीन कुएँ थे, बहुत-से खेतों में पानी न पहुँचता था, खेती मारी जाती थी। सुजान ने एक पक्का कुआँ बनवा दिया। कुएँ का विवाह हुआ, यज्ञ हुआ, ब्रह्मभोज हुआ। जिस दिन पहली बार पुर चला, सुजान

को मानो चारों पदार्थ मिल गए। जो काम गाँव में किसी ने न किया था, वह बाप-दादा के पुण्य-प्रताप से सुजान ने कर दिखाया।

एक दिन गाँव में गया के यात्री आ कर ठहरे। सुजान ही के द्वार पर उनका भोजन बना। सुजान के मन में भी गया करने की बहुत दिनों से इच्छा थी। यह अच्छा अवसर देख कर वह भी चलने को तैयार हो गया।

उसकी स्त्री बुलाकी ने कहा—अभी रहने दो, अगले साल चलेंगे।

सुजान ने गंभीर भाव से कहा—अगले साल क्या होगा, कौन जानता है। धर्म के काम में मीन मेख निकालना अच्छा नहीं। ज़िंदगानी का क्या भरोसा ?

बुलाकी—हाथ खाली हो जाएगा?

सुजान—भगवान् की इच्छा होगी, तो फिर रुपये हो जाएँगे। उनके यहाँ किस बात की कमी है?

बुलाकी इसका क्या जवाब देती ? सत्कार्य में बाधा डाल कर अपनी मुक्ति क्यों बिगाड़ती ? प्रातःकाल स्त्री और पुरुष गया करने चले। वहाँ से लौटे तो, यज्ञ और ब्रह्मभोज की ठहरी। सारी बिरादरी निमंत्रित हुई, ग्यारह गाँवों में सुपारी बँटी। इस धूमधाम से कार्य हुआ कि चारों ओर वाह-वाह मच गई। सब यही कहते थे कि भगवान् धन दे, तो दिल भी ऐसा दे। घमंड तो छू नहीं गया, अपने हाथ से पत्तल उठाता फिरता था, कुल का नाम जगा दिया। बेटा हो, तो ऐसा हो। बाप मरा, तो घर में भूनी-भाँग भी नहीं थी। अब लक्ष्मी घुटने तोड़ कर आ बैठी हैं।

एक द्वेषी ने कहा—कहीं गड़ा हुआ धन पा गया है। इस पर चारों ओर से उस पर बौछारें पड़ने लगीं—हाँ, तुम्हारे बाप-दादा जो खजाना छोड़ गए थे, यही उसके हाथ लग गया है। अरे भैया, यह धर्म की कमाई है। तुम भी तो छाती फाड़ कर काम करते हो, क्यों ऐसी ऊख नहीं लगती ? क्यों ऐसी फसल नहीं होती ? भगवान् आदमी का दिल देखते हैं। जो खर्च करता है, उसी को देते हैं।

सुजान महतो सुजान भगत हो गए। भगतों के आचार-विचार कुछ और होते हैं। वह बिना स्नान किये कुछ नहीं खाता। गंगा जी अगर घर से दूर हों और वह रोज़ स्नान करके दोपहर तक घर न लौट सकता हो, तो पर्वों के दिन तो उसे अवश्य ही नहाना चाहिए। भजन-भाव उसके घर अवश्य होना चाहिए। पूजा-अर्चना उसके लिए अनिवार्य है। खान-पान में भी उसे बहुत विचार रखना पड़ता है। सबसे बड़ी बात यह है कि झूठ का त्याग करना पड़ता है। भगत झूठ नहीं बोल सकता। साधारण मनुष्य को अगर झूठ का दंड एक मिले, तो भगत को एक लाख से कम नहीं मिल सकता। अज्ञान की अवस्था में कितने ही अपराध क्षम्य हो जाते हैं। ज्ञानी के लिए क्षमा नहीं है, प्रायश्चित्त नहीं है, यदि है तो बहुत ही कठिन। सुजान को भी अब भगतों

की मर्यादा को निभाना पड़ा। अब तक उसका जीवन मजूर का जीवन था। उसका कोई आदर्श, कोई मर्यादा उसके सामने न थी। अब उसके जीवन में विचार का उदय हुआ, जहाँ का मार्ग काँटों से भरा हुआ है। स्वार्थ-सेवा ही पहले उसके जीवन का लक्ष्य था, इसी काँटे से वह परिस्थितियों को तौलता था। वह अब उन्हें औचित्य के काँटों पर तौलने लगा। यों कहो कि जड़-जगत् से निकल कर उसने चेतन-जगत् में प्रवेश किया। उसने कुछ लेन-देन करना शुरू किया था पर अब उसे ब्याज लेते हुए आत्मग्लानि-सी होती थी। यहाँ तक कि गउओं को दुहाते समय उसे बछड़ों का ध्यान बना रहता था—कहीं बछड़ा भूखा न रह जाए, नहीं तो उसका रोआँ दुखी होगा। वह गाँव का मुखिया था, कितने ही मुकदमों में उसने झूठी शहादतें बनवाई थीं, कितनों से डाँड़ ले कर मामले का रफा-दफा करा दिया था। अब इन व्यापारों से उसे घृणा होती थी। झूठ और प्रपंच से कोसों दूर भागता था। पहले उसकी यह चेष्टा होती थी कि मजूरों से जितना काम लिया जा सके लो और मजूरी जितनी कम दी जा सके दो; पर अब उसे मजूर के काम की कम, मजूरी की अधिक चिंता रहती थी—कहीं बेचारे मजूर का रोआँ न दुखी हो जाए। वह उसका वाक्यांश-सा हो गया था—किसी का रोआँ न दुखी हो जाए। उसके दोनों जवान बेटे बात-बात में उस पर फब्तियाँ कसते, यहाँ तक कि बुलाकी भी अब उसे कोरा भगत समझने लगी थी, जिसे घर के भले-बुरे से कोई प्रयोजन न था। चेतन-जगत् में आ कर सुजान भगत कोरे भगत रह गए।

सुजान के हाथों से धीरे-धीरे अधिकार छीने जाने लगे। किस खेत में क्या बोना है, किसको क्या देना है, किसको क्या लेना है, किस भाव क्या चीज़ बिकी—ऐसी-ऐसी महत्त्वपूर्ण बातों में भी भगत जी की सलाह न ली जाती थी। भगत के पास कोई जाने ही न पाता। दोनों लड़के या स्वयं बुलाकी दूर ही से मामला तय कर लिया करती। गाँव भर में सुजान का मान-सम्मान बढ़ता था, अपने घर में घटता था। लड़के उसका सत्कार अब बहुत करते। हाथ से चारपाई उठाते देख लपक कर खुद उठा लाते, चिलम न भरने देते, यहाँ तक कि उसकी धोती छाँटने के लिए भी आग्रह करते थे। मगर अधिकार उसके हाथ में न था। वह अब घर का स्वामी नहीं, मंदिर का देवता था।

एक दिन बुलाकी ओखली में दाल छाँट रही थी। एक भिखमंगा द्वार पर आ कर चिल्लाने लगा। बुलाकी ने सोचा, दाल छाँट लूँ, तो उसे कुछ दे दूँ। इतने में बड़ा लड़का भोला आ कर बोला—अम्माँ, एक महात्मा द्वार पर खड़े गला फाड़ रहे हैं। कुछ दे दो। नहीं तो उनका रोआँ दुखी हो जाएगा।

बुलाकी ने उपेक्षा के भाव से कहा—भगत के पाँव में क्या मेहँदी लगी है, क्यों

कुछ ले जा कर नहीं दे देते ? क्या मेरे चार हाथ हैं ? किस-किसका रोआँ सुखी करूँ ? दिन भर तो ताँता लगा रहता है।

भोला—चौपट करने पर लगे हुए हैं, और क्या? अभी महँगू बेंग देने आया था। हिसाब से सात मन हुए। तौला तो पौने सात मन ही निकले। मैंने कहा—दस सेर और ला, तो आप बैठे-बैठे कहते हैं, अब इतनी दूर कहाँ जाएगा। भरपाई लिख दो, नहीं तो उसका रोआँ दुखी होगा। मैंने भरपाई नहीं लिखी। दस सेर बाकी लिख दी।

बुलाकी—बहुत अच्छा किया तुमने, बकने दिया करो। दस-पाँच दफे मुँह की खा जाएँगे, तो आप ही बोलना छोड़ देंगे।

भोला—दिन भर एक न एक खुचड़ निकालते रहते हैं। सौ दफे कह दिया कि तुम घर-गृहस्थी के मामले में न बोला करो, पर इनसे बिना बोले रहा ही नहीं जाता।

बुलाकी—मैं जानती कि इनका यह हाल होगा, तो गुरुमंत्र न लेने देती।

भोला—भगत क्या हुए कि दीन-दुनिया दोनों से गए। सारा दिन पूजा-पाठ में ही उड़ जाता है। अभी ऐसे बूढ़े नहीं हो गए कि कोई काम ही न कर सकें।

बुलाकी ने आपत्ति की—भोला, यह तुम्हारा कुन्याय है। फावड़ा, कुदाल अब उनसे नहीं हो सकता, लेकिन कुछ न कुछ तो करते ही रहते हैं। बैलों को सानी-पानी देते हैं, गाय दुहाते हैं और भी जो कुछ हो सकता है, करते हैं।

भिक्षुक अभी तक खड़ा चिल्ला रहा था। सुजान ने जब घर में से किसी को कुछ लाते न देखा, तो उठ कर अंदर गया और कठोर स्वर से बोला—तुम लोगों को कुछ सुनाई नहीं देता कि द्वार पर कौन घंटे भर से खड़ा भीख माँग रहा है? अपना काम तो दिन भर करना ही है, एक छन भगवान् का काम भी तो किया करो।

बुलाकी—तुम तो भगवान् का काम करने को बैठे ही हो, क्या घर भर भगवान् ही का काम करेगा ?

सुजान—कहाँ आटा रखा है, लाओ, मैं ही निकाल कर दे आऊँ। तुम रानी बन कर बैठो।

बुलाकी—आटा मैंने मर-मर कर पीसा है, अनाज दे दो। ऐसे मुड़चिरों के लिए पहर रात से उठ कर चक्की नहीं चलाती हूँ।

सुजान भंडार घर में गए और एक छोटी-सी छबड़ी को जौ से भरे हुए निकले। जौ सेर भर से कम न था। सुजान ने जान-बूझकर, केवल बुलाकी और भोला को चिढ़ाने के लिए, भिक्षा परम्परा का उल्लंघन किया था। तिस पर भी यह दिखाने के लिए कि छबड़ी में बहुत ज़्यादा जौ नहीं हैं, वह उसे चुटकी से पकड़े हुए थे। चुटकी इतना बोझ न सँभाल सकती थी। हाथ काँप रहा था। एक क्षण विलम्ब होने से छबड़ी के हाथ से छूट कर गिर पड़ने की सम्भावना थी। इसलिए वह जल्दी से

बाहर निकल जाना चाहते थे। सहसा भोला ने छबड़ी उनके हाथ से छीन ली और त्यौरियाँ बदल कर बोला—सेंत का माल नहीं है, जो लुटाने चले हो। छाती फाड़-फाड़ कर काम करते हैं, तब दाना घर में आता है।

सुजान ने खिसिया कर कहा—मैं भी तो बैठा नहीं रहता।

भोला—भीख, भीख की ही तरह दी जाती है, लुटाई नहीं जाती। हम तो एक बेला खा कर दिन काटते हैं कि पति-पानी बना रहे, और तुम्हें लुटाने की सूझी है। तुम्हें क्या मालूम कि घर में क्या हो रहा है?

सुजान ने इसका कोई जवाब न दिया। बाहर आ कर भिखारी से कह दिया—बाबा, इस समय जाओ, किसी का हाथ खाली नहीं है, और पेड़ के नीचे बैठ कर विचारों में मग्न हो गया। अपने ही घर में उसका यह अनादर ! अभी वह अपाहिज नहीं है; हाथ-पाँव थके नहीं हैं; घर का कुछ न कुछ काम करता ही रहता है। उस पर यह अनादर ! उसी ने घर बनाया, यह सारी विभूति उसी के श्रम का फल है, पर अब इस घर पर उसका कोई अधिकार नहीं रहा। अब वह द्वार का कुत्ता है, पड़ा रहे और घरवाले जो रूखा-सूखा दे दें, वह खा कर पेट भर लिया करे। ऐसे जीवन को धिक्कार है। सुजान ऐसे घर में नहीं रह सकता।

संध्या हो गई थी। भोला का छोटा भाई शंकर नारियल भर कर लाया। सुजान ने नारियल दीवार से टिका कर रख दिया ! धीरे-धीरे तम्बाकू जल गया। जरा देर में भोला ने द्वार पर चारपाई डाल दी। सुजान पेड़ के नीचे से न उठा।

कुछ देर और गुज़ारी। भोजन तैयार हुआ। भोला बुलाने आया। सुजान ने कहा—भूख नहीं है। बहुत मनावन करने पर भी न उठा। तब बुलाकी ने आ कर कहा—खाना खाने क्यों नहीं चलते ? जी तो अच्छा है ?

सुजान को सबसे अधिक क्रोध बुलाकी ही पर था। यह भी लड़कों के साथ है ! यह बैठी देखती रही और भोला ने मेरे हाथ से अनाज छीन लिया। इसके मुँह से इतना भी न निकला कि ले जाते हैं, तो ले जाने दो। लड़कों को न मालूम हो कि मैंने कितने श्रम से यह गृहस्थी जोड़ी है, पर यह तो जानती है। दिन को दिन और रात को रात नहीं समझा। भादों की अँधेरी रात में मड़ैया लगा के जुआर की रखवाली करता था। जेठ-बैसाख की दोपहरी में भी दम न लेता था, और अब मेरा घर पर इतना भी अधिकार नहीं है कि भीख तक दे सकूँ? माना कि भीख इतनी नहीं दी जाती लेकिन इनको तो चुप रहना चाहिए था, चाहे मैं घर में आग ही क्यों न लगा देता। कानून से भी तो मेरा कुछ होता है। मैं अपना हिस्सा नहीं खाता, दूसरों को खिला देता हूँ; इसमें किसी के बाप का क्या साझा ? अब इस वक्त मनाने आई है ! इसे मैंने फूल की छड़ी से भी नहीं छुआ, नहीं तो गाँव में ऐसी कौन औरत है, जिसने खसम की लातें न खाई हों, कभी कड़ी निगाह से देखा तक नहीं। रुपये-पैसे, लेना-देना, सब इसी के हाथ में दे रखा था। अब रुपये जमा कर लिए हैं, तो मुझी

से घमंड करती है। अब इसे बेटे प्यारे हैं, मैं तो निखट्टू, लुटाऊ, घर-फूँकू, घोंघा हूँ। मेरी इसे क्या परवाह? तब लड़के न थे, जब बीमार पड़ी थी और मैं गोद में उठा कर वैद्य के घर ले गया था। आज इसके बेटे हैं और यह उनकी माँ है। मैं तो बाहर का आदमी!

मुझसे घर से मतलब ही क्या? बोला–अब खा-पीकर क्या करूँगा, हल जोतने से रहा, फावड़ा चलाने से रहा। मुझे खिला कर दाने को क्यों खराब करेगी ? रख दो, बेटे दूसरी बार खाएँगे।

बुलाकी–तुम तो ज़रा-ज़रा-सी बात पर तिनक जाते हो। सच कहा है, बुढ़ापे में आदमी की बुद्धि मारी जाती है। भोला ने इतना तो कहा था कि इतनी भीख मत ले जाओ, या और कुछ ?

सुजान–हाँ बेचारा इतना कह कर रह गया। तुम्हें तो मज़ा तब आता, जब वह ऊपर से दो-चार डंडे लगा देता। क्यों? अगर यही अभिलाषा है, तो पूरी कर लो। भोला खा चुका होगा, बुला लाओ। नहीं, भोला को क्यों बुलाती हो, तुम्हीं न जमा दो, दो-चार हाथ? इतनी कसर है, वह भी पूरी हो जाए।

बुलाकी–हाँ, और क्या, यही तो नारी का धरम ही है। अपने भाग सराहो कि मुझ-जैसी सीधी औरत पा ली। जिस बल चाहते हो, बिठाते हो। ऐसी मुँहज़ोर होती, तो तुम्हारे घर में एक दिन भी निबाह न होता।

सुजान–हाँ, भाई, वह तो मैं ही कह रहा हूँ कि देवी थीं और हो। मैं तब भी राक्षस था और अब भी दैत्य हो गया हूँ ! बेटे कमाऊ हैं, उनकी-सी न कहोगी, तो क्या मेरी-सी कहोगी, मुझसे अब क्या लेना-देना है ?

बुलाकी–तुम झगड़ा करने पर तुले बैठे हो और मैं झगड़ा बचाती हूँ कि चार आदमी हँसेंगे। चल कर खाना खा लो सीधे से, नहीं तो मैं जा कर सो रहूँगी।

सुजान–तुम भूखी क्यों सो रहोगी ? तुम्हारे बेटों की तो कमाई है। हाँ, मैं बाहरी आदमी हूँ।

बुलाकी–बेटे तुम्हारे भी तो हैं।

सुजान–नहीं, मैं ऐसे बेटों से बाज आया। किसी और के बेटे होंगे। मेरे बेटे होते, तो क्या मेरी दुर्गति होती ?

बुलाकी–गालियाँ दोगे तो मैं भी कुछ कह बैठूँगी। सुनती थी, मर्द बड़े समझदार होते हैं, पर तुम सबसे न्यारे हो। आदमी को चाहिए कि जैसा समय देखे वैसा काम करे। अब हमारा और तुम्हारा निबाह इसी में है कि नाम के मालिक बने रहें और वही करें जो लड़कों को अच्छा लगे। मैं यह बात समझ गई, तुम क्यों नहीं समझ पाते? जो कमाता है, उसी का घर में राज होता है, यही दुनिया का दस्तूर है। मैं बिना लड़कों से पूछे कोई काम नहीं करती, तुम क्यों अपने मन की करते हो ? इतने दिनों तक तो राज कर लिया, अब क्यों इस माया में पड़े हो ? आधी रोटी

खाओ, भगवान् का भजन करो और पड़े रहो। चलो, खाना खा लो।

सुजान–तो अब मैं द्वार का कुत्ता हूँ ?

बुलाकी–बात जो थी, वह मैंने कह दी। अब अपने को जो चाहो समझो। सुजान न उठे। बुलाकी हार कर चली गई।

सुजान के सामने अब एक नयी समस्या खड़ी हो गई थी। वह बहुत दिनों से घर का स्वामी था और अब भी ऐसा ही समझता रहा। परिस्थिति में कितना उलट फेर हो गया था, इसकी उसे खबर न थी। लड़के उसका सेवा-सम्मान करते हैं, यह बात उसे भ्रम में डाले हुए थी। लड़के उसके सामने चिलम नहीं पीते, खाट पर नहीं बैठते, क्या यह सब उसके गृह-स्वामी होने का प्रमाण न था? पर आज उसे यह ज्ञात हुआ कि यह केवल श्रद्धा थी, उसके स्वामित्व का प्रमाण नहीं। क्या इस श्रद्धा के बदले वह अपना अधिकार छोड़ सकता था ? कदापि नहीं। अब तक जिस घर में राज किया, उसी घर में पराधीन बन कर वह नहीं रह सकता। उसको श्रद्धा की चाह नहीं, सेवा की भूख नहीं। उसे अधिकार चाहिए। वह इस घर पर दूसरों का अधिकार नहीं देख सकता। मंदिर का पुजारी बन कर वह नहीं रह सकता।

न जाने कितनी रात बाकी थी। सुजान ने उठ कर गँड़ासे से बैलों का चारा काटना शुरू किया। सारा गाँव सोता था, पर सुजान करवी काट रहे थे। इतना श्रम उन्होंने अपने जीवन में कभी न किया था। जब से उन्होंने काम करना छोड़ा था, बराबर चारे के लिए हाय-हाय पड़ी रहती थी। शंकर भी काटता था, भोला भी काटता था पर चारा पूरा न पड़ता था। आज वह इन लौंडों को दिखा देंगे, चारा कैसे काटना चाहिए। उनके सामने कटिया का पहाड़ खड़ा हो गया। और टुकड़े कितने महीन और सुडौल थे, मानो साँचे में ढाले गए हों।

मुँह-अँधेरे बुलाकी उठी तो कटिया का ढेर देख कर दंग रह गई। बोली–क्या भोला आज रात भर कटिया ही काटता रह गया? कितना कहा कि बेटा, जी से जहान है, पर मानता ही नहीं। रात को सोया ही नहीं।

सुजान भगत ने ताने से कहा–वह सोता ही कब है? जब देखता हूँ, काम ही करता रहता है। ऐसा कमाऊ संसार में और कौन होगा?

इतने में भोला आँखें मलता हुआ बाहर निकला। उसे भी यह ढेर देख कर आश्चर्य हुआ। माँ से बोला–क्या शंकर आज बड़ी रात को उठा था, अम्माँ?

बुलाकी–वह तो पड़ा सो रहा है। मैंने तो समझा, तुमने काटी होगी।

भोला–मैं तो सबेरे उठ ही नहीं पाता। दिन भर चाहे जितना काम कर लूँ, पर रात को मुझसे नहीं उठा जाता।

बुलाकी–तो क्या तुम्हारे दादा ने काटी है ?

भोला—हाँ, मालूम तो होता है। रात भर सोये नहीं। मुझसे कल बड़ी भूल हुई। अरे, वह तो हल ले कर जा रहे हैं ! जान देने पर उतारू हो गए हैं क्या ?

बुलाकी—क्रोधी तो सदा के हैं। अब किसी की सुनेंगे थोड़े ही?

भोला—शंकर को जगा दो, मैं भी जल्दी से मुँह-हाथ धोकर हल ले जाऊँ। जब और किसानों के साथ भोला हल ले कर खेत में पहुँचा, तो सुजान आधा खेत जोत चुके थे। भोला ने चुपके-से काम करना शुरू किया। सुजान से कुछ बोलने की उसकी हिम्मत न पड़ी।

दोपहर हुई। सभी किसानों ने हल छोड़ दिए। पर सुजान भगत अपने काम में मग्न हैं। भोला थक गया है। उसकी बार-बार इच्छा होती है कि बैलों को खोल दे। मगर डर के मारे कुछ कह नहीं सकता। सबको आश्चर्य हो रहा है कि दादा कैसे इतनी मिहनत कर रहे हैं।

आखिर डरते-डरते बोला—दादा, अब तो दोपहर हो गई। हल खोल दें न ?

सुजान—हाँ, खोल दो। तुम बैलों को ले कर चलो, मैं डाँड़ फेंक कर आता हूँ।

भोला—मैं संझा को डाँड़ फेंक दूँगा।

सुजान—तुम क्या फेंक दोगे? देखते नहीं हो, खेत कटोरे की तरह गहरा हो गया है। तभी तो बीच में पानी जम जाता है। इस गोइँड़ के खेत में बीस मन का बीघा होता था। तुम लोगों ने इसका सत्यानाश कर दिया।

बैल खोल दिए गए। भोला बैलों को ले कर घर चला, पर सुजान डाँड़ फेंकते रहे। आध घंटे के बाद डाँड़ फेंक कर वह घर आए। मगर थकान का नाम न था। नहा-खा कर आराम करने के बदले उन्होंने बैलों को सहलाना शुरू किया। उनकी पीठ पर हाथ फेरा, उनके पैर मले, पूँछ सहलाई। बैलों की पूँछें खड़ी थीं। सुजान की गोद में सिर रखे उन्हें अकथनीय सुख मिल रहा था। बहुत दिनों के बाद आज उन्हें यह आनन्द प्राप्त हुआ था। उनकी आँखों में कृतज्ञता भरी हुई थी। मानो वे कह रहे थे, हम तुम्हारे साथ रात-दिन काम करने को तैयार हैं।

अन्य कृषकों की भाँति भोला अभी कमर सीधी कर रहा था कि सुजान ने फिर हल उठाया और खेत की ओर चले। दोनों बैल उमंग से भरे दौड़े चले जाते थे, मानो उन्हें स्वयं खेत में पहुँचने की जल्दी थी।

भोला ने मड़ैया में लेटे-लेटे पिता को हल लिए जाते देखा, पर उठ न सका। उसकी हिम्मत छूट गई। उसने कभी इतना परिश्रम न किया था। उसे बनी-बनाई गिरस्ती मिल गई थी। उसे ज्यों-त्यों चला रहा था। इन दामों वह घर का स्वामी बनने का इच्छुक न था। जवान आदमी को बीस धंधे होते हैं। हँसने-बोलने के लिए, गाने-बजाने के लिए भी तो उसे कुछ समय चाहिए। पड़ोस के गाँव में दंगल हो रहा है। जवान आदमी कैसे अपने को वहाँ जाने से रोकेगा ? किसी गाँव में बारात आई है, नाच-गाना हो रहा है। जवान आदमी क्यों उसके आनन्द से वंचित रह सकता

है ? वृद्धजनों के लिए ये बाधाएँ नहीं। उन्हें न नाच-गाने से मतलब, न खेल-तमाशे से गरज, केवल अपने काम से काम है।

बुलाकी ने कहा—भोला, तुम्हारे दादा हल ले कर गए।

भोला—जाने दो अम्माँ, मुझसे यह नहीं हो सकता।

सुजान भगत के इस नवीन उत्साह पर गाँव में टीकाएँ हुईं—निकल गई सारी भगती। बना हुआ था। माया में फँसा हुआ है। आदमी काहे को, भूत है।

मगर भगत जी के द्वार पर अब फिर साधु-संत आसन जमाए देखे जाते हैं। उनका आदर-सम्मान होता है। अब की उसकी खेती ने सोना उगल दिया है। बखारी में अनाज रखने की जगह नहीं मिलती। जिस खेत में पाँच मन मुश्किल से होता था, उसी खेत में अबकी दस मन की उपज हुई है।

चैत का महीना था। खलिहानों में सतयुग का राज था। जगह-जगह अनाज के ढेर लगे हुए थे। यही समय है, जब कृषकों को भी थोड़ी देर के लिए अपना जीवन सफल मालूम होता है, जब गर्व से उनका हृदय उछलने लगता है। सुजान भगत टोकरे में अनाज भर-भर कर देते थे और दोनों लड़के टोकरे ले कर घर में अनाज रख आते थे। कितने ही भाट और भिक्षुक भगत जी को घेरे हुए थे। उनमें वह भिक्षुक भी था, जो आज से आठ महीने पहले भगत के द्वार से निराश हो कर लौट गया था।

सहसा भगत ने उस भिक्षुक से पूछा—क्यों बाबा, आज कहाँ-कहाँ चक्कर लगा आए ?

भिक्षुक—अभी तो कहीं नहीं गया भगत जी, पहले तुम्हारे ही पास आया हूँ।

भगत—अच्छा, तुम्हारे सामने यह ढेर है। इसमें से जितना अनाज उठा कर ले जा सको, ले जाओ।

भिक्षुक ने क्षुब्ध नेत्रों से ढेर को देख कर कहा—जितना अपने हाथ से उठा कर दे दोगे, उतना ही लूँगा।

भगत—नहीं, तुमसे जितना उठ सके, उठा लो।

भिक्षुक के पास एक चादर थी। उसने कोई दस सेर अनाज उसमें भरा और उठाने लगा। संकोच के मारे और अधिक भरने का उसे साहस न हुआ।

भगत उसके मन का भाव समझ कर आश्वासन देते हुए बोले—बस! इतना तो एक बच्चा भी उठा ले जाएगा।

भिक्षुक ने भोला की ओर संदिग्ध नेत्रों से देख कर कहा—मेरे लिए इतना ही बहुत है।

भगत—नहीं, तुम सकुचाते हो। अभी और भरो।

भिक्षुक ने एक पंसेरी अनाज और भरा, और फिर भोला की ओर सशंक दृष्टि से देखने लगा।

भगत—उसकी ओर क्या देखते हो, बाबा जी? मैं जो कहता हूँ, वह करो। तुमसे जितना उठाया जा सके, उठा लो।

भिक्षुक डर रहा था कि कहीं उसने अनाज भर लिया और भोला ने गठरी न उठाने दी, तो कितनी भद्द होगी। और भिक्षुकों को हँसने का अवसर मिल जाएगा। सब यही कहेंगे कि भिक्षुक कितना लोभी है। उसे और अनाज भरने की हिम्मत न पड़ी।

तब सुजान भगत ने चादर ले कर उसमें अनाज भरा और गठरी बाँध कर बोले—इसे उठा ले जाओ।

भिक्षुक—बाबा, इतना तो मुझसे उठ न सकेगा।

भगत—अरे ! इतना भी न उठ सकेगा ! बहुत होगा तो मन भर। भला ज़ोर तो लगाओ, देखूँ, उठा सकते हो या नहीं?

भिक्षुक ने गठरी को आज़माया। भारी थी। जगह से हिली भी नहीं। बोला—भगत जी, यह मुझ से न उठ सकेगी !

भगत—अच्छा, बताओ किस गाँव में रहते हो ?

भिक्षुक—बड़ी दूर है भगत जी; अमोला का नाम तो सुना होगा !

भगत—अच्छा, आगे-आगे चलो, मैं पहुँचा दूँगा।

यह कह कर भगत ने ज़ोर लगा कर गठरी उठायी और सिर पर रख कर भिक्षुक के पीछे हो लिए। देखने वाले भगत का यह पौरुष देख कर चकित हो गए। उन्हें क्या मालूम था कि भगत पर इस समय कौन-सा नशा था। आठ महीने के निरंतर अविरल परिश्रम का आज उन्हें फल मिला था। आज उन्होंने अपना खोया हुआ अधिकार फिर पाया था। वही तलवार, जो केले को भी नहीं काट सकती, सान पर चढ़ कर लोहे को काट देती है। मानव-जीवन में लाग बड़े महत्त्व की वस्तु है। जिसमें लाग है, वह बूढ़ा भी हो तो जवान है। जिसमें लाग नहीं, गैरत नहीं, वह जवान भी मृतक है। सुजान भगत में लाग थी और उसी ने उन्हें अमानुषीय बल प्रदान कर दिया था। चलते समय उन्होंने भोला की ओर सगर्व नेत्रों से देखा और बोले—ये भाट और भिक्षुक खड़े हैं, कोई खाली हाथ न लौटने पाये।

भोला सिर झुकाये खड़ा था, उसे कुछ बोलने का हौसला न हुआ। वृद्ध पिता ने उसे परास्त कर दिया था।

सुभागी

और लोगों के यहाँ चाहे जो होता हो, तुलसी महतो अपनी लड़की सुभागी को लड़के रामू से जौ-भर भी कम प्यार न करते थे। रामू जवान हो कर भी काठ का उल्लू था। सुभागी ग्यारह साल की बालिका हो कर भी घर के काम में इतनी चतुर, और खेती-बारी के काम में इतनी निपुण थी कि उसकी माँ लक्ष्मी दिल में डरती रहती कि कहीं लड़की पर देवताओं की आँख न पड़ जाए। अच्छे बालकों से भगवान को भी तो प्रेम है। कोई सुभागी का बखान न करे, इसलिए वह अनायास ही उसे डाँटती रहती थी। बखान से लड़के बिगड़ जाते हैं, यह भय तो न था, भय था—नज़र का ! वही सुभागी आज ग्यारह साल की उम्र में विधवा हो गई।

घर में कुहराम मचा हुआ था। लक्ष्मी पछाड़ें खाती थी। तुलसी सिर पीटते थे। उन्हें रोते देख कर सुभागी भी रोती थी। बार-बार माँ से पूछती—क्यों रोती हो अम्माँ, मैं तुम्हें छोड़ कर कहीं न जाऊँगी, तुम क्यों रोती हो ?

उसकी भोली बातें सुन कर माता का दिल और भी फटा जाता था।

वह सोचती थी—ईश्वर तुम्हारी यही लीला है ! जो खेल खेलते हो, वह दूसरों को दुःख दे कर। ऐसा तो पागल करते हैं। आदमी पागलपन करे तो उसे पागलखाने भेजते हैं; मगर तुम जो पागलपन करते हो, उसका कोई दंड नहीं। ऐसा खेल किस काम का कि दूसरे रोयें और तुम हँसो। तुम्हें तो लोग दयालु कहते हैं। यही तुम्हारी दया है!

और सुभागी क्या सोच रही थी? उसके पास कोठरी भर रुपये होते, तो वह उन्हें छिपा कर रख देती। फिर एक दिन चुपके से बाज़ार चली जाती और अम्माँ के लिए अच्छे-अच्छे कपड़े लाती, दादा जब बाकी माँगने आते, तो चट रुपये निकाल कर दे देती, अम्माँ-दादा कितने खुश होते।

जब सुभागी जवान हुई तो लोग तुलसी महतो पर दबाव डालने लगे कि लड़की का घर कहीं कर दो। जवान लड़की का यों फिरना ठीक नहीं। जब हमारी बिरादरी में इसकी कोई निन्दा नहीं है, तो क्यों सोच-विचार करते हो ?

तुलसी ने कहा--भाई मैं तो तैयार हूँ; लेकिन जब सुभागी भी माने? वह किसी तरह राज़ी नहीं होती।

हरिहर ने सुभागी को समझा कर कहा—बेटी, हम तेरे ही भले को कहते हैं। माँ-बाप अब बूढ़े हुए, उनका क्या भरोसा? तुम इस तरह कब तक बैठी रहोगी ?

सुभागी ने सिर झुका कर कहा—चाचा, मैं तुम्हारी बात समझ रही हूँ; लेकिन मेरा मन घर करने को नहीं कहता। मुझे आराम की चिंता नहीं है। मैं सब कुछ झेलने को तैयार हूँ। और जो काम तुम कहो, वह सिर-आँखों के बल करूँगी; मगर घर बसाने को मुझसे न कहो। जब मेरा चाल-कुचाल देखना तो मेरा सिर काट लेना। अगर मैं सच्चे बाप की बेटी हूँगी, तो बात की भी पक्की हूँगी। फिर लज्जा रखने वाले तो भगवान हैं, मेरी क्या हस्ती है कि अभी कुछ कहूँ?

उजड्ड रामू बोला—तुम अगर सोचती हो कि भैया कमावेंगे और मैं बैठी मौज करूँगी, तो इस भरोसे न रहना। यहाँ किसी ने जनम भर का ठीका नहीं लिया है।

रामू की दुल्हन रामू से भी दो अंगुल ऊँची थी। मटक कर बोली—हमने किसी का कर्ज़ थोड़े ही खाया कि जनम भर बैठे भरा करें? यहाँ तो खाने को भी महीन चाहिए, पहनने को भी महीन चाहिए, यह हमारे बूते की बात नहीं।

सुभागी ने गर्व से भरे हुए स्वर में कहा—भाभी, मैंने तुम्हारा आसरा कभी नहीं किया और भगवान ने चाहा तो कभी करूँगी भी नहीं। तुम अपनी देखो, मेरी चिंता न करो।

रामू की दुल्हन को जब मालूम हो गया कि सुभागी घर न करेगी, तो और भी उसके सिर हो गई। हमेशा एक-न-एक खुचड़ लगाए रहती। उसे रुलाने में जैसे उसको मज़ा आता था। वह बेचारी पहर रात से उठ कर कूटने-पीसने में लग जाती, चौका-बरतन करती, गोबर पाथती। फिर खेत में काम करने चली जाती। दोपहर को आ कर जल्दी-जल्दी खाना पका कर सबको खिलाती। रात को कभी माँ के सिर में तेल डालती, कभी उसकी देह दबाती। तुलसी चिलम के भक्त थे। उन्हें बार-बार चिलम पिलाती। जहाँ तक अपना बस चलता, माँ-बाप को कोई काम न करने देती। हाँ, भाई को न रोकती। सोचती, यह तो जवान आदमी हैं, यह काम न करेंगे तो गृहस्थी कैसे चलेगी?

मगर रामू को यह बुरा लगता। अम्माँ और दादा को तिनका तक नहीं उठाने देती और मुझे पीसना चाहती है। यहाँ तक कि एक दिन वह जामे से बाहर हो गया।

सुभागी से बोला—अगर उन लोगों का बड़ा मोह है, तो क्यों नहीं अलग ले कर रहती हो? तब सेवा करो तो मालूम हो कि सेवा कड़वी लगती है कि मीठी। दूसरों के बल पर वाहवाही लेना आसान है। बहादुर वह है, जो अपने बल पर काम करे।

सुभागी ने तो कुछ जवाब न दिया। बात बढ़ जाने का भय था। मगर उसके माँ-बाप बैठे सुन रहे थे। महतो से न रहा गया। बोले—क्या है रामू, उस गरीबिन से क्यों लड़ते हो ?

रामू पास आ कर बोला—तुम क्यों बीच में कूद पड़े, मैं तो उसको कहता था।

तुलसी—जब तक मैं जीता हूँ, तुम उसे कुछ नहीं कह सकते। मेरे पीछे जो चाहे करना। बेचारी का घर में रहना मुश्किल कर दिया।

रामू—आपको बेटी बहुत प्यारी है, तो उसे गले बाँध कर रखिए। मुझसे तो नहीं सहा जाता।

तुलसी—अच्छी बात है। अगर तुम्हारी यह मर्ज़ी है, तो यही होगा। मैं कल गाँव के आदमियों को बुला कर बँटवारा कर दूँगा। तुम चाहे छूट जाव, सुभागी नहीं छूट सकती।

रात को तुलसी लेटे तो वह पुरानी बात याद आई, जब रामू के जन्मोत्सव में उन्होंने रुपये कर्ज़ ले कर जलसा किया था, और सुभागी पैदा हुई, तो घर में रुपये रहते हुए भी उन्होंने एक कौड़ी न खर्च की। पुत्र को रत्न समझा था, पुत्री को पूर्व-जन्म के पापों का दण्ड। वह रत्न कितना कठोर निकला और यह दण्ड कितना मंगलमय!

दूसरे दिन महतो ने गाँव के आदमियों को जमा करके कहा—पंचो, अब रामू का और मेरा एक में निबाह नहीं होता। मैं चाहता हूँ कि तुम लोग इंसाफ से जो कुछ मुझे दे दो, वह ले कर अलग हो जाऊँ। रात-दिन की किच-किच अच्छी नहीं।

गाँव के मुख्तार बाबू सजनसिंह बड़े सज्जन पुरुष थे। उन्होंने रामू को बुला कर पूछा—क्यों जी, तुम अपने बाप से अलग रहना चाहते हो ? तुम्हें शर्म नहीं आती कि औरत के कहने से माँ-बाप को अलग किये देते हो ? राम ! राम !

रामू ने ढिठाई के साथ कहा—जब एक में गुज़र न हो, तो अलग हो जाना ही अच्छा है।

सजनसिंह—तुमको एक में क्या कष्ट होता है ?

रामू—एक बात हो तो बताऊँ।

सजनसिंह—कुछ तो बतलाओ।

रामू—साहब, एक में मेरा इनके साथ निबाह न होगा। बस मैं और कुछ नहीं

जानता।

यह कहता हुआ रामू वहाँ से चलता बना।

तुलसी—देख लिया आप लोगों ने इसका मिज़ाज ! आप चाहे चार हिस्सों में तीन हिस्से उसे दे दें, पर अब मैं इस दुष्ट के साथ न रहूँगा। भगवान ने बेटी को दुःख दे दिया, नहीं मुझे खेती-बारी ले कर क्या करना था? जहाँ रहता वहीं कमाता खाता ! भगवान ऐसा बेटा सातवें बैरी को भी न दें। 'लड़के से लड़की भली, जो कुलवंती होय।'

सहसा सुभागी आ कर बोली—दादा, यह सब बाँट-बखरा मेरे ही कारन तो हो रहा है, मुझे क्यों नहीं अलग कर देते? मैं मेहनत-मजूरी करके अपना पेट पाल लूँगी। अपने से जो कुछ बन पड़ेगा, तुम्हारी सेवा करती रहूँगी; पर रहूँगी अलग। यों घर का बारा-बाँट होते मुझसे नहीं देखा जाता। मैं अपने माथे यह कलंक नहीं लेना चाहती।

तुलसी ने कहा—बेटी, हम तुझे न छोड़ेंगे चाहे संसार छूट जाए ! रामू का मैं मुँह नहीं देखना चाहता, उसके साथ रहना तो दूर रहा।

रामू की दुल्हन बोली—तुम किसी का मुँह नहीं देखना चाहते, तो हम भी तुम्हारी पूजा करने को व्याकुल नहीं हैं।

महतो दाँत पीसते हुए उठे कि बहू को मारें, मगर लोगों ने पकड़ लिया।

बँटवारा होते ही महतो और लक्ष्मी को मानो पेंशन मिल गई। पहले तो दोनों सारे दिन, सुभागी के मना करने पर भी कुछ-न-कुछ करते ही रहते थे; पर अब उन्हें पूरा विश्राम था। पहले दोनों दूध-घी को तरसते थे। सुभागी ने कुछ रुपये बचा कर एक भैंस ले ली। बूढ़े आदमियों की जान तो उनका भोजन है। अच्छा भोजन न मिले तो वे किस आधार पर रहें? चौधरी ने बहुत विरोध किया। कहने लगे, घर का काम यों ही क्या कम है कि तू यह नया झंझट पाल रही है। सुभागी उन्हें बहलाने के लिए कहती—दादा, दूध के बिना मुझे खाना नहीं अच्छा लगता।

लक्ष्मी ने हँस कर कहा—बेटी, तू झूठ कब से बोलने लगी? कभी दूध हाथ से तो छूती नहीं, खाने की कौन कहे? सारा दूध हम लोगों के पेट में ठूँस देती है।

गाँव में जहाँ देखो सबके मुँह से सुभागी की तारीफ़। लड़की नहीं, देवी है। दो मरदों का काम भी करती है, उस पर माँ-बाप की सेवा भी किये जाती है। सजनसिंह तो कहते, यह उस जन्म की देवी है।

मगर शायद महतो को यह सुख बहुत दिन तक भोगना न लिखा था।

सात-आठ दिन से महतो को ज़ोर का ज्वर चढ़ा हुआ था। देह पर कपड़े का

तार भी नहीं रहने देते। लक्ष्मी पास बैठी रो रही थी। सुभागी पानी लिए खड़ी है। अभी एक क्षण पहले महतो ने पानी माँगा था; पर जब तक वह पानी लावे, उनका जी डूब गया और हाथ-पाँव ठंडे हो गए। सुभागी उनकी यह दशा देखते ही रामू के घर गई और बोली—भैया, चलो, देखो आज दादा न जाने कैसे हुए जाते हैं। सात दिन से ज्वर नहीं उतरा।

रामू ने चारपाई पर लेटे-लेटे कहा—तो क्या मैं डॉक्टर-हकीम हूँ कि देखने चलूँ ? जब तक अच्छे थे, तब तक तो तुम उनके गले का हार बनी हुई थीं। अब जब मरने लगे तो मुझे बुलाने आई हो !

उसी वक्त उसकी दुल्हन अन्दर से निकल आई और सुभागी से पूछा—दादा को क्या हुआ है, दीदी ?

सुभागी के पहले रामू बोल उठा—हुआ क्या है, अभी कोई मरे थोड़े ही जाते हैं?

सुभागी ने फिर उससे कुछ न कहा, सीधे सजनसिंह के पास गई। उसके जाने के बाद रामू हँस कर स्त्री से बोला—त्रियाचरित्र इसी को कहते हैं।

स्त्री—इसमें त्रियाचरित्र की कौन बात है ? चले क्यों नहीं जाते ?

रामू—मैं नहीं जाने का। जैसे उसे ले कर अलग हुए थे, वैसे उसे ले कर रहें। मर भी जाएँ तो न जाऊँ।

स्त्री—(हँस कर) मर जाएँगे तो आग देने तो जाओगे, तब कहाँ भागोगे ?

रामू—कभी नहीं। सब कुछ उनकी प्यारी सुभागी कर लेगी।

स्त्री—तुम्हारे रहते वह क्यों करने लगी !

रामू—जैसे मेरे रहते उसे ले कर अलग हुए और कैसे !

स्त्री—नहीं जी, यह अच्छी बात नहीं है। चलो देख आवें। कुछ भी हो, बाप ही तो हैं। फिर गाँव में कौन मुँह दिखाओगे ?

रामू—चुप रहो, मुझे उपदेश मत दो।

उधर बाबू साहब ने ज्यों ही महतो की हालत सुनी, तुरन्त सुभागी के साथ भागे चले आए। यहाँ पहुँचे तो महतो की दशा और खराब हो चुकी थी। नाड़ी देखी तो बहुत धीमी थी। समझ गए कि ज़िन्दगी के दिन पूरे हो गए। मौत का आतंक छाया हुआ था। सजल नेत्र हो कर बोले—महतो भाई, कैसा जी है ?

महतो जैसे नींद से जाग कर बोले—बहुत अच्छा है भैया ! अब तो चलने की बेला है। सुभागी के पिता अब तुम्हीं हो। उसे तुम्हीं को सौंपे जाता हूँ।

सजनसिंह ने रोते हुए कहा—भैया महतो, घबड़ाओ मत। भगवान ने चाहा तो तुम अच्छे हो जाओगे। सुभागी को तो मैंने हमेशा अपनी बेटी समझा है और जब तक जिऊँगा ऐसा ही समझता रहूँगा। तुम निश्चिंत रहो। मेरे रहते सुभागी या लक्ष्मी को कोई तिरछी आँख से न देख सकेगा। और कुछ इच्छा हो तो वह भी कह दो।

महतो ने विनीत नेत्रों से देख कर कहा—और कुछ नहीं कहूँगा भैया। भगवान तुम्हें सदा सुखी रखे।

सजनसिंह—रामू को बुला कर लाता हूँ। उससे जो भूल-चूक हो, क्षमा कर दो।

महतो—नहीं भैया। उस पापी हत्यारे का मुँह मैं नहीं देखना चाहता।

इसके बाद गोदान की तैयारी होने लगी।

रामू को गाँव भर ने समझाया; पर वह अन्त्येष्टि करने पर राजी न हुआ। कहा, जिस पिता ने मरते समय मेरा मुँह देखना स्वीकार न किया, वह मेरा न पिता है, न मैं उसका पुत्र हूँ।

लक्ष्मी ने दाह-क्रिया की। इन थोड़े से दिनों में सुभागी ने न जाने कैसे रुपये जमा कर लिए थे कि जब तेरही का सामान आने लगा तो गाँव वालों की आँखें खुल गईं। बरतन, कपड़े, घी, शक्कर—सभी सामान इफ़रात से जमा हो गए। रामू देख-देख जलता था। और सुभागी उसे जलाने के लिए सबको यह सामान दिखाती थी।

लक्ष्मी ने कहा—बेटी, घर देख कर खर्च करो। अब कोई कमाने वाला नहीं बैठा है, आप ही कुआँ खोदना और पानी पीना है।

सुभागी बोली—बाबूजी का काम तो धूम-धाम से ही होगा अम्माँ, चाहे घर रहे या जाए। बाबूजी फिर थोड़े ही आवेंगे? मैं भैया को दिखा देना चाहती हूँ कि अबला क्या कर सकती है। वह समझते होंगे इन दोनों के किए कुछ न होगा। उनका यह घमंड तोड़ दूँगी।

लक्ष्मी चुप हो रही। तेरही के दिन आठ गाँव के ब्राह्मणों का भोज हुआ। चारों तरफ वाह-वाही मच गई।

पिछले पहर का समय था; लोग भोजन करके चले गए थे। लक्ष्मी थक कर सो गई थी। केवल सुभागी बची हुई चीज़ें उठा-उठा कर रख रही थी कि ठाकुर सजनसिंह ने आ कर कहा—अब तुम भी आराम करो, बेटी! सबेरे यह सब काम कर लेना।

सुभागी ने कहा—अभी थकी नहीं हूँ, दादा। आपने जोड़ लिया कुल कितने रुपये उठे ?

सजनसिंह—वह पूछ कर क्या करोगी बेटी ?

'कुछ नहीं, यों ही पूछती थी।'

'कोई तीन सौ रुपये उठे होंगे।'

सुभागी ने सकुचाते हुए कहा—'मैं इन रुपयों की देनदार हूँ।'

'तुमसे तो मैं माँगता नहीं। महतो मेरे मित्र और भाई थे। उनके साथ कुछ मेरा भी तो धर्म है।'

'आपकी यही दया क्या कम है कि मेरे ऊपर इतना विश्वास किया, मुझे कौन 300 रुपये देता ?'

सजनसिंह सोचने लगे, इस अबला की धर्म-बुद्धि का कहीं वारपार भी है या नहीं?

लक्ष्मी उन स्त्रियों में थी जिनके लिए पति-वियोग जीवन-स्रोत का बन्द हो जाना है। पचास वर्ष के चिर-सहवास के बाद अब यह एकांत जीवन उसके लिए पहाड़ हो गया। उसे अब ज्ञात हुआ कि मेरी बुद्धि, मेरा बल, मेरी सुमति—मानो सबसे मैं वंचित हो गई।

उसने कितनी बार ईश्वर से विनती की थी, मुझे स्वामी के सामने उठा लेना; मगर उसने यह विनती स्वीकार न की। मौत पर अपना काबू नहीं, तो क्या जीवन पर भी काबू नहीं है ?

वह लक्ष्मी जो गाँव में अपनी बुद्धि के लिए मशहूर थी, जो दूसरे को सीख दिया करती थी, अब बौरही हो गई है। सीधी-सी बात करते नहीं बनती।

लक्ष्मी का दाना-पानी उसी दिन से छूट गया। सुभागी के आग्रह पर चौके में जाती; मगर कौर कंठ के नीचे न उतरता। पचास वर्ष हुए, एक दिन भी ऐसा न हुआ कि पति के बिना खाये खुद खाया हो। अब उस नियम को कैसे तोड़े ?

आखिर उसे खाँसी आने लगी। दुर्बलता ने जल्द ही खाट पर डाल दिया। सुभागी अब क्या करे ! ठाकुर साहब के रुपये चुकाने के लिए दिलोजान से काम करने की ज़रूरत थी। यहाँ माँ बीमार पड़ गई। अगर बाहर जाए तो माँ अकेली रहती है। उनके पास बैठे तो बाहर का काम कौन करे? माँ की दशा देख कर सुभागी समझ गई कि इनका परवाना भी आ पहुँचा। महतो को भी तो यही ज्वर था।

गाँव में और किसे फुरसत थी कि दौड़-धूप करता। सजनसिंह दोनों वक्त आते, लक्ष्मी को देखते, दवा पिलाते, सुभागी को समझाते, और चले जाते; मगर लक्ष्मी की दशा बिगड़ती जाती थी। यहाँ तक कि पन्द्रहवें दिन वह भी संसार से सिधार गई। अन्तिम समय रामू आया और उसके पैर छूना चाहता था, पर लक्ष्मी ने उसे ऐसी झिड़की दी कि वह उसके समीप न जा सका। सुभागी को उसने आशीर्वाद दिया—तुम्हारी-जैसी बेटी पा कर तर गई। मेरा क्रिया-कर्म तुम्हीं करना। मेरी भगवान से यही अरजी है कि उस जन्म में भी तुम मेरी कोख पवित्र करो।

माता के देहान्त के बाद सुभागी के जीवन का केवल एक लक्ष्य रह गया—सजनसिंह के रुपये चुकाना। 300 रुपये पिता के क्रिया-कर्म में लगे थे। लगभग 200 रुपये माता के काम में लगे। 500 रुपये का ऋण था और उसकी अकेली जान ! मगर

वह हिम्मत न हारती थी। तीन साल तक सुभागी ने रात को रात और दिन को दिन न समझा। उसकी कार्य-शक्ति और पौरुष देख कर लोग दाँतों तले उँगली दबाते थे। दिन भर खेती-बारी का काम करने के बाद वह रात को चार-चार पसेरी आटा पीस डालती। तीसवें दिन 15 रुपये ले कर वह सजनसिंह के पास पहुँच जाती। इसमें कभी नागा न पड़ता। यह मानो प्रकृति का अटल नियम था।

अब चारों ओर से उसकी सगाई के पैगाम आने लगे। सभी उसके लिए मुँह फैलाये हुए थे। जिसके घर सुभागी जाएगी, उसके भाग्य फिर जाएँगे। सुभागी यही जवाब देती—अभी वह दिन नहीं आया।

जिस दिन सुभागी ने आखिरी किस्त चुकाई, उस दिन उसकी खुशी का ठिकाना न था। आज उसके जीवन का कठोर व्रत पूरा हो गया।

वह चलने लगी तो सजनसिंह ने कहा—बेटी, तुमसे मेरी एक प्रार्थना है। कहो कहूँ, कहो न कहूँ, मगर वचन दो कि मानोगी।

सुभागी ने कृतज्ञ भाव से देख कर कहा—दादा, आपकी बात न मानूँगी तो किसकी बात मानूँगी? मेरा तो रोयाँ-रोयाँ आपका गुलाम है।

सजनसिंह—अगर तुम्हारे मन में यह भाव है, तो मैं न कहूँगा। मैंने अब तक तुमसे इसलिए नहीं कहा कि तुम अपने को मेरा देनदार समझ रही थीं। अब रुपये चुक गए। मेरा तुम्हारे ऊपर कोई एहसान नहीं है, रत्ती भर भी नहीं। बोलो, कहूँ ?

सुभागी—आपकी जो आज्ञा हो।

सजनसिंह—देखो, इनकार न करना। नहीं मैं फिर तुम्हें अपना मुँह न दिखाऊँगा।

सुभागी—क्या आज्ञा है ?

सजनसिंह—मेरी इच्छा है कि तुम मेरी बहू बनकर मेरे घर को पवित्र करो। मैं जात-पाँत का कायल हूँ, मगर तुमने मेरे सारे बन्धन तोड़ दिये। मेरा लड़का तुम्हारे नाम का पुजारी है। तुमने उसे बारहा देखा है। बोलो, मंजूर करती हो ?

सुभागी—दादा, इतना सम्मान पा कर पागल हो जाऊँगी।

सजनसिंह—तुम्हारा सम्मान भगवान कर रहे हैं बेटी ! तुम साक्षात् भगवती का अवतार हो।

सुभागी—मैं तो आपको अपना पिता समझती हूँ। आप जो कुछ करेंगे, मेरे भले ही के लिए करेंगे। आपके हुक्म को कैसे इनकार कर सकती हूँ?

सजनसिंह ने उसके माथे पर हाथ रख कर कहा—बेटी, तुम्हारा सोहाग अमर हो। तुमने मेरी बात रख ली। मुझ-सा भाग्यशाली संसार में और कौन होगा ?

आत्माराम

वेदी-ग्राम में महादेव सोनार एक सुविख्यात आदमी था। वह अपने सायबान में प्रातः से संध्या तक अँगीठी के सामने बैठा हुआ खट-खट किया करता था। यह लगातार ध्वनि सुनने के लोग इतने अभ्यस्त हो गए थे कि जब किसी कारण से वह बंद हो जाती, तो जान पड़ता था, कोई चीज़ गायब हो गई। वह नित्य-प्रति एक बार प्रातःकाल अपने तोते का पिंजड़ा लिए कोई भजन गाता हुआ तालाब की ओर जाता था। उस धुँधले प्रकाश में उसका जर्जर शरीर, पोपला मुँह और झुकी हुई कमर देख कर किसी अपरिचित मनुष्य को उसके पिशाच होने का भ्रम हो सकता था। ज्यों ही लोगों के कानों में आवाज़ आती–'सत्त गुरुदत्त शिवदत्त दाता', लोग समझ जाते कि भोर हो गई।

महादेव का पारिवारिक जीवन सुखमय न था। उसके तीन पुत्र थे, तीन बहुएँ थीं, दर्जनों नाती-पोते थे, लेकिन उसके बोझ को हलका करने वाला कोई न था। लड़के कहते–'जब तक दादा जीते हैं, हम जीवन का आनन्द भोग लें, फिर तो यह ढोल गले पड़ेगा ही।' बेचारे महादेव को कभी-कभी निराहार ही रहना पड़ता। भोजन के समय उसके घर में साम्यवाद का ऐसा गगनभेदी निर्घोष होता कि वह भूखा ही उठ आता, और नारियल का हुक्का पीता हुआ सो जाता। उसका व्यावसायिक जीवन और भी अशांतिकारक था। यद्यपि वह अपने काम में निपुण था, उसकी खटाई औरों से कहीं ज़्यादा शुद्धिकारक और उसकी रासायनिक क्रियाएँ कहीं ज़्यादा कष्टसाध्य थीं, तथापि उसे आए दिन शक्की और धैर्य-शून्य प्राणियों के अपशब्द सुनने पड़ते थे। पर महादेव अविचलित गाम्भीर्य से सिर झुकाए सब कुछ सुना करता था। ज्यों ही यह कलह शांत होता, वह अपने तोते की ओर देख कर पुकार उठता–'सत्त गुरुदत्त शिवदत्त दाता।' इस मंत्र को जपते ही उसके चित्त को पूर्ण शांति प्राप्त हो जाती थी।

एक दिन संयोगवश किसी लड़के ने पिंजड़े का द्वार खोल दिया। तोता उड़ गया। महादेव ने सिर उठाकर जो पिंजड़े की ओर देखा, तो उसका कलेजा सन्न-सा हो गया। तोता कहाँ गया? उसने फिर पिंजड़े को देखा, तोता गायब था ! महादेव घबड़ा कर उठा और इधर-उधर खपरैलों पर निगाह दौड़ाने लगा। उसे संसार में कोई वस्तु अगर प्यारी थी, तो वह यही तोता। लड़के-बालों, नाती-पोतों से उसका जी भर गया था। लड़कों की चुलबुल से उसके काम में विघ्न पड़ता था। बेटों से उसे प्रेम न था; इसलिए नहीं कि वे निकम्मे थे, बल्कि इसलिए कि उनके कारण वह अपने आनंदमयी कुल्हड़ों की नियमित संख्या से वंचित रह जाता था। पड़ोसियों से उसे चिढ़ थी, इसलिए कि वे अँगीठी से आग निकाल ले जाते थे। इन समस्त विघ्न-बाधाओं से उसके लिए कोई पनाह थी, तो वह यही तोता था। इससे उसे किसी प्रकार का कष्ट न होता था। वह अब उस अवस्था में था जब मनुष्य को शांति भोग के सिवा और कोई इच्छा नहीं रहती।

तोता एक खपरैल पर बैठा था। महादेव ने पिंजरा उतार लिया और उसे दिखा कर कहने लगा—'आ-आ, 'सत्त गुरुदत्त शिवदत्त दाता।' लेकिन गाँव और घर के लड़के एकत्र हो कर चिल्लाने और तालियाँ बजाने लगे। ऊपर से कौओं ने काँव-काँव की रट लगाई। तोता उड़ा और गाँव से बाहर निकल कर एक पेड़ पर जा बैठा। महादेव खाली पिंजड़ा लिए उसके पीछे दौड़ा, सो दौड़ा। लोगों को उसकी द्रुतगामिता पर अचम्भा हो रहा था। मोह की इससे सुंदर, इससे सजीव, इससे भावमय कल्पना नहीं की जा सकती।

दोपहर हो गई थी। किसान लोग खेतों से चले आ रहे थे। उन्हें विनोद का अच्छा अवसर मिला। महादेव को चिढ़ाने में सभी को मज़ा आता था। किसी ने कंकड़ फेंके, किसी ने तालियाँ बजाईं। तोता फिर उड़ा और वहाँ से दूर आम के बाग में एक पेड़ की फुनगी पर जा बैठा। महादेव फिर खाली पिंजड़ा लिए मेंढक की भाँति उचकता चला। बाग में पहुँचा तो पैर के तलुओं से आग निकल रही थी; सिर चक्कर खा रहा था। जब ज़रा सावधान हुआ, तो फिर पिंजड़ा उठा कर कहने लगा—'सत्त गुरुदत्त शिवदत्त दाता।' तोता फुनगी से उतर कर नीचे की एक डाल पर आ बैठा, किन्तु महादेव की ओर सशंक नेत्रों से ताक रहा था। महादेव ने समझा, डर रहा है। वह पिंजड़े को छोड़ कर आप एक दूसरे पेड़ की आड़ में छिप गया। तोते ने चारों ओर गौर से देखा, निश्शंक हो गया, उतरा और आ कर पिंजड़े के ऊपर बैठ गया। महादेव का हृदय उछलने लगा। 'सत्त गुरुदत्त शिवदत्त दाता' का मंत्र जपता हुआ धीरे-धीरे तोते के समीप आया और लपका कि तोते को पकड़ ले; किन्तु तोता हाथ न आया, फिर पेड़ पर जा बैठा।

शाम तक यही हाल रहा। तोता कभी इस डाल पर जाता, कभी उस डाल

पर। कभी पिंजड़े पर आ बैठता, कभी पिंजड़े के द्वार पर बैठ अपने दाना-पानी की प्यालियों को देखता, और फिर उड़ जाता। बुड्ढा अगर मूर्तिमान मोह था, तो तोता मूर्तिमयी माया। यहाँ तक कि शाम हो गई। माया और मोह का यह संग्राम अंधकार में विलीन हो गया।

रात हो गई ! चारों ओर निविड़ अंधकार छा गया। तोता न जाने पत्तों में कहाँ छिपा बैठा था। महादेव जानता था कि रात को तोता कहीं उड़ कर नहीं जा सकता। और न पिंजड़े ही में आ सकता है, फिर भी वह उस जगह से हिलने का नाम न लेता था। आज उसने दिन भर कुछ नहीं खाया। रात के भोजन का समय भी निकल गया, पानी की बूँद भी उसके कंठ में न गई; लेकिन उसे न भूख थी, न प्यास ! तोते के बिना उसे अपना जीवन निस्सार, शुष्क और सूना जान पड़ता था। वह दिन-रात काम करता था; इसलिए कि यह उसकी अंतःप्रेरणा थी; जीवन के और काम इसलिए करता था कि आदत थी। इन कामों में उसे अपनी सजीवता का लेश-मात्र भी ज्ञान न होता था। तोता ही वह वस्तु था, जो उसे चेतना की याद दिलाता था। उसका हाथ से जाना जीव का देह-त्याग करना था।

महादेव दिन भर का भूखा-प्यासा, थका-माँदा, रह-रह कर झपकियाँ ले लेता था; किन्तु एक क्षण में फिर चौंक कर आँखें खोल देता और उस विस्तृत अंधकार में उसकी आवाज़ सुनायी देती—'सत्त गुरुदत्त शिवदत्त दाता'।

आधी रात गुज़र गई थी। सहसा वह कोई आहट पा कर चौंका। देखा, एक दूसरे वृक्ष के नीचे एक धुँधला दीपक जल रहा है, और कई आदमी बैठे हुए आपस में कुछ बातें कर रहे हैं। वे सब चिलम पी रहे थे। तमाखू की महक ने उसे अधीर कर दिया। उच्च स्वर से बोला—'सत्त गुरुदत्त शिवदत्त दाता' और उन आदमियों की ओर चिलम पीने चला गया; किंतु जिस प्रकार बंदूक की आवाज़ सुनते ही हिरन भाग जाते हैं उसी प्रकार उसे आते देख सब-के-सब उठ कर भागे। कोई इधर गया, कोई उधर। महादेव चिल्लाने लगा—'ठहरो-ठहरो' एकाएक उसे ध्यान आ गया, ये सब चोर हैं। वह ज़ोर से चिल्ला उठा—'चोर-चोर, पकड़ो-पकड़ो।' चोरों ने पीछे फिर कर न देखा।

महादेव दीपक के पास गया, तो उसे एक कलसा रखा हुआ मिला जो मोर्चे से काला हो रहा था। महादेव का हृदय उछलने लगा। उसने कलसे में हाथ डाला, तो मोहरें थीं। उसने एक मोहर बाहर निकाली और दीपक के उजाले में देखा। हाँ, मोहर थी। उसने तुरंत कलसा उठा लिया, और दीपक बुझा दिया और पेड़ के नीचे छिप कर बैठ रहा। साह से चोर बन गया।

उसे फिर शंका हुई, ऐसा न हो, चोर लौट आवें, और मुझे अकेला देख कर मोहरें छीन लें। उसने कुछ मोहर कमर में बाँधीं, फिर एक सूखी लकड़ी से ज़मीन की मिट्टी हटा कर कई गड्ढे बनाए, उन्हें मोहरों से भर कर मिट्टी से ढँक दिया।

महादेव के अंतर्नेत्रों के सामने अब एक दूसरा जगत् था, चिंताओं और कल्पना से परिपूर्ण। यद्यपि अभी कोष के हाथ से निकल जाने का भय था, पर अभिलाषाओं ने अपना काम शुरू कर दिया। एक पक्का मकान बन गया, सराफे की एक भारी दुकान खुल गई, निज सम्बन्धियों से फिर नाता जुड़ गया, विलास की सामग्रियाँ एकत्रित हो गईं। तब तीर्थ-यात्रा करने चले, और वहाँ से लौट कर बड़े समारोह से यज्ञ, ब्रह्मभोज हुआ। इसके पश्चात् एक शिवालय और कुआँ बन गया, एक बाग भी लग गया और वह नित्यप्रति कथा-पुराण सुनने लगा। साधु-सन्तों का आदर-सत्कार होने लगा।

अकस्मात् उसे ध्यान आया। कहीं चोर आ जाएँ, तो मैं भागूँगा क्योंकर ? उसने परीक्षा करने के लिए कलसा उठाया। और दो सौ पग तक बेतहाशा भागा हुआ चला गया। जान पड़ता था, उसके पैरों में पर लग गए हैं। चिंता शांत हो गई। इन्हीं कल्पनाओं में रात व्यतीत हो गई। उषा का आगमन हुआ, हवा जगी, चिड़ियाँ गाने लगीं। सहसा महादेव के कानों में आवाज़ आई–

'सत्त गुरुदत्त शिवदत्त दाता,
राम के चरण में चित्त लागा।'

यह बोल सदैव महादेव की जिह्वा पर रहता था। दिन में सहस्रों ही बार ये शब्द उसके मुँह से निकलते थे, पर उनका धार्मिक भाव कभी भी उसके अंतःकरण को स्पर्श न करता था। जैसे किसी बाजे से राग निकलता है, उसी प्रकार उसके मुँह से यह बोल निकलता था–निरर्थक और प्रभाव-शून्य। तब उसका हृदय-रूपी वृक्ष पत्र-पल्लव विहीन था। यह निर्मल वायु उसे गुंजरित न कर सकती थी; पर अब उस वृक्ष में कोपलें और शाखाएँ निकल आई थीं। इस वायु-प्रवाह से झूम उठा, गुंजित हो गया।

अरुणोदय का समय था। प्रकृति एक अनुरागमय प्रकाश में डूबी हुई थी। उसी समय तोता पैरों को जोड़े हुए ऊँची डाल से उतरा, जैसे आकाश से कोई तारा टूटे और आ कर पिंजड़े में बैठ गया। महादेव प्रफुल्लित हो कर दौड़ा और पिंजड़े को उठा कर बोला–'आओ आत्माराम, तुमने कष्ट तो बहुत दिया, पर मेरा जीवन भी सफल कर दिया। अब तुम्हें चाँदी के पिंजड़े में रखूँगा और सोने से मढ़ दूँगा।' उसके रोम-रोम से परमात्मा के गुणानुवाद की ध्वनि निकलने लगी। प्रभु तुम कितने दयावान् हो ! यह तुम्हारा असीम वात्सल्य है, नहीं तो मुझ जैसा पापी, पतित प्राणी

कब इस कृपा के योग्य था ! इन पवित्र भावों से उसकी आत्मा विह्वल हो गई ! वह अनुरक्त हो कर कह उठा—

'सत्त गुरुदत्त शिवदत्त दाता,
राम के चरण में चित्त लागा।'

उसने एक हाथ में पिंजड़ा लटकाया, बगल में कलसा दबाया और घर चला।

महादेव घर पहुँचा, तो अभी कुछ अँधेरा था। रास्ते में एक कुत्ते के सिवा और किसी से भेंट न हुई, और कुत्ते को मोहरों से विशेष प्रेम नहीं होता। उसने कलसे को एक नाँद में छिपा दिया, और उसे कोयले से अच्छी तरह ढँक कर अपनी कोठरी में रख आया। जब दिन निकल आया तो वह सीधे पुरोहित के घर पहुँचा। पुरोहित पूजा पर बैठे सोच रहे थे—कल ही मुकदमे की पेशी है और अभी तक हाथ में कौड़ी भी नहीं—यजमानों में कोई साँस भी नहीं लेता। इतने में महादेव ने पालागन की। पंडित जी ने मुँह फेर लिया। यह अंमगलमूर्ति कहाँ से आ पहुँची। मालूम नहीं, दाना भी मयस्सर होगा या नहीं। रुष्ट हो कर पूछा—क्या है जी, क्या कहते हो? जानते नहीं, हम इस समय पूजा पर रहते हैं?

महादेव ने कहा—महाराज, आज मेरे यहाँ सत्यनारायण की कथा है।

पुरोहित जी विस्मित हो गए। कानों पर विश्वास न हुआ। महादेव के घर कथा का होना उतनी ही असाधारण घटना थी, जितनी अपने घर से किसी भिखारी के लिए भीख निकालना। पूछा—आज क्या है ?

महादेव बोला—कुछ नहीं, ऐसी इच्छा हुई कि आज भगवान् की कथा सुन लूँ।

प्रभात ही से तैयारी होने लगी। वेदी के निकटवर्ती गाँवों में सुपारी फिरी। कथा के उपरांत भोज का भी नेवता था। जो सुनता, आश्चर्य करता। आज रेत में दूब कैसे जमी?

संध्या समय जब सब लोग जमा हो गए, और पंडित जी अपने सिंहासन पर विराजमान हुए, तो महादेव खड़ा हो कर उच्च स्वर में बोला—भाइयो, मेरी सारी उम्र छल-कपट में कट गई। मैंने न जाने कितने आदमियों को दगा दी, कितने खरे को खोटा किया; पर अब भगवान् ने मुझ पर दया की है, वह मेरे मुँह की कालिख को मिटाना चाहते हैं। मैं आप सब भाइयों से ललकार कर कहता हूँ कि जिसका मेरे ज़िम्मे जो कुछ निकलता हो, जिसकी जमा मैंने मार ली हो, जिसके चोखे माल को खोटा कर दिया हो, वह आ कर अपनी एक-एक कौड़ी चुका ले, अगर कोई यहाँ न आ सका हो, तो आप लोग उससे जा कर कह दीजिए, कल से एक महीने तक,

जब जी चाहे, आए और अपना हिसाब चुकता कर ले। गवाही-साखी का काम नहीं।

सब लोग सन्नाटे में आ गए। कोई मार्मिक भाव से सिर हिला कर बोला—हम कहते न थे? किसी ने अविश्वास से कहा—क्या खा कर भरेगा, हज़ारों का टोटल हो जाएगा।

एक ठाकुर ने ठठोली की—और जो लोग सुरधाम चले गए?

महादेव ने उत्तर दिया—उसके घर वाले तो होंगे?

किन्तु इस समय लोगों को वसूली की इतनी इच्छा न थी, जितनी यह जानने की कि इसे इतना धन मिल कहाँ से गया। किसी को महादेव के पास आने का साहस न हुआ। देहात के आदमी थे, गड़े मुर्दे उखाड़ना क्या जानें? फिर प्रायः लोगों को याद भी न था कि उन्हें महादेव से क्या पाना है, और ऐसे पवित्र अवसर पर भूल-चूक हो जाने का भय उनका मुँह बन्द किये हुए था। सबसे बड़ी बात यह थी कि महादेव की साधुता ने उन्हें वशीभूत कर लिया था।

अचानक पुरोहित जी बोले—तुम्हें याद है, मैंने एक कंठा बनाने के लिए सोना दिया था, तुमने कई माशे तौल में उड़ा दिये थे?

महादेव—हाँ, याद है, आपका कितना नुकसान हुआ होगा ?

पुरोहित—पचास रुपये से कम न होगा।

महादेव ने कमर से दो मोहरें निकालीं और पुरोहित जी के सामने रख दीं।

पुरोहित जी की लोलुपता पर टीकाएँ होने लगीं। यह बेईमानी है। बहुत हो, तो दो-चार रुपये का नुकसान हुआ होगा। बेचारे से पचास रुपये ऐंठ लिए। नारायण का भी डर नहीं? बनने को पंडित, पर नीयत ऐसी खराब ! राम-राम !!

लोगों को महादेव पर एक श्रद्धा-सी हो गई। एक घंटा बीत गया पर उन सहस्रों मनुष्यों में से एक भी खड़ा न हुआ। तब महादेव ने फिर कहा—मालूम होता है, आप लोग अपना-अपना हिसाब भूल गए हैं, इसलिए आज कथा होने दीजिए। मैं एक महीने तक आपकी राह देखूँगा। इसके पीछे तीर्थ-यात्रा करने चला जाऊँगा। आप सब भाइयों से मेरी विनती है कि आप मेरा उद्धार करें।

एक महीने तक महादेव लेनदारों की राह देखता रहा। रात को चोरों के भय से नींद न आती। अब वह कोई काम न करता। शराब का चसका भी छूटा। साधु-अभ्यागत जो द्वार पर आ जाते, उनका यथायोग्य सत्कार करता। दूर-दूर उसका सुयश फैल गया। यहाँ तक कि महीना पूरा हो गया, और एक आदमी भी हिसाब लेने न आया। अब महादेव को ज्ञान हुआ कि संसार में कितना धर्म, कितना सद्व्यवहार है। अब उसे मालूम हुआ कि संसार बुरों के लिए बुरा है और अच्छों के लिए अच्छा।

इस घटना को हुए पचास वर्ष बीत चुके हैं। आप वेदी-ग्राम जाइये, तो दूर ही से एक सुनहला कलश दिखायी देता है। वह ठाकुरद्वारे का कलश है। उससे मिला हुआ एक पक्का तालाब है, जिसमें खूब कमल खिले रहते हैं। उसकी मछलियाँ कोई नहीं पकड़ता, तालाब के किनारे एक विशाल समाधि है। यही आत्माराम का स्मृति-चिह्न है, उसकें सम्बन्ध में विभिन्न किंवदंतियाँ प्रचलित हैं। कोई कहता है, वह रत्नजड़ित पिंजड़ा स्वर्ग को चला गया, कोई कहता, वह 'सत्त गुरुदत्त' कहता हुआ अंतर्धान हो गया, पर यथार्थ यह है कि उस पक्षी-रूपी चंद्र को किसी बिल्ली-रूपी राहु ने ग्रस लिया। लोग कहते हैं, आधी रात को अभी तक तालाब के किनारे आवाज़ आती है—

'सत्त गुरुदत्त शिवदत्त दाता,
राम के चरण में चित्त लागा।'

महादेव के विषय में भी कितनी ही जन-श्रुतियाँ हैं। उनमें सबसे मान्य यह है कि आत्माराम के समाधिस्थ होने के बाद वह कई संन्यासियों के साथ हिमालय चला गया, और वहाँ से लौट कर न आया। उसका नाम आत्माराम प्रसिद्ध हो गया।

मंत्र

पंडित लीलाधर चौबे की ज़बान में जादू था। जिस वक्त वह मंच पर खड़े हो कर अपनी वाणी की सुधावृष्टि करने लगते थे; श्रोताओं की आत्माएँ तृप्त हो जाती थीं, लोगों पर अनुराग का नशा छा जाता था। चौबेजी के व्याख्यानों में तत्त्व तो बहुत कम होता था, शब्द-योजना भी बहुत सुन्दर न होती थी; लेकिन बार-बार दुहराने पर भी उसका असर कम न होता, बल्कि घन की चोटों की भाँति और भी प्रभावोत्पादक हो जाता था। हमें तो विश्वास नहीं आता, किन्तु सुनने वाले कहते हैं, उन्होंने केवल एक व्याख्यान रट रखा है। और उसी को वह शब्दशः प्रत्येक सभा में एक नये अन्दाज़ से दुहराया करते हैं। जातीय गौरव-गान उनके व्याख्यानों का प्रधान गुण था; मंच पर आते ही भारत के प्राचीन गौरव और पूर्वजों की अमर-कीर्ति का राग छेड़ कर सभा को मुग्ध कर देते थे। यथा–

'सज्जनो ! हमारी अधोगति की कथा सुन कर किसकी आँखों से अश्रुधारा न निकल पड़ेगी ? हमें प्राचीन गौरव को याद करके संदेह होने लगता है कि हम वही हैं या बदल गए। जिसने कल सिंह से पंज़ा लिया, वह आज चूहे को देख कर बिल खोज रहा है। इस पतन की भी सीमा है। दूर क्यों जाइए, महाराज चंद्रगुप्त के समय को ही ले लीजिए। यूनान का सुविज्ञ इतिहासकार लिखता है कि उस ज़माने में यहाँ द्वार पर ताले न डाले जाते थे, चोरी कहीं सुनने में न आती थी, व्यभिचार का नाम-निशान न था, दस्तावेज़ों का आविष्कार ही न हुआ था, पुर्ज़ों पर लाखों का लेन-देन हो जाता था, न्याय पद पर बैठे हुए कर्मचारी मक्खियाँ मारा करते थे। सज्जनो ! उन दिनों कोई आदमी जवान न मरता था। (तालियाँ) हाँ, उन दिनों कोई आदमी जवान न मरता था। बाप के सामने बेटे का अवसान हो जाना एक अभूतपूर्व–एक असंभव–घटना थी। आज ऐसे कितने माता-पिता हैं, जिनके कलेजे पर जवान बेटे का दाग न हो ! वह भारत नहीं रहा, भारत गारत हो गया !'

यह चौबे जी की शैली थी। वह वर्तमान की अधोगति और दुर्दशा तथा भूत की समृद्धि और सुदशा का राग अलाप कर लोगों में जातीय स्वाभिमान जाग्रत कर देते थे। इसी सिद्धि की बदौलत उनकी नेताओं में गणना होती थी। विशेषतः हिन्दू-सभा के तो वह कर्णधार ही समझे जाते थे। हिन्दू-सभा के उपासकों में कोई ऐसा उत्साही, ऐसा दक्ष, ऐसा नीति-चतुर दूसरा न था। यों कहिए कि सभा के लिए उन्होंने अपना जीवन ही उत्सर्ग कर दिया था। धन तो उनके पास न था, कम से कम लोगों का विचार यही था; लेकिन साहस, धैर्य और बुद्धि जैसे अमूल्य रत्न उनके पास थे, और ये सभी सभा को अर्पण थे। 'शुद्धि' के तो मानो प्राण ही थे। हिन्दू-जाति का उत्थान और पतन, जीवन और मरण उनके विचार में इसी प्रश्न पर अवलम्बित था। शुद्धि के सिवा अब हिन्दू जाति के पुनर्जीवन का और कोई उपाय न था। जाति की समस्त नैतिक, शारीरिक, मानसिक, सामाजिक, आर्थिक और धार्मिक बीमारियों की दवा इसी आंदोलन की सफलता में मर्यादित थी, और वह तन, मन से इसका उद्योग किया करते थे। चंदे वसूल करने में चौबे जी सिद्धहस्त थे। ईश्वर ने उन्हें वह 'गुन' बता दिया था कि पत्थर से भी तेल निकाल सकते थे। कंजूसों को तो वह ऐसा उलटे छुरे से मूड़ते थे कि उन महाशयों को सदा के लिए शिक्षा मिल जाती थी ! इस विषय में पंडित जी साम, दाम, दंड और भेद—इन चारों नीतियों से काम लेते थे, यहाँ तक कि राष्ट्र-हित के लिए डाका और चोरी को भी क्षम्य समझते थे।

गरमी के दिन थे। लीलाधर जी किसी शीतल पार्वत्य प्रदेश को जाने की तैयारियाँ कर रहे थे कि सैर की सैर हो जाएगी, और बन पड़ा तो कुछ चंदा भी वसूल कर लाएँगे। उनको जब भ्रमण की इच्छा होती, तो मित्रों के साथ एक डेपुटेशन के रूप में निकल खड़े होते; अगर एक हज़ार रुपये वसूल करके वह इसका आधा सैर-सपाटे में खर्च भी कर दें, तो किसी की क्या हानि ? हिन्दू सभा को तो कुछ न कुछ मिल ही जाता था। वह न उद्योग करते, तो इतना भी तो न मिलता ! पंडित जी ने अब की सपरिवार जाने का निश्चय किया था। जब से 'शुद्धि' का आविर्भाव हुआ था, उनकी आर्थिक दशा, जो पहले बहुत शोचनीय रहती थी, बहुत कुछ सम्हल गई थी।

लेकिन उनका ऐसा सौभाग्य कहाँ कि शांति-निवास का आनन्द उठा सकें। उनका तो जन्म ही मारे-मारे फिरने के लिए होता है। खबर आई कि मद्रास-प्रांत में तबलीग वालों ने तूफान मचा रखा है। हिन्दुओं के गाँव के गाँव मुसलमान होते जाते हैं। मुल्लाओं ने बड़े जोश से तबलीग का काम शुरू किया है; अगर हिन्दू-सभा ने इस प्रवाह को रोकने की आयोजना न की, तो सारा प्रांत हिन्दुओं से शून्य हो जाएगा—किसी शिखाधारी की सूरत तक न नज़र आएगी।

हिन्दू-सभा में खलबली मच गई। तुरन्त एक विशेष अधिवेशन हुआ और नेताओं

के सामने यह समस्या उपस्थित की गई। बहुत सोच-विचार के बाद निश्चय हुआ कि चौबे जी पर इस कार्य का भार रखा जाए। उनसे प्रार्थना की जाए कि वह तुरंत मद्रास चले जाएँ, और धर्म-विमुख बंधुओं का उद्धार करें। कहने ही की देर थी। चौबे जी तो हिन्दू-जाति की सेवा के लिए अपने को अर्पण ही कर चुके थे; पर्वत-यात्रा का विचार रोक दिया, और मद्रास जाने को तैयार हो गए। हिन्दू-सभा के मंत्री ने आँखों में आँसू भर कर उनसे विनय की कि महाराज, यह बीड़ा आप ही उठा सकते हैं। आप ही को परमात्मा ने इतनी सामर्थ्य दी है। आपके सिवा ऐसा कोई दूसरा मनुष्य भारतवर्ष में नहीं है, जो इस घोर विपत्ति में काम आए। जाति की दीन-हीन दशा पर दया कीजिए। चौबे जी इस प्रार्थना को अस्वीकार न कर सके। फौरन सेवकों की एक मंडली बनी और पंडित जी के नेतृत्व में रवाना हुई। हिन्दू-सभा ने उसे बड़ी धूम से विदाई का भोज दिया। एक उदार रईस ने चौबे जी को एक थैली भेंट की, और रेलवे-स्टेशन पर हज़ारों आदमी उन्हें विदा करने आए।

यात्रा का वृत्तांत लिखने की ज़रूरत नहीं। हर एक बड़े स्टेशन पर सेवकों का सम्मानपूर्ण स्वागत हुआ। कई जगह थैलियाँ मिलीं। रतलाम की रियासत ने एक शामियाना भेंट किया। बड़ौदा ने एक मोटर दी कि सेवकों को पैदल चलने का कष्ट न उठाना पड़े, यहाँ तक कि मद्रास पहुँचते-पहुँचते सेवा-दल के पास एक माकूल रकम के अतिरिक्त ज़रूरत की कितनी चीज़ें जमा हो गईं। वहाँ आबादी से दूर खुले हुए मैदान में हिन्दू-सभा का पड़ाव पड़ा। शामियाने पर राष्ट्रीय झंडा लहराने लगा। सेवकों ने अपनी-अपनी वर्दियाँ निकालीं, स्थानीय धन-कुबेरों ने दावत के सामान भेजे, रावटियाँ पड़ गईं। चारों ओर ऐसी चहल-पहल हो गई, मानो किसी राजा का कैम्प है।

रात के आठ बजे थे। अछूतों की एक बस्ती के समीप, सेवक-दल का कैम्प गैस के प्रकाश से जगमगा रहा था। कई हज़ार आदमियों का जमाव था, जिनमें अधिकांश अछूत ही थे। उनके लिए अलग टाट बिछा दिये गए थे। ऊँचे वर्ण के हिन्दू कालीनों पर बैठे हुए थे। पंडित लीलाधर का धुआँधार व्याख्यान हो रहा था—तुम उन्हीं ऋषियों की संतान हो, जो आकाश के नीचे एक नयी सृष्टि की रचना कर सकते थे ! जिनके न्याय, बुद्धि और विचार-शक्ति के सामने आज सारा संसार सिर झुका रहा है।

सहसा एक बूढ़े अछूत ने उठ कर पूछा—हम लोग भी उन्हीं ऋषियों की संतान हैं ?

लीलाधर—निस्संदेह ! तुम्हारी धमनियों में भी उन्हीं ऋषियों का रक्त दौड़ रहा है और यद्यपि आज का निर्दयी, कठोर, विचार-हीन और संकुचित हिन्दू-समाज तुम्हें अवहेलना की दृष्टि से देख रहा है; तथापि तुम किसी हिन्दू से नीच नहीं हो, चाहे वह अपने को कितना ही ऊँचा समझता हो।

बूढ़ा—तुम्हारी सभा हम लोगों की सुधि क्यों नहीं लेती ?

लीलाधर—हिन्दू-सभा का जन्म अभी थोड़े ही दिन हुए हुआ है, और इस अल्पकाल में उसने जितने काम किये हैं, उस पर उसे अभिमान हो सकता है। हिन्दू-जाति शताब्दियों के बाद गहरी नींद से चौंकी है, और अब वह समय निकट है, जब भारतवर्ष में कोई हिन्दू किसी हिन्दू को नीच न समझेगा, जब वे सब एक-दूसरे को भाई समझेंगे। श्रीरामचन्द्र ने निषाद को छाती से लगाया था, शबरी के जूठे बेर खाये थे...

बूढ़ा—आप जब इन्हीं महात्माओं की संतान हैं, तो फिर ऊँच-नीच में क्यों इतना भेद मानते हैं ?

लीलाधर—इसलिए कि हम पतित हो गए हैं—अज्ञान में पड़कर उन महात्माओं को भूल गए हैं।

बूढ़ा—अब तो आपकी निद्रा टूटी है, हमारे साथ भोजन करोगे ?

लीलाधर—मुझे कोई आपत्ति नहीं है।

बूढ़ा—मेरे लड़के से अपनी कन्या का विवाह कीजिएगा ?

लीलाधर—जब तक तुम्हारे जन्म-संस्कार न बदल जाएँ, जब तक तुम्हारे आहार-व्यवहार में परिवर्तन न हो जाए, हम तुमसे विवाह का सम्बन्ध नहीं कर सकते, मांस खाना छोड़ो, मदिरा पीना छोड़ो, शिक्षा ग्रहण करो, तभी तुम उच्च-वर्ण के हिन्दुओं में मिल सकते हो।

बूढ़ा—हम कितने ही ऐसे कुलीन ब्राह्मणों को जानते हैं, जो रात-दिन नशे में डूबे रहते हैं, मांस के बिना कौर नहीं उठाते; और कितने ही ऐसे हैं, जो एक अक्षर भी नहीं पढ़े हैं; पर आपको उनके साथ भोजन करते देखता हूँ। उनसे विवाह-सम्बन्ध करने में आपको कदाचित् इनकार न होगा। जब आप खुद अज्ञान में पड़े हुए हैं, तो हमारा उद्धार कैसे कर सकते हैं ? आपका हृदय अभी तक अभिमान से भरा हुआ है। जाइए, अभी कुछ दिन और अपनी आत्मा का सुधार कीजिए। हमारा उद्धार आपके किए न होगा। हिन्दू-समाज में रह कर हमारे माथे से नीचता का कलंक न मिटेगा। हम कितने ही विद्वान्, कितने ही आचारवान् हो जाएँ, आप हमें यों ही नीच समझते रहेंगे। हिन्दुओं की आत्मा मर गई है, और उसका स्थान अहंकार ने ले लिया है ! हम अब देवता की शरण जा रहे हैं, जिनके मानने वाले हमसे गले मिलने को आज ही तैयार हैं। वे यह नहीं कहते कि तुम अपने संस्कार बदल कर आओ। हम अच्छे हैं या बुरे, वे इसी दशा में हमें अपने पास बुला रहे हैं। आप अगर ऊँचे हैं, तो ऊँचे बने रहिए। हमें उड़ना न पड़ेगा।

लीलाधर—एक ऋषि-संतान के मुँह से ऐसी बातें सुन कर मुझे आश्चर्य हो रहा है। वर्ण-भेद तो ऋषियों ही का किया हुआ है। उसे तुम कैसे मिटा सकते हो ?

बूढ़ा—ऋषियों को मत बदनाम कीजिए। यह सब पाखंड आप लोगों का रचा हुआ है। आप कहते हैं—तुम मदिरा पीते हो; लेकिन आप मदिरा पीने वालों की जूतियाँ चाटते हैं। आप हमसे मांस खाने के कारण घिनाते हैं; लेकिन आप गो-मांस खाने

वालों के सामने नाक रगड़ते हैं। इसलिए न कि वे आपसे बलवान् हैं ! हम भी आज राजा हो जाएँ, तो आप हमारे सामने हाथ बाँध खड़े होंगे। आपके धर्म में वही ऊँचा है, जो बलवान् है; वही नीच है, जो निर्बल है। यही आपका धर्म है ?

यह कह कर बूढ़ा वहाँ से चला गया और उसके साथ ही और लोग भी उठ खड़े हुए। केवल चौबे जी और उनके दल वाले मंच पर रह गए, मानो मंचगान समाप्त हो जाने के बाद उसकी प्रतिध्वनि वायु में गूँज रही हो।

तबलीग वालों ने जब से चौबे जी के आने की खबर सुनी थी, इस फिक्र में थे कि किसी उपाय से इन सबको यहाँ से दूर करना चाहिए। चौबे जी का नाम दूर-दूर तक प्रसिद्ध था। जानते थे, यह यहाँ जम गया, तो हमारी सारी की-करायी मेहनत व्यर्थ हो जाएगी। इसके कदम यहाँ जमने न पाएँ। मुल्लाओं ने उपाय सोचना शुरू किया। बहुत वाद-विवाद, हुज्जत और दलील के बाद निश्चय हुआ कि इस काफ़िर को कत्ल कर दिया जाए। ऐसा सवाब लूटने के लिए आदमियों की क्या कमी ? उसके लिए तो जन्नत का दरवाज़ा खुल जाएगा, हूरें उसकी बलाएँ लेंगी, फरिश्ते उसके कदमों की खाक़ का सुरमा बनाएँगे, रसूल उसके सर पर बरकत का हाथ रखेंगे, खुदाबन्द-करीम उसे सीने से लगाएँगे और कहेंगे—तू मेरा प्यारा दोस्त है। दो हट्टे-कट्टे जवानों ने तुरन्त बीड़ा उठा लिया।

रात के दस बज गए थे। हिन्दू-सभा के कैम्प में सन्नाटा था। केवल चौबे जी अपनी रावटी में बैठे हिन्दू-सभा के मंत्री को पत्र लिख रहे थे—यहाँ सबसे बड़ी आवश्यकता धन की है। रुपया, रुपया, रुपया ! जितना भेज सकें, भेजिए। डेपुटेशन भेज कर वसूल कीजिए, मोटे महाजनों की जेब टटोलिए, भिक्षा माँगिए। बिना धन के इन अभागों का उद्धार न होगा। जब तक कोई पाठशाला न खुले, कोई चिकित्सालय न स्थापित हो, कोई वाचनालय न हो, इन्हें कैसे विश्वास आएगा कि हिन्दू-सभा उनकी हितचिंतक है? तबलीग वाले जितना खर्च कर रहे हैं, उसका आधा भी मुझे मिल जाए, तो हिन्दू-धर्म की पताका फहराने लगे। केवल व्याख्यानों से काम न चलेगा। असीसों से कोई जिन्दा नहीं रहता।

सहसा किसी की आहट पा कर वह चौंक पड़े। आँखें ऊपर उठाईं तो देखा, दो आदमी सामने खड़े हैं। पंडित जी ने शंकित हो कर पूछा—तुम कौन हो ? क्या काम है ?

उत्तर मिला—हम इज़राईल के फरिश्ते हैं। तुम्हारी रूह कब्ज़ करने आए हैं। इज़राईल ने तुम्हें याद किया है।

पंडित जी यों बहुत ही बलिष्ठ पुरुष थे, उन दोनों को एक धक्के में गिरा सकते थे। प्रातःकाल तीन पाव मोहनभोग और दो सेर दूध का नाश्ता करते थे।

दोपहर के समय पाव भर घी दाल में खाते, तीसरे पहर दूधिया भंग छानते, जिसमें सेर भर मलाई और आधा सेर बादाम मिली रहती। रात को डट कर ब्यालू करते; क्योंकि प्रातःकाल तक फिर कुछ न खाते थे। इस पर तुर्रा यह कि पैदल पग भर भी न चलते थे ! पालकी मिले, तो पूछना ही क्या, जैसे घर पर पलंग उड़ा जा रहा हो। कुछ न हो, तो इक्का तो था ही; यद्यपि काशी में ही दो ही चार इक्के वाले ऐसे थे जो उन्हें देख कर कह न दें कि 'इक्का खाली नहीं है।' ऐसा मनुष्य नर्म अखाड़े में पट पड़ कर ऊपर वाले पहलवान को थका सकता था, चुस्ती और फुर्ती के अवसर पर तो वह रेत पर निकला हुआ कछुआ था।

पंडित जी ने एक बार कनखियों से दरवाज़े की तरफ देखा। भागने का कोई मौका न था। तब उनमें साहस का संचार हुआ। भय की पराकाष्ठा ही साहस है। अपने सोंटे की तरफ हाथ बढ़ाया और गरज कर बोले—निकल जाओ यहाँ से !

बात मुँह से पूरी न निकली थी कि लाठियों का वार पड़ा। पंडित जी मूर्च्छित हो कर गिर पड़े। शत्रुओं ने समीप आ कर देखा, जीवन का कोई लक्षण न था। समझ गए, काम तमाम हो गया। लूटने का विचार न था; पर जब कोई पूछने वाला न हो, तो हाथ बढ़ाने में क्या हर्ज ? जो कुछ हाथ लगा, ले-दे कर चलते बने।

प्रातःकाल बूढ़ा भी उधर से निकला, तो सन्नाटा छाया हुआ था। न आदमी, न आदमजाद। छौलदारियाँ भी गायब ! चकराया, यह माजरा क्या है ? रात ही भर में अलादीन के महल की तरह सब कुछ गायब हो गया। उन महात्माओं में से एक भी नज़र नहीं आता, जो प्रातःकाल मोहनभोग उड़ाते और संध्या समय भंग घोटते दिखायी देते थे। ज़रा और समीप जा कर पंडित लीलाधर की रावटी में झाँका, तो कलेजा सन्न-से हो गया ! पंडित जी ज़मीन पर मुर्दे की तरह पड़े हुए थे। मुँह पर मक्खियाँ भिनक रही थीं। सिर के बालों में रक्त ऐसा जम गया था, जैसे किसी चित्रकार के ब्रश में रंग। सारे कपड़े लहूलुहान हो रहे थे। समझ गया, पंडित जी के साथियों ने उन्हें मार कर अपनी राह ली। सहसा पंडित जी के मुँह से कराहने की आवाज़ निकली। अभी जान बाकी थी। बूढ़ा तुरन्त दौड़ा हुआ गाँव में आ गया और कई आदमियों को ला कर पंडित जी को अपने घर उठवा ले गया।

मरहम-पट्टी होने लगी। बूढ़ा दिन के दिन और रात की रात पंडित जी के पास बैठा रहता। उसके घरवाले उनकी शुश्रूषा में लगे रहते। गाँव वाले भी यथाशक्ति सहायता करते। इस बेचारे का यहाँ कौन अपना बैठा हुआ है ? अपने हैं तो हम, बेगाने हैं तो हम। हमारे ही उद्धार के लिए तो बेचारा यहाँ आया था, नहीं तो यहाँ उसे क्यों आना था ? कई बार पंडित जी अपने घर पर बीमार पड़ चुके थे, पर उनके घरवालों ने इतनी तन्मयता से उनकी तीमारदारी न की थी। सारा घर, और घर ही

नहीं; सारा गाँव उनका गुलाम बना हुआ था। अतिथि-सेवा उनके धर्म का एक अंग था। सभ्य-स्वार्थ ने अभी उस भाव का गला नहीं घोंटा था। साँप का मंत्र जानने वाला देहाती अब भी माघ-पूस की अँधेरी मेघाच्छन्न रात्रि में मंत्र झाड़ने के लिए दस-पाँच कोस पैदल दौड़ता हुआ चला जाता है। उसे डबल फीस और सवारी की ज़रूरत नहीं होती। बूढ़ा मल-मूत्र तक अपने हाथों उठा कर फेंकता, पंडित जी की घुड़कियाँ सुनता, सारे गाँव से दूध माँग कर उन्हें पिलाता। पर उसकी त्योरियाँ कभी मैली न होतीं। अगर उसके कहीं चले जाने पर घरवाले लापरवाही करते तो आ कर सबको डाँटता।

महीने भर के बाद पंडित जी चलने-फिरने लगे और अब उन्हें ज्ञात हुआ कि इन लोगों ने मेरे साथ कितना उपकार किया है। इन्हीं लोगों का काम था कि मुझे मौत के मुँह से निकाला, नहीं तो मरने में क्या कसर रह गई थी ? उन्हें अनुभव हुआ कि मैं जिन लोगों को नीच समझता था, और जिनके उद्धार का बीड़ा उठा कर आया था वे मुझसे कहीं ऊँचे हैं। मैं इस परिस्थिति में कदाचित् रोगी को किसी अस्पताल में भेज कर ही अपनी कर्त्तव्यनिष्ठा पर गर्व करता; समझता मैंने दधीचि और हरिश्चन्द्र का मुख उज्ज्वल कर दिया। उनके रोएँ-रोएँ से इन देव-तुल्य प्राणियों के प्रति आशीर्वाद निकलने लगा।

तीन महीने गुज़र गए। न तो हिन्दू-सभा ने पंडित जी की खबर ली और न घरवालों ने। सभा के मुख-पत्र में उनकी मृत्यु पर आँसू बहाये गए, उनके कामों की प्रशंसा की गई, और उनका स्मारक बनाने के लिए चन्दा खोल दिया गया। घरवाले भी रो-पीट कर बैठ रहे।

उधर पंडित जी दूध और घी खा कर चौक-चौबंद हो गए। चेहरे पर खून की सुर्खी दौड़ गई, देह भर आई। देहात के जलवायु ने वह काम कर दिखाया जो कभी मलाई और मक्खन से न हुआ था। पहले की तरह तैयार तो वह न हुए; पर फुर्ती और चुस्ती दुगुनी हो गई। मोटाई का आलस्य अब नाम को भी न था। उनमें एक नये जीवन का संचार हो गया।

जाड़ा शुरू हो गया था। पंडित जी घर लौटने की तैयारियाँ कर रहे थे। इतने में प्लेग का आक्रमण हुआ, और गाँव के तीन आदमी बीमार हो गए। बूढ़ा चौधरी भी उन्हीं में था। घरवाले इन रोगियों को छोड़ कर भाग खड़े हुए। वहाँ का दस्तूर था कि जिन बीमारियों को वे लोग देवी का कोप समझते थे, उनके रोगियों को छोड़ कर चले जाते थे। उन्हें बचाना देवताओं से वैर मोल लेना था, और देवताओं से वैर कर के कहाँ जाते ? जिस प्राणी को देवता ने चुन लिया, उसे भला वे उसके हाथों से छीनने का साहस कैसे करते ? पंडित जी को भी लोगों ने साथ ले जाना

चाहा; किंतु पंडित जी न गए। उन्होंने गाँव में रह कर रोगियों की रक्षा करने का निश्चय किया। जिस प्राणी ने उन्हें मौत के पंजे से छुड़ाया था; उसे इस दशा में छोड़ कर वह कैसे जाते ? उपकार ने उनकी आत्मा को जगा दिया था। बूढ़े चौधरी ने तीसरे दिन होश आने पर जब उन्हें अपने पास खड़े देखा, तो बोला—महाराज, तुम यहाँ क्यों आ गए ? मेरे लिए देवताओं का हुक्म आ गया है। अब मैं किसी तरह नहीं रुक सकता। तुम क्यों अपनी जान जोखिम में डालते हो ? मुझ पर दया करो, चले जाओ।

लेकिन पंडित जी पर कोई असर न हुआ। वह बारी-बारी से तीनों रोगियों के पास जाते और कभी उनकी गिल्टियाँ सेंकते, कभी उन्हें पुराणों की कथाएँ सुनाते। घरों में नाज, बरतन आदि सब ज्यों के त्यों रखे हुए थे। पंडित जी पथ्य बना कर रोगियों को खिलाते। रात को जब रोगी सो जाते और सारा गाँव भाँय-भाँय करने लगता तो पंडित जी को भयंकर जंतु दिखायी देते। उनके कलेजे में धड़कन होने लगती; लेकिन वहाँ से टलने का नाम न लेते। उन्होंने निश्चय कर लिया था कि या तो इन लोगों को बचा ही लूँगा या इन पर अपने को बलिदान ही कर दूँगा।

जब तीन दिन सेंक-बाँध करने पर भी रोगियों की हालत न सँभली, तो पंडित जी को बड़ी चिंता हुई। शहर वहाँ से बीस मील पर था। रेल का कहीं पता नहीं, रास्ता बीहड़ और सवारी कोई नहीं। इधर यह भय कि अकेले रोगियों की न जाने क्या दशा हो। बेचारे बड़े संकट में पड़े। अंत को चौथे दिन, पहर रात रहे, वह अकेले शहर को चल दिये और दस बजते-बजते वहाँ जा पहुँचे। अस्पताल से दवा लेने में बड़ी कठिनाई का सामना करना पड़ा। गँवारों से अस्पताल वाले दवाओं का मनमाना दाम वसूल करते थे। पंडित जी को मुफ्त क्यों देने लगे ? डॉक्टर ने मुंशी से कहा—दवा तैयार नहीं है।

पंडित जी ने गिड़गिड़ा कर कहा—सरकार, बड़ी दूर से आया हूँ। कई आदमी बीमार पड़े हैं। दवा न मिलेगी, तो सब मर जाएँगे।

मुंशी ने बिगड़ कर कहा—क्यों सिर खाये जाते हो ? कह तो दिया, दवा तैयार नहीं है, न तो इतनी जल्दी हो ही सकती है।

पंडित जी अत्यंत दीनभाव से बोले—सरकार, ब्राह्मण हूँ; आपके बाल-बच्चों को भगवान चिरंजीवी करें, दया कीजिए। आपका अकबाल चमकता रहे।

रिश्वती कर्मचारी में दया कहाँ ? वे तो रुपये के गुलाम हैं। ज्यों-ज्यों पंडित जी उसकी खुशामद करते थे, वह और भी झल्लाता था। अपने जीवन में पंडित जी ने कभी इतनी दीनता न प्रकट की थी। उनके पास इस वक्त एक धेला भी न था; अगर वह जानते कि दवा मिलने में इतनी दिक्कत होगी, तो गाँव वालों से ही कुछ माँग-जाँच कर लाए होते। बेचारे हतबुद्धि-से खड़े सोच रहे थे कि अब क्या करना चाहिए ? सहसा डॉक्टर साहब स्वयं बँगले से निकल आए। पंडित जी लपक कर

उनके पैरों पर गिर पड़े और करुण स्वर में बोले—दीनबंधु, मेरे घर के तीन आदमी ताऊन में पड़े हुए हैं। बड़ा गरीब हूँ, सरकार, कोई दवा मिले।

डॉक्टर साहब के पास ऐसे गरीब लोग नित्य आया करते थे। उनके चरण पर किसी का गिर पड़ना, उनके सामने पड़े हुए आर्त्तनाद करना उनके लिए कुछ नयी बातें न थीं। अगर इस तरह वह दया करने लगते तो दवा ही भर को होते; यह ठाट-बाट कहाँ से निभता ? मगर दिल के चाहे कितने ही बुरे हों, बातें मीठी-मीठी करते थे। पैर हटा कर बोले—रोगी कहाँ है ?

पंडित जी—सरकार, वे तो घर पर हैं। इतनी दूर कैसे लाता ?

डॉक्टर—रोगी घर, और तुम दवा लेने आये हो? कितने मज़े की बात है ! रोगी को देखे बिना कैसे दवा दे सकता हूँ?

पंडित जी को अपनी भूल मालूम हुई। वास्तव में बिना रोगी को देखे रोग की पहचान कैसे हो सकती है; लेकिन तीन-तीन रोगियों को इतनी दूर लाना आसान न था। अगर गाँव वाले उनकी सहायता करते तो डोलियों का प्रबंध हो सकता था; पर वहाँ तो सब कुछ अपने ही बूते पर करना था, गाँव वालों से इसमें सहायता मिलने की कोई आशा न थी। सहायता की कौन कहे, वे तो उनके शत्रु हो रहे थे। उन्हें भय होता था कि यह दुष्ट देवताओं से वैर बढ़ा कर हम लोगों पर न-जाने क्या विपत्ति लाएगा। अगर कोई दूसरा आदमी होता, तो वह उसे कब का मार चुके होते। पंडित जी से उन्हें प्रेम हो गया था, इसलिए छोड़ दिया था।

यह जवाब सुन कर पंडित जी को कुछ बोलने का साहस तो न था; पर कलेजा मज़बूत करके बोले—सरकार, अब कुछ नहीं हो सकता ?

डॉक्टर—अस्पताल से दवा नहीं मिल सकती। हम अपने पास से, दाम ले कर दवा दे सकते हैं।

पंडित जी—यह दवा कितने की होगी, सरकार।

डॉक्टर साहब ने दवा का दाम 10 रुपये बतलाया, और यह भी कहा कि इस दवा से जितना लाभ होगा, उतना अस्पताल की दवा से नहीं हो सकता। बोले—वहाँ पुरानी दवाई रखा रहता है। गरीब लोग आता है; दवाई ले जाता है; जिसको जीना होता है, जीता है; जिसे मरना होता है, मरता है; हमसे कुछ मतलब नहीं। हम तुमको जो दवा देगा, वह सच्चा दवा होगा।

दस रुपये !—इस समय पंडित जी को दस रुपये दस लाख जान पड़े। इतने रुपये वह एक दिन में भंग बूटी में उड़ा दिया करते थे; पर इस समय तो धेले-धेले को मुहताज थे। किसी से उधार मिलने की आशा कहाँ? हाँ, सम्भव है, भिक्षा माँगने से कुछ मिल जाए; लेकिन इतनी जल्द दस रुपये किसी भी उपाय से न मिल सकते थे। आधे घंटे तक वह इसी उधेड़बुन में खड़े रहे। भिक्षा के सिवा दूसरा कोई उपाय न सूझता था, और भिक्षा उन्होंने कभी माँगी न थी। वह चंदे जमा कर चुके थे,

एक-एक बार में हज़ारों वसूल कर लेते थे; पर वह दूसरी बात थी। धर्म के रक्षक, जाति के सेवक और दलितों के उद्धारक बन कर चंदा लेने में एक गौरव था, चंदा ले कर वह देने वालों पर एहसान करते थे; पर यहाँ तो भिखारियों की तरह हाथ फैलाना, गिड़गिड़ाना और फटकारें सहनी पड़ेंगी। कोई कहेगा—इतने मोटे-ताज़े तो हो, मिहनत क्यों नहीं करते, तुम्हें भीख माँगते शर्म भी नहीं आती ? कोई कहेगा—घास खोद लाओ, मैं तुम्हें अच्छी मज़दूरी दूँगा। किसी को उनके ब्राह्मण होने का विश्वास न आएगा। अगर यहाँ उनका रेशमी अचकन और रेशमी साफा होता, केसरिया रंग वाला दुपट्टा ही मिल जाता, तो वह कोई स्वाँग भर लेते। ज्योतिषी बन कर वह किसी धनी सेठ को फाँस सकते थे, और इस फन में वह उस्ताद भी थे; पर यहाँ वह सामान कहाँ—कपड़े-लत्ते तो सब कुछ लुट चुके थे। विपत्ति में कदाचित् बुद्धि भी भ्रष्ट हो जाती है। अगर वह मैदान में खड़े हो कर कोई मनोहर व्याख्यान दे देते, तो शायद उनके दस-पाँच भक्त पैदा हो जाते, लेकिन इस तरफ उनका ध्यान ही न गया। वह सजे हुए पंडाल में, फूलों से सुसज्जित मेज़ के सामने, मंच पर खड़े हो कर अपनी वाणी का चमत्कार दिखला सकते थे। इस दुरवस्था में कौन उनका व्याख्यान सुनेगा? लोग समझेंगे, कोई पागल बक रहा है।

मगर दोपहर ढली जा रही थी, अधिक सोच-विचार का अवकाश न था। यहीं संध्या हो गई, तो रात को लौटना असम्भव हो जाएगा। फिर रोगियों की न जाने क्या दशा हो? वह अब इस अनिश्चित दशा में खड़े न रह सके, चाहे जितना तिरस्कार हो, कितना ही अपमान सहना पड़े, भिक्षा के सिवा और कोई उपाय न था।

वह बाजार में जा कर एक दूकान के सामने खड़े हो गए; पर कुछ माँगने की हिम्मत न पड़ी !

दूकानदार ने पूछा—क्या लोगे ?

पंडित जी बोले—चावल का क्या भाव है ?

मगर दूसरी दूकान पर पहुँच कर वह ज्यादा सावधान हो गए। सेठ जी गद्दी पर बैठे हुए थे। पंडित जी आ कर उनके सामने खड़े हो गए और गीता का एक श्लोक पढ़ सुनाया। उनका शुद्ध उच्चारण और मधुर वाणी सुन कर सेठ जी चकित हो गए, पूछा—कहाँ स्थान है ?

पंडित जी—काशी से आ रहा हूँ।

यह कह कर पंडित जी ने सेठ जी को धर्म के दसों लक्षण बतलाये और श्लोक की ऐसी अच्छी व्याख्या की कि वह मुग्ध हो गए। बोले—महाराज, आज चल कर मेरे स्थान को पवित्र कीजिए।

कोई स्वार्थी आदमी होता, तो इस प्रस्ताव को सहर्ष स्वीकार कर लेता; लेकिन पंडित जी को लौटने की पड़ी थी। बोले—नहीं सेठ जी, मुझे अवकाश नहीं है।

सेठ—महाराज, आपको हमारी इतनी खातिरी करनी पड़ेगी।

पंडित जी जब किसी तरह ठहरने पर राज़ी न हुए, तो सेठ जी ने उदास हो कर कहा—फिर हम आपकी क्या सेवा करें ? कुछ आज्ञा दीजिए। आपकी वाणी से तो तृप्ति नहीं हुई। फिर कभी इधर आना हो, तो अवश्य दर्शन दीजिएगा।

पंडित जी—आपकी इतनी श्रद्धा है तो अवश्य आऊँगा।

यह कह कर पंडित जी फिर उठ खड़े हुए। संकोच ने फिर उनकी ज़बान बंद कर दी। यह आदर-सत्कार इसीलिए तो है कि मैं अपना स्वार्थ-भाव छिपाये हुए हूँ। कोई इच्छा प्रकट की और इनकी आँखें बदलीं। सूखा जवाब चाहे न मिले; पर श्रद्धा न रहेगी। वह नीचे उतर गए और सड़क पर एक क्षण के लिए खड़े हो कर सोचने लगे—अब कहाँ जाऊँ ? उधर जाड़े का दिन किसी विलासी के धन की भाँति भागा चला जाता था। वह अपने ही ऊपर झुँझला रहे थे—जब किसी से माँगूँगा नहीं, तो कोई क्यों देने लगा ? कोई क्या मेरे मन का हाल जानता है ? वे दिन गए, जब धनी लोग ब्राह्मणों की पूजा किया करते थे। यह आशा छोड़ दो कि कोई महाशय आ कर तुम्हारे हाथ में रुपये रख देंगे। वह धीरे-धीरे आगे बढ़े।

सहसा सेठ जी ने पीछे से पुकारा—पंडित जी, ज़रा ठहरिए।

पंडित जी ठहर गए। फिर घर चलने के लिए आग्रह करने आता होगा। यह तो न हुआ कि एक रुपये का नोट ला कर देता, मुझे घर ले जा कर न जाने क्या करेगा ?

मगर जब सेठ जी ने सचमुच एक गिन्नी निकाल कर उनके पैरों पर रख दी; तो उनकी आँखों में एहसान के आँसू छलक आए। हैं ! अब भी सच्चे धर्मात्मा जीव संसार में हैं, नहीं तो यह पृथ्वी रसातल को न चली जाती ? अगर इस वक्त उन्हें सेठ जी के कल्याण के लिए अपनी देह का सेर-आध सेर रक्त भी देना पड़ता, तो भी शौक से दे देते। गद्‌गद कंठ से बोले—इसका तो कुछ काम न था, सेठ जी ! मैं भिक्षुक नहीं हूँ, आपका सेवक हूँ।

सेठ जी श्रद्धा-विनयपूर्ण शब्दों में बोले—भगवान्, इसे स्वीकार कीजिए। यह दान नहीं, भेंट है। मैं भी आदमी पहचानता हूँ। बहुतेरे साधु-संत, योगी-यती देश और धर्म के सेवक आते रहते हैं; पर न जाने क्यों किसी के प्रति मेरे मन में श्रद्धा नहीं उत्पन्न होती ? उनसे किसी तरह पिंड छुड़ाने की पड़ जाती है। आपका संकोच देख कर मैं समझ गया कि आपका यह पेशा नहीं है। आप विद्वान् हैं, धर्मात्मा हैं; पर किसी संकट में पड़े हुए हैं। इस तुच्छ भेंट को स्वीकार कीजिए और मुझे आशीर्वाद दीजिए।

पंडित जी दवाएँ ले कर घर चले, तो हर्ष, उल्लास और विजय से उनका हृदय उछल पड़ता था। हनुमान जी भी संजीवनी-बूटी ला कर इतने प्रसन्न न हुए होंगे। ऐसा

सच्चा आनन्द उन्हें कभी प्राप्त न हुआ था। उनके हृदय में इतने पवित्र भावों का संचार कभी न हुआ था।

दिन बहुत थोड़ा रह गया था। सूर्यदेव अविरल गति से पश्चिम की ओर दौड़ते चले जाते थे। क्या उन्हें भी किसी रोगी को दवा देनी थी ? वह बड़े वेग से दौड़ते हुए पर्वत की ओट में छिप गए। पंडित जी और भी फुर्ती से पाँव बढ़ाने लगे, मानो उन्होंने सूर्यदेव को पकड़ लेने की ठानी है।

देखते-देखते अँधेरा छा गया। आकाश में दो-एक तारे दिखायी देने लगे। अभी दस मील की मंज़िल बाकी थी। जिस तरह काली घटा को सिर पर मँडराते देख कर गृहिणी दौड़-दौड़ कर सुखावन समेटने लगती है, उसी भाँति लीलाधर ने भी दौड़ना शुरू किया। उन्हें अकेले पड़ जाने का भय न था, भय था—अँधेरे में राह भूल जाने का। दाएँ-बाएँ बस्तियाँ छूटती जाती थीं। पंडित जी को ये गाँव इस समय बहुत ही सुहावने मालूम होते थे। कितने आनन्द से लोग अलाव के सामने बैठे ताप रहे हैं ?

सहसा उन्हें एक कुत्ता दिखायी दिया। न जाने किधर से आ कर वह उनके सामने पगडंडी पर चलने लगा। पंडित जी चौंक पड़े; पर एक क्षण में उन्होंने कुत्ते को पहचान लिया। वह बूढ़े चौधरी का कुत्ता मोती था। वह गाँव छोड़ कर आज इधर इतनी दूर कैसे आ निकला ? क्या वह जानता है ? पंडित जी दवा ले कर आ रहे होंगे, कहीं रास्ता भूल जाएँ ? कौन जानता है ? पंडित जी ने एक बार मोती कह कर पुकारा, तो कुत्ते ने दुम हिलायी; पर रुका नहीं। वह इससे अधिक परिचय दे कर समय नष्ट न करना चाहता था। पंडित जी को ज्ञात हुआ कि ईश्वर मेरे साथ है, वही मेरी रक्षा कर रहे हैं। अब उन्हें कुशल से घर पहुँचने का विश्वास हो गया।

दस बजते-बजते पंडित जी घर पहुँच गए।

रोग घातक न था; पर यश पंडित जी को बदा था। एक सप्ताह के बाद तीनों रोगी चंगे हो गए। पंडित जी की कीर्ति दूर-दूर तक फैल गई। उन्होंने यम-देवता से घोर संग्राम करके इन आदमियों को बचा लिया था। उन्होंने देवताओं पर भी विजय पा ली थी।

असम्भव को सम्भव कर दिखाया था। वह साक्षात् भगवान् थे। उनके दर्शनों के लिए लोग दूर-दूर से आने लगे; किंतु पंडित जी को अपनी कीर्ति से इतना आनन्द न होता था, जितना रोगियों को चलते-फिरते देख कर।

चौधरी ने कहा—महाराज, तुम साक्षात् भगवान् हो। तुम न आ जाते, तो हम न बचते।

पंडित जी बोले—मैंने कुछ नहीं किया। यह सब ईश्वर की दया है।

चौधरी—अब हम तुम्हें कभी न जाने देंगे। जा कर अपने बाल-बच्चों को भी ले आओ।

पंडित जी—हाँ, मैं भी यही सोच रहा हूँ। तुमको छोड़ कर अब नहीं जा सकता।

मुल्लाओं ने मैदान खाली पा कर आस-पास के देहातों में खूब ज़ोर बाँध रखा था। गाँव के गाँव मुसलमान होते जाते थे। उधर हिन्दू-सभा ने सन्नाटा खींच लिया था। किसी की हिम्मत न पड़ती थी कि इधर आए। लोग दूर बैठे हुए मुसलमानों पर गोला-बारूद चला रहे थे। इस हत्या का बदला कैसे लिया जाए, यही उनके सामने सबसे बड़ी समस्या थी। अधिकारियों के पास बार-बार प्रार्थना-पत्र भेजे जा रहे थे कि इस मामले की छानबीन की जाए और बार-बार यही जवाब मिलता था कि हत्याकारियों का पता नहीं चलता। उधर पंडित जी के स्मारक के लिए चंदा भी जमा किया जा रहा था।

मगर इस नयी ज्योति ने मुल्लाओं का रंग फीका कर दिया। वहाँ एक ऐसे देवता का अवतार हुआ था, जो मुर्दों को जिला देता था, जो अपने भक्तों के कल्याण के लिए अपने प्राणों का बलिदान कर सकता था। मुल्लाओं के यहाँ यह सिद्धि कहाँ, यह विभूति कहाँ, यह चमत्कार कहाँ ? इस ज्वलंत उपकार के सामने जन्नत और अखूबत (भ्रातृ-भाव) की कोरी दलीलें कब ठहर सकती थीं ? पंडित जी अब वह अपने ब्राह्मणत्व पर घमंड करने वाले पंडित जी न थे। उन्होंने शूद्रों और भीलों का आदर करना सीख लिया था। उन्हें छाती से लगाते हुए अब पंडित जी को घृणा न होती थी। अपना घर अँधेरा पा कर ही ये इसलामी दीपक की ओर झुके थे। जब अपने घर में सूर्य का प्रकाश हो गया, तो उन्हें दूसरों के यहाँ जाने की क्या ज़रूरत थी? सनातन-धर्म की विजय हो गई। गाँव-गाँव में मंदिर बनने लगे और शाम-सवेरे मन्दिरों से शंख और घंटे की ध्वनि सुनायी देने लगी। लोगों के आचरण आप ही आप सुधरने लगे। पंडित जी ने किसी को शुद्ध नहीं किया। उन्हें अब शुद्धि का नाम लेते शर्म आती थी—मैं भला इन्हें क्या शुद्ध करूँगा? पहले अपने को तो शुद्ध कर लूँ। ऐसी निर्मल एवं पवित्र आत्माओं को शुद्धि के ढोंग से अपमानित नहीं कर सकता।

यह मंत्र था, जो उन्होंने उन चांडालों से सीखा था और इसी बल से वह अपने धर्म की रक्षा करने में सफल हुए थे।

पंडित जी अभी जीवित हैं; पर अब सपरिवार उसी प्रांत में, उन्हीं भीलों के साथ रहते हैं।

मुक्तिधन

भारतवर्ष में जितने व्यवसाय हैं, उन सबमें लेन-देन का व्यवसाय सबसे लाभदायक है। आम तौर पर सूद की दर 25 रुपये सैकड़ा सालाना है। प्रचुर स्थावर या जंगम सम्पत्ति पर 12 रुपये सैकड़े सालाना सूद लिया जाता है, इससे कम ब्याज पर रुपया मिलना प्रायः असंभव है। बहुत कम ऐसे व्यवसाय हैं, जिनमें 15 रुपये सैकड़े से अधिक लाभ हो और वह भी बिना किसी झंझट के। उस पर नजराने की रकम अलग, लिखाई अलग, दलाली अलग, अदालत का खर्चा अलग। ये सब रकमें भी किसी न किसी तरह महाजन ही की जेब में जाती हैं। यही कारण है कि यहाँ लेन-देन का धंधा इतनी तरक्की पर है। वकील, डॉक्टर, सरकारी कर्मचारी, ज़मींदार कोई भी जिसके पास कुछ फालतू धन हो, यह व्यवसाय कर सकता है। अपनी पूँजी का सदुपयोग का यह सर्वोत्तम साधन है।

लाला दाऊदयाल भी इसी श्रेणी के महाजन थे। वह कचहरी में मुख्तारगिरी करते थे और जो कुछ बचत होती थी, उसे 25-30 रुपये सैकड़ा वार्षिक ब्याज पर उठा देते थे। उनका व्यवहार अधिकतर निम्न श्रेणी के मनुष्यों से ही रहता था। उच्च वर्ण वालों से वह चौकन्ने रहते थे, उन्हें अपने यहाँ फटकने ही न देते थे। उनका कहना था (और प्रत्येक व्यवसायी पुरुष उसका समर्थन करता है) कि ब्राह्मण, क्षत्रिय या कायस्थ को रुपये देने से यह कहीं अच्छा है कि रुपया कुएँ में डाल दिया जाए। इनके पास रुपये लेते समय तो बहुत सम्पत्ति होती है; लेकिन रुपये हाथ में आते ही वह सारी सम्पत्ति गायब हो जाती है। उस पर पत्नी, पुत्र या भाई का अधिकार हो जाता है अथवा यह प्रकट होता है कि उस सम्पत्ति का अस्तित्व ही न था। इनकी कानूनी व्यवस्थाओं के सामने बड़े-बड़े नीति-शास्त्र के विद्वान् भी मुँह की खा जाते हैं।

लाला दाऊदयाल एक दिन कचहरी से घर आ रहे थे। रास्ते में उन्होंने एक विचित्र घटना देखी। एक मुसलमान खड़ा अपनी गऊ बेच रहा था, और कई आदमी उसे घेरे खड़े थे। कोई उसके हाथ में रुपये रखे देता था, कोई उसके हाथ से गऊ की पगहिया छीनने की चेष्टा करता था; किंतु वह गरीब मुसलमान एक बार उन ग्राहकों के मुँह की ओर देखता था और कुछ सोच कर पगहिया को और भी मज़बूत पकड़ लेता था। गऊ मोहनी-रूप थी। छोटी-सी गर्दन, भारी पुट्ठे और दूध से भरे हुए थन थे, पास ही एक सुन्दर, बलिष्ठ बछड़ा गऊ की गर्दन से लगा हुआ खड़ा था। मुसलमान बहुत क्षुब्ध और दुखी मालूम होता था। वह करुण नेत्रों से गऊ को देखता और दिल मसोस कर रह जाता था। दाऊदयाल गऊ को देख कर रीझ गए। पूछा—क्यों जी, यह गऊ बेचते हो ? क्या नाम है तुम्हारा ?

मुसलमान ने दाऊदयाल को देखा तो प्रसन्नमुख उनके समीप जा कर बोला—हाँ हजूर, बेचता हूँ।

दाऊदयाल—कहाँ से लाये हो ? तुम्हारा नाम क्या है ?

मुसलमान—नाम तो है रहमान। पचौली में रहता हूँ।

दाऊदयाल—दूध देती है ?

मुसलमान—हाँ हजूर, एक बेला में तीन सेर दुह लीजिये। अभी दूसरा ही तो बेत है। इतनी सीधी है कि बच्चा भी दुह ले। बच्चे पैर के पास खेलते रहते हैं, पर क्या मजाल कि सिर भी हिलावे।

दाऊदयाल—कोई तुम्हें यहाँ पहचानता है।

मुख़्तार साहब को शुबहा हुआ कि कहीं चोरी का माल न हो।

मुसलमान—नहीं, हजूर, गरीब आदमी हूँ, मेरी किसी से जान-पहचान नहीं है।

दाऊदयाल—क्या दाम माँगते हो ?

रहमान ने 50 रु. बतलाए। मुख़्तार साहब को 30 रु. का माल जँचा। कुछ देर तक दोनों ओर से मोल-भाव होता रहा। एक को रुपयों की गरज थी और दूसरे को गऊ की चाह। सौदा पटने में कोई कठिनाई न हुई। 35 रु. पर सौदा तय हो गया।

रहमान ने सौदा तो चुका दिया; पर अब भी वह मोह के बंधन में पड़ा हुआ था। कुछ देर तक सोच में डूबा खड़ा रहा, फिर गऊ को लिए मंद गति से दाऊदयाल के पीछे-पीछे चला। तब एक आदमी ने कहा—अबे हम 36 रु. देते हैं। हमारे साथ चल।

रहमान—नहीं देते तुम्हें; क्या कुछ ज़बरदस्ती है ?

दूसरे आदमी ने कहा—हमसे 40 रु. ले ले, अब तो खुश हुआ ?

यह कह कर उसने रहमान के हाथ से गाय को ले लेना चाहा; मगर रहमान

ने हामी न भरी। आखिर उन सबने निराश हो कर अपनी राह ली।

रहमान जब जरा दूर निकल गया, तो दाऊदयाल से बोला—हजूर, आप हिन्दू हैं इसे ले कर आप पालेंगे, इसकी सेवा करेंगे। ये सब कसाई हैं, इनके हाथ में 50 रु. को भी कभी न बेचता। आप बड़े मौके से आ गए, नहीं तो ये सब ज़बरदस्ती से गऊ को छीन ले जाते। बड़ी बिपत में पड़ गया हूँ सरकार, तब यह गाय बेचने निकला हूँ। नहीं तो इस घर की लक्ष्मी को कभी न बेचता। इसे अपने हाथों से पाला-पोसा है। कसाइयों के हाथ कैसे बेच देता ? सरकार, इसे जितनी ही खली देंगे, उतना ही यह दूध देगी। भैंस का दूध भी इतना मीठा और गाढ़ा नहीं होता। हजूर से एक अरज और है, अपने चरवाहे को डाँट दीजियेगा कि इसे मारे-पीटे नहीं।

दाऊदयाल ने चकित हो कर रहमान की ओर देखा। भगवान् ! इस श्रेणी के मनुष्य में भी इतना सौजन्य, इतनी सहृदयता है ! यहाँ तो बड़े-बड़े तिलक त्रिपुंडधारी महात्मा कसाइयों के हाथ गउएँ बेच जाते हैं; एक पैसे का घाटा भी नहीं उठाना चाहते। और यह गरीब 5 रु. का घाटा सह कर इसलिए मेरे हाथ गऊ बेच रहा है कि यह किसी कसाई के हाथ न पड़ जाए। गरीबों में भी इतनी समझ हो सकती है !

उन्होंने घर आ कर रहमान को रुपये दिये। रहमान ने रुपये गाँठ में बाँधे, एक बार फिर गऊ को प्रेम-भरी आँखों से देखा और दाऊदयाल को सलाम करके चला गया।

रहमान एक गरीब किसान था और गरीब के सभी दुश्मन होते हैं। जमींदार ने इजाफा-लगान का दावा दायर किया था। उसी की जवाबदेही करने के लिए रुपयों की ज़रूरत थी। घर में बैलों के सिवा और कोई सम्पत्ति न थी। वह इस गऊ को प्राणों से भी प्रिय समझता था; पर रुपयों की कोई तदबीर न हो सकी, तो विवश होकर गाय बेचनी पड़ी।

पचौली में मुसलमानों के कई घर थे। अबकी कई साल के बाद हज का रास्ता खुला था। पाश्चात्य महासमर के दिनों में राह बंद थी। गाँव के कितने ही स्त्री-पुरुष हज करने चले। रहमान की बूढ़ी माता भी हज के लिए तैयार हुई। रहमान से बोली—बेटा, इतना सबाब करो। बस मेरे दिल में यही एक अरमान बाकी है। इस अरमान को लिए हुए क्यों दुनिया से जाऊँ; खुदा तुमको इस नेकी की सज़ा (फल) देगा। मातृभक्ति ग्रामीणों का विशिष्ट गुण है। रहमान के पास इतने रुपये कहाँ थे कि हज के लिए काफी होते; पर माता की आज्ञा कैसे टालता ? सोचने लगा, किसी से उधार ले लूँ। कुछ अबकी ऊख पेर कर दे दूँगा, कुछ अगले साल चुका दूँगा। अल्लाह के फजल से ऊख ऐसी हुई कि कभी न हुई थी। यह माँ की दुआ ही का फल है। मगर किससे

लूँ ? कम से कम 200 रु. हों, तो काम चले। किसी महाजन से जान-पहचान भी तो नहीं है। यहाँ जो दो-एक बनिये लेन-देन करते हैं, वे तो असामियों की गर्दन ही रेतते हैं। चलूँ, लाला दाऊदयाल के पास। इन सबसे तो वही अच्छे हैं। सुना है, वादे पर रुपये लेते हैं, किसी तरह नहीं छोड़ते, लोनी चाहे दीवार को छोड़ दे, दीमक चाहे लकड़ी को छोड़ दे पर वादे पर रुपये न मिले, तो वह असामियों को नहीं छोड़ते। बात पीछे करते हैं, नालिश पहले। हाँ, इतना है कि असामियों की आँख में धूल नहीं झोंकते, हिसाब-किताब साफ रखते हैं। कई दिन वह इसी सोच-विचार में पड़ा रहा कि उनके पास जाऊँ या न जाऊँ। अगर कहीं वादे पर रुपये न पहुँचे, तो ? बिना नालिश किये न मानेंगे। घर-बार, बैल-बधिया, सब नीलाम करा लेंगे। लेकिन जब कोई वश न चला, तो हारकर दाऊदयाल के ही पास गया और रुपये कर्ज़ माँगे।

दाऊदयाल—तुम्हीं ने तो मेरे हाथ गऊ बेची थी न ?

रहमान—हाँ हजूर !

दाऊदयाल—रुपये तो तुम्हें दे दूँगा, लेकिन मैं वादे पर रुपये लेता हूँ। अगर वादा पूरा न किया, तो तुम जानो। फिर मैं जरा भी रिआयत न करूँगा। बताओ कब दोगे ?

रहमान ने मन में हिसाब लगा कर कहा—सरकार, दो साल की मियाद रख लें।

दाऊदयाल—अगर दो साल में न दोगे, तो ब्याज की दर 32 रु. सैकड़े हो जाएगी। तुम्हारे साथ इतनी मुरौवत करूँगा कि नालिश न करूँगा।

रहमान—जो चाहे कीजिएगा। हजूर के हाथ में ही तो हूँ।

रहमान को 200 रु. के 180 रु. मिले। कुछ लिखाई कट गई, कुछ नजराना निकल गया, कुछ दलाली में आ गया। घर आया, थोड़ा-सा गुड़ रखा हुआ था, उसे बेचा और स्त्री को समझा-बुझाकर माता के साथ हज को चला।

मियाद गुज़र जाने पर लाला दाऊदयाल ने तकाजा किया। एक आदमी को रहमान के घर भेजकर उसे बुलाया और कठोर स्वर में बोले—क्या अभी दो साल नहीं पूरे हुए ! लाओ, रुपये कहाँ हैं ?

रहमान ने बड़े दीन भाव से कहा—हजूर, बड़ी गर्दिश में हूँ। अम्माँ जब से हज करके आई हैं, तभी से बीमार पड़ी हुई हैं। रात-दिन उन्हीं की दवा-दारू में दौड़ते गुज़रता है। जब तक जीती हैं हजूर कुछ सेवा कर लूँ, पेट का धंधा तो ज़िन्दगी-भर लगा रहेगा। अबकी कुछ फसिल नहीं हुई हजूर। ऊख पानी बिना सूख गई। सन खेत में पड़े-पड़े सूख गया। ढोने की मुहलत न मिली। रबी के लिए खेत जोत न

सका, परती पड़े हुए हैं। अल्लाह ही जानता है, किस मुसीबत से दिन कट रहे हैं। हजूर के रुपये कौड़ी-कौड़ी अदा करूँगा, साल-भर की और मुहलत दीजिए। अम्माँ अच्छी हुई और मेरे सिर से बला टली।

दाऊदयाल ने कहा–32 रुपये सैकड़े ब्याज हो जाएगा।

रहमान ने जवाब दिया–जैसी हजूर की मरजी।

रहमान यह वादा करके घर आया, तो देखा माँ का अंतिम समय आ पहुँचा है। प्राण-पीड़ा हो रही है, दर्शन बदे थे, सो हो गए। माँ ने बेटे को एक बार वात्सल्य दृष्टि से देखा, आशीर्वाद दिया और परलोक सिधारी। रहमान अब तक गर्दन तक पानी में था, अब पानी सिर पर आ गया।

इस वक्त पड़ोसियों से कुछ उधार ले कर दफन-कफन का प्रबंध किया, किंतु मृत आत्मा की शांति और परितोष के लिए ज़कात और फ़ातिहे की ज़रूरत थी, कब्र बनवानी ज़रूरी थी, बिरादरी का खाना, गरीबों को खैरात, कुरान की तलावत और ऐसे कितने ही संस्कार करने परमावश्यक थे।

मातृ-सेवा का इसके सिवा अब और कौन-सा अवसर हाथ आ सकता था। माता के प्रति समस्त सांसारिक और धार्मिक कर्तव्यों का अन्त हो रहा था। फिर तो माता की स्मृति-मात्र रह जाएगी, संकट के समय फरियाद सुनाने के लिए। मुझे खुदा ने सामर्थ्य दी होती, तो इस वक्त क्या कुछ न करता; लेकिन अब क्या अपने पड़ोसियों से भी गया-गुजरा हूँ !

उसने सोचना शुरू किया, रुपये लाऊँ कहाँ से ? अब तो लाला दाऊदयाल भी न देंगे। एक बार उनके पास जा कर देखूँ तो सही, कौन जाने, मेरी बिपत का हाल सुन कर उन्हें दया आ जाए। बड़े आदमी हैं, कृपादृष्टि हो गई, तो सौ-दो-सौ उनके लिए कौन बड़ी बात है।

इस भाँति मन में सोच-विचार करता हुआ वह लाला दाऊदयाल के पास चला। रास्ते में एक-एक कदम मुश्किल से उठता था। कौन मुँह ले कर जाऊँ ? अभी तीन ही दिन हुए हैं, साल-भर में पिछले रुपये अदा करने का वादा करके आया हूँ। अब जो 200 रु. और माँगूगा, तो वह क्या कहेंगे। मैं ही उनकी जगह पर होता, तो कभी न देता। उन्हें ज़रूर संदेह होगा कि यह आदमी नीयत का बुरा है। कहीं दुत्कार दिया, घुड़कियाँ दीं, तो ? पूछें, तेरे पास ऐसी कौन-सी बड़ी जायदाद है, जिस पर रुपये की थैली दे दूँ, तो क्या जवाब दूँगा ? जो कुछ जायदाद है, वह यही दोनों हाथ हैं। उसके सिवा यहाँ क्या है ? घर को कोई सेंत भी न पूछेगा। खेत है, तो जमींदार के, उन पर अपना कोई काबू ही नहीं। बेकार जा रहा हूँ, वहाँ धक्के खाकर निकलना पड़ेगा, रही-सही आबरू भी मिट्टी में मिल जाएगी।

परन्तु इन निराशाजनक शंकाओं के होने पर भी वह धीरे-धीरे आगे बढ़ा चला

जाता था, जैसे कोई अनाथ विधवा थाने फरियाद करने जा रही हो।

लाला दाऊदयाल कचहरी से आ कर अपने स्वभाव के अनुसार नौकरों पर बिगड़ रहे थे—द्वार पर पानी क्यों नहीं छिड़का, बरामदे में कुर्सियाँ क्यों नहीं निकाल रखीं ? इतने में रहमान सामने जा कर खड़ा हो गया।

लाला साहब झल्लाए तो बैठे थे रुष्ट हो कर बोले—तुम क्या करने आए हो जी ? क्यों मेरे पीछे पड़े हो? मुझे इस वक्त बातचीत करने की फुरसत नहीं है।

रहमान कुछ न बोल सका। यह डाँट सुन कर इतना हताश हुआ कि उलटे पैरों लौट पड़ा। हुई न वही बात ! यही सुनने तो मैं आया था ? मेरी अकल पर पत्थर पड़ गए थे !

दाऊदयाल को कुछ दया आ गई। जब रहमान बरामदे के नीचे उतर गया, तो बुलाया, जरा नर्म हो कर बोले—कैसे आए थे जी ! क्या कुछ काम था ?

रहमान—नहीं सरकार, यों ही सलाम करने चला आया था।

दाऊदयाल—एक कहावत है—'सलामे रोस्ताई बेग़रज नेस्त'—किसान बिना मतलब के सलाम नहीं करता। क्या मतलब है कहो।

रहमान फूट-फूटकर रोने लगा। दाऊदयाल ने अटकल से समझ लिया। इसकी माँ मर गई। पूछा—क्यों रहमान, तुम्हारी माँ सिधार तो नहीं गईं ?

रहमान—हाँ हजूर, आज तीसरा दिन है।

दाऊदयाल—रो न, रोने से क्या फायदा ? सब्र करो, ईश्वर को जो मंजूर था, वह हुआ। ऐसी मौत पर गम न करना चाहिए। तुम्हारे हाथों उनकी मिट्टी ठिकाने लग गई। अब और क्या चाहिए ?

रहमान—हजूर, कुछ अरज करने आया हूँ, मगर हिम्मत नहीं पड़ती। अभी पिछला ही पड़ा हुआ है, और अब किस मुँह से माँगू ? लेकिन अल्लाह जानता है, कहीं से एक पैसा मिलने की उम्मीद नहीं और काम ऐसा आ पड़ा है कि अगर न करूँ, तो जिन्दगी-भर पछतावा रहेगा। आपसे कुछ कह नहीं सकता। आगे आप मालिक हैं। यह समझकर दीजिए कि कुएँ में डाल रहा हूँ। ज़िंदा रहूँगा तो एक-एक कौड़ी मय सूद के अदा कर दूँगा। मगर इस घड़ी नाहीं न कीजिएगा।

दाऊदयाल—तीन सौ तो हो गए। दो सौ फिर माँगते हो। दो साल में कोई सात सौ रुपये हो जाएँगे। इसकी खबर है या नहीं ?

रहमान—गरीबपरवर ! अल्लाह दे, तो दो बीघे ऊख में पाँच सौ आ सकते हैं। अल्लाह ने चाहा, तो मियाद के अंदर आपकी कौड़ी-कौड़ी अदा कर दूँगा।

दाऊदयाल ने दो सौ रुपये फिर दे दिये। जो लोग उनके व्यवहार से परिचित थे, उन्हें उनकी इस रिआयत पर बड़ा आश्चर्य हो रहा था।

खेती की हालत अनाथ बालक की-सी है। जल और वायु अनुकूल हुए तो अनाज के ढेर लग गए। इनकी कृपा न हुई, तो लहलहाते हुए खेत कपटी मित्र की भाँति दगा दे गए। ओला और पाला, सूखा और बाढ़, टिड्डी और लाही, दीमक और आँधी से प्राण बचे तो फसल खलिहान में आई। और खलिहान से आग और बिजली दोनों ही का बैर है। इतने दुश्मनों से बची तो फसल नहीं तो फैसला ! रहमान ने कलेजा तोड़ कर मिहनत की। दिन को दिन और रात को रात न समझा। बीवी-बच्चे दिलोजान से लिपट गए। ऐसी ऊख लगी कि हाथी घुसे, तो समा जाए। सारा गाँव दाँतों तले उँगली दबाता था। लोग रहमान से कहते—यार, अबकी तुम्हारे पौ-बारह हैं। हारे दर्जे सात सौ कहीं नहीं गए। अबकी बेड़ा पार है। रहमान सोचा करता अबकी ज्यों ही गुड़ के रुपये हाथ आए, सब-के-सब ले जा कर लाला दाऊदयाल के कदमों पर रख दूँगा। अगर वह उसमें से खुद दो-चार रुपये निकाल कर देंगे, तो ले लूँगा, नहीं तो अबकी साल और चूनी-चोकर खाकर काट दूँगा।

मगर भाग्य के लिखे को कौन मिटा सकता है। अगहन का महीना था; रहमान खेत की मेंड़ पर बैठा रखवाली कर रहा था। ओढ़ने को केवल एक पुराने गाढ़े की चादर थी, इसलिए ऊख के पत्ते जला दिये थे। सहसा हवा का एक ऐसा झोंका आया कि जलते हुए पत्ते उड़ कर खेत में जा पहुँचे। आग लग गई। गाँव के लोग आग बुझाने दौड़े; मगर आग की लपटें टूटते तारों की भाँति एक हिस्से से उड़ कर दूसरे सिर पर जा पहुँचती थीं, सारे उपाय व्यर्थ हुए। पूरा खेत जल कर राख का ढेर हो गया और खेत के साथ रहमान की सारी अभिलाषाएँ नष्ट-भ्रष्ट हो गईं। गरीब की कमर टूट गई। दिल बैठ गया। हाथ-पाँव ढीले हो गए। परोसी हुई थाली सामने से छिन गई। घर आया, तो दाऊदयाल के रुपयों की फिक्र सिर पर सवार हुई। अपनी कुछ फिक्र न थी। बाल-बच्चों की भी फिक्र न थी। भूखों मरना और नंगे रहना तो किसान का काम ही है। फिक्र कर्ज़ की। दूसरा साल बीत रहा है। दो-चार दिन में लाला दाऊदयाल का आदमी आता होगा। उसे कौन मुँह दिखाऊँगा ? चल कर उन्हीं से चिरौरी करूँ कि साल-भर की मुहलत और दीजिए। लेकिन साल-भर में तो सात सौ के नौ सौ हो जाएँगे। कहीं नालिश कर दी, तो हजार ही समझो। साल-भर में ऐसी क्या हुन बरस जाएगी। बेचारे कितने भले आदमी हैं, दो सौ रुपये उठा कर दे दिए। खेत भी तो ऐसे नहीं कि बै-रिहन करके आबरू बचाऊँ। बैल भी ऐसे कौन-से तैयार हैं कि दो-चार सौ मिल जाएँ। आधे भी तो नहीं रहे। अब इज़्ज़त ख़ुदा के हाथ है। मैं तो अपनी-सी करके देख चुका।

सुबह का वक्त था। वह अपने खेत की मेंड़ पर खड़ा अपनी तबाही का दृश्य देख रहा था। देखा, दाऊदयाल का चपरासी कंधे पर लट्ठ रखे चला आ रहा है। प्राण सूख गए। ख़ुदा, अब तू ही इस मुश्किल को आसान कर। कहीं आते-ही-आते गालियाँ न देने लगे। या मेरे अल्लाह! कहाँ छिप जाऊँ ?

चपरासी ने समीप आ कर कहा—रुपये ले कर देना नहीं चाहते ? मियाद कल गुज़र गई। जानते हो न सरकार को ? एक दिन की भी देर हुई और उन्होंने नालिश ठोकी। बेभाव की पड़ेगी।

रहमान काँप उठा। बोला—यहाँ का हाल तो देख रहे हो न ?

चपरासी—यहाँ हाल-हवाल सुनने का काम नहीं। ये चकमे किसी और को देना। सात सौ रुपये ले चलो और चुपके से गिन कर चले आओ।

रहमान—जमादार, सारी ऊख जल गई। अल्लाह जानता है, अबकी कौड़ी-कौड़ी बेबाक कर देता।

चपरासी—मैं यह कुछ नहीं जानता। तुम्हारी ऊख का किसी ने ठेका नहीं लिया। अभी चलो सरकार बुला रहे हैं।

यह कह कर चपरासी उसका हाथ पकड़ कर घसीटता हुआ चला। गरीब को घर में जा कर पगड़ी बाँधने का मौका न दिया।

पाँच कोस का रास्ता कट गया, और रहमान ने एक बार भी सिर न उठाया। बस, रह-रहकर 'या अली मुश्किलकुशा !' उसके मुँह से निकला जाता था। उसे अब इस नाम का भरोसा था। यही जप हिम्मत को सँभाले हुए था, नहीं तो शायद वह वहीं गिर पड़ता। वह नैराश्य की उस दशा को पहुँच गया था, जब मनुष्य की चेतना नहीं उपचेतना शासन करती है।

दाऊदयाल द्वार पर टहल रहे थे। रहमान जा कर उनके कदमों पर गिर पड़ा और बोला—खुदाबंद, बड़ी बिपत पड़ी हुई है। अल्लाह जानता है कहीं का नहीं रहा।

दाऊदयाल—क्या सब ऊख जल गई ?

रहमान—हजूर सुन चुके हैं क्या ? सरकार जैसे किसी ने खेत में झाड़ू लगा दी हो। गाँव के ऊपर ऊख लगी हुई थी गरीबपरवर, यह दैवी आफत न पड़ी होती, तो और तो नहीं कह सकता, हजूर से उरिन हो जाता।

दाऊदयाल—अब क्या सलाह है ? देते हो या नालिश कर दूँ।

रहमान—हजूर मालिक हैं, जो चाहें करें। मैं तो इतना ही जानता हूँ कि हजूर के रुपये सिर पर हैं और मुझे कौड़ी-कौड़ी देनी है। अपनी सोची नहीं होती। दो बार वादे किए, दोनों बार झूठा पड़ा। अब वादा न करूँगा, जब जो कुछ मिलेगा, ला कर हजूर के कदमों पर रख दूँगा। मिहनत-मजूरी से, पेट और तन काट कर, जिस तरह हो सकेगा आपके रुपये भरूँगा।

दाऊदयाल ने मुस्करा कर कहा—तुम्हारे मन में इस वक्त सबसे बड़ी कौन-सी आरजू है ?

रहमान—यही हजूर, कि आपके रुपये अदा हो जाएँ। सच कहता हूँ हजूर अल्लाह

जानता है।

दाऊदयाल—अच्छा तो समझ लो कि मेरे रुपये अदा हो गए।

रहमान—अरे हजूर, यह कैसे समझ लूँ, यहाँ न दूँगा, तो वहाँ तो देने पड़ेंगे।

दाऊदयाल—नहीं रहमान, अब इसकी फिक्र मत करो। मैं तुम्हें आजमाता था।

रहमान—सरकार, ऐसा न कहें। इतना बोझ सिर पर ले कर न मरूँगा।

दाऊदयाल—कैसा बोझ जी, मेरा तुम्हारे ऊपर कुछ आता ही नहीं। अगर कुछ आता भी हो, तो मैंने माफ कर दिया; यहाँ भी, वहाँ भी। अब तुम मेरे एक पैसे के भी देनदार नहीं हो। असल में मैंने तुमसे जो कर्ज़ लिया था, वही अदा कर रहा हूँ। मैं तुम्हारा कर्ज़दार हूँ, तुम मेरे कर्ज़दार नहीं हो। तुम्हारी गऊ अब तक मेरे पास है। उसने मुझे कम से कम आठ सौ रुपये का दूध दिया है ! दो बछड़े नफे में अलग। अगर तुमने यह गऊ कसाइयों को दे दी होती, तो मुझे इतना फायदा क्योंकर होता ? तुमने उस वक्त पाँच रुपये का नुकसान उठा कर गऊ मेरे हाथ बेची थी। वह शराफत मुझे याद है। उस एहसान का बदला चुकाना मेरी ताकत से बाहर है। जब तुम इतने गरीब और नादान हो कर एक गऊ की जान के लिए पाँच रुपये का नुकसान उठा सकते हो, तो मैं तुम्हारी सौ गुनी हैसियत रख कर अगर चार-पाँच सौ रुपये माफ कर देता हूँ, तो कोई बड़ा काम नहीं कर रहा हूँ। तुमने भले ही जान कर मेरे ऊपर कोई एहसान न किया हो, पर असल में वह मेरे धर्म पर एहसान था। मैंने भी तो तुम्हें धर्म के काम ही के लिए रुपये दिये थे। बस हम-तुम दोनों बराबर हो गए। तुम्हारे दोनों बछड़े मेरे यहाँ हैं, जी चाहे लेते जाओ, तुम्हारी खेती में काम आएँगे। तुम सच्चे और शरीफ आदमी हो, मैं तुम्हारी मदद करने को हमेशा तैयार रहूँगा। इस वक्त भी तुम्हें रुपयों की ज़रूरत हो, तो जितने चाहो, ले सकते हो।

रहमान को ऐसा मालूम हुआ कि उसके सामने कोई फ़रिश्ता बैठा हुआ है। मनुष्य उदार हो, तो फ़रिश्ता है; और नीच हो, तो शैतान। ये दोनों मानवी वृत्तियों ही के नाम हैं। रहमान के मुँह से धन्यवाद के शब्द भी न निकल सके। बड़ी मुश्किल से आँसुओं को रोक कर बोला—हजूर को इस नेकी का बदला खुदा देगा। मैं तो आज से अपने को आपका गुलाम ही समझूँगा।

दाऊदयाल—नहीं जी, तुम मेरे दोस्त हो।

रहमान—नहीं हजूर, गुलाम।

दाऊदयाल—गुलाम छुटकारा पाने के लिए जो रुपये देता है, उसे मुक्तिधन कहते हैं। तुम बहुत पहले 'मुक्तिधन' अदा कर चुके। अब भूल कर भी यह शब्द मुँह से न निकालना।

बौड़म

मुझे देवीपुर गए पाँच दिन हो चुके थे, पर ऐसा एक दिन भी न होगा कि बौड़म की चर्चा न हुई हो। मेरे पास सुबह से शाम तक गाँव के लोग बैठे रहते थे। मुझे अपनी बहुज्ञता को प्रदर्शित करने का न कभी ऐसा अवसर ही मिला था और न प्रलोभन ही। मैं बैठा-बैठा इधर-उधर की गप्पें उड़ाया करता। बड़े लाट ने गाँधी बाबा से यह कहा और गाँधी बाबा ने यह जवाब दिया। अभी आप लोग क्या देखते हैं, आगे देखिएगा क्या-क्या गुल खिलते हैं। पूरे 50 हज़ार जवान जेल जाने को तैयार बैठे हुए हैं। गाँधी जी ने आज्ञा दी है कि हिन्दुओं में छूत-छात का भेद न रहे, नहीं तो देश को और भी अदिन देखने पड़ेंगे। अस्तु! लोग मेरी बातों को तन्मय हो कर सुनते। उनके मुख फूल की तरह खिल जाते। आत्माभिमान की आभा मुख पर दिखायी देती। गद्‌गद कंठ से कहते–'अब तो महात्मा जी ही का भरोसा है। न हुआ बौड़म नहीं आपका गला न छोड़ता। आपको खाना-पीना कठिन हो जाता। कोई उससे ऐसी बातें किया करे तो रात की रात बैठा रहे। मैंने एक दिन पूछा–'आखिर यह बौड़म है कौन? कोई पागल है क्या ? एक सज्जन ने कहा–'महाशय, पागल क्या है, बस बौड़म है। घर में लाखों की सम्पत्ति है, शक्कर की एक मिल सिवान में है, दो कारखाने छपरे में हैं, तीन-तीन, चार-चार सौ के तलब वाले आदमी नौकर हैं, पर इसे देखिए, फटेहाल घूमा करता है। घरवालों ने सिवान भेज दिया था कि जा कर वहाँ निगरानी करे। दो ही महीने में मैनेजर से लड़ बैठा, उसने यहाँ लिखा, मेरा इस्तीफा लीजिए। आपका लड़का मज़दूरों को सिर चढ़ाये रहता है, वे मन से काम नहीं करते। आखिर घरवालों ने बुला लिया। नौकर-चाकर लूटते खाते हैं उसकी तो ज़रा भी चिन्ता नहीं, पर जो सामने आम का बाग है उसकी रात-दिन रखवाली किया करता है, क्या मजाल कि कोई एक पत्थर भी फेंक सके।' एक मियाँ जी बोले–'बाबू जी, घर में तरह-तरह

के खाने पकते हैं, मगर इसकी तकदीर में वही रोटी और दाल लिखी है और कुछ नहीं। बाप अच्छे-अच्छे कपड़े खरीदते हैं, लेकिन वह उनकी तरफ निगाह भी नहीं उठाता। बस, वही मोटा कुरता, गाढ़े की तहमद बाँधे मारा-मारा फिरता है। आपसे उसकी सिफत कहाँ तक कहें, बस पूरा बौड़म है।'

ये बातें सुन कर भी इस विचित्र व्यक्ति से मिलने की उत्कंठा हुई। सहसा एक आदमी ने कहा—'वह देखिए, बौड़म आ रहा है।' मैने कुतूहल से उसकी ओर देखा। एक 20-21 वर्ष का हृष्ट-पुष्ट युवक था। नंगे सिर, एक गाढ़े का कुरता पहने, गाढ़े का ढीला पाजामा पहने चला आता था! पैरों में जूते थे। पहले मेरी ही ओर आया। मैंने कहा—'आइए बैठिए।' उसने मंडली की ओर अवहेलना की दृष्टि से देखा और बोला—'अभी नहीं, फिर आऊँगा।' यह कह कर चला गया।

जब संध्या हो गई और सभा विसर्जित हुई तो वह आम के बाग की ओर से धीरे-धीरे आ कर मेरे पास बैठ गया और बोला—'इन लोगों ने तो मेरी खूब बुराइयाँ की होंगी। मुझे यह बौड़म का लकब मिला है।

मैंने सुकचाते हुए कहा—हाँ, आपकी चर्चा लोग रोज करते थे। मेरी आपसे मिलने की बड़ी इच्छा थी। आपका नाम क्या है?

बौड़म ने कहा—नाम तो मेरा मुहम्मद खलील है, पर आस-पास के दस-पाँच गाँवों में मुझे लोग उर्फ के नाम से ज्यादा जानते हैं। मेरा उर्फ बौड़म है।

मैं—आखिर लोग आपको बौड़म क्यों कहते हैं?

खलील—उनकी खुशी और क्या कहूँ? मैं ज़िन्दगी को कुछ और समझता हूँ, पर मुझे इजाज़त नहीं है कि पाँचों वक्त की नमाज़ पढ़ सकूँ। मेरे वालिद हैं, चचा हैं। दोनों साहब पहर रात से पहर रात तक काम में मसरूफ रहते हैं। रात-दिन हिसाब-किताब, नफा-नुकसान, मंदी-तेजी के सिवाय और कोई ज़िक्र ही नहीं होता, गोया खुदा के बन्दे न हुए इस दौलत के बन्दे हुए। चचा साहब हैं, वह पहर रात तक शीरे के पीपों के पास खड़े हो कर उन्हें गाड़ी पर लदवाते हैं। वालिद साहब अक्सर अपने हाथों से शक्कर का वज़न करते हैं। दोपहर का खाना शाम को और शाम का खाना आधी रात को खाते हैं। किसी को नमाज़ पढ़ने की फुर्सत नहीं। मैं कहता हूँ, आप लोग इतना सिर-मगजन क्यों करते हैं। बड़े कारोबार में सारा काम एतबार पर होता है। मालिक को कुछ न कुछ बल खाना ही पड़ता है। अपने बलबूते पर छोटे कारोबार ही चल सकते हैं। मेरा उसूल किसी को पसन्द नहीं, इसलिए मैं बौड़म हूँ।

मैं—मेरे खयाल में तो आपका उसूल ठीक है।

खलील—'ऐसा भूल कर भी न कहिएगा, वरना एक ही जगह दो बौड़म हो जाएँगे। लोगों को कारबार के सिवा न दीन से गरज़ है न दुनिया से। न मुल्क से, न कौम से। मैं अखबार मँगाता हूँ, स्मर्ना फंड में कुछ रुपये भेजना चाहता हूँ। खिलाफत-फंड को मदद करना भी अपना फर्ज़ समझता हूँ। सबसे बड़ा सितम है कि खिलाफत का रज़ाकार भी हूँ। क्यों साहब, जब कौम पर, मुल्क पर और दीन पर चारों तरफ से दुश्मनों का हमला हो रहा है तो क्या मेरा फर्ज़ नहीं है कि जाति के फायदे को कौम पर कुर्बान कर दूँ? इसीलिए घर और बाहर मुझे बौड़म का लकब दिया गया है।

मैं—आप तो वह कर रहे हैं, जिसकी इस वक्त कौम को ज़रूरत है।

खलील—मुझे खौफ है कि इस चौपट नगरी से आप बदनाम हो कर जाएँगे। जब मेरे हज़ारों भाई जेल में पड़े हुए हैं, उन्हें गजी का गाढ़ा तक पहनने को मयस्सर नहीं तो मेरी ग़ैरत गवारा नहीं करती कि मैं मीठे लुकमे उड़ाऊँ और चिकन के कुर्ते पहनूँ, जिनकी कलाइयों और मुड्ढों पर सीजनकारी की गई हो।

मैं—आप यह बहुत ही मुनासिब कहते हैं। अफसोस है कि और लोग आपका-सा त्याग करने के काबिल नहीं।

खलील—मैं इसे त्याग नहीं समझता, न दुनिया को दिखाने के लिए यह भेष बना के घूमता हूँ। मेरा जी ही लज़्ज़त और शौक से फिर गया है। थोड़े दिन होते हैं, वालिद ने मुझे सिवान के मिल में निगरानी के लिए भेजा। मैंने वहाँ जा कर देखा तो इंजीनियर साहब के खानसामे, बैरे, मेहतर, धोबी, माली, चौकीदार—सभी काम साहब का करते थे, मज़दूरी कारखाने से पाते थे। साहब बहादुर खुद तो बेउसूल हैं, पर मज़दूरों पर इतनी सख्ती थी कि अगर पाँच मिनट की देर हो जाए तो उनकी आधे दिन की मज़दूरी कट जाती थी। मैंने साहब की मिज़ाजपुरसी करनी चाही। मज़दूरों के साथ रियायत करनी शुरू की। फिर क्या था ? साहब बिगड़ गए, इस्तीफे की धमकी दी। घरवालों को उनके सब हालात मालूम हैं। पल्ले दरजे का हरामखोर आदमी है। लेकिन उसकी धमकी पाते ही सबके होश उड़ गए। मैं तार से वापस बुला लिया गया और घर पर मेरी खूब ले-दे हुई। पहले बौड़म होने में कुछ कोर-कसर थी, वह पूरी हो गई। न जाने साहब से लोग क्यों इतना डरते हैं?

मैं—आपने वही किया जो इस हालत में मैं भी करता बल्कि मैं तो पहले साहब पर ग़बन का मुकदमा दायर करता, बदमाशों से पिटवाता, तब बात करता। ऐसे हरामखोरों की यही सज़ाएँ हैं।

खलील—फिर तो एक और, दो हो गए। अफसोस यही है कि आपका यहाँ कयाम न रहेगा। मेरा जी चाहता है, कि चंद रोज़ आपके साथ रहूँ। मुद्दत के बाद आप ऐसे आदमी मिले हैं, जिससे मैं अपने दिल की बातें कह सकता हूँ। इन गँवारों

से मैं बोलता भी नहीं। मेरे चाचा साहब को जवानी में एक चमारिन से ताल्लुक हो गया था। उससे दो बच्चे, एक लड़का और एक लड़की पैदा हुए। चमारिन लड़की को गोद में छोड़ कर मर गई। तब से इन दोनों बच्चों की मेरे यहाँ वही हालत थी जो यतीमों की होती है। कोई बात न पूछता था। उनको खाने-पहनने को भी न मिलता। बेचारे नौकरों के साथ खाते और बाहर झोपड़े में पड़े रहते थे। जनाब, मुझसे यह न देखा गया। मैंने उन्हें अपने दस्तरखान पर खिलाया और अब भी खिलाता हूँ। घर में कुहराम मच गया। जिसे देखिए, मुझ पर त्योरियाँ बदल रहा है, मगर मैंने परवाह न की। आखिर है वह भी तो हमारा ही खून। इसलिए मैं बौड़म कहलाता हूँ।

मैं—जो लोग आपको बौड़म कहते हैं, वे खुद बौड़म हैं।

खलील—जनाब, इनके साथ रहना अजीब है। शाह काबुल ने कुर्बानी की मुमानियत कर दी है। हिन्दुस्तान के उलमा ने भी यही फतवा दिया, पर यहाँ खास मेरे घर कुर्बानी हुई। मैंने हरचंद बावैला मचाया, पर मेरी कौन सुनता है ? उसका कफारा (प्रायश्चित्त) मैंने यह अदा किया कि अपनी सवारी का घोड़ा बेच कर 300 फकीरों को खाना खिलाया और तब से कसाइयों को गायें लिए जाते देखता हूँ, तो कीमत दे कर खरीद लेता हूँ। इस वक्त तक दस गायों की जान बचा चुका हूँ। वे सब यहाँ हिन्दुओं के घरों में हैं, पर मज़ा यह है कि जिन्हें मैंने गायें दी हैं, वे भी मुझे बौड़म कहते हैं। मैं भी इस नाम का इतना आदी हो गया हूँ कि अब मुझे इससे मुहब्बत हो गई है।

मैं—आप ऐसे बौड़म काश मुल्क में और ज़्यादा होते।

खलील—लीजिए, आपने भी बनाना शुरू कर दिया? यह देखिए, आम का बाग है। मैं उसकी रखवाली करता हूँ। लोग कहते हैं, जहाँ हज़ारों का नुकसान हो रहा है वहाँ तो देखभाल करता नहीं, ज़रा-सी बगिया की रखवाली में इतना मुस्तैद। जनाब, यहाँ लड़कों का यह हाल है कि एक आम तो खाते हैं और पचीस आम गिराते हैं। कितने ही पेड़ चोट खा जाते हैं और फिर किसी काम के नहीं रहते। मैं चाहता हूँ कि आम पक जाएँ, टपकने लगें तब जिसका जी चाहे चुन ले जाए। कच्चे आम खराब करने से क्या फायदा ? यह भी मेरे बौड़मपन में दाखिल है।

ये बातें हो ही रही थीं कि सहसा तीन-चार आदमी एक बनिये को पकड़े, घसीटते हुए आते दिखायी दिये। पूछा तो उन चारों आदमियों में से एक ने, जो सूरत से मौलवी मालूम होते थे, कहा—यह बड़ा बेईमान है, इसके बाँट कम हैं। अभी इसके यहाँ से सेर भर घी ले गया हूँ। घर पर तौलता हूँ तो आध पाव गायब। अब जो लौटाने आया हूँ तो कहता है मैंने तो पूरा तौला था। पूछो, अगर तूने पूरा तौला

था तो क्या मैं रास्ते में खा गया? अब ले चलता हूँ थाने पर, वहीं इसकी मरम्मत होगी।

दूसरे महाशय, जो वहाँ डाकखाने के मुंशी थे बोले—इसकी हमेशा की यही आदत है, कभी पूरा नहीं तौलता। आज ही दो आने की शक्कर मँगवायी। लड़का घर ले कर गया तो मुश्किल से एक आने की थी। लौटाने आया तो आँखें दिखाने लगा। इसके बाँटों की आज जाँच करानी चाहिए।

तीसरा आदमी अहीर था। अपने सिर पर से खली की गठरी उतार कर बोला—'साहब, यह 11 रुपये की खली है। 6 सेर के भाव से दी थी। घर पर तौला तो 2 सेर हुई। लाया कि लौटा दूँगा, पर यह लेता ही नहीं ! अब इसका निबटारा थाने ही में होगा। इस पर कई आदमियों ने कहा—'यह सचमुच बेईमान आदमी है।

बनिये ने कहा—अगर मेरे बाँट रत्ती भर कम निकलें तो हज़ार रुपये डाँड़ दूँ।

मौलवी साहब ने कहा—तो कमबख्त, टाँकी मारता होगा।

मुंशी जी बोले—टाँकी मार देता है, यही बात है।

अहीर ने कहा—दोहरे बाँट रखे हैं। दिखाने के और, बेचने के और। इसके घर की पुलिस तलाशी ले।

बनिये ने फिर प्रतिवाद किया, पकड़ने वालों ने फिर आक्रमण किया, इसी तरह कोई आध घंटा तक तकरार होती रही। मेरी समझ में न आता था कि क्या करूँ? बनिये को छुड़ाने के लिए ज़ोर दूँ या जाने दूँ? बनिये से सभी जले हुए मालूम होते थे। खलील को देखा तो गायब। न जाने कब उठ कर चला गया ? बनिया किसी तरह न दबता था, यहाँ तक कि थाने जाने से भी न डरता था।

ये लोग थाने जाना ही चाहते थे कि बौड़म सामने आता दिखायी दिया। उसके एक हाथ में एक टोकरा था, दूसरे हाथ में एक कटोरा और पीछे एक 7-8 बरस का लड़का । उसने आते ही मौलवी साहब से कहा—यह कटोरा आप ही का है काजी जी ?

मौलवी—(चौंककर) हाँ है तो, फिर ? तुम मेरे घर से इसे क्यों लाये?

बौड़म—इसलिए कि कटोरे में वही आधा पाव घी है जिसके विषय में आप कहते हैं कि बनिये ने कम तौला। घी वही है। वजन वही है। बेईमानी गरीब बनिये की नहीं है, बल्कि काजी हाजी मौलवी जहूर अहमद की।

मौलवी—तुम अपना बौड़मपना यहाँ न दिखाना नहीं तो मैं किसी से डरने वाला नहीं हूँ। तुम लखपती होगे तो अपने घर के होगे। तुम्हें क्या मजाल था मेरे घर में जाने का !

बौड़म—वही जो आपको बनिये को थाने में ले जाने का है। अब यह घी भी थाने जाएगा।

मौलवी—(सिटपिटा कर) सबके घर में थोड़ी-बहुत चीज़ रखी ही रहती है। कसम कुरान शरीफ की, मैं अभी तुम्हारे वालिद के पास जाता हूँ। आज तक गाँव भर में किसी ने मुझ पर ऐसा इलज़ाम नहीं लगाया था।

बनिया—मौलवी साहब, आप जाते कहाँ हैं ? चलिए हमारा-आपका फैसला थाने में होगा। मैं एक न मानूँगा। कहलाने को मौलवी, दीनदार ऐसे बनते हैं कि देवता ही हैं, पर घर में चीज़ रख कर दूसरों को बेईमान बनाते हैं। यह लम्बी दाढ़ी धोखा देने के लिए बढ़ायी है?

मगर मौलवी साहब न रुके। बनिये को छोड़ कर खलील के बाप के पास चले गए, जो इस वक्त शर्म से बचने का सहज बहाना था।

तब खलील ने अहीर से कहा—'क्यों बे, तू भी थाने जा रहा है ? चल मैं भी चलता हूँ। तेरे घर से यह सेर भर खली लेता आया हूँ।

अहीर ने मौलवी साहब की दुर्गति देखी तो चेहरे पर हवाइयाँ उड़ने लगीं। बोला—भैया, जवानी की कसम है, मुझे मौलवी साहब ने सिखा दिया था।

खलील—दूसरे के सिखाने से तुम किसी के घर में आग लगा दोगे ? खुद तो बच्चा दूध में आधा पानी मिला-मिला कर बेचते हो, मगर आज तुमको इतनी मुटमरदी सवार हो गई कि एक भले आदमी को तबाह करने पर आमादा हो गए? खली उठा कर घर में रख ली, उस पर बनिये से कहते हो कि कम तौला।

बनिया—भैया, मेरी लाख रुपये की इज़्ज़त बिगड़ गई। मैं थाने में रपट किये बिना न मानूँगा।

अहीर—साहू जी, अबकी माफ करो, नहीं तो कहीं का न रहूँगा।

तब खलील ने मुंशी जी से कहा—कहिए जनाब, आपकी कलई खोलूँ या चुपके से घर की राह लीजिएगा?

मुंशी—तुम बेचारे मेरी कलई क्या खोलोगे? मुझे भी अहीर समझ लिया है कि तुम्हारी भपकियों में आऊँगा ?

खलील—(लड़के से) क्यों बेटा, तुम शक्कर ले कर सीधे घर चले गए थे?

लड़का—(मुंशी जी को सशंक नेत्रों से देख कर) बताऊँगा।

मुंशी—लड़कों को जैसा सिखा दोगे वैसा कहेंगे।

खलील—बेटा, अभी तुमने मुझसे जो कहा था, वही फिर कह दो।

लड़का—दादा मारेंगे।

मुंशी—क्या तूने रास्ते में शक्कर फाँक ली थी?

लड़का रोने लगा।

खलील—जी हाँ, इसने मुझसे खुद कहा, पर आपने उससे तो पूछा नहीं, बनिये के सिर हो गए। यही शराफत है?

मुंशी—मुझे क्या मालूम था कि उसने रास्ते में यह शरारत की?

खलील—तो ऐसे कमज़ोर सबूत पर आप थाने क्योंकर चले थे ? आप गँवारों को मनीऑर्डर के रुपये देते हैं तो उस रुपये पर दो आने अपनी दस्तूरी काट लेते हैं। टके के पोस्टकार्ड आने में बेचते हैं, जब कहिए तब साबित कर दूँ। उसे क्या आप बेईमानी नहीं समझते हैं?

मुंशी जी ने बौड़म के मुँह लगना मुनासिब न समझा। लड़के को मारते हुए घर ले गए। बनिये ने बौड़म को खूब आशीर्वाद दिया। दर्शक लोग भी धीरे-धीरे चले गए। तब मैंने खलील से कहा—'आपने इस बनिये की जान बचा ली नहीं तो बेचारा बेगुनाह पुलिस के पंजे में फँस जाता।

खलील—आप जानते हैं कि मुझे क्या सिला (इनाम) मिलेगा? थानेदार मेरे दुश्मन हो जाएँगे। कहेंगे, यह मेरे शिकारों को भगा दिया करता है। वालिद साहब पुलिस से थर-थर काँपते हैं। मुझे हाथों लेंगे कि तू दूसरों के बीच में क्यों दखल देता है ? यहाँ यह भी बौड़मपन में दाखिल है। एक बनिये के पीछे मुझे भले आदमियों की कलई खोलनी मुनासिब न थी। ऐसी हरकत बौड़म लोग किया करते हैं।

मैंने श्रद्धापूर्ण शब्दों में कहा—अब मैं आपको इसी नाम से पुकारूँगा। आज मुझे मालूम हुआ कि बौड़म देवताओं को कहा जाता है! जो स्वार्थ पर आत्मा की भेंट कर देता है वह चतुर है, बुद्धिमान है। जो आत्मा के सामने, सच्चे सिद्धांत के सामने, सत्य के सामने, स्वार्थ की, निंदा की परवाह नहीं करता वह बौड़म है, निर्बुद्धि है।

मैकू

कादिर और मैकू ताड़ीखाने के सामने पहुँचे, तो वहाँ कांग्रेस के वॉलंटियर झंडा लिए खड़े नज़र आए। दरवाज़े के इधर-उधर हज़ारों दर्शक खड़े थे। शाम का वक्त था। इस वक्त गली में पियक्कड़ों के सिवा और कोई न आता था। भले आदमी इधर से निकलते झिझकते। पियक्कड़ों की छोटी-छोटी टोलियाँ आती-जाती रहती थीं। दो-चार वेश्याएँ दूकान के सामने खड़ी नज़र आती थीं। आज यह भीड़-भाड़ देख कर मैकू ने कहा—बड़ी भीड़ है बे, कोई दो-तीन सौ आदमी होंगे।

कादिर ने मुस्करा कर कहा—भीड़ देख कर डर गए क्या ? यह सब हुर्र हो जाएँगे, एक भी न टिकेगा। यह लोग तमाशा देखने आए हैं, लाठियाँ खाने नहीं आए हैं।

मैकू ने संदेह के स्वर में कहा—पुलिस के सिपाही भी बैठे हैं। ठीकेदार ने तो कहा था, पुलिस न बोलेगी।

कादिर—हाँ बे, पुलिस न बोलेगी, तेरी नानी क्यों मरी जा रही है? पुलिस वहाँ बोलती है, जहाँ चार पैसे मिलते हैं या जहाँ कोई औरत का मामला होता है। ऐसी बेफजूल बातों में पुलिस नहीं पड़ती। पुलिस तो और शह दे रही है। ठीकेदार से साल में सैकड़ों रुपये मिलते हैं। पुलिस इस वक्त उसकी मदद न करेगी, तो कब करेगी ?

मैकू—चलो, आज दस हमारे भी सीधे हुए। मुफ्त में पियेंगे वह अलग, मगर सुनते हैं, कांग्रेस वालों में बड़े-बड़े मालदार लोग शरीक हैं। यह कहीं हम लोगों से कसर निकालें तो बुरा होगा।

कादिर—अबे, कोई कसर-वसर नहीं निकालेगा, तेरी जान क्यों निकल रही है ? कांग्रेस वाले किसी पर हाथ नहीं उठाते, चाहे कोई उन्हें मार ही डाले। नहीं

तो उस दिन जुलूस में दस-बारह चौकीदारों की मजाल थी कि दस हज़ार आदमियों को पीट कर रख देते? चार तो वहीं ठंडे हो गए थे, मगर एक ने हाथ नहीं उठाया। इनके जो महात्मा हैं, वह बड़े भारी फकीर हैं ! उनका हुक्म है कि चुपके-से मार खा लो, लड़ाई मत करो।

यों बातें करते-करते दोनों ताड़ीखाने के द्वार पर पहुँच गए। एक स्वयंसेवक हाथ जोड़ कर सामने आ गया और बोला—भाई साहब, आपके मज़हब में ताड़ी हराम है।

मैकू ने बात का जवाब चाँटे से दिया। ऐसा तमाचा मारा कि स्वयंसेवक की आँखों में खून आ गया। ऐसा मालूम होता था, गिरा चाहता है। दूसरे स्वयंसेवक ने दौड़ कर उसे सँभाला। पाँचों उँगलियों का रक्तमय प्रतिबिम्ब झलक रहा था।

मगर वॉलंटियर तमाचा खा कर भी अपने स्थान पर खड़ा रहा। मैकू ने कहा—अब हटता है कि और लेगा ?

स्वयंसेवक ने नम्रता से कहा—अगर आपकी यही इच्छा है, तो सिर सामने किये हुए हूँ। जितना चाहिए, मार लीजिए। मगर अंदर न जाइए।

यह कहता हुआ वह मैकू के सामने बैठ गया।

मैकू ने स्वयंसेवक के चेहरे पर निगाह डाली। उसकी पाँचों उँगलियों के निशान झलक रहे थे। मैकू ने इसके पहले अपनी लाठी से टूटे हुए कितने ही सिर देखे थे, पर आज की-सी ग्लानि उसे कभी न हुई थी। वह पाँचों उँगलियों के निशान किसी पंचशूल की भाँति उसके हृदय में चुभ रहे थे।

कादिर चौकीदारों के पास खड़ा सिगरेट पीने लगा। वहीं खड़े-खड़े बोला—अब, खड़ा देखता क्या है, लगा कसके एक हाथ।

मैकू ने स्वयंसेवक से कहा—तुम उठ जाओ, मुझे अंदर जाने दो।

'आप मेरी छाती पर पाँव रख कर चलें जा सकते हैं।'

'मैं कहता हूँ, उठ जाओ, मैं अन्दर ताड़ी न पीऊँगा, एक दूसरा ही काम है।'

उसने यह बात कुछ इस दृढ़ता से कही कि स्वयंसेवक उठ कर रास्ते से हट गया। मैकू ने मुस्करा कर उसकी ओर ताका, स्वयंसेवक ने फिर हाथ जोड़ कर कहा—अपना वादा भूल न जाना।

एक चौकीदार बोला—लात के आगे भूत भागता है, एक ही तमाचे में ठीक हो गया !

कादिर ने कहा—यह तमाचा बच्चा को जन्म-भर याद रहेगा। मैकू के तमाचे सह लेना मामूली काम नहीं है।

चौकीदार—आज ऐसा ठोंको इन सबों को कि फिर इधर आने का नाम न लें।

कादिर—खुदा ने चाहा, तो फिर इधर आएँगे भी नहीं। मगर हैं सब बड़े हिम्मती। जान को हथेली पर लिए फिरते हैं।

मैकू भीतर पहुँचा, तो ठीकेदार ने स्वागत किया—आओ मैकू मियाँ ! एक ही तमाचा लगा कर क्यों रह गए ? एक तमाचे का भला इन पर क्या असर होगा ? बड़े लतखोर हैं सब। कितना ही पीटो, असर ही नहीं होता। बस आज सबों के हाथ-पाँव तोड़ दो; फिर इधर न आएँ !

मैकू—तो क्या और न आएँगे ?

ठीकेदार—फिर आते सबों की नानी मरेगी।

मैकू—और जो कहीं इन तमाशा देखने वालों ने मेरे ऊपर डंडे चलाए तो !

ठीकेदार—तो पुलिस उनको मार भगाएगी। एक झड़प में मैदान साफ हो जाएगा। लो, जब तक एकाध बोतल पी लो। मैं तो आज मुफ्त की पिला रहा हूँ।

मैकू—क्या इन ग्राहकों को भी मुफ्त ?

ठीकेदार—क्या करता? कोई आता ही न था। सुना कि मुफ्त मिलेगी, तो सब धँस पड़े।

मैकू—मैं तो आज न पीऊँगा।

ठीकेदार—क्यों ? तुम्हारे लिए तो आज ताज़ी ताड़ी मँगवाई है।

मैकू—यों ही, आज पीने की इच्छा नहीं है। लाओ, कोई लकड़ी निकालो, हाथ से मारते नहीं बनता।

ठीकेदार ने लपक कर एक मोटा सोंटा मैकू के हाथ में दे दिया, और डंडेबाज़ी का तमाशा देखने के लिए द्वार पर खड़ा हो गया।

मैकू ने एक क्षण डंडे को तौला, तब उछल कर ठीकेदार को ऐसा डंडा रसीद किया कि वहीं दोहरा हो कर द्वार में गिर पड़ा। इसके बाद मैकू ने पियक्कड़ों की ओर रुख किया और लगा डंडों की वर्षा करने। न आगे देखता था न पीछे। बस, डंडे चलाए जाता था।

ताड़ीबाजों के नशे हिरन हुए। घबड़ा-घबड़ा कर भागने लगे, पर किवाड़ों के बीच में ठीकेदार की देह बिंधी पड़ी थी। उधर से फिर भीतर की ओर लपके। मैकू ने फिर डंडों से आवाहन किया। आखिर सब ठीकेदार की देह को रौंद-रौंद कर भागे। किसी का हाथ टूटा, किसी का सिर फूटा, किसी की कमर टूटी। ऐसी भगदड़ मची कि एक मिनट के अंदर ताड़ीखाने में एक चिड़िये का पूत भी न रह गया।

एकाएक मटकों के टूटने की आवाज़ आई। स्वयंसेवक ने भीतर झाँक कर देखा, तो मैकू मटकों को विध्वंस करने में जुटा हुआ था। बोला—भाई साहब, अजी

भाई साहब, यह आप गज़ब कर रहे हैं। इससे तो कहीं अच्छा कि आपने हमारे ही ऊपर अपना गुस्सा उतारा होता।

मैकू ने दो-तीन हाथ चला कर बाकी बची हुई बोतलों और मटकों का सफाया कर दिया और तब चलते-चलते ठीकेदार को एक लात जमा कर बाहर निकल आया।

कादिर ने उसको रोक कर पूछा—तू पागल तो नहीं हो गया है बे ? क्या करने आया था, और क्या कर रहा है।

मैकू ने लाल-लाल आँखों से उसकी ओर देख कर कहा—हाँ, अल्लाह का शुक्र है कि मैं जो करने आया था, वह न करके कुछ और ही कर बैठा। तुममें कूवत हो, तो वॉलंटियर को मारो, मुझमें कूवत नहीं है। मैंने तो जो एक थप्पड़ लगाया, उसका रंज अभी तक है और हमेशा रहेगा ! तमाचे के निशान मेरे कलेजे पर बन गए हैं। जो लोग दूसरों को गुनाह से बचाने के लिए अपनी जान देने को खड़े हैं, उन पर वही हाथ उठाएगा, जो पाजी है, कमीना है, नामर्द है। मैकू फिसादी है, लठैत, गुंडा है, पर कमीना और नामर्द नहीं है। कह दो पुलिस वालों से, चाहें तो मुझे गिरफ्तार कर लें।

कई ताड़ीबाज़ खड़े सिर सहलाते हुए, उसकी ओर सहमी हुई आँखों से ताक रहे थे। कुछ बोलने की हिम्मत न पड़ती थी। मैकू ने उनकी ओर देख कर रहा—मैं कल फिर आऊँगा। अगर तुममें से किसी को यहाँ देखा तो खून ही पी जाऊँगा ! जेल और फाँसी से नहीं डरता। तुम्हारी भलमनसी इसी में है कि अब भूल कर भी इधर न आना। यह कांग्रेस वाले तुम्हारे दुश्मन नहीं हैं। तुम्हारे और तुम्हारे बाल-बच्चों की भलाई के लिए ही तुम्हें पीने से रोकते हैं। इन पैसों से अपने बाल-बच्चों की परवरिश करो, घी-दूध खाओ। घर में तो फाके हो रहे हैं, घरवाली तुम्हारे नाम को रो रही है, और तुम यहाँ बैठे पी रहे हो ? लानत है इस नशेबाज़ी पर।

मैकू ने वहीं डंडा फेंक दिया और कदम बढ़ाता हुआ घर चला। इस वक्त तक हज़ारों आदमियों का हुजूम हो गया था। सभी श्रद्धा, प्रेम और गर्व की आँखों से मैकू को देख रहे थे।

बासी भात में खुदा का साझा

शाम को जब दीनानाथ ने घर आ कर गौरी से कहा कि मुझे एक कार्यालय में पचास रुपये की नौकरी मिल गई है, तो गौरी खिल उठी। देवताओं में उसकी आस्था और भी दृढ़ हो गई। इधर एक साल से बुरा हाल था। न कोई रोज़ी न रोज़गार। घर में जो थोड़े-बहुत गहने थे, वह बिक चुके थे। मकान का किराया सिर पर चढ़ा हुआ था। जिन मित्रों से कर्ज़ मिल सकता था, सबसे ले चुके थे। साल-भर का बच्चा दूध के लिए बिलख रहा था। एक वक्त का भोजन मिलता, तो दूसरे जून की चिन्ता होती। तकाज़ों के मारे बेचारे दीनानाथ को घर से निकलना मुश्किल था। घर से निकला नहीं, कि चारों ओर से चिथाड़ मच जाती—वाह बाबूजी, वाह ! दो दिन का वादा करके ले गए और आज दो महीने से सूरत नहीं दिखायी ! भाई साहब, यह तो अच्छी बात नहीं, आपको अपनी ज़रूरत का खयाल है, मगर दूसरों की ज़रूरत का ज़रा भी खयाल नहीं ? इसी से कहा है, दुश्मन को चाहे कर्ज़ दे दो, दोस्त को कभी न दो। दीनानाथ को ये वाक्य तीरों-से लगते थे और उसका जी चाहता था कि जीवन का अन्त कर डाले, मगर बेज़बान स्त्री और अबोध बच्चे का मुँह देख कर कलेजा थाम के रह जाता। बारे, आज भगवान् ने उस पर दया की और संकट के दिन कट गए।

गौरी ने प्रसन्नमुख हो कर कहा—मैं कहती थी कि नहीं, ईश्वर सबकी सुधि लेते हैं। और कभी-न-कभी हमारी भी सुधि लेंगे, मगर तुमको विश्वास ही न आया था। बोलो, अब तो ईश्वर की दयालुता के कायल हुए ?

दीनानाथ ने हठधर्मी करते हुए कहा—यह मेरी दौड़-धूप का नतीजा है, ईश्वर की क्या दयालुता ? ईश्वर को तो तब जानता, जब कहीं से छप्पर फाड़ कर भेज देते।

लेकिन मुँह से चाहे कुछ कहे, ईश्वर के प्रति उसके मन में श्रद्धा उदय हो गई थी।

दीनानाथ का स्वामी बड़ा ही रूखा आदमी था और काम में बड़ा चुस्त। उसकी उम्र पचास के लगभग थी और स्वास्थ्य भी अच्छा न था, फिर भी वह कार्यालय में सबसे ज़्यादा काम करता। मजाल न थी कि कोई आदमी एक मिनट की भी देर करे, या एक मिनट भी समय के पहले चला जाए। बीच में 15 मिनट की छुट्टी मिलती थी, उसमें जिसका जी चाहे पान खा ले, या सिगरेट पी ले या जलपान कर ले। इसके अलावा एक मिनट का अवकाश न मिलता था। वेतन पहली तारीख को मिल जाता था। उत्सवों में भी दफ्तर बंद रहता था और नियत समय के बाद कभी काम न लिया जाता था। सभी कर्मचारियों को बोनस मिलता था और प्रॉविडेन्ट फंड की भी सुविधा थी। फिर भी कोई आदमी खुश न था। काम या समय की पाबन्दी की किसी को शिकायत न थी। शिकायत थी केवल स्वामी के शुष्क व्यवहार की। कितना ही जी लगा कर काम करो, कितना ही प्राण दे दो, पर उसके बदले 'धन्यवाद' का एक शब्द भी न मिलता था।

कर्मचारियों में और कोई सन्तुष्ट हो या न हो, दीनानाथ को स्वामी से कोई शिकायत न थी। वह घुड़कियाँ और फटकार पा कर भी शायद उतने ही परिश्रम से काम करता था। साल-भर में उसने कर्ज़ चुका दिए और कुछ संचय भी कर लिया। वह उन लोगों में था, जो थोड़े में भी संतुष्ट रह सकते हैं–अगर नियमित रूप से मिलता जाए। एक रुपया भी किसी खास काम में खर्च करना पड़ता, तो दम्पती में घंटों सलाह होती और बड़े झाँव-झाँव के बाद कहीं मंजूरी मिलती थी। बिल गौरी की तरफ से पेश होता, तो दीनानाथ विरोध में खड़ा होता। दीनानाथ की तरफ से पेश होता, तो गौरी उसकी कड़ी आलोचना करती। बिल को पास करा लेना प्रस्तावक की ज़ोरदार वकालत पर मुनहसर था। सर्टिफाई करने वाली कोई तीसरी शक्ति वहाँ न थी।

और दीनानाथ अब पक्का आस्तिक हो गया था। ईश्वर की दया या न्याय में अब उसे कोई शंका न थी। नित्य संध्या करता और नियमित रूप से गीता का पाठ करता। एक दिन उसके एक नास्तिक मित्र ने जब ईश्वर की निन्दा की, तो उसने कहा–भाई, इसका तो आज तक निश्चय नहीं हो सका ईश्वर है या नहीं। दोनों पक्षों के पास इस्पात की-सी दलीलें मौजूद हैं; लेकिन मेरे विचार में नास्तिक रहने से आस्तिक रहना कहीं अच्छा है। अगर ईश्वर की सत्ता है, तब तो नास्तिकों को नरक के सिवा कहीं ठिकाना नहीं। आस्तिक के दोनों हाथों में लड्डू हैं। ईश्वर

है तो पूछना ही क्या, नहीं है, तब भी क्या बिगड़ता है? दो-चार मिनट का समय ही तो जाता है।

नास्तिक मित्र इस दोरुखी बात पर मुँह बिचका कर चल दिए।

एक दिन जब दीनानाथ शाम को दफ्तर से चलने लगा, तो स्वामी ने उसे अपने कमरे में बुला भेज़ा और बड़ी खातिर से उसे कुर्सी पर बैठा कर बोला—तुम्हें यहाँ काम करते कितने दिन हुए ? साल-भर तो हुआ ही होगा ?

दीनानाथ ने नम्रता से कहा—जी हाँ, तेरहवाँ महीना चल रहा है।

'आराम से बैठो, इस वक्त घर जा कर जलपान करते हो ?'

'जी नहीं, मैं जलपान का आदी नहीं।'

'पान-वान तो खाते ही होगे ? जवान आदमी हो कर अभी से इतना संयम?'

यह कह कर उसने घण्टी बजाई और अर्दली से पान और कुछ मिठाइयाँ लाने को कहा।

दीनानाथ को शंका हो रही थी—आज इतनी खातिरदारी क्यों हो रही है? कहाँ तो सलाम भी नहीं लेते थे, कहाँ आज मिठाई और पान—सभी कुछ मँगाया जा रहा है ! मालूम होता है, मेरे काम से खुश हो गए हैं। इस खयाल से उसे कुछ आत्मविश्वास हुआ और ईश्वर की याद आ गई। अवश्य परमात्मा सर्वदर्शी और न्यायकारी हैं; नहीं तो मुझे कौन पूछता ?

अर्दली मिठाई और पान लाया। दीनानाथ आग्रह से विवश हो कर मिठाई खाने लगा।

स्वामी ने मुस्कराते हुए कहा—तुमने मुझे बहुत रूखा पाया होगा। बात यह है कि हमारे यहाँ अभी तक लोगों को अपनी ज़िम्मेदारी का इतना कम ज्ञान है कि अफसर ज़रा भी नर्म पड़ जाए, तो लोग उसकी शराफत का अनुचित लाभ उठाने लगते हैं और काम खराब होने लगता है। कुछ ऐसे भाग्यशाली हैं, जो नौकरों से हेल-मेल भी रखते हैं, उनसे हँसते-बोलते भी हैं, फिर भी नौकर नहीं बिगड़ते, बल्कि और भी दिल लगा कर काम करते हैं। मुझमें वह कला नहीं है, इसलिए मैं अपने आदमियों से कुछ अलग-अलग रहना ही अच्छा समझता हूँ और अब तक मुझे इस नीति से कोई हानि भी नहीं हुई; लेकिन मैं आदमियों का रंग-ढंग देखता रहता हूँ और सबको परखता रहा हूँ। मैंने तुम्हारे विषय में जो मत स्थिर किया है, वह यह है कि तुम वफादार हो और मैं तुम्हारे ऊपर विश्वास कर सकता हूँ, इसलिए मैं तुम्हें ज़्यादा ज़िम्मेदारी का काम देना चाहता हूँ, जहाँ तुम्हें खुद बहुत कम काम करना पड़ेगा, केवल निगरानी करनी पड़ेगी। तुम्हारे वेतन में पचास रुपये की और तरक्की

हो जाएगी। मुझे विश्वास है, तुमने अब तक जितनी तनदेही से काम किया है, उससे भी ज़्यादा तनदेही से आगे करोगे।

दीनानाथ की आँखों में आँसू भर आए और कण्ठ की मिठाई कुछ नमकीन हो गई। जी में आया, स्वामी के चरणों पर सिर रख दे और कहे--आपकी सेवा के लिए मेरी जान हाज़िर है। आपने मेरा जो सम्मान बढ़ाया है, मैं उसे निभाने में कोई कसर न उठा रखूँगा; लेकिन स्वर काँप रहा था और वह केवल कृतज्ञता-भरी आँखों से देख कर रह गया।

सेठजी ने एक मोटा-सा लेजर निकालते हुए कहा--मैं एक ऐसे काम में तुम्हारी मदद चाहता हूँ, जिस पर इस कार्यालय का सारा भविष्य टिका हुआ है। इतने आदमियों में मैंने केवल तुम्हीं को विश्वास-योग्य समझा है और मुझे आशा है कि तुम मुझे निराश न करोगे। यह पिछले साल का लेजर है और इसमें कुछ ऐसी रकमें दर्ज हो गई हैं, जिनके अनुसार कम्पनी को कई हज़ार लाभ होता है, लेकिन तुम जानते हो, हम कई महीनों से घाटे पर काम कर रहे हैं। जिस क्लर्क ने यह लेजर लिखा था, उसकी लिखावट तुम्हारी लिखावट से बिलकुल मिलती है। अगर दोनों लिखावटें आमने-सामने रख दी जाएँ, तो किसी विशेषज्ञ को भी उनमें भेद करना कठिन हो जाएगा। मैं चाहता हूँ, तुम लेजर में एक पृष्ठ फिर से लिख कर जोड़ दो और उसी नम्बर का पृष्ठ उसमें से निकाल लो। मैंने पृष्ठ का नम्बर छपवा लिया है; एक दफ्तरी भी ठीक कर लिया है, जो रात भर में लेजर की जिल्दबन्दी कर देगा। किसी को पता तक न चलेगा। ज़रूरत सिर्फ यह है कि तुम अपनी कलम से उस पृष्ठ की नकल कर दो।

दीनानाथ ने शंका की--जब उस पृष्ठ की नकल ही करनी है, तो उसे निकालने की क्या ज़रूरत है ?

सेठजी हँसे--तो क्या तुम समझते हो, उस पृष्ठ की हू-ब-हू नकल करनी होगी मैं कुछ रकमों में परिवर्तन कर दूँगा। मैं तुम्हें विश्वास दिलाता हूँ कि मैं केवल कार्यालय की भलाई के खयाल से यह कार्रवाई कर रहा हूँ। अगर यह रद्दोबदल न किया गया, तो कार्यालय के एक सौ आदमियों की जीविका में बाधा पड़ जाएगी। इसमें कुछ सोच-विचार करने की ज़रूरत ही नहीं। केवल आध घंटे का काम है। तुम बहुत तेज़ लिखते हो।

कठिन समस्या थी। स्पष्ट था कि उससे जाल बनाने को कहा जा रहा है। उसके पास इस रहस्य का पता लगाने का कोई साधन न था कि सेठजी जो कुछ कह रहे हैं, वह स्वार्थवश हो कर या कार्यालय की रक्षा के लिए; लेकिन किसी दशा में भी है यह जाल, घोर जाल। क्या वह अपनी आत्मा की हत्या करेगा ? नहीं; किसी तरह नहीं।

उसने डरते-डरते कहा—मुझे आप क्षमा करें, मैं यह काम न कर सकूँगा।

सेठजी ने उसी अविचलित मुस्कान के साथ पूछा—क्यों ?

'इसलिए कि यह सरासर जाल है।'

'जाल किसे कहते हैं ?'

'किसी हिसाब में उलट-फेर करना जाल है।'

'लेकिन उस उलट-फेर से एक सौ आदमियों की जीविका बनी रहे, तो इस दशा में भी वह जाल है ? कम्पनी की असली हालत कुछ और है, कागज़ी हालत कुछ और; अगर यह तब्दीली न की गई, तो तुरन्त कई हज़ार रुपये नफे के देने पड़ जाएँगे और नतीजा यह होगा कि कम्पनी का दिवाला हो जाएगा और सारे आदमियों को घर बैठना पड़ेगा। मैं नहीं चाहता कि थोड़े से मालदार हिस्सेदारों के लिए इतने गरीबों का खून किया जाए। परोपकार के लिए कुछ जाल भी करना पड़े, तो वह आत्मा की हत्या नहीं है।'

दीनानाथ को कोई जवाब न सूझा। अगर सेठजी का कहना सच है और इस जाल से सौ आदमियों की रोज़ी बनी रहे तो वास्तव में वह जाल नहीं, कठोर कर्तव्य है; अगर आत्मा की हत्या होती भी हो, तो सौ आदमियों की रक्षा के लिए उसकी परवाह न करनी चाहिए, लेकिन नैतिक समाधान हो जाने पर अपनी रक्षा का विचार आया। बोला—लेकिन कहीं मुआमला खुल गया, तो मैं मिट जाऊँगा। चौदह साल के लिए काले पानी भेज दिया जाऊँगा।

सेठ ने जोर से कहकहा मारा—अगर मुआमला खुल गया, तो तुम न फँसोगे, मैं फँसूंगा। तुम साफ इनकार कर सकते हो।

'लिखावट तो पकड़ी जाएगी ?'

'पता ही कैसे चलेगा कि कौन पृष्ठ बदला गया, लिखावट तो एक-सी है।'

दीनानाथ परास्त हो गया। उसी वक्त उस पृष्ठ की नकल करने लगा।

फिर भी दीनानाथ के मन में चोर पैदा हुआ था। गौरी से इस विषय में वह एक शब्द भी न कह सका।

एक महीने के बाद उसकी तरक्की हुई। सौ रुपये मिलने लगे। दो सौ बोनस के भी मिले।

यह सब कुछ था, घर में खुशहाली के चिह्न नज़र आने लगे; लेकिन दीनानाथ का अपराधी मन एक बोझ से दबा रहता था। जिन दलीलों से सेठजी ने उसकी ज़ुबान बन्द कर दी थी, उन दलीलों से गौरी को सन्तुष्ट कर सकने का उसे विश्वास न था।

उसकी ईश्वर-निष्ठा उसे सदैव डराती रहती थी। इस अपराध का कोई भयंकर दंड अवश्य मिलेगा। किसी प्रायश्चित्त, किसी अनुष्ठान से उसे रोकना असम्भव है। अभी न मिले, साल-दो साल न मिले, दस-पाँच साल न मिले; पर जितनी ही देर में मिलेगा, उतना ही भयंकर होगा, मूलधन ब्याज के साथ बढ़ता जाएगा। वह अक्सर पछताता, मैं क्यों सेठजी के प्रलोभन में आ गया? कार्यालय टूटता या रहता, मेरी बला से; आदमियों की रोज़ी जाती या रहती, मेरी बला से; मुझे तो यह प्राण-पीड़ा न होती, लेकिन अब तो जो कुछ होना था हो चुका और दंड अवश्य मिलेगा। इस शंका ने उसके जीवन का उत्साह, आनन्द और माधुर्य सब कुछ हर लिया।

मलेरिया फैला हुआ था। बच्चे को ज्वर आया। दीनानाथ के प्राण नहों में समा गए। दण्ड का विधान आ पहुँचा। कहाँ जाए, क्या करे, जैसे बुद्धि भ्रष्ट हो गई।

गौरी ने कहा—जा कर कोई दवा लाओ, या किसी डॉक्टर को दिखा दो, तीन दिन तो हो गए।

दीनानाथ ने चिन्तित मन से कहा—हाँ, जाता हूँ, लेकिन मुझे बड़ा भय लग रहा है।

'भय की कौन-सी बात है, बेबात की बात मुँह से निकालते हो। आजकल किसे ज्वर नहीं आता ?'

'ईश्वर इतना निर्दयी क्यों है ?'

'ईश्वर निर्दयी है पापियों के लिए। हमने किसका क्या हर लिया है ?'

'ईश्वर पापियों को कभी क्षमा नहीं करता ?'

'पापियों को दण्ड न मिले, तो संसार में अनर्थ हो जाए।'

'लेकिन आदमी ऐसे काम भी तो करता है, जो एक दृष्टि से पाप हो सकते हैं, दूसरी दृष्टि से पुण्य।'

'मैं नहीं समझी।'

'मान लो, मेरे झूठ बोलने से किसी की जान बचती हो, तो क्या वह पाप है ?'

'मैं तो समझती हूँ, ऐसा झूठ पुण्य है।'

'तो जिस पाप से मनुष्य का कल्याण हो, वह पुण्य है ?'

'और क्या?'

दीनानाथ की अमंगल शंका थोड़ी देर के लिए दूर हो गई। डॉक्टर को बुला लाया। इलाज शुरू किया, बालक एक सप्ताह में चंगा हो गया।

मगर थोड़े दिन बाद वह खुद बीमार पड़ा। वह अवश्य ही ईश्वरीय दण्ड है और वह बच नहीं सकता। साधारण मलेरिया ज्वर था; पर दीनानाथ की दण्ड-कल्पना ने उसे सन्निपात का रूप दे दिया। ज्वर में, नशे की हालत की तरह यों भी कल्पनाशक्ति

तीव्र हो जाती है। पहले केवल मनोगत शंका थी, वह भीषण सत्य बन गई। कल्पना ने यमदूत रच डाले, उनके भाले और गदाएँ रच डालीं, नरक का अग्निकुण्ड दहका दिया। डॉक्टर की एक घूँट दवा एक हज़ार मन की गदा की आवाज़ और आग के उबलते हुए समुद्र के दाह पर क्या असर करती ? दीनानाथ मिथ्यावादी न था। पुराणों की रहस्यमय कल्पनाओं में उसे विश्वास न था। नहीं, वह बुद्धिवादी था और ईश्वर में भी तभी उसे विश्वास आया, जब उसकी तर्कबुद्धि कायल हो गई। लेकिन ईश्वर के साथ उसकी दया भी आई, उसका दण्ड भी आया। दया ने उसे रोज़ी दी, मान दिया। ईश्वर की दया न होती, तो शायद वह भूखों मर जाता, लेकिन भूखों मरना अग्निकुंड में ढकेल दिए जाने से कहीं सरल था, खेल था। दण्ड-भावना जन्म-जंन्मान्तरों के संस्कार से ऐसी बद्धमूल हो गई थी, मानो उसकी बुद्धि का, उसकी आत्मा का एक अंग हो गई हो। उसका तर्कवाद और बुद्धिवाद इन मन्वन्तरों के जमे हुए संस्कार पर समुद्र की ऊँची लहरों की भाँति आता था पर एक क्षण में उन्हें जलमग्न करके फिर लौट जाता था और वह पर्वत ज्यों-का-त्यों अचल खड़ा रह जाता था।

ज़िन्दगी बाकी थी, बच गया। ताकत आते ही दफ्तर जाने लगा। एक दिन गौरी बोली—जिन दिनों तुम बीमार थे और एक दिन तुम्हारी हालत बहुत नाज़ुक हो गई थी, तो मैंने भगवान् से कहा था कि यह अच्छे हो जाएँगे, तो पचास ब्राह्मणों को भोजन कराऊँगी। दूसरे ही दिन से तुम्हारी हालत सुधरने लगी। ईश्वर ने मेरी विनती सुन ली। उसकी दया न हो जाती, तो मुझे कहीं माँगे भीख न मिलती। आज बाज़ार से सामान ले आओ, तो मनौती पूरी कर दूँ। पचास ब्राह्मण नेवते जाएँगे, तो सौ अवश्य आएंगे। पचास कँगले भी समझ लो और मित्रों में बीस-पच्चीस निकल ही आएंगे। दो सौ आदमियों का डौल है। मैं सामग्रियों की सूची लिख देती हूँ।

दीनानाथ ने माथा सिकोड़ कर कहा—तुम समझती हो, मैं भगवान् की दया से अच्छा हुआ ?

'और कैसे अच्छे हुए ?'

'अच्छा हुआ इसलिए कि ज़िन्दगी बाकी थी।'

'ऐसी बातें न करो। मनौती पूरी करनी होगी।'

'कभी नहीं। मैं भगवान् को दयालु नहीं समझता।'

'और क्या भगवान् निर्दयी है ?'

'उनसे बड़ा निर्दयी कोई संसार में न होगा। जो अपने रचे हुए खिलौनों को उनकी भूलों और बेवकूफियों की सज़ा अग्निकुण्ड में ढकेल कर दे, वह भगवान् दयालु नहीं हो सकता। भगवान् जितना दयालु है, उससे असंख्य गुना निर्दयी है। और ऐसे भगवान् की कल्पना से मुझे घृणा होती है। प्रेम सबसे बड़ी शक्ति कही गई है।

विचारवानों ने प्रेम को ही जीवन की और संसार की सबसे बड़ी विभूति माना है। व्यवहार में न सही, आदर्श में प्रेम ही हमारे जीवन का सत्य है, मगर तुम्हारा ईश्वर दण्ड-भय से सृष्टि का संचालन करता है। फिर उसमें और मनुष्य में क्या फर्क हुआ ? ऐसे ईश्वर की उपासना मैं नहीं करना चाहता, नहीं कर सकता। जो मोटे हैं, उनके लिए ईश्वर दयालु होगा, क्योंकि वे दुनिया को लूटते हैं। हम जैसों को तो ईश्वर की दया कहीं नज़र नहीं आती। हाँ, भय पग-पग पर खड़ा घूरा करता है। यह मत करो, नहीं तो ईश्वर दण्ड देगा ! वह मत करो, नहीं तो ईश्वर दण्ड देगा। प्रेम से शासन करना मानवता है, आतंक से शासन करना बर्बरता है। आतंकवादी ईश्वर से तो ईश्वर का न रहना ही अच्छा है। उसे हृदय से निकाल कर मैं उसकी दया और दण्ड—दोनों से मुक्त हो जाना चाहता हूँ। एक कठोर दण्ड बरसों के प्रेम को मिट्टी में मिला देता है। मैं तुम्हारे ऊपर बराबर जान देता रहता हूँ; लेकिन किसी दिन डण्डा ले कर पीट चलूँ, तो तुम मेरी सूरत न देखोगी। ऐसे आतंकमय, दण्डमय जीवन के लिए मैं ईश्वर का एहसान नहीं लेना चाहता। बासी भात में खुदा के साझे की ज़रूरत नहीं। अगर तुमने ओज-भोज पर ज़ोर दिया, तो मैं ज़हर खा लूँगा।'

गौरी उसके मुँह की ओर भयातुर नेत्रों से ताकती रह गई।

सती

मुलिया को देखते हुए उसका पति कल्लू कुछ भी नहीं है। फिर क्या कारण है कि मुलिया सन्तुष्ट और प्रसन्न है और कल्लू चिन्तित और सशंकित ? मुलिया को कौड़ी मिली है, उसे दूसरा कौन पूछेगा ? कल्लू को रत्न मिला है, उसके सैकड़ों ग्राहक हो सकते हैं। खासकर उसे अपने चचेरे भाई राजा से बहुत खटका रहता है। राजा रूपवान है, रसिक है, बातचीत में कुशल है, स्त्रियों को रिझाना जानता है। इससे कल्लू मुलिया को बाहर नहीं निकलने देता। उस पर किसी की निगाह भी पड़ जाए, यह उसे असह्य है। वह अब रात-दिन मेहनत करता है, जिससे मुलिया को किसी बात का कष्ट न हो। उसे न जाने किस पूर्व-जन्म के संस्कार से ऐसी स्त्री मिल गई है। उस पर प्राणों को न्यौछावर कर देना चाहता है। मुलिया का कभी सिर भी दुखता है, तो उसकी जान निकल जाती है। मुलिया का भी यह हाल है कि जब तक वह घर नहीं आता, मछली की भाँति तड़पती रहती है। गाँव में कितने ही युवक हैं, जो मुलिया से छेड़छाड़ करते रहते हैं; पर उस युवती की दृष्टि में कुरूप कलुआ संसार-भर के आदमियों से अच्छा है।

एक दिन राजा ने कहा—भाभी, भैया तुम्हारे जोग न थे।

मुलिया बोली—भाग में तो वह लिखे थे; तुम कैसे मिलते ?

राजा ने मन में समझा, बस, अब मार लिया है। बोला—विधि ने यही तो भूल की।

मुलिया मुस्करा कर बोली—अपनी भूल तो वही सुधारेगा।

राजा निहाल हो गया।

तीज के दिन कल्लू मुलिया के लिए लट्ठे की साड़ी लाया। चाहता तो था कोई अच्छी साड़ी ले; पर रुपये न थे और बजाज ने उधार न माना।

राजा भी उसी दिन अपने भाग्य की परीक्षा करना चाहता था। एक सुन्दर चुँदरी ला कर मुलिया को भेंट की।

मुलिया ने कहा—मेरे लिए तो साड़ी आ गई है।

राजा बोला—मैंने देखी है। तभी तो मैं इसे लाया। तुम्हारे लायक नहीं है। भैया को किफायत भी सूझती है, तो ऐसी बातों में।

मुलिया कटाक्ष करके बोली—तुम समझा क्यों नहीं देते ?

राजा पर एक कुल्हड़ का नशा चढ़ गया। बोला—बूढ़ा तोता नहीं पढ़ता है।

मुलिया—मुझे तो लट्ठे की साड़ी ही पसन्द है।

राजा—ज़रा यह चुँदरी पहन कर देखो, कैसी खिलती है।

मुलिया—जो लट्ठा पहना कर खुश होता है, वह चुँदरी पहन लेने से खुश न होगा। उन्हें चुँदरी पसन्द होती, तो चुँदरी ही लाते।

राजा—उन्हें दिखाने का काम नहीं है।

मुलिया विस्मय से बोली—मैं क्या उनसे बिना पूछे ले लूँगी ?

राजा—इसमें पूछने की कौन-सी बात है। ज़ब वह काम पर चला जाए, पहन लेना। मैं भी देख लूँगा।

मुलिया ठट्ठा मार कर हँसती हुई बोली—यह न होगा, देवरजी। कहीं देख लें, तो मेरी सामत ही आ जाए। इसे तुम लिए जाओ।

राजा ने आग्रह करके कहा—इसे न लोगी भाभी, तो मैं ज़हर खाके सो रहूँगा।

मुलिया ने साड़ी उठा कर आले पर रख दी और बोली—अच्छा लो, अब तो खुश हुए?

राजा ने उँगली पकड़ी—अभी तो भैया नहीं हैं, ज़रा पहन लो।

मुलिया ने अन्दर जा कर चुँदरी पहन ली और फूल की तरह महकती-दमकती बाहर आई।

राजा ने पहुँचा पकड़ने को हाथ फैलाया। बोला—ऐसा जी चाहता है कि तुम्हें ले कर भाग जाऊँ।

मुलिया उसी विनोद-भाव से बोली—जानते हो, तुम्हारे भैया का क्या हाल होगा ?

यह कहते हुए उसने किवाड़ बन्द कर लिया। राजा को ऐसा मालूम हुआ कि थाली परोस कर उसके सामने से उठा ली गई।

मुलिया का मन बार-बार करता था कि चुँदरी कल्लू को दिखा दे; पर नतीजा सोच

कर रह जाती थी। उसने चुँदरी रख क्यों ली ? उसे अपने ऊपर क्रोध आ रहा था, लेकिन राजा को कितना दुःख होता। क्या हुआ, उसकी चुँदरी छन-भर पहन लेने से उसका मन तो रह गया।

लेकिन उसके प्रशांत मानस-सागर में यह एक कीट आ कर उसे मथ रहा था। उसने क्यों चुँदरी रख ली ? क्या यह कल्लू के साथ विश्वासघात नहीं है? उसका चित्त इस विचार से विकल हो गया। उसने मन को समझाया, विश्वासघात क्यों हुआ; इसमें विश्वासघात की क्या बात है? कौन वह राजा से कुछ बोली? ज़रा-सा हँस देने से अगर किसी का दिल खुश हो जाता है, तो इसमें क्या बुराई है ?

कल्लू ने पूछा—आज रज्जू क्या करने आया था ?

मुलिया की देह थर-थर काँपने लगी। बहाना कर गई—तमाखू माँगने आए थे।

कल्लू ने भँवें सिकोड़ कर कहा—उसे अन्दर मत आने दिया करो। अच्छा आदमी नहीं है।

मुलिया—मैंने कह दिया तमाखू नहीं है, तो चले गए।

कल्लू ने अबकी तेजस्विता के साथ कहा—क्यों झूठ बोलती है ? वह तमाखू माँगनै नहीं आया था।

मुलिया—तो और यहाँ क्या करने आते ?

कल्लू—चाहे जिस काम से आया हो, तमाखू माँगने नहीं आया। वह जानता था, मेरे घर में तमाखू नहीं है। मैं तमाखू के लिए उसके घर गया था।

मुलिया की देह में काटो तो लहू नहीं। चेहरे का रंग उड़ गया।

सिर झुका कर बोली—मैं किसी के मन का हाल क्या जानूँ ?

आज तीज का रतजगा था। मुलिया पूजा का सामान कर रही थी; पर इस तरह जैसे मन में ज़रा भी उत्साह, ज़रा भी श्रद्धा नहीं है। उसे ऐसा मालूम हो रहा है, उसके मुख में कालिमा पुत गई है और अब वह कल्लू की आँखों से गिर गई है। उसे अपना जीवन निराधार-सा जान पड़ता था।

सोचने लगी—भगवान् ने मुझे यह रूप क्यों दिया ? यह रूप न होता तो राजा क्यों मेरे पीछे पड़ता और क्यों आज मेरी यह गत होती ? मैं काली-कुरूप रह कर इससे कहीं सुखी रहती। तब तो मन इतना चंचल न होता। जिन्हें रूप की कमाई खानी हो, वह रूप पर फूलें, यहाँ तो इसने मटियामेट कर दिया।

न जाने कब उसे झपकी आ गई, तो देखती है, कल्लू मर गया है और राजा घर में घुस कर उसे पकड़ना चाहता है। उसी दम एक वृद्धा स्त्री न जाने किधर से आ कर उसे अपनी गोद में ले लेती है और कहती है—तूने कल्लू को क्यों मार डाला ? मुलिया रो कर कहती है—माता, मैंने उन्हें नहीं मारा। वृद्धा कहती है—हाँ,

तूने छुरी-कटार से नहीं मारा, उस दिन तेरा तप छीन हो गया और इसी से वह मर गया।

मुलिया ने चौकन्नी हो आँखें खोल दीं। सामने आँगन में कल्लू सोया हुआ था। वह दौड़ी हुई उसके पास गई और उसकी छाती पर सिर रख कर फूट-फूटकर रोने लगी।

कल्लू ने घबड़ा कर पूछा—कौन है ? मुलिया ! क्यों रोती हो ? क्या डर लग रहा है? मैं तो जाग ही रहा हूँ।

मुलिया ने सिसकते हुए कहा—मुझसे आज एक अपराध हुआ है। उसे क्षमा कर दो।

कल्लू उठ बैठा—क्या बात है ? कहो तो, रोती क्यों हो ?

मुलिया—राजा तमाखू माँगने नहीं आया था। मैंने तुमसे झूठ कहा था।

कल्लू हँस कर बोला—वह तो मैं पहले ही समझ गया था।

मुलिया—वह मेरे लिए चुँदरी लाया था।

'तुमने लौटा दी ?'

मुलिया काँपती हुई बोली—मैंने ले ली। कहते थे, मैं ज़हर-माहुर खा लूँगा।

कल्लू निर्जीव की भाँति खाट पर गिर पड़ा और बोला—तो रूप मेरे बस का नहीं है। देव ने कुरूप बना दिया, तो सुन्दर कैसे बन जाऊँ ?

कल्लू ने अगर मुलिया को खौलते हुए तेल में डाल दिया होता, तो भी उसे इतनी पीड़ा न होती।

कल्लू उस दिन से कुछ खोया-खोया-सा रहने लगा। जीवन में न वह उत्साह रहा, न वह आनन्द। हँसना-बोलना भूल-सा गया। मुलिया ने उसके साथ जितना विश्वासघात किया था, उससे कहीं ज़्यादा उसने समझ लिया। और यह भ्रम उसके हृदय में केकड़े के समान चिपट गया। वह घर अब उसके लिए केवल लेटने-बैठने का स्थान था और मुलिया केवल भोजन बना देने वाली मशीन। आनन्द के लिए वह कभी-कभी ताड़ीखाने चला जाता, या चरस के दम लगाता।

मुलिया उसकी दशा देख-देख अन्दर-ही-अन्दर कुढ़ती थी। वह उस बात को उसके दिल से निकाल देना चाहती थी, इसलिए उसकी सेवा और मन लगा कर करती। उसे प्रसन्न करने के लिए बार-बार प्रयत्न करती; पर वह जितना ही उसको खींचने की चेष्टा करती थी, उतना ही वह उससे विचलता था, जैसे कोई कटिये में फँसी हुई मछली हो। कुशल यह था कि राजा जिस अंग्रेज़ के यहाँ खानसामा था, उसका

तबादला हो गया और राजा उसके साथ चला गया था, नहीं तो दोनों भाइयों में से किसी-न-किसी का ज़रूर खून हो जाता। इस तरह साल-भर बीत गया।

एक दिन कल्लू रात को घर लौटा, तो उसे ज्वर था। दूसरे दिन उसकी देह में दाने निकल आए। मुलिया ने समझा, माता है। मान-मनौती करने लगी; मगर चार-पाँच दिन में ही दाने बढ़ कर आबाले पड़ गए और मालूम हुआ कि यह माता नहीं हैं; उपदंश है। कल्लू के कलुषित भोग-विलास का यह फल था।

रोग इतनी भयंकरता से बढ़ने लगा कि आबालों में मवाद पड़ गया और उनमें से ऐसी दुर्गन्ध उड़ने लगी कि पास बैठते नाक फटती थी। देहात में जिस प्रकार का उपचार हो सकता था, वह मुलिया करती थी; पर कोई लाभ न होता था और कल्लू की दशा दिन-दिन बिगड़ती जाती थी। उपचार की कसर वह अबला अपनी स्नेहमय सेवा से पूरी करती थी। उस पर गृहस्थी चलाने के लिए अब मेहनत-मजूरी भी करनी पड़ती थी। कल्लू तो अपने किये का फल भोग रहा था। मुलिया अपने कर्तव्य का पालन करने में मरी जा रही थी। अगर कुछ सन्तोष था, तो यह कल्लू का भ्रम उसकी इस तपस्या से भंग होता जाता था। उसे अब विश्वास होने लगा था कि मुलिया अब भी उसी की है। वह अगर किसी तरह अच्छा हो जाता, तो फिर उसे दिल में छिपा कर रखता और उसकी पूजा करता।

प्रातःकाल था। मुलिया ने कल्लू का हाथ-मुँह धुला कर दवा पिलाई और खड़ी पंखा डुला रही थी कि कल्लू ने आँसू-भरी आँखों से देख कर कहा—मुलिया, मैंने उस जन्म में कोई भारी तप किया था कि तू मुझे मिल गई। तुम्हारी जगह मुझे दुनिया का राज मिले तो भी न लूँ।

मुलिया ने दोनों हाथों से उसका मुँह बन्द कर दिया और बोली—इस तरह की बातें करोगे, तो मैं रोने लगूँगी। मेरे धन्य भाग कि तुम-जैसा स्वामी मिला।

यह कहते हुए उसने दोनों हाथ पति के गले में डाल दिए और लिपट गई। फिर बोली—भगवान् ने मुझे मेरे पापों का दंड दिया है।

कल्लू ने उत्सुकता से पूछा—सच कह दो मूला, राजा और तुममें क्या मामला था ?

मुलिया ने विस्मित हो कर कहा—मेरे और उसके बीच कोई और मामला हुआ हो, तो भगवान् मेरी दुर्गति करें। उसने मुझे चुँदरी दी थी। वह मैंने ले ली थी ! फिर मैंने उसे आग में जला दिया। तब से मैं उससे नहीं बोली।

कल्लू ने ठंडी साँस खींच कर कहा—मैंने कुछ और ही समझ रखा था। न जाने मेरी मति कहाँ हर गई थी? तुम्हें पाप लगा कर मैं आप पाप में फँस गया और उसका फल भोग रहा हूँ।

उसने रो-रोकर अपने दुष्कृत्यों का परदा खोलना शुरू किया और मुलिया आँसू

की लड़ियाँ बहाकर सुनने लगी। अगर पति की चिन्ता न होती, तो उसने विष खा लिया होता।

कई महीने के बाद राजा छुट्टी ले कर घर आया और कल्लू की घातक बीमारी का हाल सुना, तो दिल में खुश हुआ; तीमारदारी के बहाने से कल्लू के घर आने-जाने लगा। कल्लू उसे देख कर मुँह फेर लेता, लेकिन वह दिन में दो-चार बार पहुँच ही जाता।

एक दिन मुलिया खाना पका रही थी कि राजा ने रसोई के द्वार पर आ कर कहा—भाभी, क्यों अब भी मुझ पर दया न करोगी ? कितनी बेरहम हो तुम ! कै दिन से तुम्हें खोज रहा हूँ, पर तुम मुझसे भागती फिरती हो। भैया अब अच्छे न होंगे। इन्हें गर्मी हो गई है। इनके साथ क्यों अपनी ज़िन्दगी खराब कर रही हो ? तुम्हारी फूल-सी देह सूख गई है। मेरे साथ चलो, कुछ ज़िन्दगी की बहार उड़ाएँ। यह जवानी बहुत दिन न रहेगी। यह देखो, तुम्हारे लिए एक करनफूल लाया हूँ, ज़रा पहन कर मुझे दिखा दो।

उसने करनफूल मुलिया की ओर बढ़ा दिया। मुलिया ने उसकी ओर देखा भी नहीं। चूल्हे की ओर ताकती हुई बोली—लाला, तुम्हारे पैरों पड़ती हूँ, मुझे मत छेड़ो। यह सारी विपत्ति तुम्हारी लाई हुई है। तुम्हीं मेरे शत्रु हो। फिर भी तुम्हें लाज नहीं आती। कहते हो, भैया अब किस काम के हैं ? मुझे तो अब वह पहले से कहीं ज़्यादा अच्छे लगते हैं। जब मैं न होती, तो वह दूसरी सगाई कर लाते, अपने हाथों ठोक खाते। आज मैं ही उनका आधार हूँ। वह मेरे सहारे जीते हैं। अगर मैं इस संकट में उनके साथ दगा करूँ, तो मुझसे बढ़ कर अधम कौन होगा, जबकि मैं जानती हूँ कि इस संकट का कारण भी मैं ही हूँ।

राजा ने हँस कर कहा—यह तो वही हुआ, जैसे किसी की दाल गिर गई, तो उसने कहा—मुझे तो सूखी ही अच्छी लगती है।

मुलिया ने सिर उठा कर उसकी ओर सजोत नेत्रों से ताकते हुए कहा—तुम उनके पैरों की धूल के बराबर नहीं हो लाला, क्या कहते हो तुम ? उजले कपड़े और चिकने मुखड़े से कोई आदमी सुन्दर नहीं होता। मेरी आँखों में तो उनके बराबर कोई दिखाई नहीं देता।

कल्लू ने पुकारा—मूला, थोड़ा पानी दे। मुलिया पानी ले कर दौड़ी। चलते-चलते करनफूल को ऐसा ठुकराया कि आँगन में जा गिरा।

राजा ने जल्दी से करनफूल उठा लिया और क्रोध में भरा हुआ चल दिया।

रोग दिन-पर-दिन बढ़ता गया। ठिकाने से दवा-दारू होती, तो शायद अच्छा हो जाता; मगर अकेली मुलिया क्या-क्या करती ? दरिद्रता में बीमारी कोढ़ का खाज है।

आखिर एक दिन परवाना आ पहुँचा। मुलिया घर का काम-धंधा करके आई, तो देखा कल्लू की साँस चल रही है। घबड़ा कर बोली—कैसा जी है तुम्हारा ?

कल्लू ने सजल और दीनता-भरी आँखों से देखा और हाथ जोड़ कर सिर नीचा कर लिया। यही अन्तिम विदाई थी।

मुलिया उसके सीने पर सिर रख कर रोने लगी और उन्माद की दशा में उसके आहत हृदय से रक्त की बूँदों के समान शब्द निकलने लगे—तुमसे इतना भी न देखा गया, भगवान् ! उस पर न्यायी और दयालु कहलाते हो ! इसीलिए तुमने जन्म दिया? यही खेल खेलने के लिए ! हाय नाथ ! तुम तो इतने निष्ठुर न थे ! मुझे अकेली छोड़ कर चले जा रहे हो ! हाय ! अब कौन मूला कह कर पुकारेगा ! अब किसके लिए कुएँ से पानी खींचूँगी ! किसे बैठा कर खिलाऊँगी, पंखा डुलाऊँगी ! सब सुख हर लिया, तो मुझे भी क्यों नहीं उठा लेते !

सारा गाँव जमा हो गया। सभी समझा रहे थे। मुलिया को धैर्य न होता था। यह सब मेरे कारण हुआ; यह बात उसे नहीं भूलती। हाय ! हाय ! उसे भगवान् ने सामर्थ्य दिया होता, तो आज उसका सिरताज यों उठ जाता ?

शव की दाह-क्रिया की तैयारियाँ होने लगीं।

कल्लू को मरे छः महीने हो गए। मुलिया अपना कमाती है, खाती है और अपने घर में पड़ी रहती है। दिन-भर काम-धंधे से छुट्टी नहीं मिलती। हाँ, रात को एकान्त में रो लिया करती है।

उधर राजा की स्त्री मर गई, मगर दो-चार दिन के बाद वह फिर छैला बना घूमने लगा। और भी छूटा साँड़ हो गया। पहले स्त्री से झगड़ा हो जाने का कुछ डर था। अब वह भी न रहा। अबकी नौकरी पर से लौटा, तो सीधे मुलिया के घर पहुँचा। और इधर-उधर की बातें करने के बाद बोला—भाभी, अब तो मेरी अभिलाषा पूरी करोगी या अभी और कुछ बाकी है ? अब तो भैया भी नहीं रहे। इधर मेरी घरवाली भी सिधारी ! मैंने तो उसका गम भुला दिया। तुम कब तक भैया के नाम को रोती रहोगी ?

मुलिया ने घृणा से उसकी ओर देख कर कहा—भैया नहीं रहे तो क्या हुआ; भैया की याद तो है, उनका प्रेम तो है, उनकी सूरत तो दिल में है, उनकी बातें तो कानों में हैं। तुम्हारे लिए और दुनिया के लिए वह नहीं हैं, मेरे लिए वह अब भी वैसे ही जीते-जागते हैं। मैं अब भी उन्हें वैसे ही बैठे देखती हूँ। पहले तो देह

का अन्तर था। अब तो वह मुझसे और भी नगीच हो गए हैं। और ज्यों-ज्यों दिन बीतेंगे और भी नगीच होते जाएँगे। भरे-पूरे घर में दाने की कौन कदर करता है? जब घर खाली हो जाता है, तब मालूम होता है कि दाना क्या है? पैसेवाले पैसे की कदर क्या जानें? पैसे की कदर तब होती है, जब हाथ खाली हो जाता है। तब आदमी एक-एक कौड़ी दाँत से पकड़ता है। तुम्हें भगवान् ने दिल ही नहीं दिया। तुम क्या जानो, सोहबत क्या है? घरवाली को मरे अभी छः महीने भी नहीं हुए और तुम साँड़ बन बैठे। तुम मर गए होते, तो इसी तरह वह भी अब तक किसी के पास चली गई होती ? मैं जानती हूँ कि मैं मर जाती, तो मेरा सिरताज 'जन्म' भर मेरे नाम को रोया करता। ऐसे ही पुरुषों की स्त्रियाँ उन पर प्राण देती हैं। तुम-जैसे शोहदों के भाग में पत्तल चाटना लिखा है; चाटो; मगर खबरदार, आज से मेरे घर में पाँव न रखना, नहीं तो जान से हाथ धोओगे ! बस, निकल जाओ।

उसके मुख पर ऐसा तेज, स्वर में इतनी कटुता थी कि राजा को ज़बान खोलने का भी साहस न हुआ। चुपके-से निकल भागा।

शंखनाद

भानु चौधरी अपने गाँव के मुखिया थे। गाँव में उनका बड़ा मान था। दारोगा जी उन्हें टाट बिना ज़मीन पर न बैठने देते। मुखिया साहब की ऐसी धाक बँधी हुई थी कि उनकी मर्ज़ी बिना गाँव में एक पत्ता भी नहीं हिल सकता था। कोई घटना, चाहे वह सास-बहू का विवाद हो, चाहे मेंड़ या खेत का झगड़ा—चौधरी साहब के शासनाधिकार को पूर्णरूप से सचेत करने के लिए काफी थी। वह तुरंत घटनास्थल पर जा पहुँचते, तहकीकात होने लगती, गवाह और सबूत के सिवा किसी अभियोग को सफलता सहित चलाने में जिन बातों की ज़रूरत होती है, उन सब पर विचार होता और चौधरी जी के दरबार से फैसला हो जाता। किसी को अदालत जाने की ज़रूरत न पड़ती। हाँ, इस कष्ट के लिए चौधरी साहब कुछ फीस ज़रूर लेते थे। यदि किसी अवसर पर फीस मिलने में असुविधा के कारण उन्हें धीरज से काम लेना पड़ता तो गाँव में आफत मच जाती थी; क्योंकि उनके धीरज और दारोगा जी के क्रोध में कोई घनिष्ठ संबंध था। सारांश यह कि चौधरी से उनके दोस्त-दुश्मन सभी चौकन्ने रहते थे।

चौधरी महाशय के तीन सुयोग्य पुत्र थे। बड़े लड़के बितान एक सुशिक्षित मनुष्य थे। डाकिये के रजिस्टर पर दस्तखत कर लेते थे। बड़े अनुभवी, बड़े मर्मज्ञ, बड़े नीति-कुशल। मिर्जई की जगह कमीज़ पहनते, कभी-कभी सिगरेट भी पीते, जिससे उनका गौरव बढ़ता था। यद्यपि उनके ये दुर्व्यसन बूढ़े चौधरी को नापसंद थे, पर बेचारे विवश थे; क्योंकि अदालत और कानून के मामले बितान के हाथों में थे। वह कानून का पुतला था। कानून की दफाएँ उसकी ज़बान पर रखी रहती थीं। गवाह

गढ़ने में वह पूरा उस्ताद था। मँझले लड़के शान चौधरी कृषि-विभाग के अधिकारी थे। बुद्धि के मंद; लेकिन शरीर से बड़े परिश्रमी। जहाँ घास न जमती हो, वहाँ केसर जमा दें। तीसरे लड़के का नाम गुमान था। वह बड़ा रसिक, साथ ही उद्दंड भी था। मुहर्रम में ढोल इतने ज़ोरों से बजाता कि कान के पर्दे फट जाते। मछली फँसाने का बड़ा शौकीन था। बड़ा रँगीला जवान था। खँजड़ी बजा-बजा कर जब वह मीठे स्वर से खयाल गाता, तो रंग जम जाता। उसे दंगल का ऐसा शौक था कि कोसों तक धावा मारता; पर घरवाले कुछ ऐसे शुष्क थे कि उसके इन व्यसनों से तनिक भी सहानुभूति न रखते थे। पिता और भाइयों ने तो उसे ऊसर खेत समझ रखा था। घुड़की-धमकी, शिक्षा और उपदेश, स्नेह और विनय—किसी का उस पर कुछ भी असर न हुआ। हाँ, भावजें अभी तक उसकी ओर से निराश न हुई थीं। वे अभी तक उसे कड़वी दवाइयाँ पिलाये जाती थीं; पर आलस्य वह राज रोग है जिसका रोगी कभी नहीं सँभलता। ऐसा कोई बिरला ही दिन जाता होगा कि बाँके गुमान को भावजों के कटु वाक्य न सुनने पड़ते हों। ये विषैले शर कभी-कभी उसके कठोर हृदय में चुभ जाते; किन्तु यह घाव रात भर से अधिक न रहता। भोर होते ही थकान के साथ ही यह पीड़ा भी शांत हो जाती। तड़का हुआ, उसने हाथ-मुँह धोया, बंशी उठायी और तालाब की ओर चल खड़ा हुआ। भावजें फूलों की वर्षा किया करतीं; बूढ़े चौधरी पैंतरे बदलते रहते और भाई लोग तीखी निगाह से देखा करते, पर अपनी धुन का पूरा बाँका गुमान उन लोगों के बीच से इस तरह अकड़ता चला जाता, जैसे कोई मस्त हाथी कुत्तों के बीच से निकल जाता है। उसे सुमार्ग पर लाने के लिए क्या-क्या उपाय नहीं किये गए। बाप समझाता—बेटा, ऐसी राह चलो जिसमें तुम्हें भी पैसे मिलें और गृहस्थी का भी निबाह हो। भाइयों के भरोसे कब तक रहोगे ? मैं पका आम हूँ—आज टपक पड़ा या कल। फिर तुम्हारा निबाह कैसे होगा ? भाई बात भी न पूछेंगे; भावजों का रंग देख ही रहे हो। तुम्हारे भी लड़के-बाले हैं, उनका भार कैसे सँभालोगे ? खेती में जी न लगे, कहो कांस्टिबली में भरती करा दूँ ? बाँका गुमान खड़ा-खड़ा यह सब सुनता, लेकिन पत्थर का देवता था, कभी न पसीजता। इन महाशय के अत्याचार का दंड उनकी स्त्री बेचारी को भोगना पड़ता था। मेहनत के घर के जितने काम होते, वे उसी के सिर थोपे जाते। उपले पाथती, कुएँ से पानी लाती, आटा पीसती और तिस पर भी जेठानियाँ सीधे मुँह बात न करतीं, वाक्य-बाणों से छेदा करतीं। एक बार जब वह पति से कई दिन रूठी रही, तो बाँके गुमान कुछ नर्म हुए। बाप से जा कर बोले—मुझे कोई दूकान खोलवा दीजिए। चौधरी ने परमात्मा को धन्यवाद दिया। फूले न समाये। कई सौ रुपये लगा कर कपड़े की दूकान खुलवा दी। गुमान के भाग जगे। तनजेब के चुन्नटदार कुरते बनवाये, मलमल का साफा धानी रंग में रँगवाया। सौदा बिके या न बिके, उसे लाभ ही होना था ! दूकान खुली

हुई है, दस-पाँच गाढ़े मित्र जमे हुए हैं, चरस की दम और खयाल की तानें उड़ रही हैं–

चल झटपट री, जमुना-तट री, खड़ो नटखट री।

इस तरह तीन महीने चैन से कटे। बाँके गुमान ने खूब दिल खोल कर अरमान निकाले, यहाँ तक कि सारी लागत लाभ हो गई। टाट के टुकड़े के सिवा और कुछ न बचा। बूढ़े चौधरी कुएँ में गिरने चले, भावजों ने घोर आन्दोलन मचाया–अरे राम ! हमारे बच्चे और हम चीथड़ों को तरसें, गाढ़े का एक कुरता भी नसीब न हो, और इतनी बड़ी दूकान इस निखट्टू का कफन बन गई। अब कौन मुँह दिखाएगा ? कौन मुँह ले कर घर में पैर रखेगा ? किंतु बाँके गुमान के तेवर ज़रा भी मैले न हुए। वही मुँह लिए वह फिर घर आया और फिर वही पुरानी चाल चलने लगा। कानूनदाँ बितान उसके ये ठाट-बाट देख कर जल जाता। मैं सारे दिन पसीना बहाऊँ, मुझे नैनसुख का कुरता भी न मिले, यह अपाहिज सारे दिन चारपाई तोड़े और यों बन-ठन कर निकले ? ऐसे वस्त्र तो शायद मुझे अपने ब्याह में भी न मिले होंगे। मीठे शान के हृदय में भी कुछ ऐसे ही विचार उठते थे। अंत में यह जलन न सही गई, और अग्नि भड़की, तो एक दिन कानूनदाँ बितान की पत्नी गुमान के सारे कपड़े उठा लाई और उन पर मिट्टी का तेल उँड़ेल कर आग लगा दी। ज्वाला उठी, सारे कपड़े देखते-देखते जल कर राख हो गए। गुमान रोते थे। दोनों भाई खड़े तमाशा देखते थे। बूढ़े चौधरी ने यह दृश्य देखा, और सिर पीट लिया। यह द्वेषाग्नि है। घर को जला कर तब बुझेगी।

यह ज्वाला तो थोड़ी देर में शांत हो गई, परंतु हृदय की आग ज्यों की त्यों दहकती रही। अंत में एक दिन बूढ़े चौधरी ने घर के सब मेम्बरों को एकत्र किया और इस गूढ़ विषय पर विचार करने लगे कि बेड़ा कैसे पार हो। बितान से बोले–बेटा, तुमने आज देखा कि बात की बात में सैकड़ों रुपयों पर पानी फिर गया। अब इस तरह निर्वाह होना असम्भव है। तुम समझदार हो, मुकदमे-मामले करते हो। कोई ऐसी राह निकालो कि घर डूबने से बचे। मैं तो यह चाहता था कि जब तक चोला रहे, सबको समेटे रहूँ, मगर भगवान् के मन में कुछ और ही है।

बितान की नीतिकुशलता अपनी चतुर सहगामिनी के सामने लुप्त हो जाती थी। वह अभी उसका उत्तर सोच ही रहे थे कि श्रीमती जी बोल उठीं–दादा जी ! अब समझाने-बुझाने से काम न चलेगा, सहते-सहते हमारा कलेजा पक गया। बेटे की जितनी पीर बाप को होगी, भाइयों को उतनी क्या, उसकी आधी भी नहीं हो

सकती। मैं तो साफ कहती हूँ—गुमान का तुम्हारी कमाई में हक है, उन्हें कंचन के कौर खिलाओ और चाँदी के हिंडोले में झुलाओ। हममें न इतना बूता है, न इतना कलेजा। हम अपनी झोंपड़ी अलग बना लेंगे। हाँ, जो कुछ हमारा हो, वह हमको मिलना चाहिए। बाँट-बखरा कर दीजिए। बला से चार आदमी हँसेंगे, अब कहाँ तक दुनिया की लाज ढोवें ?

नीतिज्ञ बितान पर इस प्रबल वक्तृता का जो असर हुआ, वह उनके विकसित और प्रमुदित चेहरे से झलक रहा था। उनमें स्वयं इतना साहस न था कि इस प्रस्ताव को इतनी स्पष्टता से व्यक्त कर सकते। नीतिज्ञ महाशय गंभीरता से बोले—जायदाद मुश्तरका, मन्कूला या गैरमन्कूला, आपके हीन-हयात तकसीम की जा सकती है, इसकी नजीरें मौजूद हैं। ज़मींदार को साकितुलमिल्कियत करने का कोई इस्तहक़ाक़ नहीं है।

अब मंदबुद्धि शान की बारी आई, पर बेचारा किसान, बैलों के पीछे आँखें बंद करके चलने वाला, ऐसे गूढ़ विषय पर कैसे मुँह खोलता? दुविधा में पड़ा हुआ था। तब उसकी सत्यवक्ता धर्मपत्नी ने अपनी जेठानी का अनुसरण कर यह कठिन कार्य सम्पन्न किया। बोली—बड़ी बहन ने जो कुछ कहा, उसके सिवा और दूसरा उपाय नहीं। कोई तो कलेज़ा तोड़-तोड़ कर कमाए मगर पैसे-पैसे को तरसे, तन ढाँकने को वस्त्र तक न मिले और कोई सुख की नींद सोये, हाथ बढ़ा-बढ़ा के खाय ! ऐसी अंधेर नगरी में अब हमारा निबाह न होगा।

शान चौधरी ने भी इस प्रस्ताव का मुक्तकंठ से अनुमोदन किया। अब बूढ़े चौधरी गुमान से बोले—क्यों बेटा, तुम्हें भी यही मंजूर है? अभी कुछ नहीं बिगड़ा। यह आग अब भी बुझ सकती है। काम सबको प्यारा है, चाम किसी को नहीं। बोलो, क्या कहते हो ? कुछ काम-धंधा करोगे या अभी आँखें नहीं खुलीं ?

गुमान में धैर्य की कमी न थी। बातों को इस कान से सुन कर उस कान से उड़ा देना उसका नित्य-कर्म था। किंतु भाइयों की इस जन-मुरीदी पर उसे क्रोध आ गया। बोला—भाइयों की जो इच्छा है, वही मेरे मन में भी लगी हुई है। मैं भी इस जंजाल से भागना चाहता हूँ। मुझसे न मजूरी हुई, न होगी। जिसके भाग्य में चक्की पीसना बदा हो, वह पीसे ! मेरे भाग्य में चैन करना लिखा है, मैं क्यों अपना सिर ओखली में दूँ ? मैं तो किसी से काम करने को नहीं कहता। आप लोग क्यों मेरे पीछे पड़े हुए हैं? अपनी-अपनी फिक्र कीजिए। मुझे आध सेर आटे की कमी नहीं है।

इस तरह की सभाएँ कितनी ही बार हो चुकी थीं, परंतु इस देश की सामाजिक और राजनीतिक सभाओं की तरह इसमें भी कोई प्रयोजन सिद्ध नहीं होता था। दो-तीन दिन गुमान ने घर पर खाना नहीं खाया। जतनसिंह ठाकुर शौकीन आदमी थे, उन्हीं

की चौपाल में पड़ा रहता। अंत में बूढ़े चौधरी गए और मना के लाए। अब फिर वह पुरानी गाड़ी अड़ती, मचलती, हिलती चलने लगी।

पांडे के घर के चूहों की तरह, चौधरी के घर में बच्चे भी सयाने थे। उनके लिए घोड़े मिट्टी के घोड़े और नावें कागज़ की नावें थीं। फलों के विषय में उनका ज्ञान असीम था, गूलर और जंगली बेर के सिवा कोई ऐसा फल न था, जिसे वे बीमारियों का घर न समझते हों, लेकिन गुरदीन के खोंचे में ऐसा प्रबल आकर्षण था कि उसकी ललकार सुनते ही उनका सारा ज्ञान व्यर्थ हो जाता था। साधारण बच्चों की तरह यदि सोते भी हों, तो चौंक पड़ते थे। गुरदीन उस गाँव में साप्ताहिक फेरे लगाता था। उसके शुभागमन की प्रतीक्षा और आकांक्षा में कितने ही बालकों को बिना किंडरगार्डन की रंगीन गोलियों के ही, संख्याएँ और दिनों के नाम याद हो गए थे। गुरदीन बूढ़ा-सा, मैला-कुचैला आदमी था; किंतु आस-पास में उसका नाम उपद्रवी लड़कों के लिए हनुमान-मंत्र से कम न था। उसकी आवाज़ सुनते ही उसके खोंचे पर लड़कों का ऐसा धावा होता कि मक्खियों की असंख्य सेना को भी रण-स्थल से भागना पड़ता था। और जहाँ बच्चों के लिए मिठाइयाँ थीं, वहाँ गुरदीन के पास माताओं के लिए इससे भी ज़्यादा मीठी बातें थीं। माँ कितना ही मना करती रहे, बार-बार पैसा न रहने का बहाना करे पर गुरदीन चटपट मिठाइयों का दोना बच्चों के हाथ में रख ही देता और स्नेहपूर्ण भाव से कहता—बहू जी, पैसों की कोई चिन्ता न करो, फिर मिलते रहेंगे। कहीं भागे थोड़े ही जाते हैं? नारायण ने तुमको बच्चे दिये हैं, तो मुझे भी उनकी न्यौछावर मिल जाती है, उन्हीं की बदौलत मेरे बाल-बच्चे भी जीते हैं। अभी क्या, ईश्वर इनका मौर तो दिखावे, फिर देखना कैसा ठनगन करता हूँ।

गुरदीन का यह व्यवहार चाहे वाणिज्य-नियमों के प्रतिकूल ही क्यों न हो, चाहे 'नौ नगद सही, तेरह उधार नहीं' वाली कहावत अनुभव सिद्ध ही क्यों न हो, किंतु मिष्टभाषी गुरदीन को कभी अपने इस व्यवहार पर पछताने या उसमें संशोधन करने की ज़रूरत नहीं हुई।

मंगल का शुभ दिन था। बच्चे बड़ी बेचैनी से अपने दरवाज़ों पर खड़े गुरदीन की राह देख रहे थे। कई उत्साही लड़के पेड़ों पर चढ़ गए और कोई-कोई अनुराग से विवश हो कर गाँव के बाहर निकल गए थे। सूर्य भगवान् अपना सुनहला थाल लिए पूरब से पश्चिम जा पहुँचे थे, इतने में ही गुरदीन आता हुआ दिखाई दिया। लड़कों ने दौड़ कर उसका दामन पकड़ा और आपस में खींचातानी होने लगी। कोई कहता था मेरे घर चलो; कोई अपने घर का न्योता देता था। सबसे पहले भानु चौधरी का मकान पड़ा। गुरदीन ने अपना खोंचा उतार दिया। मिठाइयों की लूट शुरू हो

गई। बालकों और स्त्रियों का ठट्ठ लग गया। हर्ष और विषाद, संतोष और लोभ, ईर्ष्या और क्षोभ, द्वेष और जलन की नाट्यशाला सज गई। कानूनदाँ बितान की पत्नी अपने तीनों लड़कों को लिए निकली। शान की पत्नी भी अपने दोनों लड़कों के साथ उपस्थित हुई। गुरदीन ने मीठी बातें करनी शुरू कीं। पैसे झोली में रखे, धेले की मिठाई दी और धेले का आशीर्वाद। लड़के दोने लिए उछलते-कूदते घर में दाखिल हुए। अगर सारे गाँव में कोई ऐसा बालक था जिसने गुरदीन की उदारता से लाभ उठाया हो, तो वह बाँके गुमान का लड़का धान था।

यह कठिन था कि बालक धान अपने भाइयों-बहनों को हँस-हँस कर और उछल-उछल कर मिठाइयाँ खाते देख कर सब्र कर जाए ! उस पर तुर्रा यह कि वे उसे मिठाइयाँ दिखा-दिखा कर ललचाते और चिढ़ाते थे। बेचारा धान चीखता और अपनी माता का आँचल पकड़-पकड़ कर दरवाज़े की तरफ खींचता था; पर वह अबला क्या करे? उसका हृदय बच्चे के लिए ऐंठ-ऐंठकर रह जाता था। उसके पास एक पैसा भी नहीं था। अपने दुर्भाग्य पर, जेठानियों की निष्ठुरता पर और सबसे ज़्यादा अपने पति के निखट्टूपन पर कुढ़-कुढ़कर रह जाती थी। अपना आदमी ऐसा निकम्मा न होता तो क्यों दूसरों का मुँह देखना पड़ता, क्यों दूसरों के धक्के खाने पड़ते ? उसने धान को गोद में उठा लिया और प्यार से दिलासा देने लगी—बेटा, रोओ मत, अबकी गुरदीन आवेगा तो तुम्हें बहुत-सी मिठाई ले दूँगी, मैं इससे अच्छी मिठाई बाज़ार से मँगवा दूँगी, तुम कितनी मिठाई खाओगे ! यह कहते-कहते उसकी आँखे भर आईं। आह ! यह मनहूस मंगल आज ही फिर आवेगा, और फिर ये ही बहाने करने पड़ेंगे ! हाय, अपना प्यारा बच्चा धेले की मिठाई को तरसे और घर में किसी का पत्थर-सा कलेजा न पसीजे ! वह बेचारी तो इन चिंताओं में डूबी हुई थी और धान किसी तरह चुप ही न होता था। जब कुछ वश न चला, तो माँ की गोद से ज़मीन पर उतरकर लोटने लगा और रो-रोकर दुनिया सिर पर उठा ली। माँ ने बहुत बहलाया, फुसलाया, यहाँ तक कि उसे बच्चे के इस हठ पर क्रोध भी आ गया। मानव हृदय के रहस्य कभी समझ में नहीं आते। कहाँ तो बच्चे को प्यार से चिपटाती थी, ऐसी झल्लाई कि उसे दो-तीन थप्पड़ ज़ोर से लगाए और घुड़क कर बोली—चुप रह अभागे ! तेरा ही मुँह मिठाई खाने का है ? अपने दिन को नहीं रोता, मिठाई खाने चला है।

बाँका गुमान अपनी कोठरी के द्वार पर बैठा हुआ यह कौतुक बड़े ध्यान से देख रहा था। वह इस बच्चे को बहुत चाहता था। इस वक्त के थप्पड़ उसके हृदय में तेज़ भाले के समान लगे और चुभ गए। शायद उनका अभिप्राय भी यही था। धुनिया रूई को धुनकने के लिए ताँत पर चोट लगाता है।

जिस तरह पत्थर और पानी में आग छिपी रहती है, उसी तरह मनुष्य के हृदय में भी, चाहे वह कैसा ही क्रूर और कठोर क्यों न हो, उत्कृष्ट और कोमल भाव छिपे

रहते हैं। गुमान की आँखें भर आईं। आँसू की बूँदें बहुधा हमारे हृदय की मलिनता को उज्ज्वल कर देती हैं। गुमान सचेत हो गया। उसने जा कर बच्चे को गोद में उठा लिया और अपनी पत्नी से करुणोत्पादक स्वर में बोला—बच्चे पर इतना क्रोध क्यों करती हो ? तुम्हारा दोषी मैं हूँ, मुझको जो दंड चाहो, दो। परमात्मा ने चाहा तो कल से लोग इस घर में मेरा और मेरे बाल-बच्चों का भी आदर करेंगे। तुमने आज मुझे सदा के लिए इस तरह जगा दिया, मानो मेरे कानों में शंखनाद कर मुझे कर्म-पथ में प्रवेश का उपदेश दिया हो।

मंदिर

मातृ-प्रेम, तुझे धन्य है ! संसार में और जो कुछ है, मिथ्या है, निस्सार है। मातृ-प्रेम ही सत्य है, अक्षय है, अनश्वर है। तीन दिन से सुखिया के मुँह में न अन्न का एक दाना गया था, न पानी की एक बूँद। सामने पुआल पर माता का नन्हा-सा लाल पड़ा कराह रहा था। आज तीन दिन से उसने आँखें न खोली थीं। कभी उसे गोद में उठा लेती, कभी पुआल पर सुला देती। हँसते-खेलते बालक को अचानक क्या हो गया, यह कोई नहीं बताता। ऐसी दशा में माता को भूख और प्यास कहाँ ? एक बार पानी का एक घूँट मुँह में लिया था; पर कंठ के नीचे न ले जा सकी। इस दुखिया की विपत्ति का वार-पार न था। साल भर के भीतर दो बालक गंगा जी की गोद में सौंप चुकी थी। पतिदेव पहले ही सिधार चुके थे। अब उस अभागिनी के जीवन का आधार अवलम्ब, जो कुछ था, यही बालक था। हाय ! क्या ईश्वर इसे भी इसकी गोद से छीन लेना चाहते हैं ?—यह कल्पना करते ही माता की आँखों से झर-झर आँसू बहने लगते थे। इस बालक को वह क्षण भर के लिए भी अकेला न छोड़ती थी। उसे साथ ले कर घास छीलने जाती। घास बेचने बाज़ार जाती तो बालक गोद में होता। उसके लिए उसने नन्ही-सी खुरपी और नन्ही-सी खाँची बनवा दी थी। जियावन माता के साथ घास छीलता और गर्व से कहता—अम्माँ हमें भी बड़ी-सी खुरपी बनवा दो, हम बहुत-सी घास छीलेंगे, तुम द्वारे माची पर बैठी रहना, अम्माँ; मैं घास बेच लाऊँगा। माँ पूछती—हमारे लिए क्या-क्या लाओगे, बेटा ? जियावन लाल-लाल साड़ियों का वादा करता। अपने लिए बहुत-सा गुड़ लाना चाहता था। वे ही भोली-भोली बातें इस समय याद आ-आ कर माता के हृदय को शूल के समान बेध रही थीं। जो बालक को देखता, यही कहता कि किसी की डीठ है; पर किसकी डीठ है ? इस विधवा का भी संसार में कोई वैरी है ? अगर उसका नाम मालूम हो जाता, तो सुखिया जा कर उसके चरणों पर गिर पड़ती और बालक को उसकी गोद

में रख देती। क्या उसका हृदय दया से न पिघल जाता ? पर नाम कोई नहीं बताता। हाय ! किससे पूछे, क्या करे ?

तीन पहर रात बीत चुकी थी। सुखिया का चिंता-व्यथित चंचल मन कोठे-कोठे दौड़ रहा था। किस देवी की शरण जाए, किस देवता की मनौती करे, इसी सोच में पड़े-पड़े उसे एक झपकी आ गई। क्या देखती है कि उसका स्वामी आ कर बालक के सिरहाने खड़ा हो जाता है और बालक के सिर पर हाथ फेर कर कहता है—रो मत, सुखिया ! तेरा बालक अच्छा हो जाएगा। कल ठाकुर जी की पूजा कर दे, वही तेरे सहायक होंगे। यह कह कर वह चला गया। सुखिया की आँख खुल गई। अवश्य ही उसके पतिदेव आए थे। इसमें सुखिया को ज़रा भी संदेह न हुआ। उन्हें अब भी मेरी सुधि है, यह सोच कर उसका हृदय आशा से परिप्लावित हो उठा। पति के प्रति श्रद्धा और प्रेम से उसकी आँखें सजग हो गईं। उसने बालक को गोद में उठा लिया और आकाश की ओर ताकती हुई बोली—भगवान्! मेरा बालक अच्छा हो जाए, तो मैं तुम्हारी पूजा करूँगी। अनाथ विधवा पर दया करो।

उसी समय जियावन की आँखें खुल गईं। उसने पानी माँगा। माता ने दौड़ कर कटोरे में पानी लिया और बच्चे को पिला दिया।

जियावन ने पानी पीकर कहा—अम्माँ रात है कि दिन ?

सुखिया—अभी तो रात है बेटा, तुम्हारा जी कैसा है ?

जियावन—अच्छा है अम्माँ ! अब मैं अच्छा हो गया।

सुखिया—तुम्हारे मुँह में घी-शक्कर, बेटा। भगवान् करे तुम जल्द अच्छे हो जाओ ! कुछ खाने को जी चाहता है ?

जियावन—हाँ अम्माँ, थोड़ा-सा गुड़ दे दो।

सुखिया—गुड़ मत खाओ भैया, अवगुन करेगा। कहो तो खिचड़ी बना दूँ?

जियावन—नहीं मेरी अम्माँ, ज़रा-सा गुड़ दे दो, तेरे पैरों पड़ूँ।

माता इस आग्रह को न टाल सकी। उसने थोड़ा-सा गुड़ निकाल कर जियावन के हाथ में रख दिया और हाँड़ी का ढक्कन लगाने जा रही थी कि किसी ने बाहर से आवाज़ दी। हाँड़ी वहीं छोड़ कर वह किवाड़ खोलने चली गई। जियावन ने गुड़ की दो पिंडियाँ निकाल लीं और जल्दी-जल्दी चट कर गया।

दिन भर जियावन की तबीयत अच्छी रही। उसने थोड़ी-सी खिचड़ी खायी, दो-एक बार धीरे-धीरे द्वार पर भी आया और हमजोलियों के साथ खेल न सकने पर भी

उन्हें खेलते देख कर उसका जी बहल गया। सुखिया ने समझा, बच्चा अच्छा हो गया। दो-एक दिन में जब पैसे हाथ में आ जाएँगे, तो वह एक दिन ठाकुर जी की पूजा करने चली जाएगी। जाड़े के दिन झाड़ू-बुहारू, नहाने-धोने और खाने-पीने में कट गए; मगर जब संध्या समय फिर जियावन का जी भारी हो गया, तब सुखिया घबरा उठी। तुरंत मन में शंका उत्पन्न हुई कि पूजा में विलम्ब करने से ही बालक फिर मुरझा गया है। अभी थोड़ा-सा दिन बाकी था। बच्चे को लेटा कर वह पूजा का सामान तैयार करने लगी। फूल तो ज़मींदार के बगीचे में मिल गए। तुलसीदल द्वार ही पर था; पर ठाकुर जी के भोग के लिए कुछ मिष्ठान्न तो चाहिए; नहीं तो गाँव वालों को बाँटेगी क्या ! चढ़ाने के लिए कम से कम एक आना तो चाहिए। सारा गाँव छान आई, कहीं पैसे उधार न मिले। अब वह हताश हो गई। हाय रे अदिन ! कोई चार आने पैसे भी नहीं देता। आखिर उसने अपने हाथों के चाँदी के कड़े उतारे और दौड़ी हुई बनिये की दूकान पर गई, कड़े गिरों रखे, बतासे लिए और दौड़ी हुई घर आई। पूजा का सामान तैयार हो गया, तो उसने बालक को गोद में उठाया और दूसरे हाथ में पूजा की थाली लिए मंदिर की ओर चली।

मन्दिर में आरती का घंटा बज रहा था। दस-पाँच भक्तजन खड़े स्तुति कर रहे थे। इतने में सुखिया जा कर मन्दिर के सामने खड़ी हो गई।

पुजारी ने पूछा–क्या है रे ? क्या करने आई है ?

सुखिया चबूतरे पर आ कर बोली–ठाकुर जी की मनौती की थी महाराज, पूजा करने आई हूँ।

पुजारी जी दिन भर ज़मींदार के असामियों की पूजा किया करते थे और शाम-सबेरे ठाकुर जी की। रात को मन्दिर ही में सोते थे, मन्दिर ही में आपका भोजन भी बनता था, जिससे ठाकुरद्वारे की सारी अस्तरकारी काली पड़ गई थी। स्वभाव के बड़े दयालु थे, निष्ठावान ऐसे कि चाहे कितनी ही ठंड पड़े, कितनी ही ठंडी हवा चले, बिना स्नान किये मुँह में पानी तक न डालते थे। अगर इस पर भी उनके हाथों और पैरों में मैल की मोटी तह जमी हुई थी, तो इसमें उनका कोई दोष न था ! बोले–तो क्या भीतर चली आएगी? हो तो चुकी पूजा। यहाँ आ कर भरभष्ट करेगी।

एक भक्तजन ने कहा–ठाकुर जी को पवित्र करने आई है ?

सुखिया ने बड़ी दीनता से कहा–ठाकुर जी के चरन छूने आई हूँ, सरकार ! पूजा की सब सामग्री लाई हूँ।

पुजारी–कैसी बेसमझी की बात करती है रे, कुछ पगली तो नहीं हो गई है? भला तू ठाकुर जी को कैसे छुएगी ?

सुखिया को अब तक कभी ठाकुरद्वारे में आने का अवसर न मिला था। आश्चर्य से बोली–सरकार, वह तो संसार के मालिक हैं। उनके दरसन से तो पापी भी तर जाता है, मेरे छूने से उन्हें कैसे छूत लग जाएगी ?

पुजारी—अरे, तू चमारिन है कि नहीं रे ?

सुखिया—तो क्या भगवान् ने चमारों को नहीं सिरजा है ? चमारों का भगवान् कोई और है ? इस बच्चे की मनौती है, सरकार !

इस पर वही भक्त महोदय, जो अब स्तुति समाप्त कर चुके थे, डपट कर बोले—मार के भगा दो चुड़ैल को। भरभष्ट करने आई है, फेंक दो थाली-वाली। संसार में तो आप ही आग लगी हुई है, चमार भी ठाकुर जी की पूजा करने लगेंगे, तो पिरथी रहेगी कि रसातल को चली जाएगी ?

दूसरे भक्त महाशय बोले—अब बेचारे ठाकुर जी को भी चमारों के हाथ का भोजन करना पड़ेगा। अब परलय होने में कुछ कसर नहीं है।

ठंड पड़ रही थी; सुखिया खड़ी काँप रही थी और यहाँ धर्म के ठेकेदार लोग समय की गति पर आलोचनाएँ कर रहे थे। बच्चा मारे ठंड के उसकी छाती में घुसा जाता था; किन्तु सुखिया वहाँ से हटने का नाम न लेती थी। ऐसा मालूम होता था कि उसके दोनों पाँव भूमि में गड़ गए हैं। रह-रहकर उसके हृदय में ऐसा उद्गार उठता था कि जा कर ठाकुर जी के चरणों पर गिर पड़े। ठाकुर जी क्या इन्हीं के हैं, हम गरीबों का उनसे कोई नाता नहीं है, ये लोग कौन होते हैं रोकने वाले; पर यह भय होता था कि इन लोगों ने कहीं सचमुच थाली-वाली फेंक दी तो क्या करूँगी ? दिल में ऐंठ कर रह जाती थी। सहसा उसे एक बात सूझी। वह वहाँ से कुछ दूर जा कर एक वृक्ष के नीचे अँधेरे में छिप कर इन भक्तजनों के जाने की राह देखने लगी।

आरती और स्तुति के पश्चात् भक्तजन बड़ी देर तक श्रीमद्भागवत का पाठ करते रहे। उधर पुजारी जी ने चूल्हा जलाया और खाना पकाने लगे। चूल्हे के सामने बैठे हुए 'हूँ-हूँ' करते जाते थे और बीच-बीच में टिप्पणियाँ भी करते जाते थे। दस बजे रात तक कथा वार्ता होती रही और सुखिया वृक्ष के नीचे ध्यानावस्था में खड़ी रही।

सारे भक्त लोगों ने एक-एक करके घर की राह ली। पुजारी जी अकेले रह गए। अब सुखिया आ कर मन्दिर के बरामदे के सामने खड़ी हो गई; जहाँ पुजारी जी आसन जमाये बटलोई का क्षुधावर्द्धक मधुर संगीत सुनने में मग्न थे। पुजारी जी ने आहट पा कर गरदन उठाई, तो सुखिया को खड़ी देखा चिढ़ कर बोले—क्यों री, तू अभी तक खड़ी है !

सुखिया ने थाली ज़मीन पर रख दी और एक हाथ फैला कर भिक्षा-प्रार्थना करती हुई बोली—महाराज जी, मैं अभागिनी हूँ। यही बालक मेरे जीवन का अलम है, मुझ पर दया करो। तीन दिन से इसने सिर नहीं उठाया। तुम्हें बड़ा जस होगा, महाराज जी !

यह कहते-कहते सुखिया रोने लगी। पुजारी जी दयालु तो थे, पर चमारिन को ठाकुर जी के समीप जाने देने का अश्रुतपूर्व घोर पातक वह कैसे कर सकते थे ? न जाने ठाकुर जी इसका क्या दंड दें। आखिर उनके भी बाल-बच्चे थे। कहीं ठाकुर जी कुपित हो कर गाँव का सर्वनाश कर दें, तो ? बोले—घर जा कर भगवान् का नाम ले, तेरा बालक अच्छा हो जाएगा। मैं यह तुलसीदल देता हूँ, बच्चे को खिला दे, चरणामृत उसकी आँखों में लगा दे। भगवान् चाहेंगे तो सब अच्छा ही होगा।

सुखिया—ठाकुर जी के चरणों पर गिरने न दोगे महाराज जी ? बड़ी दुखिया हूँ, उधार काढ़ कर पूजा की सामग्री जुटाई है। मैंने कल सपना देखा था, महाराज जी कि ठाकुर जी की पूजा कर, तेरा बालक अच्छा हो जाएगा। तभी दौड़ी आई हूँ। मेरे पास एक रुपया है। वह मुझसे ले लो; पर मुझे एक छन भर ठाकुर जी के चरनों पर गिर लेने दो।

इस प्रलोभन ने पंडित जी को एक क्षण के लिए विचलित कर दिया; किंतु मूर्खता के कारण ईश्वर का भय उनके मन में कुछ-कुछ बाक़ी था। सँभल कर बोले—अरी पगली, ठाकुर जी भक्तों के मन का भाव देखते हैं कि चरन पर गिरना देखते हैं? सुना नहीं है—'मन चंगा तो कठौती में गंगा।' मन में भक्ति न हो, तो लाख कोई भगवान् के चरणों पर गिरे, कुछ न होगा। मेरे पास एक जंतर है। दाम तो उसका बहुत है; पर तुझे एक ही रुपये में दे दूँगा। उसे बच्चे के गले में बाँध देना; बस, कल बच्चा खेलने लगेगा।

सुखिया—ठाकुर जी की पूजा न करने दोगे ?

पुजारी—तेरे लिए इतनी ही पूजा बहुत है। जो बात कभी नहीं हुई, वह आज मैं कर दूँ और गाँव पर कोई आफत-बिपत आ पड़े तो क्या हो, इसे भी तो सोचो ! तू यह जंतर ले जा, भगवान् चाहेंगे तो रात ही भर में बच्चे का क्लेश कट जाएगा। किसी की डीठ पड़ गई है। है भी तो चोंचाल। मालूम होता है, छत्तरी बंस है।

सुखिया—जब से इसे ज्वर है, मेरे प्रान नहों में समाये हुए हैं।

पुजारी—बड़ा होनहार बालक है। भगवान् जिला दें तो तेरे सारे संकट हर लेगा। यहाँ तो बहुत खेलने आया करता था। इधर दो-तीन दिन से तो नहीं देखा था।

सुखिया—तो जंतर को कैसे बाँधूँगी, महाराज ?

पुजारी—मैं कपड़े में बाँध कर देता हूँ। बस, गले में पहना देना। अब तू इस बेला नवीन बस्तर कहाँ खोजने जाएगी।

सुखिया ने दो रुपये पर कड़े गिरों रखे थे। एक पहले ही भँज चुका था। दूसरा पुजारी जी को भेंट किया और जंतर ले कर मन को समझाती हुई घर लौट आई।

सुखिया ने घर पहुँच कर बालक के गले में जंतर बाँध दिया; पर ज्यों-ज्यों रात गुज़रती थी, उसका ज्वर भी बढ़ता जाता था, यहाँ तक कि तीन बजते-बजते उसके हाथ-पाँव शीतल होने लगे ! तब वह घबड़ा उठी और सोचने लगी—हाय ! मैं व्यर्थ ही संकोच में पड़ी रही और बिना ठाकुर जी के दर्शन किये चली आई। अगर मैं अन्दर चली जाती और भगवान् के चरणों पर गिर पड़ती, तो कोई मेरा क्या कर लेता ? यही न होता कि लोग मुझे धक्के देकर निकाल देते, शायद मारते भी, पर मेरा मनोरथ तो पूरा हो जाता। यदि मैं ठाकुर जी के चरणों को अपने आँसुओं से भिगो देती और बच्चे को उनके चरणों में सुला देती, तो क्या उन्हें दया न आती ? वह तो दयामय भगवान् हैं, दीनों की रक्षा करते हैं, क्या मुझ पर दया न करते ? यह सोच कर सुखिया का मन अधीर हो उठा। नहीं, अब विलम्ब करने का समय न था। वह अवश्य जाएगी और ठाकुर जी के चरणों पर गिर कर रोएगी। उस अबला के आशंकित हृदय को अब इसके सिवा और कोई अवलम्ब, कोई आसरा न था। मंदिर के द्वार बंद होंगे, तो वह ताले तोड़ डालेगी। ठाकुर जी क्या किसी के हाथों बिक गए हैं कि कोई उन्हें बंद कर रखे?

रात के तीन बज गए थे। सुखिया ने बालक को कम्बल से ढाँप कर गोद में उठाया, एक हाथ में थाली उठाई और मंदिर की ओर चली। घर से बाहर निकलते ही शीतल वायु के झोंकों से उसका कलेजा काँपने लगा। शीत से पाँव शिथिल हुए जाते थे। उस पर चारों ओर अंधकार छाया हुआ था। रास्ता दो फरलाँग से कम न था। पगडंडी वृक्षों के नीचे-नीचे गई थी। कुछ दूर दाहिनी ओर एक पोखर था, कुछ दूर बाँस की कोठियाँ। पोखरे में एक धोबी मर गया था और बाँस की कोठियों में चुड़ैलों का अड्डा था। बाईं ओर हरे-भरे खेत थे। चारों ओर सन-सन हो रहा था, अंधकार साँय-साँय कर रहा था। सहसा गीदड़ों ने कर्कश स्वर में हुआँ-हुआँ करना शुरू किया। हाय ! अगर कोई उसे एक लाख रुपया देता, तो भी इस समय वह यहाँ न आती; पर बालक की ममता सारी शंकाओं को दबाये हुए थी। 'हे भगवान् ! अब तुम्हारा ही आसरा है !' यह जपती वह मंदिर की ओर चली जा रही थी।

मंदिर के द्वार पर पहुँच कर सुखिया ने जंजीर टटोल कर देखी। ताला पड़ा हुआ था। पुजारी जी बरामदे से मिली हुई कोठरी में किवाड़ बंद किये सो रहे थे। चारों ओर अँधेरा छाया हुआ था। सुखिया चबूतरे के नीचे से एक ईंट उठा लाई और ज़ोर-ज़ोर से ताले पर पटकने लगी। उसके हाथों में न जाने इतनी शक्ति कहाँ से आ गई थी। दो ही तीन चोटों में ताला और ईंट दोनों टूट कर चौखट पर गिर पड़े। सुखिया ने द्वार खोल दिया और अंदर जाना ही चाहती थी कि पुजारी किवाड़ खोल कर हड़बड़ाये हुए बाहर निकल आए और 'चोर, चोर !' का गुल मचाते गाँव की ओर दौड़े। जाड़ों में प्रायः पहर रात रहे ही लोगों की नींद खुल जाती है। यह शोर सुनते ही कई आदमी इधर-उधर से लालटेनें लिए हुए निकल पड़े और पूछने

लगे—कहाँ है ? कहाँ है ? किधर गया ?

पुजारी—मंदिर का द्वार खुला पड़ा है। मैंने खट-खट की आवाज़ सुनी।

सहसा सुखिया बरामदे से निकल कर चबूतरे पर आई और बोली—चोर नहीं है, मैं हूँ; ठाकुर जी की पूजा करने आई थी। अभी तो अंदर गई भी नहीं, मार हल्ला मचा दिया।

पुजारी ने कहा—अब अनर्थ हो गया ! सुखिया मंदिर में जा कर ठाकुर जी को भ्रष्ट कर आई !

फिर क्या था, कई आदमी झल्लाये हुए लपके और सुखिया पर लातों और घूँसों की मार पड़ने लगी। सुखिया एक हाथ से बच्चे को पकड़े हुए थी और दूसरे हाथ से उसकी रक्षा कर रही थी। एकाएक बलिष्ठ ठाकुर ने उसे इतनी ज़ोर से धक्का दिया कि बालक उसके हाथ से छूट कर ज़मीन पर गिर पड़ा; मगर वह न रोया, न बोला, न साँस ली, सुखिया भी गिर पड़ी थी। सँभल कर बच्चे को उठाने लगी, तो उसके मुख पर नज़र पड़ी। ऐसा जान पड़ा मानो पानी में परछाईं हो। उसके मुँह से एक चीख निकल गई। बच्चे का माथा छू कर देखा। सारी देह ठंडी हो गई थी। एक लम्बी साँस खींच कर वह उठ खड़ी हुई। उसकी आँखों में आँसू न आए। उसका मुख क्रोध की ज्वाला से तमतमा उठा, आँखों से अंगारे बरसने लगे। दोनों मुट्ठियाँ बँध गईं। दाँत पीस कर बोली—पापियों, मेरे बच्चे के प्राण ले कर दूर क्यों खड़े हो ? मुझे भी क्यों नहीं उसी के साथ मार डालते ? मेरे छू लेने से ठाकुर जी को छूत लग गई ? पारस को छू कर लोहा सोना हो जाता है, पारस लोहा नहीं हो सकता। मेरे छूने से ठाकुर जी अपवित्र हो जाएँगे ! मुझे बनाया, तो छूत नहीं लगी ? लो, अब कभी ठाकुर जी को छूने नहीं आऊँगी। ताले में बंद रखो, पहरा बैठा दो। हाय, तुम्हें दया छू भी नहीं गई ! तुम इतने कठोर हो ! बाल-बच्चेवाले हो कर भी तुम्हें एक अभागिन माता पर दया न आई ! तिसपर धरम के ठेकेदार बनते हो ! तुम सब के सब हत्यारे हो, निपट हत्यारे हो। डरो मत, मैं थाना-पुलिस नहीं जाऊँगी। मेरा न्याय भगवान् करेंगे, अब उन्हीं के दरबार में फरियाद करूँगी।

किसी ने चूँ न की, कोई मिनमिनाया तक नहीं। पाषाण-मूर्तियों की भाँति सब के सब सिर झुकाए खड़े रहे।

इतनी देर में सारा गाँव जमा हो गया था। सुखिया ने एक बार फिर बालक के मुँह की ओर देखा। मुँह से निकला—हाय मेरे लाल ! फिर वह मूर्च्छित हो कर गिर पड़ी। प्राण निकल गए। बच्चे के लिए प्राण दे दिये।

माता, तू धन्य है। तुझ-जैसी निष्ठा, तुझ-जैसी श्रद्धा, तुझ-जैसा विश्वास देवताओं को भी दुर्लभ है !

प्रायश्चित

दफ्तर में जरा देर से आना अफसरों की शान है। जितना ही बड़ा अधिकारी होता है, उतनी ही देर में आता है; और उतने ही सबेरे जाता भी है। चपरासी की हाजिरी चौबीसों घंटे की। वह छुट्टी पर भी नहीं जा सकता। अपना एवज देना पड़ता है। खैर, जब बरेली जिला-बोर्ड के हेड क्लर्क बाबू मदारीलाल ग्यारह बजे दफ्तर आये, तब मानो दफ्तर नींद से जाग उठा। चपरासी ने दौड़ कर पैरगाड़ी ली, अरदली ने दौड़ कर कमरे की चिक उठा दी और जमादार ने डाक की किश्त मेज पर ला कर रख दी। मदारीलाल नें पहला ही सरकारी लिफाफा खोला था कि उनका रंग फक हो गया। वे कई मिनट तक आश्चर्यान्वित हालत में खड़े रहे, मानो सारी ज्ञानेन्द्रियाँ शिथिल हो गयी हों। उन पर बड़े-बड़े आघात हो चुके थे; पर इतने बदहवास वे कभी न हुए थे। बात यह थी कि बोर्ड के सेक्रेटरी की जो जगह एक महीने से खाली थी, सरकार ने सुबोधचंद्र को वह जगह दी थी और सुबोधचंद्र वह व्यक्ति था जिसके नाम ही से मदारीलाल को घृणा थी। वह सुबोधचन्द्र, जो उनका सहपाठी था, जिसे ज़क देने को उन्होंने कितनी ही चेष्टा की; पर कभी सफल न हुए थे। वही सुबोध आज उनका अफसर हो कर आ रहा था। सुबोध की इधर कई सालों से कोई खबर न थी। इतना मालूम था कि वह फौज में भरती हो गया था। मदारीलाल ने समझा था—वहीं मर गया होगा; पर आज वह मानो जी उठा और सेक्रेटरी हो कर आ रहा था। मदारीलाल को उसकी मातहती में काम करना पड़ेगा। इस अपमान से तो मर जाना कहीं अच्छा था। सुबोध की स्कूल और कालेज की सारी बातें अवश्य ही याद होंगी। मदारीलाल ने उसे कालेज से निकलवा देने के लिए कई बार मंत्र चलाये, झूठे आरोप किये, बदनाम किया। क्या सुबोध सब कुछ भूल गया होगा ? नहीं, कभी नहीं। वह आते ही पुरानी कसर निकालेगा। मदारी बाबू को अपनी प्राण-रक्षा का

कोई उपाय न सूझता था।

मदारी और सुबोध के ग्रहों में ही विरोध था। दोनों एक ही दिन, एक ही शाला में भरती हुए थे, और पहले ही दिन से दिल में ईर्ष्या और द्वेष की वह चिनगारी पड़ गयी, जो आज बीस वर्ष बीतने पर भी न बुझी थी। सुबोध का अपराध यही था कि वह मदारीलाल से हर एक बात में बढ़ा हुआ था। डील-डौल, रंग-रूप, रीति-व्यवहार, विद्या-बुद्धि ये सारे मैदान उसके हाथ थे। मदारीलाल ने उसका यह अपराध कभी क्षमा नहीं किया। सुबोध बीस वर्ष तक निरंतर उनके हृदय का काँटा बना रहा। जब सुबोध डिग्री लेकर अपने घर चला गया और मदारी फेल हो कर इस दफ्तर में नौकर हो गये, तब उनका चित्त शांत हुआ। किंतु जब यह मालूम हुआ कि सुबोध बसरे जा रहा है, तब तो मदारीलाल का चेहरा खिल उठा। उनके दिल से यह पुरानी फाँस निकल गयी। पर हा हतभाग्य ! आज वह पुराना नासूर शतगुण टीस और जलन के साथ खुल गया। आज उनकी किस्मत सुबोध के हाथ में थी। ईश्वर इतना अन्यायी है ! विधि इतना कठोर !

जब जरा चित्त शांत हुआ, तब मदारी ने दफ्तर के क्लर्कों को सरकारी हुक्म सुनाते हुए कहा—अब आप लोग जरा हाथ-पाँव सँभाल कर रहिएगा। सुबोधचंद्र वे आदमी नहीं हैं, जो भूलों को क्षमा कर दें ?

एक क्लर्क ने पूछा—क्या बहुत सख्त हैं।

मदारीलाल ने मुस्करा कर कहा—वह तो आप लोगों को दो-चार दिन ही में मालूम हो जायेगा। मैं अपने मुँह से किसी की क्यों शिकायत करूँ ? बस, चेतावनी दे दी कि जरा हाथ-पाँव सँभाल कर रहिएगा। आदमी योग्य है, पर बड़ा ही क्रोधी, बड़ा दम्भी। गुस्सा तो उसकी नाक पर रहता है। खुद हजारों हजम कर जाय और डकार तक न ले; पर क्या मजाल कि कोई मातहत एक कौड़ी भी हजम करने पाये। ऐसे आदमी से ईश्वर ही बचाये ! मैं तो सोच रहा हूँ कि छुट्टी ले कर घर चला जाऊँ। दोनों वक्त घर पर हाजिरी बजानी होगी। आप लोग आज से सरकार के नौकर नहीं, सेक्रेटरी साहब के नौकर हैं। कोई उनके लड़के को पढ़ायेगा, कोई बाजार से सौदा-सुलुफ लायेगा और कोई उन्हें अखबार सुनायेगा। और चपरासियों के तो शायद दफ्तर में दर्शन ही न हों।

इस प्रकार सारे दफ्तर को सुबोधचंद्र की तरफ से भड़का कर मदारीलाल ने अपना कलेजा ठंडा किया।

इसके एक सप्ताह बाद सुबोधचंद्र गाड़ी से उतरे, तब स्टेशन पर दफ्तर के सब कर्मचारियों को हाजिर पाया, सब उनका स्वागत करने आये थे। मदारीलाल को देखते

ही सुबोध लपक कर उनके गले से लिपट गये और बोले—तुम खूब मिले भाई। यहाँ कैसे आये ? ओह ! आज एक युग के बाद भेंट हुई !

मदारीलाल बोले—यहाँ जिला-बोर्ड के दफ्तर में हेड क्लर्क हूँ। आप तो कुशल से हैं ?

सुबोध—अजी, मेरी न पूछो। बसरा, फ्रांस, मिस्र और न-जाने कहाँ-कहाँ मारा-मारा फिरा। तुम दफ्तर में हो, यह बहुत ही अच्छा हुआ। मेरी तो समझ ही में न आता था कि कैसे काम चलेगा। मैं तो बिलकुल कोरा हूँ; मगर जहाँ जाता हूँ, मेरा सौभाग्य ही मेरे साथ जाता है। बसरे में सभी अफसर खुश थे। फ्रांस में भी खूब चैन किये। दो साल में कोई पचीस हज़ार रुपये बना लाया और सब उड़ा दिया। वहाँ से आ कर कुछ दिनों कोआपरेशन दफ्तर में मटरगश्त करता रहा। यहाँ आया तब तुम मिल गये। (क्लर्कों को देख कर) ये लोग कौन हैं ?

मदारी के हृदय में बर्छियाँ-सी चल रही थीं। दुष्ट पचीस हजार रुपये बसरे से कमा लाया ! यहाँ कलम घिसते-घिसते मर गये और पाँच सौ भी न जमा कर सके। बोले—ये लोग बोर्ड के कर्मचारी हैं। सलाम करने आये हैं।

सुबोध ने उन सब लोगों से बारी-बारी से हाथ मिलाया और बोला—आप लोगों ने व्यर्थ यह कष्ट किया। बहुत आभारी हूँ। मुझे आशा है कि आप सब सज्जनों को मुझसे कोई शिकायत न होगी। मुझे अपना अफसर नहीं, अपना भाई समझिए। आप सब लोग मिल कर इस तरह काम कीजिए कि बोर्ड की नेकनामी हो और मैं भी सुर्खरू रहूँ। आपके हेड क्लर्क साहब तो मेरे पुराने मित्र और लँगोटिया यार हैं।

एक वाक्चतुर क्लर्क ने कहा—हम सब हुजूर के ताबेदार हैं। यथाशक्ति आपको असंतुष्ट न करेंगे, लेकिन आदमी ही हैं, अगर कोई भूल हो भी जाय, तो हुजूर उसे क्षमा करेंगे।

सुबोध ने नम्रता से कहा—यही मेरा सिद्धांत है और हमेशा से यही सिद्धांत रहा है। जहाँ रहा, मातहतों से मित्रों का-सा बर्ताव किया। हम और आप दोनों ही किसी तीसरे के गुलाम हैं। फिर रोब कैसा और अफसरी कैसी ? हाँ, हमें नेकनीयत के साथ अपना कर्तव्य पालन करना चाहिए।

जब सुबोध से विदा हो कर कर्मचारी लोग चले, तब आपस में बातें होने लगीं—

'आदमी तो अच्छा मालूम होता है।'

'हेड क्लर्क के कहने से तो ऐसा मालूम होता था कि सबको कच्चा ही खा जायेगा।'

'पहले सभी ऐसे ही बातें करते हैं।'

'ये दिखाने के दाँत हैं।'

सुबोध को आये एक महीना गुजर गया। बोर्ड के क्लर्क, अरदली, चपरासी सभी उसके बर्ताव से खुश हैं। वह इतना प्रसन्नचित्त है, इतना नम्र है कि जो उससे एक बार मिलता है, सदैव के लिए उसका मित्र हो जाता है। कठोर शब्द तो उसकी जबान पर आता ही नहीं। इनकार को भी वह अप्रिय नहीं होने देता; लेकिन द्वेष की आँखों में गुण और भी भयंकर हो जाता है। सुबोध के ये सारे सद्गुण मदारीलाल की आँखों में खटकते रहते हैं। उसके विरुद्ध कोई-न-कोई गुप्त षड्यंत्र रचते ही रहते हैं। पहले कर्मचारियों को भड़काना चाहा, सफल न हुए। बोर्ड के मेम्बरों को भड़काना चाहा, मुँह की खायी। ठीकेदारों को उभारने का बीड़ा उठाया, लज्जित होना पड़ा। वे चाहते थे कि भुस में आग लगा कर दूर से तमाशा देखें। सुबोध से यों हँस कर मिलते, यों चिकनी-चुपड़ी बातें करते, मानो उसके सच्चे मित्र हैं, पर घात में लगे रहते। सुबोध में सब गुण थे, पर आदमी पहचानना न जानते थे। वे मदारीलाल को अब भी अपना दोस्त समझते हैं।

एक दिन मदारीलाल सेक्रेटरी साहब के कमरे में गये तब कुरसी खाली देखी। वे किसी काम से बाहर चले गये थे। उनकी मेज पर पाँच हजार के नोट पुलिंदों में बँधे हुए रखे थे। बोर्ड के मदरसों के लिए कुछ लकड़ी के सामान बनवाये गये थे। उसी के दाम थे। ठीकेदार वसूली के लिए बुलाया गया था। आज ही सेक्रेटरी साहब ने चेक भेज कर खजाने से रुपये मँगवाये थे। मदारीलाल ने बरामदे में झाँक कर देखा, सुबोध का कहीं पता नहीं। उनकी नीयत बदल गयी। ईर्ष्या में लोभ का सम्मिश्रण हो गया। काँपते हुए हाथों से पुलिंदे उठाये; पतलून की दोनों जेबों में भर कर तुरंत कमरे से निकले और चपरासी को पुकार कर बोले–बाबू जी भीतर हैं ? चपरासी आज ठेकेदार से कुछ वसूल करने की खुशी में फूला हुआ था। सामने वाले तमोली के दूकान से आ कर बोला–जी नहीं, कचहरी में किसी से बातें कर रहे हैं। अभी-अभी तो गये हैं।

मदारीलाल ने दफ्तर में आकर एक क्लर्क से कहा–यह मिसिल ले जा कर सेक्रेटरी साहब को दिखाओ।

क्लर्क मिसिल ले कर चला गया। जरा देर में लौट कर बोला–सेक्रेटरी साहब कमरे में न थे। फाइल मेज पर रख आया हूँ।

मदारीलाल ने मुँह सिकोड़ कर कहा–कमरा छोड़ कर कहाँ चले जाया करते हैं? किसी दिन धोखा उठायेंगे।

क्लर्क ने कहा–उनके कमरे में दफ्तरवालों के सिवा और जाता ही कौन है?

मदारीलाल ने तीव्र स्वर में कहा–तो क्या दफ्तरवाले सब-के-सब देवता हैं? कब किसकी नीयत बदल जाय, कोई नहीं कह सकता। मैंने छोटी-छोटी रकमों पर अच्छों-अच्छों की नीयतें बदलते देखी हैं। इस वक्त हम सभी साह हैं; लेकिन अवसर

पा कर शायद ही कोई चूके। मनुष्य की यही प्रकृति है। आप जा कर उनके कमरे के दोनों दरवाजे बंद कर दीजिए।

क्लर्क ने टाल कर कहा—चपरासी तो दरवाजे पर बैठा हुआ है।

मदारीलाल ने झुँझला कर कहा—आप से मैं जो कहता हूँ, वह कीजिए। कहने लगे, चपरासी बैठा हुआ है। चपरासी कोई ऋषि है, मुनि है ? चपरासी ही कुछ उड़ा दे, तो आप उसका क्या कर लेंगे ? जमानत भी है तो तीन सौ की। यहाँ एक-एक कागज लाखों का है।

यह कह कर मदारीलाल खुद उठे और दफ्तर के द्वार दोनों तरफ से बंद कर दिये। जब चित्त शांत हुआ तब नोटों के पुलिंदे जेब से निकाल कर एक आलमारी में कागजों के नीचे छिपा कर रख दिये। फिर आ कर अपने काम में व्यस्त हो गये।

सुबोधचंद्र कोई घंटे भर में लौटे। तब उनके कमरे का द्वार बंद था। दफ्तर में आ कर मुस्कराते हुए बोले—मेरा कमरा किसने बंद कर दिया है, भाई, क्या मेरी बेदखली हो गयी?

मदारीलाल ने खड़े हो कर मृदु तिरस्कार दिखाते हुए कहा—साहब, गुस्ताखी माफ हो, आप जब कभी बाहर जायँ, चाहे एक ही मिनट के लिए क्यों न हो, तब दरवाजा बंद कर दिया करें। आपकी मेज पर रुपये-पैसे और सरकारी कागज-पत्र बिखरे पड़े रहते हैं, न-जाने किस वक्त किसकी नीयत बदल जाय। मैंने अभी सुना कि आप कहीं गये हुए हैं, तब दरवाजे बंद कर दिये।

सुबोधचंद्र द्वार खोल कर कमरे में गये और सिगार पीने लगे। मेज पर नोट रखे हुए हैं, इसकी खबर ही न थी।

सहसा ठीकेदार ने आ कर सलाम किया। सुबोध कुर्सी से उठ बैठे और बोले—तुमने बहुत देर कर दी, तुम्हारा ही इन्तजार कर रहा था। दस ही बजे रुपये मँगवा लिये थे। रसीद का टिकट लाये हो न?

ठीकेदार—हुजूर रसीद लिखवा लाया हूँ।

सुबोध—तो अपने रुपये ले जाओ। तुम्हारे काम से मैं बहुत खुश नहीं हूँ। लकड़ी तुमने अच्छी नहीं लगायी और काम में सफाई भी नहीं है। अगर ऐसा काम फिर करोगे, तो ठीकेदारों के रजिस्टर से तुम्हारा नाम निकाल दिया जायेगा।

यह कह कर सुबोध ने मेज पर निगाह डाली, तब नोटों के पुलिंदे न थे। सोचा, शायद किसी फाइल के नीचे दब गये हों। कुरसी के समीप के सब कागज उलट-पलट डाले; मगर नोटों का कहीं पता नहीं। ऐं, नोट कहाँ गये ! अभी तो यहीं मैंने रख दिये थे। जा कहाँ सकते हैं। फिर फाइलों को उलटने-पलटने लगे। दिल में जरा-जरा धड़कन होने लगी। सारी मेज के कागज छान डाले, पुलिंदों का पता नहीं। तब वे कुरसी पर बैठ कर इस आध घंटे में होने वाली घटनाओं की मन में आलोचना करने

लगे—चपरासी ने नोटों के पुलिंदे ला कर मुझे ही दिये, खूब याद है। भला, यह भी भूलने की बात है और इतनी जल्द ! मैंने नोटों को लेकर यहीं मेज पर रख दिया, गिना तक नहीं। फिर वकील साहब आ गये, पुराने मुलाकाती हैं। उनसे बातें करता जरा उस पेड़ तक चला गया। उन्होंने पान मँगवाये, बस इतनी ही देर हुई। जब गया हूँ तब पुलिंदे रखे हुए थे। खूब अच्छी तरह याद है। तब ये नोट कहाँ गायब हो गये ? मैंने किसी संदूक, दराज या आलमारी में नहीं रखे। फिर गये तो कहाँ? शायद दफ्तर में किसी ने सावधानी के लिए उठा कर रख दिये हों, यही बात है। मैं व्यर्थ ही इतना घबरा गया। छिः !

तुरंत दफ्तर में आ कर मदारीलाल से बोले—आपने मेरी मेज पर से नोट तो उठा कर नहीं रख दिये ?

मदारीलाल ने भौंचक्के हो कर कहा—क्या आपकी मेज पर नोट रखे हुए थे? मुझे तो खबर ही नहीं। अभी पंडित सोहनलाल एक फाइल ले कर गये थे तब आपको कमरे में न देखा। जब मुझे मालूम हुआ कि आप किसी से बातें करने चले गये हैं, तब दरवाजे बंद करा दिये। क्या कुछ नोट नहीं मिल रहे हैं ?

सुबोध आँखें फैला कर बोले—अरे साहब, पूरे पाँच हजार के हैं। अभी-अभी चेक भुनाया है।

मदारीलाल ने सिर पीट कर कहा—पूरे पाँच हजार ! या भगवान् ! आपने मेज पर खूब देख लिया है ?

'अजी पंद्रह मिनट से तलाश कर रहा हूँ।'

'चपरासी से पूछ लिया कि कौन-कौन आया था ?'

'आइए, जरा आप लोग भी तलाश कीजिए। मेरे तो होश उड़े हुए हैं।'

सारा दफ्तर सेक्रेटरी साहब के कमरे की तलाशी लेने लगा। मेज, आलमारियाँ, संदूक सब देखे गये। रजिस्टरों के वर्क उलट-पलट कर देखे गये; मगर नोटों का कहीं पता नहीं। कोई उड़ा ले गया, अब इसमें कोई शुबहा न था। सुबोध ने एक लम्बी साँस ली और कुर्सी पर बैठ गये। चेहरे का रंग फक हो गया। जरा-सा मुँह निकल आया। इस समय कोई उन्हें देखता तो समझता कि महीनों से बीमार हैं।

मदारीलाल ने सहानुभूति दिखाते हुए कहा—गजब हो गया और क्या ! आज तक कभी ऐसा अंधेर न हुआ था। मुझे यहाँ काम करते दस साल हो गये, कभी धेले की चीज भी गायब न हुई। मैं आपको पहले ही दिन सावधान कर देना चाहता था कि रुपये-पैसे के विषय में होशियार रहिएगा; मगर शुदनी थी, खयाल न रहा। जरूर बाहर से कोई आदमी आया और नोट उड़ा कर गायब हो गया। चपरासी का यही अपराध है कि उसने किसी को कमरे में जाने ही क्यों दिया। वह लाख कसम खाये कि बाहर से कोई नहीं आया; लेकिन मैं इसे मान नहीं सकता। यहाँ से तो

केवल पंडित सोहनलाल एक फाइल ले कर गये थे; मगर दरवाजे ही से झाँक कर चले आये।

सोहनलाल ने सफाई दी—मैंने तो अंदर कदम ही नहीं रखा, साहब ! अपने जवान बेटे की कसम खाता हूँ, जो अंदर कदम भी रखा हो।

मदारीलाल ने माथा सिकोड़ कर कहा—आप व्यर्थ में कसमें क्यों खाते हैं ? कोई आपसे कुछ कहता है ? (सुबोध के कान में) बैंक में कुछ रुपये हों तो निकाल कर ठीकेदार को दे दिये जायँ, वरना बड़ी बदनामी होगी। नुकसान तो हो ही गया, अब उसके साथ अपमान क्यों हो।

सुबोध ने करुण-स्वर में कहा—बैंक में मुश्किल से दो-चार सौ रुपये होंगे, भाईजान! रुपये होते तो क्या चिंता थी। समझ लेता, जैसे पचीस हज़ार उड़ गये, वैसे ही तीस हजार भी उड़ गये। यहाँ तो कफन को भी कौड़ी नहीं।

उसी रात को सुबोधचंद्र ने आत्महत्या कर ली। इतने रुपयों का प्रबंध करना उनके लिए कठिन था। मृत्यु के परदे के सिवा उन्हें अपनी वेदना, अपनी विवशता को छिपाने की और कोई आड़ न थी।

दूसरे दिन प्रातःकाल चपरासी ने मदारीलाल के घर पहुँच कर आवाज दी। मदारी को रात-भर नींद न आयी थी। घबरा कर बाहर आये। चपरासी उन्हें देखते ही बोला—हुजूर! बड़ा गजब हो गया, सिकट्टरी साहब ने रात को गर्दन पर छुरी फेर ली।

मदारीलाल की आँखें ऊपर चढ़ गयीं, मुँह फैल गया और सारी देह सिहर उठी, मानो उनका हाथ बिजली के तार पर पड़ गया हो।

'छुरी फेर ली ?'

'जी हाँ, आज सबेरे मालूम हुआ। पुलिसवाले जमा हैं। आपको बुलाया है।'

'लाश अभी पड़ी हुई है ?'

'जी हाँ, अभी डाक्टरी होने वाली है।'

'बहुत से लोग जमा हैं ?'

'सब बड़े-बड़े अफसर जमा हैं। हुजूर, लहास की ओर ताकते नहीं बनता। कैसा भलामानुष हीरा आदमी था ! सब लोग रो रहे हैं। छोटे-छोटे दो बच्चे हैं, एक सयानी लड़की है ब्याहने लायक। बहू जी को लोग कितना रोक रहे हैं; पर बार-बार दौड़ कर लहास के पास आ जाती हैं। कोई ऐसा नहीं है, जो रूमाल से आँखें न पोंछ रहा हो। अभी इतने ही दिन आये हुए, पर सबसे कितना मेल-जोल हो गया था। रुपये की तो कभी परवा ही नहीं थी। दिल भी दरियाव था !'

मदारीलाल के सिर में चक्कर आने लगा। द्वार की चौखट पकड़ कर अपने

को सँभाल न लेते, तो शायद गिर पड़ते। पूछा—बहू जी बहुत रो रही थीं ?

'कुछ न पूछिए, हुजूर। पेड़ की पत्तियाँ झड़ी जाती हैं। आँखें फूल कर गूलर हो गयी हैं।

'कितने लड़के बतलाये तुमने ?'

'हुजूर, दो लड़के हैं और एक लड़की।'

'हाँ-हाँ, लड़कों को तो देख चुका हूँ, लड़की सयानी होगी ?'

'जी हाँ, ब्याहने लायक है। रोते-रोते बेचारी की आँखें सूज आयी हैं।'

'नोटों के बारे में भी बातचीत हो रही होगी ?'

'जी हाँ, सब लोग यही कहते हैं कि दफ्तर के किसी आदमी का काम है। दारोगा जी तो सोहनलाल को गिरफ्तार करना चाहते थे; पर साइत आपसे सलाह ले कर करेंगे। सिकट्टरी साहब तो लिख गये हैं कि मेरा किसी पर शक नहीं है।'

'क्या सेक्रेटरी साहब कोई खत लिख कर छोड़ गये हैं ?'

'हाँ, मालूम होता है, छुरी चलाते बखत याद आयी कि शुबहे में दफ्तर के सब लोग पकड़ लिए जायेंगे। बस, कलक्टर साहब के नाम चिट्ठी लिख दी।'

'चिट्ठी में मेरे बारे में भी कुछ लिखा है ? तुम्हें यह क्या मालूम होगा ?'

'हुजूर, अब मैं क्या जानूँ, मुदा इतना सब लोग कहते थे कि आपकी बड़ी तारीफ लिखी है।'

मदारीलाल की साँस और तेज हो गयी। आँखों से आँसू की दो बड़ी-बड़ी बूँदें गिर पड़ीं। आँखें पोंछते हुए बोले—वे और मैं एक साथ के पढ़े थे, नन्दू ! आठ-दस साल साथ रहा। साथ उठते-बैठते, साथ खाते, साथ खेलते। बस, इसी तरह रहते थे, जैसे दो सगे भाई रहते हों। खत में मेरी क्या तारीफ लिखी है ? मगर तुम्हें क्या मालूम होगा ?

'आप तो चल ही रहे हैं, देख लीजिएगा।'

'कफन का इन्तजाम हो गया है?'

'नहीं हुजूर, कहा न कि अभी लहास की डाक्टरी होगी। मुदा अब जल्दी चलिए। ऐसा न हो, कोई दूसरा आदमी बुलाने आता हो।'

'हमारे दफ्तर के सब लोग आ गये होंगे?'

'जी हाँ; इस मुहल्लेवाले तो सभी थे।'

'पुलिस ने मेरे बारे में तो उनसे कुछ पूछ-ताछ नहीं की ?'

'जी नहीं, किसी से भी नहीं।'

मदारीलाल जब सुबोधचंद्र के घर पहुँचे, तब उन्हें ऐसा मालूम हुआ कि सब लोग उनकी तरफ संदेह की आँखों से देख रहे हैं। पुलिस इंस्पेक्टर ने तुरंत उन्हें बुला कर कहा—आप भी अपना बयान लिखा दें और सबके बयान तो लिख चुका हूँ।

मदारीलाल ने ऐसी सावधानी से अपना बयान लिखाया कि पुलिस के अफसर भी दंग रह गये। उन्हें मदारीलाल पर शुबहा होता था, पर इस बयान ने उसका अंकुर भी निकाल डाला।

उसी वक्त सुबोध के दोनों बालक रोते हुए मदारीलाल के पास आये और कहा–चलिए, आपको अम्माँ बुलाती हैं। दोनों मदारीलाल से परिचित थे। मदारीलाल यहाँ तो रोज ही आते थे; पर घर में कभी नहीं गये थे। सुबोध की स्त्री उनसे पर्दा करती थी। यह बुलावा सुन कर उनका दिल धड़क उठा–कहीं इसका मुझ पर शुबहा न हो। कहीं सुबोध ने मेरे विषय में कोई संदेह न प्रकट किया हो। कुछ झिझकते और कुछ डरते हुए भीतर गये, तब विधवा का करुण-विलाप सुन कर कलेजा काँप उठा। इन्हें देखते ही उस अबला के आँसुओं का कोई दूसरा सोता खुल गया और लड़की तो दौड़ कर इनके पैरों से लिपट गयी। दोनों लड़कों ने भी घेर लिया। मदारीलाल को उन तीनों की आँखों में ऐसी अथाह वेदना, ऐसी विदारक याचना भरी हुई मालूम हुई कि वे उनकी ओर देख न सके। उनकी आत्मा उन्हें धिक्कारने लगी। जिन बेचारों को उन पर इतना विश्वास, इतना भरोसा, इतनी आत्मीयता, इतना स्नेह था, उन्हीं की गर्दन पर उन्होंने छुरी फेरी ! उन्हीं के हाथों यह भरा-पूरा परिवार धूल में मिल गया ! इन असहायों का अब क्या हाल होगा ? लड़की का विवाह करना है; कौन करेगा ? बच्चों के लालन-पालन का भार कौन उठायेगा ? मदारीलाल को इतनी आत्मग्लानि हुई कि उनके मुँह से तसल्ली का एक शब्द भी न निकला। उन्हें ऐसा जान पड़ा कि मेरे मुख में कालिख पुती है, मेरा कद कुछ छोटा हो गया है। उन्होंने जिस वक्त नोट उड़ाये थे, उन्हें गुमान भी न था कि उसका यह फल होगा। वे केवल सुबोध को जिच करना चाहते थे। उनका सर्वनाश करने की इच्छा न थी।

शोकातुर विधवा ने सिसकते हुए कहा–भैया जी, हम लोगों को वे मँझधार में छोड़ गये। अगर मुझे मालूम होता कि मन में यह बात ठान चुके हैं तो अपने पास जो कुछ था; वह सब उनके चरणों पर रख देती। मुझसे तो वे यही कहते रहे कि कोई-न-कोई उपाय हो जायगा। आप ही के मार्फत वे कोई महाजन ठीक करना चाहते थे। आपके ऊपर उन्हें कितना भरोसा था कि कह नहीं सकती।

मदारीलाल को ऐसा मालूम हुआ कि कोई उनके हृदय पर नश्तर चला रहा है। उन्हें अपने कंठ में कोई चीज फँसी हुई जान पड़ती थी।

रामेश्वरी ने फिर कहा–रात सोये, तब खूब हँस रहे थे। रोज की तरह दूध पिया, बच्चों को प्यार किया, थोड़ी देर हारमोनियम बजाया और तब कुल्ला करके लेटे। कोई ऐसी बात न थी जिससे लेशमात्र भी संदेह होता। मुझे चिंतित देखकर बोले–तुम व्यर्थ घबराती हो। बाबू मदारीलाल से मेरी पुरानी दोस्ती है। आखिर वह किस दिन काम आयेगी ? मेरे साथ के खेले हुए हैं। इस नगर में उनका सबसे परिचय

है। रुपयों का प्रबंध आसानी से हो जायेगा। फिर न-जाने कब मन में यह बात समायी। मैं नसीबों-जली ऐसी सोयी कि रात को मिनकी तक नहीं। क्या जानती थी कि वे अपनी जान पर खेल जायेंगे ?

मदारीलाल को सारा विश्व आँखों में तैरता हुआ मालूम हुआ। उन्होंने बहुत जब्त किया; मगर आँसुओं के प्रवाह को न रोक सके।

रामेश्वरी ने आँखें पोंछ कर फिर कहा—भैया जी, जो कुछ होना था, वह तो हो चुका; लेकिन आप उस दुष्ट का पता जरूर लगाइए, जिसने हमारा सर्वनाश कर दिया है। यह दफ्तर ही के किसी आदमी का काम है। वे तो देवता थे। मुझसे यही कहते रहे कि मेरा किसी पर संदेह नहीं है, पर है यह किसी दफ्तरवाले ही का काम। आप से केवल इतनी विनती करती हूँ कि उस पापी को बच कर न जाने दीजिएगा। पुलिसवाले शायद कुछ रिश्वत ले कर उसे छोड़ दें। आपको देख कर उनका यह हौसला न होगा। अब हमारे सिर पर आपके सिवा और कौन है। किससे अपना दुःख कहें ? लाश की यह दुर्गति होनी भी लिखी थी।

मदारीलाल के मन में एक बार ऐसा उबाल उठा कि सब कुछ खोल दें। साफ कह दें, मैं ही वह दुष्ट, वह अधम, वह पामर हूँ। विधवा के पैरों पर गिर पड़ें और कहें, वही छुरी इस हत्यारे की गर्दन पर फेर दो। पर जबान न खुली; इसी दशा में बैठे-बैठे उनके सिर में ऐसा चक्कर आया कि वे जमीन पर गिर पड़े।

तीसरे पहर लाश की परीक्षा समाप्त हुई। अर्थी जलाशय की ओर चली। सारा दफ्तर, सारे हुक्काम और हजारों आदमी साथ थे। दाह-संस्कार लड़कों को करना चाहिए था, पर लड़के नाबालिग थे। इसलिए विधवा चलने को तैयार हो रही थी कि मदारीलाल ने जा कर कहा—बहू जी, यह संस्कार मुझे करने दो। तुम क्रिया पर बैठ जाओगी, तो बच्चों को कौन सँभालेगा। सुबोध मेरे भाई थे। जिंदगी में उनके साथ कुछ सलूक न कर सका, अब जिंदगी के बाद मुझे दोस्ती का कुछ हक अदा कर लेने दो। आखिर मेरा भी तो उन पर कुछ हक था। रामेश्वरी ने रो कर कहा—आपको भगवान् ने बड़ा उदार हृदय दिया है भैया जी, नहीं तो मरने पर कौन किसको पूछता है। दफ्तर के और लोग जो आधी-आधी रात तक हाथ बाँधे खड़े रहते थे, झूठी बात पूछने न आये कि जरा ढाढ़स होता।

मदारीलाल ने दाह-संस्कार किया। तेरह दिन तक क्रिया पर बैठे रहे। तेरहवें दिन पिंडदान हुआ; ब्राह्मणों ने भोजन किया, भिखारियों को अन्नदान दिया गया, मित्रों की दावत हुई, और यह सब कुछ मदारीलाल ने अपने खर्च से किया। रामेश्वरी ने बहुत कहा कि आपने जितना किया उतना ही बहुत है। अब मैं आपको और

जेरबार नहीं करना चाहती। दोस्ती का हक इससे ज्यादा और कोई क्या अदा करेगा, मगर मदारीलाल ने एक न सुनी। सारे शहर में उनके यश की धूम मच गयी, मित्र हो तो ऐसा हो।

सोलहवें दिन विधवा ने मदारीलाल से कहा—भैया जी, आपने हमारे साथ जो उपकार और अनुग्रह किये हैं उनसे हम मरते दम तक उऋण नहीं हो सकते। आपने हमारी पीठ पर हाथ न रखा होता, तो न-जाने हमारी क्या गति होती। कहीं रूख की भी छाँह तो नहीं थी। अब हमें घर जाने दीजिए। वहाँ देहात में खर्च भी कम होगा और कुछ खेती-बारी का सिलसिला भी कर लूँगी। किसी न किसी तरह विपत्ति के दिन कट ही जायेंगे। इसी तरह हमारे ऊपर दया रखिएगा।

मदारीलाल ने पूछा—घर पर कितनी जायदाद है ?

रामेश्वरी—जायदाद क्या है, एक कच्चा मकान है और दस-बारह बीघे की काश्तकारी है। पक्का मकान बनवाना शुरू किया था; मगर रुपये पूरे न पड़े। अभी अधूरा पड़ा हुआ है। दस-बारह हजार खर्च हो गये और अभी छत पड़ने की नौबत नहीं आयी।

मदारीलाल—कुछ रुपये बैंक में जमा हैं, या बस खेती ही का सहारा है ?

विधवा—जमा तो एक पाई भी नहीं है, भैया जी ! उनके हाथ में रुपये रहने ही नहीं पाते थे। बस, वही खेती का सहारा है।

मदारी.—तो उन खेतों में इतनी पैदावार हो जायेगी कि लगान भी अदा हो जाय और तुम लोगों की गुजर-बसर भी हो ?

रामेश्वरी—और कर ही क्या सकते हैं, भैया जी ! किसी-न-किसी तरह जिंदगी तो काटनी ही है। बच्चे न होते तो मैं जहर खा लेती।

मदारी.—और अभी बेटी का विवाह भी तो करना है।

विधवा—उसके विवाह की अब कोई चिंता नहीं। किसानों में ऐसे बहुत से मिल जायेंगे, जो बिना कुछ लिये-दिये विवाह कर लेंगे।

मदारीलाल ने एक क्षण सोच कर कहा—अगर मैं कुछ सलाह दूँ, तो उसे मानेंगी आप ?

रामेश्वरी—भैया जी, आपकी सलाह न मानूँगी तो किसकी सलाह मानूँगी। और दूसरा है ही कौन ?

मदारी.—तो आप अपने घर जाने के बदले मेरे घर चलिए। जैसे मेरे बाल-बच्चे रहेंगे, वैसे ही आप के भी रहेंगे। आपको कष्ट न होगा। ईश्वर ने चाहा तो कन्या का विवाह भी किसी अच्छे कुल में हो जायेगा।

विधवा की आँखें सजल हो गयीं। बोली—मगर भैया जी, सोचिए...

मदारीलाल ने बात काट कर कहा—मैं कुछ न सोचूँगा और न कोई उज्र सुनूँगा।

क्या दो भाइयों के परिवार एक साथ नहीं रहते ? सुबोध को मैं अपना भाई समझता था और हमेशा समझूँगा।

विधवा का कोई उज्र न सुना गया। मदारीलाल सबको अपने साथ ले गये और आज दस साल से उनका पालन कर रहे हैं। दोनों बच्चे कालेज में पढ़ते हैं और कन्या का एक प्रतिष्ठित कुल में विवाह हो गया है। मदारीलाल और उनकी स्त्री तन-मन से रामेश्वरी की सेवा करते हैं और उनके इशारों पर चलते हैं। मदारीलाल सेवा से अपने पाप का प्रायश्चित्त कर रहे हैं।

कुसुम

साल-भर की बात है, एक दिन शाम को हवा खाने जा रहा था कि महाशय नवीन से मुलाक़ात हो गई। मेरे पुराने दोस्त हैं, बड़े बेतकल्लुफ़ और मनचले। आगरे में मकान है, अच्छे कवि हैं। उनके कवि-समाज में कई बार शरीक हो चुका हूँ। ऐसा कविता का उपासक मैंने नहीं देखा। पेशा तो वकालत; पर डूबे रहते हैं काव्य-चिंतन में। आदमी ज़हीन हैं, मुक़दमा सामने आया और उसकी तह तक पहुँच गए; इसलिए कभी-कभी मुक़दमे मिल जाते हैं, लेकिन कचहरी के बाहर अदालत या मुक़दमे की चर्चा उनके लिए निषिद्ध है। अदालत की चारदीवारी के अन्दर चार-पाँच घंटे वह वकील होते हैं। चारदीवारी के बाहर निकलते ही कवि हैं—सिर से पाँव तक। जब देखिये, कवि-मण्डल जमा है, कवि-चर्चा हो रही है, रचनाएँ सुन रहे हैं। मस्त हो-हो कर झूम रहे हैं, और अपनी रचना सुनाते समय तो उन पर एक तल्लीनता-सी छा जाती है। कण्ठ स्वर भी इतना मधुर है कि उनके पद बाण की तरह सीधे कलेजे में उतर जाते हैं। अध्यात्म में माधुर्य की सृष्टि करना, निर्गुण में सगुण की बहार दिखाना उनकी रचनाओं की विशेषता है। वह जब लखनऊ आते हैं, मुझे पहले सूचना दे दिया करते हैं। आज उन्हें अनायास लखनऊ में देख कर मुझे आश्चर्य हुआ—आप यहाँ कैसे? कुशल तो है? मुझे आने की सूचना तक न दी।

बोले—भाईजान, एक जंजाल में फँस गया हूँ। आपको सूचित करने का समय न था। फिर आपके घर को मैं अपना घर समझता हूँ। इस तकल्लुफ़ की क्या ज़रूरत है कि आप मेरे लिए कोई विशेष प्रबन्ध करें। मैं एक ज़रूरी मुआमले में आपको कष्ट देने आया हूँ। इस वक़्त की सैर को स्थगित कीजिए और चल कर मेरी विपत्ति-कथा सुनिए।

मैंने घबड़ा कर कहा—आपने तो मुझे चिन्ता में डाल दिया। आप और

विपत्ति-कथा ! मेरे तो प्राण सूखे जाते हैं।

'घर चलिए, चित्त शान्त हो तो सुनाऊँ !'

'बाल-बच्चे तो अच्छी तरह हैं ?'

'हाँ, सब अच्छी तरह हैं। वैसी कोई बात नहीं है !'

'तो चलिए, रेस्ट्राँ में कुछ जलपान तो कर लीजिए।'

'नहीं भाई, इस वक़्त मुझे जलपान नहीं सूझता।'

हम दोनों घर की ओर चले।

घर पहुँच कर उनका हाथ-मुँह धुलाया, शरबत पिलाया। इलायची-पान खा कर उन्होंने अपनी विपत्ति-कथा सुनानी शुरू की–

'कुसुम के विवाह में आप गए ही थे। उसके पहले भी आपने उसे देखा था। मेरा विचार है कि किसी सरल प्रकृति के युवक को आकर्षित करने के लिए जिन गुणों की ज़रूरत है, वे सब उसमें मौजूद हैं। आपका क्या ख़याल है ?'

मैंने तत्परता से कहा–मैं आपसे कहीं ज़्यादा कुसुम का प्रशंसक हूँ। ऐसी लज्जाशील, सुघड़, सलीक़ेदार और विनोदिनी बालिका मैंने दूसरी नहीं देखी।

महाशय नवीन ने करुण स्वर में कहा–वही कुसुम आज अपने पति के निर्दय व्यवहार के कारण रो-रोकर प्राण दे रही है। उसका गौना हुए एक साल हो रहा है। इस बीच में वह तीन बार ससुराल गई, पर उसका पति उससे बोलता ही नहीं। उसकी सूरत से बेज़ार है। मैंने बहुत चाहा कि उसे बुला कर दोनों में सफ़ाई करा दूँ, मगर न आता है, न मेरे पत्रों का उत्तर देता है। न जाने क्या गाँठ पड़ गई है कि उसने इस बेदर्दी से आँखें फेर लीं। अब सुनता हूँ, उसका दूसरा विवाह होने वाला है। कुसुम का बुरा हाल हो रहा है। आप शायद उसे देख कर पहचान भी न सकें। रात-दिन रोने के सिवा दूसरा काम नहीं है। इससे आप हमारी परेशानी का अनुमान कर सकते हैं। ज़िन्दगी की सारी अभिलाषाएँ मिटी जाती हैं। हमें ईश्वर ने पुत्र न दिया; पर हम अपनी कुसुम को पा कर सन्तुष्ट थे और अपने भाग्य को धन्य मानते थे। उसे कितने लाड़-प्यार से पाला, कभी उसे फूल की छड़ी से भी न छुआ। उसकी शिक्षा-दीक्षा में कोई बात उठा न रखी। उसने बी. ए. नहीं पास किया, लेकिन विचारों की प्रौढ़ता और ज्ञान-विस्तार में किसी ऊँचे दर्जे की शिक्षित महिला से कम नहीं। आपने उसके लेख देखे हैं। मेरा ख़याल है, बहुत कम देवियाँ वैसे लेख लिख सकती हैं ! समाज, धर्म, नीति–सभी विषयों में उसके विचार बड़े परिष्कृत हैं। बहस करने में तो वह इतनी पटु है कि मुझे आश्चर्य होता है। गृह-प्रबन्ध में इतनी कुशल कि मेरे घर का प्रायः सारा प्रबन्ध उसी के हाथ में था; किन्तु पति की दृष्टि में वह पाँव की धूल के बराबर भी नहीं। बार-बार पूछता हूँ, तूने उसे कुछ कह दिया है, या क्या बात है? आख़िर वह क्यों तुझसे इतना उदासीन है ? इसके जवाब में रो कर यही कहती

है—'मुझसे तो उन्होंने कभी कोई बातचीत ही नहीं की।' मेरा विचार है कि पहले ही दिन दोनों में कुछ मनमुटाव हो गया। वह कुसुम के पास आया होगा और उससे कुछ पूछा होगा। उसने मारे शर्म के जवाब न दिया होगा। संभव है, उससे दो-चार बातें और भी की हों। कुसुम ने सिर न उठाया होगा। आप जानते ही हैं, कि कितनी शर्मीली है। बस, पतिदेव रूठ गए होंगे। मैं तो कल्पना ही नहीं कर सकता कि कुसुम जैसी बालिका से कोई पुरुष उदासीन रह सकता है, लेकिन दुर्भाग्य को कोई क्या करे ? दुखिया ने पति के नाम कई पत्र लिखे, पर उस निर्दयी ने एक का भी जवाब न दिया ! सारी चिट्ठियाँ लौटा दीं। मेरी समझ में नहीं आता कि उस पाषाण-हृदय को कैसे पिघलाऊँ। मैं अब खुद तो उसे कुछ लिख नहीं सकता। आप ही कुसुम की प्राण रक्षा करें, नहीं तो शीघ्र ही उसके जीवन का अन्त हो जाएगा और उसके साथ हम दोनों प्राणी भी सिधार जाएँगे। उसकी व्यथा अब नहीं देखी जाती।

नवीनजी की आँखें सजल हो गईं। मुझे भी अत्यन्त क्षोभ हुआ। उन्हें तसल्ली देता हुआ बोला—आप इतने दिनों इस चिन्ता में पड़े रहे, मुझसे पहले ही क्यों न कहा ? मैं आज ही मुरादाबाद जाऊँगा और उस लौंडे की इस बुरी तरह खबर लूँगा कि वह भी याद करेगा। बच्चा को ज़बरदस्ती घसीट कर लाऊँगा और कुसुम के पैरों पर गिरा दूँगा।

नवीनजी मेरे आत्मविश्वास पर मुसकरा कर बोले—आप उससे क्या कहेंगे ?

'यह न पूछिये ! वशीकरण के जितने मन्त्र हैं, उन सभी की परीक्षा करूँगा।'

'तो आप कदापि सफल न होंगे। वह इतना शीलवान, इतना विनम्र, इतना प्रसन्नमुख है, इतना मधुर-भाषी कि आप वहाँ से उसके भक्त हो कर लौटेंगे ! वह नित्य आपके सामने हाथ बाँधे खड़ा रहेगा। आपकी सारी कठोरता शान्त हो जाएगी। आपके लिए तो एक ही साधन है। आपके कलम में जादू है ! आपने कितने ही युवकों को सन्मार्ग पर लगाया है। हृदय में सोयी हुई मानवता को जगाना आपका कर्तव्य है। मैं चाहता हूँ, आप कुसुम की ओर से ऐसा करुणाजनक, ऐसा दिल हिला देने वाला पत्र लिखें कि वह लज्जित हो जाए और उसकी प्रेम-भावना सचेत हो उठे। मैं जीवन-पर्यन्त आपका आभारी रहूँगा।'

नवीनजी कवि ही तो ठहरे। इस तजबीज़ में वास्तविकता की अपेक्षा कवित्व ही की प्रधानता थी। आप मेरे कई गल्पों को पढ़ कर रो पड़े हैं, इससे आपको विश्वास हो गया है कि मैं चतुर सँपेरे की भाँति जिस दिल को चाहूँ, नचा सकता हूँ। आपको यह मालूम नहीं कि सभी मनुष्य कवि नहीं होते, और न एक-से भावुक। जिन गल्पों को पढ़ कर आप रोये हैं, उन्हीं गल्पों को पढ़ कर कितने ही सज्जनों ने विरक्त हो कर पुस्तक फेंक दी है। पर इन बातों का वह अवसर न था। वह समझते कि मैं अपना गला छुड़ाना चाहता हूँ, इसलिए मैंने सहृदयता से कहा—आपको बहुत दूर

की सूझी। और मैं इस प्रस्ताव से सहमत हूँ और यद्यपि आपने मेरी करुणोत्पादक शक्ति का अनुमान करने में अत्युक्ति से काम लिया है; लेकिन मैं आपको निराश न करूँगा। मैं पत्र लिखूँगा और यथाशक्ति उस युवक की न्याय-बुद्धि को जगाने की चेष्टा भी करूँगा, लेकिन आप अनुचित न समझें तो पहले मुझे वह पत्र दिखा दें, जो कुसुम ने अपने पति के नाम लिखे थे, उसने पत्र तो लौटा ही दिये हैं और यदि कुसुम ने उन्हें फाड़ नहीं डाला है, तो उसके पास होंगे। उन पत्रों को देखने से मुझे ज्ञात हो जाएगा कि किन पहलुओं पर लिखने की गुंजाइश बाक़ी है।

नवीनजी ने जेब से पत्रों का एक पुलिन्दा निकाल कर मेरे सामने रख दिया और बोले—मैं जानता था, आप इन पत्रों को देखना चाहेंगे, इसलिए इन्हें साथ लेता आया। आप इन्हें शौक से पढ़ें। कुसुम जैसी मेरी लड़की है, वैसी ही आपकी भी लड़की है। आपसे क्या परदा !

सुगन्धित, गुलाबी, चिकने कागज़ पर बहुत ही सुन्दर अक्षरों में लिखे उन पत्रों को मैंने पढ़ना शुरू किया—

मेरे स्वामी, मुझे यहाँ आए एक सप्ताह हो गया; लेकिन आँखें पल-भर के लिए भी नहीं झपकीं। सारी रात करवटें बदलते बीत जाती है। बार-बार सोचती हूँ, मुझसे ऐसा क्या अपराध हुआ कि उसकी आप मुझे यह सज़ा दे रहे हैं? आप मुझे झिड़कें, घुड़कें, कोसें; इच्छा हो तो मेरे कान भी पकड़ें। मैं इन सभी सज़ाओं को सहर्ष सह लूँगी; लेकिन यह निष्ठुरता नहीं सही जाती। मैं आपके घर एक सप्ताह रही। परमात्मा जानता है कि मेरे दिल में क्या-क्या अरमान थे। मैंने कितनी बार चाहा कि आपसे कुछ पूछूँ; आपसे अपने अपराधों को क्षमा कराऊँ; लेकिन आप मेरी परछाईं से भी दूर भागते थे। मुझे कोई अवसर न मिला। आपको याद होगा कि जब दोपहर को सारा घर सो जाता था; तो मैं आपके कमरे में जाती थी और घण्टों सिर झुकाये खड़ी रहती थी; पर आपने कभी आँख उठा कर न देखा। उस वक्त मेरे मन की क्या दशा होती थी, इसका कदाचित् आप अनुमान न कर सकेंगे। मेरी जैसी अभागिनी स्त्रियाँ इसका कुछ अन्दाज़ कर सकती हैं। मैंने अपनी सहेलियों से उनकी सोहागरात की कथाएँ सुन-सुन कर अपनी कल्पना में सुखों का जो स्वर्ग बनाया था उसे आपने कितनी निर्दयता से नष्ट कर दिया !

मैं आपसे पूछती हूँ, क्या आपके ऊपर मेरा कोई अधिकार नहीं है ? अदालत भी किसी अपराधी को दंड देती है, तो उस पर कोई-न-कोई अभियोग लगाती है, गवाहियाँ लेती है, उनका बयान सुनती है। आपने तो कुछ पूछा ही नहीं। मुझे अपनी ख़ता मालूम हो जाती, तो आगे के लिए सचेत हो जाती। आपके चरणों पर गिर कर कहती, मुझे क्षमा-दान दो। मैं शपथपूर्वक कहती हूँ, मुझे कुछ नहीं मालूम आप क्यों रुष्ट हो गए। सम्भव है, आपने अपनी पत्नी में जिन गुणों को देखने की कामना

की हो, वे मुझमें न हों। बेशक मैं अँगरेज़ी नहीं पढ़ी; अँगरेज़ी-समाज की रीति-नीति से परिचित नहीं, न अँगरेज़ी खेल ही खेलना जानती हूँ। और भी कितनी ही त्रुटियाँ मुझमें होंगी। मैं जानती हूँ कि मैं आपके योग्य न थी। आपको मुझसे कहीं अधिक रूपवती, गुणवती, बुद्धिमती स्त्री मिलनी चाहिए थी; लेकिन मेरे देवता, दंड अपराधों का मिलना चाहिए, त्रुटियों का नहीं। फिर मैं तो आपके इशारे पर चलने को तैयार हूँ। आप मेरी दिलजोई करें, फिर देखिए, मैं अपनी त्रुटियों को कितनी जल्द पूरा कर लेती हूँ। आपका प्रेम-कटाक्ष मेरे रूप को प्रदीप्त, मेरी बुद्धि को तीव्र और मेरे भाग्य को बलवान कर देगा। वह विभूति पा कर मेरी कायाकल्प हो जाएगी।

स्वामी ! क्या आपने सोचा है आप यह क्रोध किस पर कर रहे हैं ? वह अबला, जो आपके चरणों पर पड़ी हुई आपसे क्षमा-दान माँग रही है, जो जन्म-जन्मान्तर के लिए आपकी चेरी है, क्या इस क्रोध को सहन कर सकती है ? मेरा दिल बहुत कमज़ोर है। मुझे रुला कर आपको पश्चात्ताप के सिवा और क्या हाथ आएगा? इस क्रोधाग्नि की एक चिनगारी मुझे भस्म कर देने के लिए काफी है। अगर आपकी यह इच्छा है कि मैं मर जाऊँ, तो मैं मरने के लिए तैयार हूँ; केवल आपका इशारा चाहती हूँ। अगर मरने से आपका चित्त प्रसन्न हो, तो मैं बड़े हर्ष से अपने को आपके चरणों पर समर्पित कर दूँगी; मगर इतना कहे बिना नहीं रहा जाता कि मुझमें सौ ऐब हों, पर एक गुण भी है—मेरा दावा है कि आपकी जितनी सेवा मैं कर सकती हूँ, उतनी कोई दूसरी स्त्री नहीं कर सकती। आप विद्वान् हैं, उदार हैं, मनोविज्ञान के पंडित हैं, आपकी लौंडी आपके सामने खड़ी दया की भीख माँग रही है। क्या उसे द्वार से ठुकरा दीजिएगा ?

आपकी अपराधिनी,
—कुसुम

यह पत्र पढ़ कर मुझे रोमांच हो आया। यह बात मेरे लिए असह्य थी कि कोई स्त्री अपने पति की इतनी खुशामद करने पर मजबूर हो जाए। पुरुष अगर स्त्री से उदासीन रह सकता है, तो स्त्री उसे क्यों नहीं ठुकरा सकती ? वह दुष्ट समझता है कि विवाह ने एक स्त्री को उसका गुलाम बना दिया। वह उस अबला पर जितना अत्याचार चाहे करे, कोई उसका हाथ नहीं पकड़ सकता, कोई चूँ भी नहीं कर सकता। पुरुष अपनी दूसरी, तीसरी, चौथी शादी कर सकता है, स्त्री से कोई सम्बन्ध न रख कर भी उस पर उसी कठोरता से शासन कर सकता है। वह जानता है कि स्त्री कुल-मर्यादा के बन्धनों में जकड़ी हुई है, उसे रो-रोकर मर जाने के सिवा और कोई उपाय नहीं है। अगर उसे भय होता कि औरत भी उसकी ईंट का जवाब पत्थर से नहीं, ईंट से भी नहीं; केवल थप्पड़ से दे सकती है, तो उसे कभी इस बदमिज़ाजी का साहस

न होता। बेचारी स्त्री कितनी विवश है। शायद मैं कुसुम की जगह होता, तो इस निष्ठुरता का जवाब इसकी दस गुनी कठोरता से देता। उसकी छाती पर मूँग दलता। संसार के हँसने की ज़रा भी चिन्ता न करता। समाज अबलाओं पर इतना जुल्म देख सकता है और चूँ तक नहीं करता, उसके रोने या हँसने की मुझे ज़रा भी परवाह न होती। अरे अभागे युवक ! तुझे खबर नहीं, तू अपने भविष्य की गर्दन पर कितनी बेदर्दी से छुरी फेर रहा है। यह वह समय है, जब पुरुष को अपने प्रणय-भण्डार से स्त्री के माता-पिता, भाई-बहन, सखियाँ-सहेलियाँ—सभी के प्रेम की पूर्त्ति करनी पड़ती है। अगर पुरुष में यह सामर्थ्य नहीं है तो स्त्री की क्षुधित आत्मा को कैसे सन्तुष्ट रख सकेगा। परिणाम वही होगा, जो बहुधा होता है। अबला कुढ़-कुढ़कर मर जाती है। यही वह समय है, जिसकी स्मृति जीवन में सदैव के लिए मिठास पैदा कर देती है। स्त्री की प्रेमसुधा इतनी तीव्र होती है कि वह पति का स्नेह पा कर अपना जीवन सफल समझती है और इस प्रेम के आधार पर जीवन के सारे कष्टों को हँस-खेल कर सह लेती है। यही वह समय है, जब हृदय में प्रेम का बसन्त आता है और उसमें नयी-नयी आशा-कोंपलें निकलने लगती हैं। ऐसा कौन निर्दयी है, जो इस ऋतु में उस वृक्ष पर कुल्हाड़ी चलायेगा? यही वह समय है, जब शिकारी किसी पक्षी को उसके बसेरे से ला कर पिंजरे में बन्द कर देता है। क्या वह उसकी गर्दन पर छुरी चला कर उसका मधुर गान सुनने की आशा रखता है ?

मैंने दूसरा पत्र पढ़ना शुरू किया—

मेरे जीवन-धन ! दो सप्ताह जवाब की प्रतीक्षा करने के बाद आज फिर यही उलाहना देने बैठी हूँ। जब मैंने वह पत्र लिखा था, तो मेरा मन गवाही दे रहा था कि उसका उत्तर ज़रूर आएगा। आशा के विरुद्ध आशा लगाए हुए थी। मेरा मन अब भी इसे स्वीकार नहीं करता कि जान-बूझकर उसका उत्तर नहीं दिया। कदाचित् आपको अवकाश नहीं मिला, या ईश्वर न करे, कहीं आप अस्वस्थ तो नहीं हो गए ? किससे पूछूँ ? इस विचार से ही मेरा हृदय काँप रहा है। मेरी ईश्वर से यही प्रार्थना है कि आप प्रसन्न और स्वस्थ हों। पत्र मुझे न लिखें, न सही, रो कर चुप ही तो हो जाऊँगी। आपको ईश्वर का वास्ता है; अगर आपको किसी प्रकार का कष्ट हो, तो मुझे तुरन्त पत्र लिखिए, मैं किसी को साथ ले कर आ जाऊँगी। मर्यादा और परिपाटी के बन्धनों से मेरा जी घबराता है। ऐसी दशा में भी यदि आप मुझे अपनी सेवा से वंचित रखते हैं तो आप मुझसे मेरा वह अधिकार छीन रहे हैं, जो मेरे जीवन की सबसे मूल्यवान् वस्तु है। मैं आपसे और कुछ नहीं माँगती, आप मुझे मोटे-से-मोटा खिलाइए, मोटे-से-मोटा पहनाइए, मुझे ज़रा भी शिकायत न होगी। मैं आपके साथ घोर-से-घोर विपत्ति में भी प्रसन्न रहूँगी। मुझे आभूषणों की लालसा नहीं, महल में

रहने की लालसा नहीं, सैर-तमाशे की लालसा नहीं, धन बटोरने की लालसा नहीं। मेरे जीवन का उद्‌देश्य केवल आपकी सेवा करना है। यही उसका ध्येय है। मेरे लिए दुनिया में कोई देवता नहीं, कोई गुरु नहीं, कोई हाकिम नहीं। मेरे देवता आप हैं, मेरे राजा आप हैं, मुझे अपने चरणों से न हटाइए, मुझे ठुकराइए नहीं। मैं सेवा और प्रेम के फूल लिए, कर्तव्य और व्रत की भेंट अंचल में सजाए आपकी सेवा में आई हूँ। मुझे इस भेंट को, इन फूलों को अपने चरणों पर रखने दीजिए। उपासक का काम तो पूजा करना है। देवता उसकी पूजा स्वीकार करता है या नहीं, यह सोचना उसका धर्म नहीं।

मेरे सिरताज ! शायद आपको पता नहीं, आजकल मेरी क्या दशा है? यदि मालूम होता, तो आप इस निष्ठुरता का व्यवहार न करते। आप पुरुष हैं, आपके हृदय में दया है, सहानुभूति है, उदारता है। मैं विश्वास नहीं कर सकती कि आप मुझ जैसी नाचीज़ पर क्रोध कर सकते हैं। मैं आपकी दया के योग्य हूँ–कितनी दुर्बल, कितनी अपंग, कितनी बेज़बान ! आप सूर्य हैं, मैं अणु हूँ; आप अग्नि हैं, मैं तृण हूँ; आप राजा हैं, मैं भिखारिन हूँ। क्रोध तो बराबर वालों पर करना चाहिए, मैं भला आपके क्रोध का आघात कैसे सह सकती हूँ ? अगर आप समझते हैं कि मैं आपकी सेवा के योग्य नहीं हूँ, तो मुझे अपने हाथों से विष का प्याला दे दीजिए। मैं उसे सुधा समझ कर सिर और आँखों से लगाऊँगी और आँखें बन्द करके पी जाऊँगी। जब जीवन आपकी भेंट हो गया, तो आप मारें या जिलाएँ, यह आपकी इच्छा है। मुझे यही सन्तोष काफ़ी है कि मेरी मृत्यु से आप निश्चिन्त हो गए। मैं तो इतना ही जानती हूँ कि मैं आपकी हूँ और सदैव आपकी रहूँगी; इस जीवन में ही नहीं, बल्कि अनन्त तक।

अभागिनी
कुसुम

यह पत्र पढ़ कर मुझे कुसुम पर भी झुँझलाहट आने लगी और उस लौंडे से तो घृणा हो गई। माना तुम स्त्री हो, आजकल की प्रथानुसार पुरुष को तुम्हारे ऊपर हर तरह का अधिकार है, लेकिन नम्रता की भी तो कोई सीमा होती है ? तो उसे भी चाहिए कि उसकी बात न पूछे। स्त्रियों को धर्म और त्याग का पाठ पढ़ा-पढ़ाकर हमने उनके आत्म-सम्मान और आत्म-विश्वास–दोनों ही का अन्त कर दिया। अगर पुरुष स्त्री का मुहताज नहीं, तो स्त्री भी पुरुष की मुहताज क्यों है ? ईश्वर ने पुरुष को हाथ दिए हैं, तो क्या स्त्री को उससे वंचित रखा है ? पुरुष के पास बुद्धि है, तो क्या स्त्री अबोध है ? इसी नम्रता ने तो मरदों का मिज़ाज आसमान पर पहुँचा दिया। पुरुष रूठ गया, तो स्त्री के लिए मानो प्रलय आ गई। मैं तो समझता हूँ, कुसुम

नहीं, उसका अभागा पति ही दया के योग्य है, जो कुसुम-जैसी स्त्री की कद्र नहीं कर सकता। मुझे ऐसा सन्देह होने लगा कि इस लौंडे ने कोई दूसरा रोग पाल रखा है। किसी शिकारी के रंगीन जाल में फँसा हुआ है।

खैर, मैंने तीसरा पत्र खोला–

प्रियतम! अब मुझे मालूम हो गया कि मेरी ज़िन्दगी निरुद्देश्य है। जिस फूल को देखने वाला, चुनने वाला कोई नहीं, वह खिले तो क्यों ? क्या इसीलिए कि मुरझा कर ज़मीन पर गिर पड़े और पैरों से कुचल दिया जाए? मैं आपके घर में एक महीना रह कर दोबारा आई हूँ। ससुरजी ही ने मुझे बुलाया, ससुरजी ही ने मुझे बिदा कर दिया। इतने दिनों में आपने एक बार भी मुझे दर्शन न दिए। आप दिन में बीसों ही बार घर में आते थे, अपने भाई-बहनों से हँसते-बोलते थे या मित्रों के साथ सैर-तमाशे देखते थे; लेकिन मेरे पास आने की आपने कसम खा ली थी। मैंने कितनी बार आपके पास संदेश भेजे, कितना अनुनय-विनय किया, कितनी बार बेशर्मी करके आपके कमरे में गई; लेकिन आपने कभी मुझे आँख उठा कर भी न देखा। मैं तो कल्पना ही नहीं कर सकती कि कोई प्राणी इतना हृदयहीन हो सकता है–प्रेम के योग्य नहीं, विश्वास के योग्य नहीं, सेवा करने के भी योग्य नहीं, तो क्या दया के भी योग्य नहीं ? मैंने उस दिन कितनी मेहनत और प्रेम से आपके लिए रसगुल्ले बनाये थे। आपने उन्हें हाथ से छुआ भी नहीं। जब आप मुझसे इतने विरक्त हैं, तो मेरी समझ में नहीं आता कि जी कर क्या करूँ ? न-जाने यह कौन-सी आशा है, जो मुझे जीवित रखे हुए है? क्या अन्धेर है कि आप सज़ा तो देते हैं; पर अपराध नहीं बतलाते। यह कौन-सी नीति है ? आपको ज्ञात है, इस एक मास में मैंने मुश्किल से दस दिन आपके घर में भोजन किया होगा। मैं इतनी कमज़ोर हो गई हूँ कि चलती हूँ तो आँखों के सामने अँधेरा छा जाता है। आँखों में जैसे ज्योति ही नहीं रही ! हृदय में मानो रक्त का संचालन ही नहीं रहा। खैर, सता लीजिए, जितना जी चाहे। इस अनीति का अन्त भी एक दिन हो ही जाएगा। अब तो मृत्यु ही पर सारी आशाएँ टिकी हुई हैं। अब मुझे प्रतीत हो रहा है कि मेरे मरने की खबर पा कर आप उछलेंगे और हल्की साँस लेंगे, आपकी आँखों से आँसू की एक बूँद भी न गिरेगी; पर यह आपका दोष नहीं, मेरा दुर्भाग्य है। उस जन्म में मैंने कोई बहुत बड़ा पाप किया था। मैं चाहती हूँ मैं भी आपकी परवाह न करूँ, आप ही की भाँति आपसे आँखें फेर लूँ, मुँह फेर लूँ, दिल फेर लूँ; लेकिन न-जाने क्यों मुझमें वह शक्ति नहीं है। क्या लता वृक्ष की भाँति खड़ी रह सकती है? वृक्ष के लिए किसी सहारे की ज़रूरत नहीं। लता वह शक्ति कहाँ से लाए? वह तो वृक्ष से लिपटने के लिए पैदा की गई है। उसे वृक्ष से अलग कर दो और वह सूख जाएगी। मैं आपसे पृथक् अपने अस्तित्व की कल्पना ही नहीं कर सकती। मेरे जीवन की हर एक गति, प्रत्येक विचार, प्रत्येक

कामना में आप मौजूद होते हैं। मेरा जीवन वह वृत्त है, जिसके केन्द्र आप हैं। मैं वह हार हूँ, जिसके प्रत्येक फूल में आप धागे की भाँति घुसे हैं। उस धागे के बगैर हार के फूल बिखर जाएँगे और धूल में मिल जाएँगे।

मेरी एक सहेली है, शन्नो। उसका इस साल पाणिग्रहण हो गया है। उसका पति जब ससुराल आता है, शन्नो के पाँव ज़मीन पर नहीं पड़ते। दिन-भर में न जाने कितने रूप बदलती है। मुख-कमल खिल जाता है। उल्लास सँभाले नहीं सँभलता। उसे बिखेरती, लुटाती चलती है—हम जैसे अभागों के लिए। जब आ कर मेरे गले से लिपट जाती है, तो हर्ष और उन्माद की वर्षा से जैसे मैं लथपथ हो जाती हूँ। दोनों अनुराग से मतवाले हो रहे हैं। उनके पास धन नहीं है, जायदाद नहीं है। मगर अपनी दरिद्रता में ही मगन हैं। इस अखण्ड प्रेम का एक क्षण ! उसकी तुलना में संसार की कौन-सी वस्तु रखी जा सकती है? मैं जानती हूँ, यह रँगरेलियाँ और बेफिक्रियाँ बहुत दिन न रहेंगी। जीवन की चिन्ताएँ और दुराशाएँ उन्हें भी परास्त कर देंगी, लेकिन ये मधुर स्मृतियाँ संचित धन की भाँति अन्त तक उन्हें सहारा देती रहेंगी। प्रेम में भीगी हुई सूखी रोटियाँ, प्रेम में रँगे हुए मोटे कपड़े और प्रेम के प्रकाश से आलोकित छोटी-सी कोठरी, अपनी इस विपन्नता में भी वह स्वाद, वह शोभा और वह विश्राम रखती है, जो शायद देवताओं को स्वर्ग में भी नसीब नहीं। जब शन्नो का पति अपने घर चला जाता है, तो वह दुखिया किस तरह फूट-फूटकर रोती है कि मेरा हृदय गद्‌गद हो जाता है। उसके पत्र आ जाते हैं, तो मानो उसे कोई विभूति मिल जाती है। उसके रोने में भी, उसकी विफलताओं में भी, उसके उपालम्भों में भी एक स्वाद है, एक रस है। उसके आँसू व्यग्रता और विह्वलता के हैं, मेरे आँसू निराशा और दुःख के। उसकी व्याकुलता में प्रतीक्षा और उल्लास है, मेरी व्याकुलता में दैन्य और परवशता। उसके उपालम्भ में अधिकार और ममता है, मेरे उपालम्भ में भग्नता और रुदन !

पत्र लम्बा हुआ जाता है और दिल का बोझ हलका नहीं होता। भयंकर गरमी पड़ रही है। दादा मुझे मसूरी ले जाने का विचार कर रहे हैं। मेरी दुर्बलता से उन्हें 'टीबी' का संन्देह हो रहा है। वह नहीं जानते कि मेरे लिए मसूरी नहीं, स्वर्ग भी काल-कोठरी है।

अभागिनी,
—कुसुम

मैंने चौथा पत्र खोला :

मेरे पत्थर के देवता ! कल मसूरी से लौट आई। लोग कहते हैं, बड़ा स्वास्थ्यवर्द्धक और रमणीक स्थान है, होगा। मैं तो एक दिन भी कमरे से नहीं निकली। भग्न-हृदयों

के लिए संसार सूना है।

मैंने रात एक बड़े मजे का सपना देखा। बतलाऊँ; पर क्या फायदा ? न जाने क्यों मैं अब भी मौत से डरती हूँ। आशा का कच्चा धागा मुझे अब भी जीवन से बाँधे हुए है। जीवन-उद्यान के द्वार पर जा कर बिना सैर किए लौट आना कितना हसरतनाक है। अन्दर क्या सुषमा है, क्या आनन्द है? मेरे लिए वह द्वार ही बन्द है। कितनी अभिलाषाओं से विहार का आनन्द उठाने चली थी—कितनी तैयारियों से—पर मेरे पहुँचते ही द्वार बन्द हो गया है।

अच्छा बतलाओ, मैं मर जाऊँगी तो मेरी लाश पर आँसू की दो बूँदें गिराओगे ? जिसकी ज़िन्दगी-भर की ज़िम्मेदारी ली थी, जिसकी सदैव के लिए बाँह पकड़ी थी, क्या उसके साथ इतनी भी उदारता न करोगे ? मरने वालों के अपराध सभी क्षमा कर दिया करते हैं। तुम भी क्षमा कर देना। आ कर मेरे शव को अपने हाथों से नहलाना, अपने हाथ से सोहाग का सिन्दूर लगाना, अपने हाथ से सोहाग की चूड़ियाँ पहनाना, अपने हाथ से मेरे मुँह में गंगाजल डालना, दो-चार पग कन्धा दे देना, बस, मेरी आत्मा सन्तुष्ट हो जाएगी और तुम्हें आशीर्वाद देगी। मैं वचन देती हूँ कि मालिक के दरबार में तुम्हारा यश गाऊँगी। क्या यह भी महँगा सौदा है ? इतने-से शिष्टाचार से तुम अपनी सारी ज़िम्मेदारियों से मुक्त हुए जाते हो। आह ! मुझे विश्वास होता कि तुम इतना शिष्टाचार करोगे, तो मैं कितनी खुशी से मौत का स्वागत करती। लेकिन मैं तुम्हारे साथ अन्याय न करूँगी। तुम कितने ही निष्ठुर हो, इतने निर्दयी नहीं हो सकते। मैं जानती हूँ; तुम यह समाचार पाते ही आओगे और शायद एक क्षण के लिए मेरी शोक-मृत्यु पर तुम्हारी आँखें रो पड़ें। कहीं मैं अपने जीवन में वह शुभ अवसर देख सकती !

अच्छा, क्या मैं एक प्रश्न पूछ सकती हूँ ? नाराज़ न होना। क्या मेरी जगह किसी और सौभाग्यवती ने ले ली है ? अगर ऐसा है, तो बधाई ! ज़रा उसका चित्र मेरे पास भेज देना। मैं उसकी पूजा करूँगी, उसके चरणों पर शीश नँवाऊँगी। मैं जिस देवता को प्रसन्न न कर सकी, उसी देवता से उसने वरदान प्राप्त कर लिया। ऐसी सौभागिनी के तो चरण धो-धो पीना चाहिए। मेरी हार्दिक इच्छा है कि तुम उसके साथ सुखी रहो। यदि मैं उस देवी की कुछ सेवा कर सकती, अपरोक्ष न सही, परोक्ष रूप से ही तुम्हारे कुछ काम आ सकती। अब मुझे केवल उसका शुभ नाम और स्थान बता दो, मैं सिर के बल दौड़ी हुई उसके पास जाऊँगी और कहूँगी—देवी, तुम्हारी लौंडी हूँ, इसलिए कि तुम मेरे स्वामी की प्रेमिका हो। मुझे अपने चरणों में शरण दो। मैं तुम्हारे लिए फूलों की सेज बिछाऊँगी, तुम्हारी माँग मोतियों से भरूँगी, तुम्हारी एड़ियों में महावर रचाऊँगी—यह मेरी जीवन की साधना होगी ! यह न समझना कि मैं जलूँगी या कुढूँगी। जलन तब होती है, जब कोई मुझसे मेरी वस्तु छीन रहा

हो। जिस वस्तु को अपना समझने का मुझे कभी सौभाग्य न हुआ, उसके लिए मुझे जलन क्यों हो?

अभी बहुत कुछ लिखना था; लेकिन डॉक्टर साहब आ गए हैं। बेचारा हृदयदाह को टीबी समझ रहा है।

दुःख की सताई हुई,
—कुसुम

इन दोनों पत्रों ने धैर्य का प्याला भर दिया ! मैं बहुत ही आवेशहीन आदमी हूँ। भावुकता मुझे छू भी नहीं गई। अधिकांश कलाविदों की भाँति मैं भी शब्दों से आन्दोलित नहीं होता। क्या वस्तु दिल से निकलती है, क्या वस्तु केवल मर्म को स्पर्श करने के लिए लिखी गई है, यह भेद बहुधा मेरे साहित्यिक आनन्द में बाधक हो जाता है, लेकिन इन पत्रों ने मुझे आपे से बाहर कर दिया। एक स्थान पर तो सचमुच मेरी आँखें भर आईं। यह भावना कितनी वेदनापूर्ण थी कि वही बालिका, जिस पर माता-पिता प्राण छिड़कते रहते थे, विवाह होते ही इतनी विपदग्रस्त हो जाए ! विवाह क्या हुआ, मानो उसकी चिता बनी, या उसकी मौत का परवाना लिखा गया। इसमें सन्देह नहीं कि ऐसी वैवाहिक दुर्घटनाएँ कम होती हैं; लेकिन समाज की वर्तमान दशा में उनकी सम्भावना बनी रहती है। ज़ब तक स्त्री-पुरुष के अधिकार समान न होंगे, ऐसे आघात नित्य होते रहेंगे। दुर्बल को सताना कदाचित् प्राणियों का स्वभाव है। काटने वाले कुत्तों से लोग दूर भागते हैं, सीधे कुत्ते पर बालवृन्द विनोद के लिए पत्थर फेंकते हैं। तुम्हारे दो नौकर एक ही श्रेणी के हों, उनमें कभी झगड़ा न होगा; लेकिन आज उनमें से एक को अफसर और दूसरे को उसका मातहत बना दो, फिर देखो, अफसर साहब अपने मातहत पर कितना रोब जमाते हैं। सुखमय दाम्पत्य की नींव अधिकार-साम्य ही पर रखी जा सकती है। इस वैषम्य में प्रेम का निवास हो सकता है, मुझे तो इसमें सन्देह है। हम आज जिसे स्त्री-पुरुषों में प्रेम कहते हैं, वह वही प्रेम है, जो स्वामी को अपने पशु से होता है। पशु सिर झुकाए काम किए चला जाए, स्वामी उसे भूसा और खली भी देगा, और उसकी देह भी सहलाएगा, उसे आभूषण भी पहनाएगा; लेकिन जानवर ने ज़रा चाल धीमी की, ज़रा गर्दन टेढ़ी की कि मालिक का चाबुक पीठ पर पड़ा। इसे प्रेम नहीं कहते।

खैर, मैंने पाँचवाँ पत्र खोला—

जैसा मुझे विश्वास था, आपने मेरे पिछले पत्र का भी उत्तर न दिया। इसका खुला हुआ अर्थ है कि आपने मुझे परित्याग करने का संकल्प कर लिया है। जैसी आपकी इच्छा ! पुरुष के लिए स्त्री पाँव की जूती है, स्त्री के लिए तो पुरुष देव तुल्य है, बल्कि देवता से भी बढ़ कर। विवेक का उदय होते ही वह पति की कल्पना

करने लगती है। मैंने भी वही किया। जिस समय मैं गुड़िया खेलती थी, उसी समय आपने गुड्डे के रूप में मेरे मनोदेश में प्रवेश किया। मैंने आपके चरणों को पखारा, माला-फूल और नैवेद्य से आपका सत्कार किया। कुछ दिनों के बाद कहानियाँ सुनने और पढ़ने की चाट पड़ी, तब आप कथाओं के नायक के रूप में मेरे घर आए। मैंने आपको हृदय में स्थान दिया। बाल्यकाल ही से आप किसी-न-किसी रूप में मेरे जीवन में घुसे हुए थे। वे भावनाएँ मेरे अन्तस्तल की गहराइयों तक पहुँच गई हैं। मेरे अस्तित्व का एक-एक अणु उन भावनाओं से गुँथा हुआ है। उन्हें दिल से निकाल डालना सहज नहीं है। उसके साथ मेरे जीवन के परमाणु भी बिखर जाएँगे, लेकिन आपकी यही इच्छा है तो यही सही। मैं आपकी सेवा में सबकुछ करने को तैयार थी। अभाव और विपन्नता का तो कहना ही क्या, मैं तो अपने को मिटा देने को भी राज़ी थी। आपकी सेवा में मिट जाना ही मेरे जीवन का उद्देश्य था। मैंने लज्जा और संकोच का परित्याग किया, आत्म-सम्मान को पैरों से कुचला, लेकिन आप मुझे स्वीकार नहीं करना चाहते। मजबूर हूँ। आपका कोई दोष नहीं। अवश्य मुझसे कोई ऐसी बात हो गई है, जिसने आपको इतना कठोर बना दिया है। आप उसे ज़बान पर लाना भी उचित नहीं समझते। मैं इस निष्ठुरता के सिवा और हर एक सज़ा झेलने को तैयार थी। आपके हाथ से ज़हर का प्याला ले कर पी जाने में मुझे विलम्ब न होता, किन्तु विधि की गति निराली है ! मुझे पहले इस सत्य को स्वीकार करने में बाधा थी कि स्त्री-पुरुष की दासी है। मैं उसे पुरुष की सहचरी, अर्द्धांगिनी समझती थी, पर अब मेरी आँखें खुल गईं। मैंने कई दिन हुए, एक पुस्तक में पढ़ा था कि आदिकाल में स्त्री-पुरुष की उसी तरह सम्पत्ति थी, जैसा गाय-बैल या खेतबारी। पुरुष को अधिकार था स्त्री को बेचे, गिरों रखे या मार डाले। विवाह की प्रथा उस समय केवल यह थी कि वर-पक्ष अपने सूर सामन्तों को ले कर सशस्त्र आता था कन्या को उड़ा ले जाता था। कन्या के साथ कन्या के घर में रुपया-पैसा, अनाज या पशु—जो कुछ उसके हाथ लग जाता था, उसे भी उठा ले जाता था। वह स्त्री को अपने घर ले जा कर, उसके पैरों में बेड़ियाँ डाल कर घर के अन्दर बन्द कर देता था। उसके आत्म-सम्मान के भावों को मिटाने के लिए यह उपदेश दिया जाता था कि पुरुष ही उसका देवता है, सोहाग स्त्री की सबसे बड़ी विभूति है। आज कई हज़ार वर्षों के बीतने पर पुरुष के उस मनोभाव में कोई परिवर्तन नहीं हुआ। पुरानी सभी प्रथाएँ कुछ विकृत या संस्कृत रूप में मौजूद हैं। आज मुझे मालूम हुआ कि उस लेखक ने स्त्री-समाज की दशा का कितना सुन्दर निरूपण किया था।

अब आपसे मेरा सविनय अनुरोध है और यही अन्तिम अनुरोध है कि आप मेरे पत्रों को लौटा दें। आपके दिए हुए गहने और कपड़े अब मेरे किसी काम के नहीं। इन्हें अपने पास रखने का मुझे कोई अधिकार नहीं। आप जिस समय चाहें,

वापस मँगवा लें। मैंने उन्हें एक पेटारी में बन्द करके अलग रख दिया है। उसकी सूची भी वहीं रखी हुई है, मिला लीजिएगा। आज से आप मेरी ज़बान या कलम से कोई शिकायत न सुनेंगे। इस भ्रम को भूल कर भी दिल में स्थान न दीजिएगा कि मैं आपसे बेवफाई या विश्वासघात करूँगी। मैं इसी घर में कुढ़-कुढ़कर मर जाऊँगी, पर आपकी ओर से मेरा मन कभी मैला न होगा। मैं जिस जलवायु में पली हूँ, उसका मूल तत्त्व है—पति में श्रद्धा। ईर्ष्या या जलन भी उस भावना को मेरे दिल से नहीं निकाल सकती। मैं आपकी कुल-मर्यादा की रक्षिका हूँ। उस अमानत में जीते-जी खयानत न करूँगी। अगर मेरे बस में होता, तो मैं उसे भी वापस कर देती, लेकिन यहाँ मैं भी मजबूर हूँ और आप भी मजबूर हैं। मेरी ईश्वर से यही विनती है कि आप जहाँ रहें, कुशल से रहें। जीवन में मुझे सबसे कटु अनुभव जो हुआ, वह यही है कि नारी-जीवन अधम है—अपने लिए, अपने माता-पिता के लिए, अपने पति के लिए। उसकी कदर न माता के घर में है, न पति के घर में। मेरा घर शोकागार बना हुआ है। अम्माँ रो रही हैं, दादा रो रहे हैं। कुटुम्ब के लोग रो रहे हैं। एक मेरी जात से लोगों को कितनी मानसिक वेदना हो रही है। कदाचित् वे सोचते होंगे, यह कन्या कुल में न आती तो अच्छा होता। मगर सारी दुनिया एक तरफ हो जाए, आपके ऊपर विजय नहीं पा सकती। आप मेरे प्रभु हैं। आपका फैसला अटल है। उसकी कहीं अपील नहीं, कहीं फरियाद नहीं। खैर, आज से यह काण्ड समाप्त हुआ। अब मैं हूँ और मेरा दलित, भग्न हृदय। हसरत यही है कि आपकी कुछ सेवा न कर सकी !

अभागिनी,

—कुसुम

मालूम नहीं, मैं कितनी देर तक मूक वेदना की दशा में बैठा रहा कि महाशय नवीन बोले—आपने इन पत्रों को पढ़ कर क्या निश्चय किया ?

मैंने रोते हुए हृदय से कहा—अगर इन पत्रों ने उस नर-पिशाच के दिल पर कोई असर न किया, तो मेरा पत्र भला क्या असर करेगा? इससे अधिक करुणा और वेदना मेरी शक्ति के बाहर है। ऐसा कौन-सा धार्मिक भाव है, जिसे इन पत्रों में स्पर्श न किया गया हो? दया, लज्जा, तिरस्कार, न्याय—मेरे विचार में तो कुसुम ने कोई पहलू नहीं छोड़ा। मेरे लिए अब यही अन्तिम उपाय है कि उस शैतान के सिर पर सवार हो जाऊँ और उससे मुँह-दर-मुँह बातें करके इस समस्या की तह तक पहुँचने की चेष्टा करूँ। अगर उसने मुझे कोई सन्तोषप्रद उत्तर न दिया, तो मैं उसका और अपना खून एक कर दूँगा। या तो मुझी को फाँसी होगी, या वही कालेपानी

जाएगा। कुसुम ने जिस धैर्य और साहस से काम लिया है, वह सराहनीय है। आप उसे सान्त्वना दीजिएगा। मैं आज रात की गाड़ी से मुरादाबाद जाऊँगा और परसों तक जैसी कुछ परिस्थिति होगी; उसकी आपको सूचना दूँगा। मुझे तो यह कोई चरित्रहीन और बुद्धिहीन युवक मालूम होता है।

मैं उस बहक में जाने क्या-क्या बकता रहा। इसके बाद हम दोनों भोजन करके स्टेशन चले। वह आगरा गए, मैंने मुरादाबाद का रास्ता लिया। उनके प्राण अब भी सूखे जाते थे कि क्रोध के आवेश में कोई पागलपन न कर बैठूँ। मेरे बहुत समझाने पर उनका चित्त शान्त हुआ।

मैं प्रातःकाल मुरादाबाद पहुँचा और जाँच शुरू कर दी। इस युवक के चरित्र के विषय में मुझे जो सन्देह था, वह गलत निकला। मुहल्ले में, कॉलेज में, उसके इष्ट-मित्रों में, सभी उसके प्रशंसक थे। अँधेरा और गहरा होता हुआ जान पड़ा। सन्ध्या-समय मैं उसके घर जा पहुँचा। जिस निष्कपट भाव से वह दौड़ कर मेरे पैरों पर झुका, वह मैं नहीं भूल सकता। ऐसा वाक्चतुर, ऐसा सुशील और विनीत युवक मैंने नहीं देखा। बाहर और भीतर में इतना आकाश-पाताल का अन्तर मैंने कभी न देखा था। मैंने कुशल-क्षेम और शिष्टाचार के दो-चार वाक्यों के बाद पूछा–तुमसे मिल कर चित्त प्रसन्न हुआ; लेकिन आखिर कुसुम ने क्या अपराध किया है, जिसका तुम उसे इतना कठोर दण्ड दे रहे हो ? उसने तुम्हारे पास कई पत्र लिखे, तुमने एक का भी उत्तर न दिया। वह दो-तीन बार यहाँ भी आई, पर तुम उससे बोले तक नहीं। क्या उस निर्दोष बालिका के साथ तुम्हारा यह अन्याय नहीं है ?

युवक ने लज्जित भाव से कहा–बहुत अच्छा होता कि आपने इस प्रश्न को न उठाया होता। उसका जवाब देना मेरे लिए बहुत मुश्किल है। मैंने तो इसे आप लोगों के अनुमान पर छोड़ दिया था; लेकिन इस गलतफ़हमी को दूर करने के लिए मुझे विवश हो कर कहना पड़ेगा।

यह कहते-कहते वह चुप हो गया। बिजली की बत्ती पर भाँति-भाँति के कीट-पतंगे जमा हो गए। कई झींगुर उछल-उछल कर मुँह पर आ जाते थे; और जैसे मनुष्य पर अपनी विजय का परिचय दे कर उड़ जाते थे। एक बड़ा-सा अँखफोड़ भी मेज़ पर बैठा था और शायद जस्त मारने के लिए अपनी देह तौल रहा था। युवक ने एक पंखा ला कर मेज पर रख दिया, जिसने विजयी कीट-पतंगों को दिखा दिया कि मनुष्य इतना निर्बल नहीं है, जितना वे समझ रहे थे। एक क्षण में मैदान साफ हो गया और हमारी बातों में दखल देने वाला कोई न रहा।

युवक ने सकुचाते हुए कहा–सम्भव है, आप मुझे अत्यन्त लोभी, कमीना और स्वार्थी समझें; लेकिन यथार्थ यह है कि इस विवाह से मेरी वह अभिलाषा न पूरी हुई, जो मुझे प्राणों से भी प्रिय थी। मैं विवाह पर रज़ामन्द न था, अपने पैरों में

बेड़ियाँ न डालना चाहता था; किन्तु जब महाशय नवीन बहुत पीछे पड़ गए और उनकी बातों से मुझे यह आशा हुई कि वह सब प्रकार से मेरी सहायता करने को तैयार हैं, तब मैं राज़ी हो गया; पर विवाह होने के बाद उन्होंने मेरी बात भी न पूछी। मुझे एक पत्र भी न लिखा कि कब तक वह मुझे विलायत भेजने का प्रबन्ध कर सकेंगे। हालाँकि मैंने अपनी इच्छा उन पर पहले ही प्रकट कर दी थी; पर उन्होंने मुझे निराश करना ही उचित समझा। उनकी इस अकृपा ने मेरे सारे मनसूबे धूल में मिला दिए। मेरे लिए अब इसके सिवा और क्या रह गया है कि एल-एल.बी. पास कर लूँ और कचहरी में जूती फटफटाता फिरूँ?

मैंने पूछा—तो आखिर तुम नवीनजी से क्या चाहते हो ? लेन-देन में तो उन्होंने शिकायत का कोई अवसर नहीं दिया। तुम्हें विलायत भेजने का खर्च तो शायद उनके काबू से बाहर हो।

युवक ने सिर झुका कर कहा—तो यह उन्हें पहले ही मुझसे कह देना चाहिए था। फिर मैं विवाह ही क्यों करता? उन्होंने चाहे कितना ही खर्च कर डाला हो; पर इससे मेरा क्या उपकार हुआ ? दोनों तरफ से दस-बारह हज़ार रुपये खाक में मिल गए और उनके साथ मेरी अभिलाषाएँ खाक में मिल गईं। पिताजी पर तो कई हज़ार का ऋण हो गया है। वह अब मुझे इंग्लैंड नहीं भेज सकते। क्या पूज्य नवीनजी चाहते तो मुझे इंग्लैंड न भेज देते ? उनके लिए दस-पाँच हज़ार की कोई हक़ीकत नहीं।

मैं सन्नाटे में आ गया। मेरे मुँह से अनायास निकल गया—छिः ! वाह री दुनिया ! और वाह रे हिन्दू-समाज ! तेरे यहाँ ऐसे-ऐसे स्वार्थ के दास पड़े हुए हैं, जो एक अबला का जीवन संकट में डाल कर उसके पिता पर ऐसे अत्याचारपूर्ण दबाव डाल कर ऊँचा पद प्राप्त करना चाहते हैं। विद्यार्जन के लिए विदेश जाना बुरा नहीं। ईश्वर सामर्थ्य दे तो शौक से जाओ; किन्तु पत्नी का परित्याग करके ससुर पर इसका भार रखना निर्लज्जता की पराकाष्ठा है। तारीफ की बात तो तब थी कि तुम अपने पुरुषार्थ से जाते। इस तरह किसी की गर्दन पर सवार हो कर, अपना आत्म-सम्मान बेच कर गए तो क्या गए? इस पामर की दृष्टि में कुसुम का कोई मूल्य ही नहीं। वह केवल उसकी स्वार्थ-सिद्धि का साधनमात्र है। ऐसे नीच प्रकृति के आदमी से कुछ तर्क करना व्यर्थ था। परिस्थिति ने हमारी चुटिया उसके हाथ में रखी थी और हमें उसके चरणों पर सिर झुकाने के सिवाय और कोई उपाय न था।

दूसरी गाड़ी से मैं आगरे जा पहुँचा और नवीनजी से यह वृत्तांत कहा। उन बेचारे को क्या मालूम था कि यहाँ सारी ज़िम्मेदारी उन्हीं के सिर डाल दी गई है? यद्यपि इस मन्दी ने उनकी वकालत भी ठण्डी कर रखी है और वह दस-पाँच हज़ार का खर्च सुगमता से नहीं उठा सकते लेकिन इस युवक ने उनसे इसका संकेत भी

किया होता, तो वह अवश्य कोई-न-कोई उपाय करते। कुसुम के सिवा दूसरा उनका कौन बैठा हुआ है ? उन बेचारे को तो इस बात का ज्ञान ही न था। अतएव मैंने योंही उनसे यह समाचार कहा, तो वह बोल उठे—छिः ! इस ज़रा-सी बात को इस भले आदमी ने इतना तूल दे दिया? आप आज ही उसे लिख दें कि वह जिस वक्त जहाँ पढ़ने के लिए जाना चाहे, शौक से जा सकता है। मैं उसका सारा भार स्वीकार करता हूँ। साल-भर तक निर्दयी ने कुसुम को रुला-रुलाकर मार डाला।

घर में इसकी चर्चा हुई। कुसुम ने भी माँ से सुना। मालूम हुआ, एक हज़ार का चेक उसके पति के नाम भेजा जा रहा है; पर इस तरह, जैसे किसी संकट का मोचन करने के लिए अनुष्ठान किया जा रहा हो।

कुसुम ने भृकुटी सिकोड़ कर कहा—अम्माँ, दादा से कह दो, कहीं रुपये भेजने की ज़रूरत नहीं।

माता ने विस्मित हो कर बालिका की ओर देखा—कैसे रुपये ? अच्छा ! वह ! क्यों इसमें क्या हर्ज है ? लड़के का मन है, तो विलायत जा कर पढ़े। हम क्यों रोकने लगे ? यों भी उसी का है, वो भी उसी का नाम है। हमें कौन छाती पर लाद कर ले जाना है ?

'नहीं आप दादा से कह दीजिए, एक पाई न भेजें।'

'आखिर इसमें क्या बुराई है ?'

'इसीलिए कि यह उसी तरह की डाकाज़नी है, जैसी बदमाश लोग किया करते हैं। किसी आदमी को पकड़ कर ले गए और उसके घरवालों से उसके मुक्तिधन के तौर पर अच्छी रकम ऐंठ ली।'

माता ने तिरस्कार की आँखों से देखा।

'कैसी बातें करती हो, बेटी ? इतने दिनों के बाद तो जाके देवता सीधे हुए हैं और तुम उन्हें फिर चिढ़ाये देती हो।'

कुसुम ने झल्ला कर कहा—ऐसे देवता का रूठे रहना ही अच्छा। जो आदमी इतना स्वार्थी, इतना दम्भी, इतना नीच है, उसके साथ मेरा निर्वाह न होगा। मैं कहे देती हूँ, वहाँ रुपये गए तो मैं ज़हर खा लूँगी। इसे दिल्लगी न समझना। मैं ऐसे आदमी का मुँह भी नहीं देखना चाहती। दादा से कह देना और अगर तुम्हें डर लगता हो तो मैं खुद कह दूँ ! मैंने स्वतन्त्र रहने का निश्चय कर लिया है।

माँ ने देखा, लड़की का मुखमण्डल आरक्त हो उठा है। मानो इस प्रश्न पर वह न कुछ कहना चाहती है, न सुनना।

दूसरे दिन नवीनजी ने यह हाल मुझसे कहा, तो मैं एक आत्म-विस्मृत की दशा में दौड़ा हुआ गया और कुसुम को गले लगा लिया। मैं नारियों में ऐसा ही आत्माभिमान देखना चाहता हूँ। कुसुम ने वह कर दिखाया, जो मेरे मन में था और

जिसे प्रकट करने का साहस मुझमें न था।

साल-भर हो गया है, कुसुम ने पति के पास एक पत्र भी नहीं लिखा और न उसका ज़िक्र ही करती है। नवीनजी ने कई बार जमाई को मना लाने की इच्छा प्रकट की; पर कुसुम उसका नाम भी सुनना नहीं चाहती। उसमें स्वावलम्बन की ऐसी दृढ़ता आ गई है कि आश्चर्य होता है। उसके मुख पर निराशा और वेदना के पीलेपन और तेजहीनता की जगह स्वाभिमान और स्वतन्त्रता की लाली और तेजस्विता भासित हो गई है।

चकमा

सेठ चंदूमल जब अपनी दूकान और गोदाम में भरे हुए माल को देखते तो मुँह से ठंडी साँस निकल जाती। यह माल कैसे बिकेगा? बैंक का सूद बढ़ रहा है, दूकान का किराया चढ़ रहा है, कर्मचारियों का वेतन बाकी पड़ता जाता है। ये सभी रकमें गाँठ से देनी पड़ेंगी। अगर कुछ दिन यही हाल रहा तो दिवाले के सिवा और किसी तरह जान न बचेगी। तिस पर भी धरनेवाले नित्य सिर पर शैतान की तरह सवार रहते हैं।

सेठ चंदूमल की दूकान चाँदनी चौक, दिल्ली में थी। मुफस्सिल में भी कई दूकानें थीं। जब शहर काँग्रेस कमेटी ने उनसे विलायती कपड़े की खरीद और बिक्री के विषय में प्रतिज्ञा करानी चाही तो उन्होंने कुछ ध्यान न दिया। बाज़ार के कई आढ़तियों ने उनकी देखा-देखी प्रतिज्ञा-पत्र पर हस्ताक्षर करने से इनकार कर दिया। चंदूमल को जो नेतृत्व कभी न नसीब हुआ था, वह इस अवसर पर बिना हाथ-पैर हिलाये ही मिल गया। वे सरकार के खैरख्वाह थे। साहब बहादुरों को समय-समय पर डालियाँ नजर देते थे। पुलिस से भी घनिष्ठता थी। म्युनिसिपैलिटी के सदस्य भी थे। काँग्रेस के व्यापारिक कार्यक्रम का विरोध करके अमनसभा के कोषाध्यक्ष बन बैठे। यह इसी खैरख्वाही की बरकत थी। युवराज का स्वागत करने के लिए अधिकारियों ने उनसे पच्चीस हज़ार के कपड़े खरीदे। ऐसा समर्थ पुरुष काँग्रेस से क्यों डरे ? काँग्रेस है किस खेत की मूली ? पुलिसवालों ने भी बढ़ावा दिया—''मुआहिदे पर हरगिज दस्तखत न कीजिएगा। देखें ये लोग क्या करते हैं। एक-एक को जेल न भिजवा दिया तो कहिएगा।'' लाला जी के हौसले बढ़े। उन्होंने काँग्रेस से लड़ने की ठान ली। उसी के फलस्वरूप तीन महीनों से उनकी दूकान पर प्रातःकाल से 9 बजे रात तक पहरा रहता था। पुलिस-दलों ने उनकी दूकान पर वालंटियरों को

कई बार गालियाँ दीं, कई बार पीटा, खुद सेठ जी ने भी कई बार उन पर बाण चलाये, परंतु पहरेवाले किसी तरह न टलते थे। बल्कि इन अत्याचारों के कारण चंदूमल का बाजार और भी गिरता जाता। मुफस्सिल की दूकानों से मुनीम लोग और भी दुराशाजनक समाचार भेजते रहते थे। कठिन समस्या थी। इस संकट से निकलने का कोई उपाय न था। वे देखते थे कि जिन लोगों ने प्रतिज्ञा-पत्र पर हस्ताक्षर कर दिये हैं, वे चोरी-छिपे कुछ-न-कुछ विदेशी माल लेते हैं। उनकी दूकानों पर पहरा नहीं बैठता। यह सारी विपत्ति मेरे ही सिर पर है।

उन्होंने सोचा, पुलिस और हाकिमों की दोस्ती से मेरा भला क्या हुआ ? उनके हटाये ये पहरे नहीं हटते। सिपाहियों की प्रेरणा से ग्राहक नहीं आते ! किसी तरह पहरे बन्द हो जाते तो सारा खेल बन जाता।

इतने में मुनीम जी ने कहा—लाला जी, यह देखिए, कई व्यापारी हमारी तरफ आ रहे थे। पहरेवालों ने उनको न जाने क्या मंत्र पढ़ा दिया, सब चले जा रहे हैं।

चंदूमल—अगर इन पापियों को कोई गोली मार देता तो मैं बहुत खुश होता। यह सब मेरा सर्वनाश करके दम लेंगे।

मुनीम—कुछ हेठी तो होगी, यदि आप प्रतिज्ञा पर हस्ताक्षर कर देते तो यह पहरा उठ जाता। तब हम भी यह सब माल किसी न किसी तरह खपा देते।

चंदूमल—मन में तो मेरे भी यह बात आती है, पर सोचो, अपमान कितना होगा ? इतनी हेकड़ी दिखाने के बाद फिर झुका नहीं जाता। फिर हाकिमों की निगाहों में गिर जाऊँगा। और लोग भी ताने देंगे कि चले थे बच्चा काँग्रेस से लड़ने ! ऐसी मुँह की खायी कि होश ठिकाने आ गये। जिन लोगों को पीटा और पिटवाया, जिनको गालियाँ दीं, जिनकी हँसी उड़ायी, अब उनकी शरण कौन मुँह ले कर जाऊँ ? मगर एक उपाय सूझ रहा है। अगर चकमा चल गया तो पौबारह है। बात तो तब है जब साँप को मारूँ, मगर लाठी बचा कर। पहरा उठा दूँ, पर बिना किसी की खुशामद किये।

नौ बज गये थे। सेठ चंदूमल गंगा-स्नान करके लौट आये थे और मसनद पर बैठ कर चिट्ठियाँ पढ़ रहे थे। अन्य दूकानों के मुनीमों ने अपनी विपत्ति-कथा सुनायी थी। एक-एक पत्र को पढ़ कर सेठ जी का क्रोध बढ़ता जाता था। इतने में दो वालंटियर गाड़ियाँ लिये हुए उनकी दूकान के सामने आ कर खड़े हो गये !

सेठ जी ने डाँट कर कहा—हट जाओ हमारी दूकान के सामने से।

एक वालंटियर ने उत्तर दिया—महाराज, हम तो सड़क पर हैं। क्या यहाँ से भी चले जाएँ ?

सेठ जी—मैं तुम्हारी सूरत नहीं देखना चाहता।

वालंटियर—तो आप काँग्रेस कमेटी को लिखिए। हमको तो वहाँ से यहाँ खड़े रह कर पहरा देने का हुक्म मिला है।

एक कान्सटेबिल ने आ कर कहा—क्या है सेठ जी, यह लौंडा क्या टर्राता है।

चंदूमल बोले—मैं कहता हूँ कि दूकान के सामने से हट जाओ, पर यह कहता है कि न हटेंगे, न हटेंगे। जरा इसकी जबरदस्ती देखो।

कान्सटेबिल—(वालंटियरों से) तुम दोनों यहाँ से जाते हो कि आ कर गरदन नापूँ ?

वालंटियर—हम सड़क पर खड़े हैं, दूकान पर नहीं।

कान्सटेबिल का अभीष्ट अपनी कारगुजारी दिखाना था। यह सेठ जी को खुश करके कुछ इनाम-इकराम भी लेना चाहता था। उसने वालंटियरों को अपशब्द कहे और जब उन्होंने उसकी कुछ परवा न की तो एक वालंटियर को इतने जोर से धक्का दिया कि वह बेचारा मुँह के बल जमीन पर गिर पड़ा। कई वालंटियर इधर-उधर से आ कर जमा हो गये। कई सिपाही भी आ पहुँचे। दर्शकवृन्द को ऐसी घटनाओं में मजा आता ही है। उनकी भीड़ लग गयी। किसी ने हाँक लगायी 'महात्मा गाँधी की जय'। औरों ने भी उसके सुर में सुर मिलाया, देखते-देखते एक जनसमूह एकत्रित हो गया।

एक दर्शक ने कहा—क्या है लाला चंदूमल ? अपनी दूकान के सामने इन गरीबों की दुर्गति करा रहे हो और तुम्हें जरा भी लज्जा नहीं आती ? कुछ भगवान् का भी डर है या नहीं ?

सेठ जी ने कहा—मुझसे कसम ले लो जो मैंने किसी सिपाही से कुछ कहा हो। ये लोग अनायास बेचारों के पीछे पड़ गये। मुझे सेंत में बदनाम करते हैं।

एक सिपाही—लाला जी, आप ही ने तो कहा था कि ये दोनों वालंटियर मेरे ग्राहकों को छेड़ रहे हैं। अब आप निकले जाते हैं ?

चंदूमल—बिलकुल झूठ, सरासर झूठ, सोलहों आना झूठ। तुम लोग अपनी कारगुजारी की धुन में इनसे उलझ पड़े। यह बेचारे तो दूकान से बहुत दूर खड़े थे। न किसी से बोलते थे, न चालते थे। तुमने जबरदस्ती ही इन्हें गरदनी देनी शुरू की। मुझे अपना सौदा बेचना है कि किसी से लड़ना है ?

दूसरा सिपाही—लाला जी, हो बड़े होशियार। मुझसे आग लगवा कर आप अलग हो गये। तुम न कहते तो हमें क्या पड़ी थी कि इन लोगों को धक्के देते ? दारोगा जी ने भी हमको ताकीद कर दी थी कि सेठ चन्दूमल की दूकान का विशेष ध्यान रखना। वहाँ कोई वालंटियर न आये। तब हम लोग आये थे। तुम फरियाद न करते,

तो दारोगा जी हमारी तैनाती ही क्यों करते ?

चंदूमल—दारोगा जी को अपनी कारगुजारी दिखानी होगी। मैं उनके पास क्यों फरियाद करने जाता ? सभी लोग काँग्रेस के दुश्मन हो रहे हैं। थाने वाले तो उनके नाम से ही जलते हैं। क्या मैं शिकायत करता तभी तुम्हारी तैनाती करते ?

इतने में किसी ने थाने में इत्तिला दी कि चन्दूमल की दूकान पर कांस्टेबिलों और वालंटियरों में मारपीट हो गयी। काँग्रेस के दफ्तर में भी खबर पहुँची। जरा देर में मय सशस्त्र पुलिस के थानेदार और इन्सपेक्टर साहब आ पहुँचे। उधर काँग्रेस के कर्मचारी भी दल-बल सहित दौड़े। समूह और बढ़ा। बार-बार जयकार की ध्वनि उठने लगी। काँग्रेस और पुलिस के नेताओं में वाद-विवाद होने लगा। परिणाम यह हुआ कि पुलिसवालों ने दोनों को हिरासत में लिया और थाने की ओर चले।

पुलिस अधिकारियों के जाने के बाद सेठ जी ने काँग्रेस के प्रधान से कहा—आज मुझे मालूम हुआ कि ये लोग वालंटियरों पर इतना घोर अत्याचार करते हैं।

प्रधान—तब तो दो वालंटियरों का फँसना व्यर्थ नहीं हुआ। इस विषय में अब तो आपको कोई शंका नहीं है ? हम कितने लड़ाकू, कितने द्रोही, कितने शांतिभंगकारी हैं; यह तो आपको खूब मालूम हो गया होगा ?

चंदूमल—जी हाँ, मालूम हो गया।

प्रधान—आपकी शहादत तो अवश्य ही होगी।

चंदूमल—होगी तो मैं भी साफ-साफ कह दूँगा; चाहे बने या बिगड़े। पुलिस की सख्ती अब नहीं देखी जाती। मैं भी भ्रम में पड़ा हुआ था।

मंत्री—पुलिसवाले आपको दबायेंगे बहुत।

चंदूमल—एक नहीं, सौ दबाव पड़ें, मैं झूठ कभी न बोलूँगा। सरकार उस दरबार में साथ न जायेगी।

मंत्री—अब तो हमारी लाज आपके हाथ है।

चंदूमल—मुझे आप देश का द्रोही न पायेंगे।

यहाँ से प्रधान और मंत्री तथा अन्य पदाधिकारी चले तो मंत्री जी ने कहा—आदमी सच्चा जान पड़ता है।

प्रधान—(संदिग्ध भाव से) कल तक आप ही सिद्ध हो जायेगा।

शाम को इन्सपेक्टर-पुलिस ने लाला चन्दूमल को थाने में बुलाया और कहा—आपको शहादत देनी होगी। हम आपकी तरफ से बेफिक्र हैं।

चंदूमल बोले—हाजिर हूँ।

इन्स.—वालंटियरों ने कान्स्टेबिलों को गालियाँ दीं ?

चंदूमल—मैंने नहीं सुनी।

इन्स.—सुनी या न सुनी यह बहस नहीं है। आपको यह कहना होगा वह सब खरीदारों को धक्के दे कर हटा रहे थे, हाथापाई करते थे, मारने की धमकी देते थे, ये सभी बातें कहनी होंगी। दारोगा जी, वह बयान लाइए जो मैंने सेठ जी के लिए लिखवाया है।

चंदूमल—मुझसे भरी अदालत में झूठ न बोला जायेगा। अपने हजारों जाननेवाले अदालत में होंगे। किस-किस से मुँह छिपाऊँगा ? कहीं निकलने को जगह भी चाहिए।

इन्स.—यह सब बातें निज के मुआमलों के लिए हैं। पोलिटिकल मुआमलों में झूठ-सच, शर्म और हया, किसी का भी खयाल नहीं किया जाता।

चंदूमल—मुँह में कालिख लग जायेगी।

इन्स.—सरकार की निगाह में इज़्ज़त चौगुनी हो जायेगी।

चंदू.—(सोच कर) जी नहीं, गवाही न दे सकूँगा। कोई और गवाह बना लीजिए।

इन्स.—याद रखिए, यह इज़्ज़त खाक में मिल जायेगी।

चंदू—मिल जाय; मजबूरी है।

इन्स.—अमन-सभा के कोषाध्यक्ष का पद छिन जायेगा।

चंदू.—उससे कौन रोटियाँ चलती हैं?

इन्स.—बंदूक का लाइसेंस छिन जायेगा।

चंदू.—छिन जाय; बला से!

इन्स.—इनकम टैक्स की जाँच फिर से होगी।

चंदू.—जरूर कराइए। यह तो मेरे मन की बात हुई।

इन्स.—बैठने को कुरसी न मिलेगी।

चंदू.—कुरसी ले कर चाटूँ ? दिवाला तो निकला जा रहा है।

इन्स.—अच्छी बात है। तशरीफ ले जाइए। कभी तो आप पंजे में आयेंगे।

दूसरे दिन इसी समय काँग्रेस के दफ्तर में कल के लिए कार्यक्रम निश्चित किया जा रहा था। प्रधान ने कहा—सेठ चंदूमल की दूकान पर धरना देने के लिए दो स्वयंसेवक भेजिए।

मंत्री—मेरे विचार में वहाँ अब धरना देने की कोई जरूरत नहीं।

प्रधान—क्यों ? उन्होंने अभी प्रतिज्ञा-पत्र पर हस्ताक्षर तो नहीं किये ?

मंत्री—हस्ताक्षर नहीं किये, पर हमारे मित्र अवश्य हो गये। पुलिस की तरफ से गवाही न देना यही सिद्ध करता है। अधिकारियों का कितना दबाव पड़ा होगा, इसका अनुमान किया जा सकता है। यह नैतिक साहस में परिवर्तन हुए बिना नहीं

आ सकता।

प्रधान–हाँ, कुछ परिवर्तन तो अवश्य हुआ है।

मंत्री–कुछ नहीं महाशय ! पूरी क्रांति कहना चाहिए। आप जानते हैं, ऐसे मुआमलों में अधिकारियों की अवहेलना करने का क्या अर्थ है ? यह राजविद्रोह की घोषणा के समान है ! त्याग में संन्यास से इसका महत्त्व कम नहीं है। आज जिले के सारे हाकिम उनके खून के प्यासे हो रहे हैं। आश्चर्य नहीं कि गवर्नर महोदय को भी इसकी सूचना दी गयी हो।

प्रधान–और कुछ नहीं तो उन्हें नियम का पालन करने ही के लिए प्रतिज्ञा-पत्र पर हस्ताक्षर कर देना चाहिए था। किसी तरह उन्हें यहाँ बुलाइए। अपनी बात तो रह जाय।

मंत्री–वह बड़ा आत्माभिमानी है, कभी न आयेगा। बल्कि हम लोगों की ओर से इतना अविश्वास देख कर सम्भव है कि फिर उस दल में मिलने की चेष्टा करने लगे।

प्रधान–अच्छी बात है, आपको उन पर इतना विश्वास हो गया है तो उनकी दूकान छोड़ दीजिए। तब भी मैं यही कहूँगा कि आपको स्वयं मिलने के बहाने से उस पर निगाह रखनी होगी।

मंत्री–आप नाहक इतना शक करते हैं।

नौ बजे सेठ चंदूमल अपनी दूकान पर आये तो वहाँ एक भी वालंटियर न था। मुख पर मुस्कराहट की झलक आयी। मुनीम से बोले–कौड़ी चित्त पड़ी।

मुनीम–मालूम तो होता है। एक महाशय भी नहीं आये।

चंदूमल–न आये और न आयेंगे। बाजी अपने हाथ रही। कैसा दाँव खेला–चारों खाने चित।

चंदू.–आप भी बातें करते हैं ? इन्हें दोस्त बनाते कितनी देर लगती है। कहिए, अभी बुला कर जूतियाँ सीधी करवाऊँ। टके के गुलाम हैं, न किसी के दोस्त, न किसी के दुश्मन। सच कहिए, कैसा चकमा दिया है?

मुनीम–बस, यही जी चाहता है कि आपके हाथ चूम लें। साँप भी मरा और लाठी भी न टूटी। मगर काँग्रेसवाले भी टोह में होंगे।

चंदूमल–तो मैं भी तो मौजूद हूँ। वह डाल-डाल चलेंगे, तो मैं पात-पात चलूँगा। विलायती कपड़े की गाँठ निकलवाइए और व्यापारियों को देना शुरू कीजिए। एक अठवारे में बेड़ा पार है।

❑❑❑